Susanne Fengler

Heidiland

SUSANNE FENGLER, 1971 in Dortmund, geboren, ging zunächst an eine Schauspielschule in New York und studierte dann Kommunikationswissenschaft in Berlin. Nach ihrer Promotion arbeitete sie zwei Jahre lang für eine große Partei und lehrte Kommunikationswissenschaft in der Schweiz. Zurzeit ist sie Professorin für Internationalen Journalismus an der Universität Dortmund und lebt in Berlin.

Als Aufbau Taschenbuch erschien von ihr der Roman »Fräulein Schröder«.

Keine endlosen Schichten, kein despotischer Chef, doppeltes Gehalt: Ilka fühlt sich wie im siebten Himmel, als sie eine Stelle als Ärztin in einem Züricher Krankenhaus angeboten bekommt. Doch das Paradies hat ein paar kleine Fehler: Ilka scheitert in Schweizerdeutsch und kämpft mit unmöglichen deutschen Landsleuten, überfüllten Billigfliegern und funkensprühenden Leitungen in ihrer Züricher Absteige. In Berlin stürzt sich ihr sonst so phlegmatischer Freund Stefan derweil in amouröse – und andere – Abenteuer.

»›Heidiland‹ handelt nicht nur von heiteren Missverständnissen. Sondern auch von der Frage, ob grenzenlose Mobilität wirklich unser Ideal sein sollte.«

Brigitte

Susanne Fengler

Heidiland

Roman

aufbau taschenbuch

ISBN 978-3-7466-2557-7

Aufbau Taschenbuch ist eine Marke
der Aufbau Verlag GmbH & Co. KG

1. Auflage 2009

Umschlaggestaltung capa, Anke Fesel
unter Verwendung eines Motivs
von Carla Brno/bobsairport
Druck und Binden CPI – Clausen & Bosse, Leck
Printed in Germany

www.aufbau-verlag.de

Für meine Eltern

I

Als Ilka um acht Uhr früh nach Hause kam, hatte sie beinahe zwei Menschen umgebracht: erst die Blinddarm-Patientin, ein sechsjähriges Mädchen aus dem Iran, das am Abend zuvor mit Bauchschmerzen zu ihnen ins Krankenhaus gekommen war. Ein Routinefall eigentlich, die OP war komplikationsfrei verlaufen, und das Kind war bereits wieder aufgewacht. Ilka hatte das erschöpfte kleine Gesicht noch gestreichelt, bevor sie aufgestanden war.

»Ich schreibe dann schon mal den Bericht«, sagte sie zu Alexandra.

Sie setzte sich ins Stationszimmer, schaltete den Computer ein. Fünf Uhr früh: Es kostete sie Minuten, den Namen des Mädchens in das Formblatt für Fallpauschalen einzugeben. *Firsouse Moussafahari. Moussafari. Moussafarhi.* Sie rieb sich die Augen.

»Sie glüht.« Plötzlich stand Schwester Alexandra neben ihr.

Einen Moment starrte Ilka sie an, bemüht in ihrem Gehirn nach einer Erinnerung zu angeln, doch ihr Kopf bestand nur noch aus schwarzem Pudding. Auf dem Bildschirm vor ihr bewegten sich Fische wie Schlafwandler.

»Ich habe natürlich gleich ihren Puls gefühlt«, fuhr Alexandra fort. »Über 100, Frau Fuchs! Sie müssen sich sofort ansehen, was da passiert ist.«

Ilka hielt die Luft an. Hinausgetaucht aus dem Traum, aus der Schwärze des Schlafs, hinein in das grelle Licht des Krankenhausflurs: Das Mädchen war noch im Aufwachraum, ihr langes dunkles Haar nass vor Schweiß.

»Ich habe den Monitor wieder angeschlossen«, flüsterte Alexandra.

Ilka starrte auf die abfallende Linie. Der Blutdruck des Mädchens lag nur noch bei 80 zu 60. Dafür flatterte ihr Puls davon, und ihre Körpertemperatur war tatsächlich auf über 40 Grad hochgeschossen. »Holen Sie Herrn Donaubauer aus der 8. Und einen Kardiologen.« Sie strich dem Mädchen über den Arm, folgte dem Lauf ihrer Vene. Das Pflaster klebte dort, wo eben noch die Kanüle gesteckt hatte.

Alexandras Lippen: ein dunkelroter Schatten am Notfallknopf.

»Und fangen Sie vorsichtshalber schon einmal an, mir Dantrolen aufzulösen«, fuhr Ilka fort.

Alexandra hielt inne. »Sie meinen doch nicht etwa, dass sie –«

Einen Moment lang sahen sie sich stumm an, sahen beide den Abgrund vor sich, in den das Mädchen zu stürzen drohte, für den Fall, dass –

»Nur zur Sicherheit«, sagte Ilka.

Alexandra klappte die Schranktür auf.

»Abgelaufen«, sagte sie plötzlich.

»Wie bitte?«

»Das Dantrolen hier im Schrank. *Mindestens haltbar bis 06/2004*«, las Alexandra vor.

»Verdammt, Nürnberger soll endlich Schwester Doreen rausschmeißen! Bei jeder dritten Narkose ist der Bestand nicht vollständig.«

»Sie hat eben noch nie eine MH gehabt«, entgegnete Schwester Alexandra und zuckte die Achseln. »Ich rufe in der Intensiv an.«

»Dann verlieren wir aber noch einmal zehn Minuten. Das Zeug löst sich so verflucht schwer auf!« Ilka starrte auf den Schrank. »Was meinen Sie, könnten wir nicht trotzdem –«

Sie sahen sich an.

»Wahrscheinlich ist es ja gar keine MH«, entgegnete Alexandra schließlich.

»Rufen Sie an«, sagte Ilka.

»OP 8 hat einen Magendurchbruch, Dr. Donaubauer kann frühestens in dreißig Minuten kommen«, quäkte die Stimme aus der Gegensprechanlage. Nervöses Rauschen, während sie auf eine Antwort wartete. Alexandra blickte fragend auf Ilka, aber Ilka starrte unverwandt auf den Monitor. Das Fieber stieg weiter: 40,4, 40,6 Grad. Der Blutdruck lag nur noch bei 70 zu 40.

»Verdacht auf MH. Wir müssen Nürnberger holen«, sagte Ilka.

»Er ist vor einer Stunde gegangen.«

»Dann muss er mit Blaulicht von zu Hause kommen.«

»Hoffentlich ist er wirklich zu Hause und nicht bei Frau Seitz«, sagte Alexandra genau in dem Moment, in dem Arndt, der Kardiologe, eintrat.

»Wie – ist Schwester Doreen schon wieder out?«, fragte er.

Ein Poltern an der Tür.

»Ruhe!«, fauchte Alexandra.

Einen Wimpernschlag später war das Zimmer voll mit Menschen: Pfleger, die kamen, um das Mädchen notfalls wieder in den OP zu rollen, die den Defibrillator brachten. Eine weitere Schwester mit einer neuen Kanüle, noch eine mit einer Elektrosonde. War Ilka tatsächlich irgendwann im Laufe dieser Zeitspanne außerhalb der Zeit das irre Wort *Verschwendung* durch den Kopf gegangen? Jetzt, Stunden später, erinnerte Ilka sich nur noch an die große Uhr im Aufwachzimmer: der Minutenzeiger, die offizielle Zeit, die träge voranrückte, während sie selbst wie Gefangene zusammenstanden, eingeschlossen in eine Zeitkapsel.

Sie griff nach der Hand des Mädchens, tastete nach der Vene. Alexandra stand mit der Kanüle neben ihr. »Ich finde die Vene nicht!«, schrie Ilka auf.

Das weiße Gesicht des Mädchens begann plötzlich blau zu schimmern.

»Wie auch, wenn sie einen Schock hat«, bemerkte Arndt.

»Wenn es über den Arm nicht geht, müssen wir ihr einen zentralen Venenkatheter legen«, sagte Alexandra.

Durch den Hals.

Ilka fühlte, wie ihre Haut anfing zu brennen, als habe das Feuer, das durch den Körper des Mädchens raste, Funken geschlagen und auch ihr Fleisch in Brand gesetzt. 40,9 Grad. Alexandra wartete mit der Kanüle in der Hand.

Jemand lief über den Gang. Alle verstummten, aber dann war es doch nur ein Pfleger, der das Dantrolen aus der Intensivstation brachte. Er verharrte auf der Türschwelle, unbehaglich, als ob sich die Enttäuschung von fünf, sechs Menschen in einer Woge materialisiert hätte, die ihm entgegenschwappte und die Luft zum Atmen nahm. Für sein Räuspern erntete er einen bösen Blick von Arndt. »Bleiben Sie bloß draußen, falls Sie erkältet sind!«, fuhr Arndt ihn an, während er ihm das Dantrolen aus der Hand riss.

»Ich soll Sie von ihren Eltern fragen, wann sie endlich zu ihr können«, sagte der Pfleger, nun seinerseits mit vorwurfsvollem Unterton. »Sie sitzen vorn am Eingang zur Station. Sind aufgesprungen, als sie mich sahen, und haben gefragt, ob mit ihrer Tochter alles in Ordnung sei. Sie haben natürlich bemerkt, dass hier viehisch die Panik ausgebrochen ist und –«

»Klappe«, zischte Alexandra.

Die Gegensprechanlage hatte sich wieder eingeschaltet. »Schwester Alexandra? Chefarzt Dr. Nürnberger ist in der Calvinstraße in den Rettungswagen eingestiegen. Sie rechnen mit sieben Minuten.«

Ilka spürte Alexandras Körper neben sich, roch, ganz schwach, ihr Parfum. Ihre Lippen waren rot geschminkt: Trotzig behauptete sie eine Spur von Eleganz zwischen den Pantinen der Ärzte, den Birkenstocks des Pflegepersonals.

Ilka tastete nach dem Hals, dem Gesicht des Mädchens. Ihr ganzer Körper war schon wie versteinert, schien wie aus Granit: kochender Stein. Tachykardie, Hyperkapnie, Hypoxämie. Zyanose, Muskelrigor, Azidose. Kreislaufversagen, Eiweiß-Denaturierung, vollständige Verkrampfung der Muskulatur, Nierenversagen, schließlich Tod des Patienten. Neuntes Semester, sie wusste alles noch, theoretisch. Einer von fünfzigtausend Erwachsenen entwickelte im Verlauf einer Narkose eine MH. Eines von fünftausend Kindern. »Sie muss gekühlt werden«, sagte Ilka. »Bereiten Sie eine Spülung für die Körperhöhlen vor.«

Arndt stand haushoch wie ein Turm mitten zwischen den kreuz und quer laufenden Menschen und fragte in den Raum hinein, warum vorher nicht geprüft worden sei, ob das Kind eine genetische Disposition für MH habe.

Eine Schwester brachte das aufgelöste Dantrolen.

Ilka stand reglos vor dem Mädchen.

»Frau Dr. Fuchs«, sagte Alexandra, leise, damit keiner der Pfleger es hörte, »ich zeige Ihnen, wie es geht. Sie müssen unter dem Schlüsselbein durch.«

Ilka starrte auf ihre Finger, doch ihre Hände flatterten wie zwei winzige Vögelchen am Ende ihrer Arme auf und ab. Sie ließen sich nicht mehr einfangen, nicht einmal, als sie sich bemühte, beide Hände zur Faust zu ballen. Mit diesen Fingern, in den Hals des Mädchens?

Alexandra nahm ihre Hände in ihre eigenen, hielt sie fest, spendete Wärme.

»Alexandra«, flüsterte Ilka, »ich kann nicht. Es tut mir leid, aber ich traue mir das nicht zu. Ich habe noch nie allein einen zentralen Venenkatheter gelegt.« Alexandra sah sie unverwandt an, doch Ilka schüttelte kaum merklich den Kopf. Die *vena iugularis* lag unmittelbar neben der Halsschlagader.

Ilka spürte die Blicke von fünf Menschen in ihrem Rücken.

»Warum haben Sie sich für diese OP gemeldet?«, fragte Alexandra schließlich und ließ ihre Hände los. »Kein Mensch kann so viele OPs am Stück betreuen.«

»Es war niemand anderes da! Zühlsdorff hat Beate in die Geburtshilfe geschickt.«

»Dann hätten Sie Beate eben aus der Geburtshilfe zurückgeholt.«

Ilka lachte bitter. »Seit wann ist bei uns Widerspruch erlaubt?«

»Sie sind verantwortlich, wenn das hier schiefgeht«, sagte Alexandra.

Nürnberger kam im Laufschritt, hinter sich eine Schwester, die ihm half, im Gehen den Kittel überzuziehen. »In meinem nächsten Leben werde ich Lehrer«, sagte er. »Was ist mit ihr?«

»Fulminante MH«, sagte Ilka.

»Körpertemperatur 41,5«, meldete Alexandra.

»Blutdruck 60 zu 30«, sagte Arndt. Alle funktionierten sie, wie beim Appell.

»Was haben Sie ihr für die Narkose gegeben?«, fragte Nürnberger, ohne vom Monitor aufzusehen.

»Halothan«, sagte Ilka, »wie immer.«

Er bog das steife Kinn des Mädchens mit Gewalt zurück.

»Die Kanüle, Schwester Alexandra.«

»Herr Nürnberger?«

Er stand neben ihr am Waschbecken und seifte sich bis zu den Oberarmen ein. Im Spiegel sah sie, dass er sie von der Seite betrachtete; er nahm sich heraus, sie anzuschauen wie ein operables Stück Menschenfleisch. »Mit einem Zopf würde Ihr Gesicht noch besser zur Geltung kommen«, hatte er anfangs einmal zu ihr gesagt. Sie war froh, dass ihr Haar jetzt, beim Waschen, nach vorn fiel, eine glatte, fast schwarze Wand zwischen ihm und ihr bildete.

»Danke«, sagte sie schließlich.

Nürnberger hielt inne und spülte seine Arme sorgfältig ab. »Warum haben Sie das Dantrolen nicht sofort einlaufen lassen?«, fragte er sie barsch.

Ilka zuckte zusammen. »Ich hätte über die *arteria carotis*

gehen müssen«, sagte sie dann langsam, »und die Assistenzärzte haben klare Anweisungen, was sie dürfen und was nicht ohne Aufsicht.«

»Stattdessen riskieren Sie, dass das Kind einen Hirnschaden behält«, fuhr Nürnberger fort.

»Das Kind hat aber keinen Hirnschaden! Herr Nürnberger, Sie waren doch selbst gerade eben dabei, als die Neurologie angerufen hat.«

Sie hatte danach nicht sprechen können, war aus dem Stationszimmer gelaufen, damit niemand ihre Tränen sah.

»Ich sage ja auch nur, dass Sie ein Risiko eingegangen sind, Frau Fuchs.«

»Wir alle sind ein Risiko eingegangen.«

»Tragen Sie den Vorfall doch beim *Critical Incident Reporting System* ein, Frau Fuchs. Vielleicht wacht die Klinikleitung endlich einmal auf und gibt die Oberarztstellen mit Sperrvermerk doch dieses Jahr noch frei, dann sitzen Sie nachts nicht mehr allein auf der Station.«

»Ich meine eigentlich noch etwas anderes, Herr Nürnberger.«

»Ach so?«

»Das Dantrolen auf unserer Station ist schon vor beinahe einem halben Jahr abgelaufen«, fuhr Ilka fort. »Wir mussten es aus der Intensiv holen.«

Ruckartig schüttelte Nürnberger die Wassertropfen von seinem Arm.

»Was kann ich dazu, wenn die Verwaltung die Lagerhaltung für die Medikamente unbedingt auf SAP umstellen musste?«, schrie er sie an.

2

»Und dann kommt an der Kreuzung Seestraße diese Radfahrerin auf mich zugeschossen.« Ilka drehte sich um. »Würdest du mir dafür mildernde Umstände geben?«

Stefan zog an seiner Zigarette. Er lag lang ausgestreckt auf dem Sofa, immerhin angezogen, die Zeitungen um sich verstreut, die Kaffeetasse neben sich auf dem Boden. In genau dieser Haltung hatte Ilka ihn vor einer Viertelstunde vorgefunden: Oblomow. Stefan las selbst den Finanzteil der *Süddeutschen Zeitung* ausgiebig, ohne über irgendwelche Mittel zu verfügen, die er gewinnbringend hätte anlegen können: Mit 35 Jahren war er immer noch Referendar, ein Umstand, den Friedrich Fuchs gegenüber den Wredes mit der Ausrede zu kaschieren suchte, der Freund seiner Tochter promoviere. Tatsächlich legte Stefan ein tiefes Interesse an juristischen Fragen an den Tag; das Problem war, dass ihn ausnahmslos alle juristischen Fragen interessierten, spätestens dann, wenn sich wieder einmal ein Freund oder eine Bekannte mit der Bitte um einen *kleinen fachlichen Rat* an Stefan wandte. Als Jurist wisse er doch sicher, ob der Vermieter für die Reparatur der schon lange kaum noch zu schließenden Balkontür aufkommen müsse? fragte Beate. Uli und Elke hatten auf dem Gepäckband des Flughafens auf Teneriffa einen zermahlenen Kinderwagen vorgefunden, ob sie dafür die Fluggesellschaft haftbar machen konnten?

»Sie sollen sich einen Anwalt nehmen«, sagte Ilka.

»Sie sind unsere besten Freunde«, entgegnete Stefan und erläuterte Elke und Uli, nachdem er sich zwei Wochen eingelesen hatte, einen ganzen Abend lang die Feinheiten des

Warschauer Luftverkehrsabkommens von 1929 im Vergleich zum Montrealer Abkommen von 1999 sowie beider Spätfolgen für den zerstörten Kinderwagen.

»Was du alles weißt!«, sagte Uli zum Abschied.

Neuerdings war Stefan Baurechtler: Iris, seine Mutter, hatte mitbekommen, dass unweit ihres *Instituts für angewandte Pädagogik* ein neues Bürogebäude entstehen sollte. Sie hatte sich die Pläne angesehen, die Grundrisse nachgemessen, befreundete Architekten gefragt und schließlich festgestellt, dass der *Tower* jeden Nachmittag ihr Büro verschatten würde, denn er befand sich genau im Winkel zu der kleinen Villa im Frankfurter Westend, in dem ihr Institut residierte.

»Das ist mein Untergang!« Iris' Stimme zitterte, als sie ihren Bericht schloss. Bis zu diesem Moment war die Stimmung bei ihrem Adventskaffee ausgesprochen friedlich gewesen. Friedrich Fuchs hatte sich sogar eine interessierte Nachfrage nach ihrem neuen Buch über die *Lehren der Stille* abgerungen, doch nun braute sich eine neuerliche Gewitterwolke über seiner Stirn zusammen.

Es war einer von ihren *Workshops* gewesen, den Ilka aufgesucht hatte, um ihre Krise zu überwinden – jene Krise, die er überhaupt nicht wahrgenommen hatte beziehungsweise nicht hatte wahrhaben wollen. Vielleicht eine *déformation professionelle*, es war einfach sein Job, Krisen wegzureden; ihrer genau das Gegenteil. Bald hatte Iris, die Fledermausfrau, Macht über seine Tochter gewonnen, indem sie Ilka einfach unter die Fittiche ihrer Flügelärmel nahm, welche sie fernab jeder modischen Sensibilitäten tagaus, tagein trug. Sie kreiste wie ein Raubvogel über ihrem Revier, in welches sie auch die Seelenlandschaften seiner Tochter eingemeindete, nachdem Ilka sich mit ihrem Sohn befreundet hatte. Denn Stefan betätigte sich während seines Studiums als eine Art Seminarassistent seiner Mutter, und so prallten die Waisenkinder ausgerechnet in dem *kritischen Workshop* über *Unsere sprachlosen Väter*, den Iris eigentlich für Lehramtskandidaten im Fach Politik/Geschichte organisiert hatte, schicksalhaft aufeinander. Auf der Wolldecke, die Ilka in dem Kurs zu benutzen gehofft hatte – sie war mit reichlich naiven Vorstellungen in das Seminar gekommen –, saßen Stefan und sie noch am Abend desselben Tages nebeneinander auf einer Wiese am Main und redeten und redeten, und Stefan fragte genau nach, wo Fred selbst, zugegeben, jedes Gespräch über die Gründe ihrer Trennung von Bernd abgeblockt hatte. Und so stahl sich Stefan in das Leben seiner Tochter, folglich auch in sein Leben, wie ein Taschendieb, indem er Ilka nach und nach alle Geheimnisse, sämtliche Intimitäten entwand mit seiner lautlosen Art.

Iris und Fred gaben sich derweil große Mühe, einander herzlich gleichgültig zu sein. Er fand sie gleichwohl alt und ließ sie das spüren, und *Iris* ging ihm einfach nicht über die Lippen, weswegen er sich in ein scherzhaftes *Frau Professor* flüchtete. Sie konterte, indem sie ihn lässig *HC* nannte. *HC*! So lehnte sie beispielsweise im Sommer am Gartentor, bis zu den Waden in ihrem ungepflegten Biorasen versunken, als den sie ihre Nachlässigkeit zu verkaufen suchte, und rief ihm schlangenfreundlich *Hallo HC!* entgegen. Denn Friedrich Fuchs hatte auch einen Doktortitel, allerdings ehrenhalber verliehen, *honoris causa*, für Verdienste um das Wirtschaftsingenieurwesen an der Bergischen Universität Wuppertal.

Er hatte anfangs angenommen, es würde Iris beeindrucken, hatte auch versucht, ein theoretisches Gespräch mit ihr anzuknüpfen, aber Iris hatte ihn nur angesehen und gefragt: »Wie viel habt ihr für den *HC* gezahlt?« Sie war zu borniert, um zu begreifen, dass es die weit höhere Auszeichnung war, als Mann der Praxis mit einem akademischen Titel geehrt zu werden, auf dem Höhepunkt seiner Karriere von dem Blitzstrahl akademischer Weihen getroffen zu werden, als sich auf den Schneckenpfaden des deutschen Hochschulwesens zu einer Professur hochgewunden zu haben. Er sagte eigens gewunden, nicht gekrochen, denn Iris war bei all ihren versammelten Nachteilen zugegebenermaßen keinesfalls eine Kriecherin. Vielmehr sagte man ihr schreckliche Dinge nach: Beispielsweise hatte sie sich mit unglaublicher Brutalität in die erziehungswissenschaftliche Fakultät der Universität Frankfurt hineingedrängt. In einer Befragung hatte sie die pädagogische Unfähigkeit der hessischen Professorenschaft nachgewiesen und den Wissenschaftsminister anschließend mit einer Veröffentlichung erpresst.

»Dein Untergang«, wiederholte Friedrich Fuchs nun. »Wieso das?«

»Ich brauche *Licht*, um zu arbeiten.« Dazu machte Iris eine ihrer typischen flatternden Armbewegungen, wie ein auffliegender Vogel. Ganz klar, sie brauchte nicht nur *Licht*, sondern auch *Luft*, war eine Frau der Elemente.

»Habt ihr kein elektrisches Licht im Institut?«, fragte Fred unwirsch.

»Natürlich. Denkst du, wir arbeiten bei Kerzenlicht und Räucherstäbchen?«

Er machte absichtlich eine Pause und dachte an ihre verwunschene Villa im Westend, in dessen höchstem Erker Iris hockte: gealtertes Dornröschen, das immer noch dichte braune Haar, das sie unbeirrt lang trug, als warte sie wider alle Verlautbarungen heimlich doch auf einen Prinzen, wie von tausend feinen Spinnwebfäden überzogen. Es war ein Grau, das sie matt und müde machte, wie er fand, das leider einen Filter vor die Wahrnehmung der Person setzte, während seine eigene strahlend weiße Tolle schwungvoll wie die Gischt über der Brandung seinen Kopf umwogte. Fred fragte sich, ob es Stefans rötliches Haar, das dieser auf ganz ähnliche Weise trug, gewesen war, was Ilka anfangs zu ihm hingezogen hatte. Weitere Gemeinsamkeiten gab es allerdings nicht, denn Stefan ging das Haar schon mit 35 ersichtlich aus.

Er fand ihn untrainiert. Dass Stefan ihn trotz seiner schlechten Haltung deutlich überragte, hatte Fred andererseits immer schon genervt.

»Wo ist dann das Problem, Iris?«, entgegnete er schließlich.

»Das Deckenlicht in meinem Büro streut.«

»Kauf dir eine anständige Stehlampe.«

»Du verstehst nicht, Fred. Ich brauche Tageslicht. Ausgeschlossen, bei künstlichem Licht kreativ zu arbeiten.«

»Den ganzen Morgen hast du Licht. Der Schatten kommt doch erst nachmittags, und er kommt frühestens in drei, vier Jahren, denn so lange wird es ja schließlich dauern, bis der Tower fertig ist. Also gehst du einfach um acht ins Büro, dann hast du im Sommer immer noch mindestens sechs Stunden Sonne für deine – Kreativität.«

»Erstens, Fred, kann ich um acht Uhr morgens keine Ideen produzieren.« Sie sah ihn an, drang mit ihren Adleraugen förmlich in seine zunehmend säuerlichen Gesichtszüge ein. »Zweitens werde ich überhaupt keine Ideen mehr entwickeln *können* mit dieser Drohung, die von nun an auf meiner Zukunft liegt. Die Aussicht, im kalten Schatten des Geldes zu hocken, macht mich jetzt schon depressiv.«

Fred verdrehte die Augen. »*Im kalten Schatten des Geldes.* – Mein Gott!«

»Der Tower gehört einer Schweizer Bank.«

»Der UCS«, sagte Stefan. »Sie haben sich in den Kopf gesetzt, mindestens 25 000 m^2 Bruttogeschossfläche mehr zu bauen als die Deutsche Bank, und damit wird der UCS-Tower mindestens dreißig Meter höher als das Deutsche-Bank-Gebäude und der Turm der Commerzbank.«

Bruttogeschossfläche. Ilka sah ihn an. »Woher weißt du das?«, fragte sie.

»Stefan und ich überlegen, eine Klage gegen das Bauvorhaben einzureichen«, sagte Iris.

Fred schnappte nach Luft. »Frau Professor gegen die UCS. Das ist ja lächerlich!«

»Das denkst du, Fred, weil du dich mit den UCS-Bossen identifizierst. Ich hingegen würde mir durchaus zutrauen, eine Bürgerinitiative gegen den UCS-Tower hochzuziehen.«

»Unter dem Motto: Welcher Deutsche steht schon gern im Schatten eines Schweizers?« Stefan grinste verlegen, aber niemand lachte, und Iris wandte sich ihm ruckartig zu, ohne eine Miene zu verziehen. »Völlig falscher Ansatz, Stefan. So bekommst du niemals die Anwohner auf die Beine. Ich denke, man müsste eher über die Holocaust-Konten gehen. *UCS verwirklicht gigantomane Bauphantasie auf Kosten jüdischer Opfer.* Oder so ähnlich. Aber darüber sprechen wir ja nächste Woche noch in Frankfurt.«

Fred schnaufte. Stefans unausrottbare Unart: sich über alles und jedes Gedanken zu machen, jedes noch so krümelige Argument, das man ihm hinwarf, begierig aufzupicken und zu sezieren, anstatt seine geistigen Energien auf sein Fortkommen zu fokussieren! Manchmal hatte er den Verdacht, dass Stefan gar kein Interesse an irgendeiner Form von Karriere hatte, weil er sich selbst längst ganz oben wähnte, an der Spitze einer Gesellschaft, die nicht Friedrich Fuchs' Gesellschaft war, die aber offenbar irgendwo in diesem Lande parallel zu seiner Gesellschaft existierte. Wenn er dann sein eigenes fortgesetztes Streben nach Erfolg, das ihn noch mit über sechzig Jahren in immer neue unternehmerische Abenteuer trieb, mit Stefans eigentümlicher Gelassenheit verglich, dann packte ihn manchmal ... nicht Neid, nein, eher Verärgerung über diese – Arroganz. Diese Selbstzufriedenheit. Dieses beinahe gütige Lächeln, mit dem Stefan ihn angesehen hatte, als er ihm die *Wirtschaftswoche* im Abonnement angeboten hatte und zusätzlich das *Manager Magazin*, denn er zweifelte an Stefans Befähigung, ein abstraktes Verständnis für die Kräfte der Wirtschaft zu entfalten. Vielleicht entwickelte er doch irgendwann eine Form von Ehrgeiz, es den Hochglanzmännern gleichzutun; Ilka jedenfalls kam irgendwann mit der Behauptung an, die

Lektüre von Frauenzeitschriften wirke auf die Psyche der allermeisten Frauen zerstörerisch. Die Frauen hielten die dort abgebildeten Ausnahmeerscheinungen für die Norm und entwickelten einen krankhaften Ehrgeiz, es ihnen gleichzutun. Nun, sollte Stefan doch einen Knacks wegbekommen von der Lektüre des *Manager Magazins*!

So jedenfalls anfangs noch seine Hoffnung, als er sich Stefan mit seinem Angebot näherte. Niemand sollte ihm vorwerfen können, er hätte ihm nicht alle Chancen gegeben. Stefan aber sagte nur, er würde sich sehr freuen, wenn Fred ihm ein Abonnement für einen Wirtschaftstitel schenken wolle, aber könne es dann bitte der *Economist* sein? Er interessiere sich durchaus für wirtschaftliche Zusammenhänge, aber sie müssten ihn intellektuell herausfordern. Für einen Moment rutschte Friedrich Fuchs das gönnerhafte Lächeln aus dem Gesicht, mit dem er Stefan zu begegnen pflegte. Er spürte förmlich, wie es sich in die Fratze eines zähnefletschenden Tigers verwandelte und er den dringenden Wunsch empfand, zuzuschlagen, seine Zähne in das Hemd zu reißen, das Stefan eigens zu den Weihnachtstagen angelegt hatte, seine Beute fest im Maul, um ihn auf diese Weise endlich dingfest und mundtot zu machen.

Ilka sah von Iris zu Stefan. »Du weißt, dass Stefan sich für die Wiederholungsprüfung zum zweiten Staatsexamen anmelden will, Iris?«, fragte sie schließlich.

»Denkst du nicht, dass er im Staatsexamen auch über Baurecht geprüft wird?« Iris schlug treuherzig die Augen auf und tat verwundert.

»Es wird sicher in irgendeiner Klausur vorkommen«, sagte Stefan schnell.

»Außerdem kann er in der Initiative wertvolle Erfahrungen sammeln«, fuhr Iris fort. »Erfahrungen, die über das rein Juristische weit hinausgehen. Ich würde mich übrigens freuen, wenn du dich auch an der Initiative beteiligen würdest.«

Ilka beobachtete ihren Vater und sprang rasch auf. »Noch jemand Kaffee?«

»Warum nimmt sie sich keinen Anwalt?«, zischte Fred, nachdem er Ilka mit zwei leeren Kuchentellern in die Küche gefolgt war, unter dem Vorwand, ihr beim Abräumen helfen zu wollen.

Ilka zuckte die Achseln. »Sie hat kein Geld.«

»Das behauptet sie! Du musst Stefan um Himmels willen davor bewahren, sich auf diese lächerliche Initiative einzulassen. Er verbaut sich damit alles, *alles*, hast du verstanden? Er macht –«

»– einen Riesenfehler. Du hast ja recht, Papa.«

»Unterbrich mich nicht, du weißt überhaupt nicht, was ich sagen will.«

»Er ist 35 und immer noch Referendar.«

»Darum geht es mir nicht!«

»Um was dann?«

»Er macht *mich* lächerlich.«

»Sag den Wredes, seine Promotion stehe kurz vor dem Abschluss, und wir kaufen ihm in der Zwischenzeit einen Titel in Ungarn.« Ilka versuchte zu lachen, aber ihr Vater verzog keine Miene. »Ich finde das überhaupt nicht lustig. Weißt du, dass *Hauck + Weber* den Zuschlag für das Projekt bekommen hat? Stell dir vor, sie finden heraus, dass der Verlobte meiner Tochter eine Bürgerinitiative gegen ihre Baustelle organisiert. – Im Gegensatz zu Stefan solltest du eigentlich wissen, was es für einen unserer größten Kunden – und damit auch für uns – bedeutet, wenn sich Bauarbeiten verzögern. Du weißt doch, wie viele Zulieferer an einer Großbaustelle hängen. Überhaupt: Nur weil eine Frau etwas gegen diesen Tower hat, sollen zwei-, dreihundert Mann, die fest auf diesen Job gerechnet haben, nicht arbeiten dürfen?«

In der Küche wurde es warm, obwohl sie das Fenster zum Lüften auf Kippe gestellt hatte. »Wir sind nicht verlobt«, sagte Ilka schließlich.

»Ihr seid seit sieben Jahren zusammen.«

»Acht.«

»Und ihr wollt nicht irgendwann heiraten?«

Ilka überlegte, ob sie ihrem Vater sagen konnte, dass Stefan Heiraten bürgerlich fand, aber das Wort ging ihr einfach nicht über die Lippen. Sie fürchtete sich vor dem Knall der Explosion, sobald die Flucht vor der *bürgerlichen Ehe* mit der *Bürgerinitiative* zusammentraf und chemisch reagierte.

Friedrich Fuchs musterte seine Tochter, fand sie wieder einmal entsetzlich schmal, geradezu knochig. Eine glückliche Frau sah anders aus. Dann drehte er sich um und marschierte ins Wohnzimmer zurück.

3

Die Familie des Mädchens: Während der kleine Körper in dem großen Bett förmlich in sich zusammenschmolz, hatte sich die Gruppe, die auf dem Flur auf das Erwachen des Kindes wartete, vervielfältigt: Zu den Eltern gesellten sich weitere Erwachsene, die schlaftrunkene Kinder mitgebracht hatten. Sie bildeten eine Art wuchernden menschlichen Pfropf, mit dem sie den Gang zum Stationszimmer verschlosen, und je dichter, luftundurchlässiger dieser Verschluss wurde, desto mehr begann es im Zimmer zu gären, kaum dass das Dantrolen zu wirken anfing, der Puls und das Fieber des Kindes sanken und der Blutdruck langsam, aber stetig wieder zu steigen begann.

Sie sahen dem Mädchen nach, als die Pfleger sie im Laufschritt auf die Intensivstation rollten, vorbei an ihren Eltern auf dem Flur.

»Wer geht als Erster raus?«, fragte Alexandra nach einer Pause.

»Frau Fuchs«, sagte Nürnberger.

»Herr Nürnberger«, begann Arndt, aber Nürnberger fiel ihm ins Wort.

»Frau Fuchs ist die verantwortliche Ärztin, und ich habe keine Lust, mich jetzt noch stundenlang mit ihren Eltern herumzuschlagen, um ihnen zu erklären, dass die gesamte Familie demnächst für eine Gewebeprobe in die Ambulanz muss. *Herr Doktor, Herr Doktor, ist Krankheit ansteckend?*« Nürnberger ahmte mit böser Genauigkeit ihre Aussprache nach beziehungsweise wie er sich ihre Aussprache vorstellte.

»Da draußen sitzen sieben, acht arabische *Männer* herum«, sagte Alexandra.

»Iraner sind keine Araber«, warf Arndt ein. »Iraner sind Perser.«

»Egal«, sagte Alexandra.

»Seit wann fürchtet Frau Fuchs sich vor Männern?« Nürnberger zuckte die Achseln. »Außerdem bin ich nicht im Dienst. Eigentlich habe ich seit mehreren Stunden *frei*. – Frau Westermann musste am Wochenende in der Ersten Hilfe mehrere türkische Männer behandeln, die für irgendwelche kleinen Schnippeleien, einen Abszess oder eine Perianalthrombose, eine Narkose verlangt haben. Kein Witz! Frau Westermann, habe ich ihr gesagt, sie sollen die Zähne zusammenbeißen, in die Apotheke gehen, Paracetamol kaufen und sich zu Hause ins Bett legen. *Sie mir geben Tabletten, Doktor?* Sie kommen am Wochenende in die Ambulanz, um sich die Praxisgebühr zu sparen. So viel zu der Revolution im Gesundheitswesen, die unsere Ministerin uns beschert hat.«

Arndt verdrehte hinter Nürnbergers Rücken die Augen.

»Es ist meine Patientin«, sagte Ilka. »Ich gehe, selbstverständlich.«

»Warum hast du die Operation überhaupt angenommen?«, fragte Stefan.

Ilka zuckte die Achseln. »Das hat Alexandra mich auch gefragt.«

»Zu Recht. Du hättest die OP nicht machen müssen, nicht nach einer Nacht Bereitschaftsdienst und einer vollen Tagesschicht.«

»Ich –« Ilka verstummte.

»Sag schon, ich höre dir zu. Hat dich Zühlsdorff unter Druck gesetzt?«

Sie sah an Stefan vorbei. »Ich brauche noch mehr als vierzig OPs in der Notfallmedizin, bevor ich mich zur Facharztprüfung anmelden kann, und du weißt ja, dass Nürnberger Beate und mich am liebsten in die Hautklinik schickt.«

Die Ausrede mit den OPs für die Facharztprüfung war

wacklig, aber sie wollte Stefan, heute zumal, keinesfalls sagen, dass ihr Vater wieder einmal im Krankenhaus angerufen hatte. Wenn es ein Thema gab, auf das Stefan immer gereizt reagierte, dann war es ihr Vater: Friedrich Fuchs. Unglücklicherweise war Friedrich Fuchs – oder besser gesagt: *Fred*, wie er sich von Stefan nennen ließ – in ihrem Leben derart präsent, dass kaum eine Woche verging, in der es wegen ihres Vaters nicht zu kleineren Kollisionen in ihrer Beziehung kam. Fred war beständig am Telefon: Achtzig Prozent der Anrufe, die Stefan und Ilka auf ihrem Festnetz erreichten, gingen auf sein Konto, auch wenn ihr Vater die Anruferkennung unterdrückt hatte und sich immer *anonym* meldete. Er konnte sich natürlich denken, dass Stefan alle Gespräche, die mit einer 02331er Vorwahl begannen, am liebsten ignorierte. Hinzu kamen all die Gespräche, die Ilka und ihr Vater über ihr Mobiltelefon führten und von deren Volumen Stefan allenfalls eine ungefähre Ahnung hatte.

Friedrich Fuchs rief sein *Spätzchen* wegen allem und jedem an: Das Wetter hatte umgeschlagen, und Friedrich Fuchs erinnerte Ilka daran, einen Schal zu tragen. Der Herbst brach an, und Friedrich Fuchs mahnte Ilka, sie solle dringend Stefan mahnen, das Auto winterfest zu machen. Frostschutz? Licht? Wie tief das Profil der Winterreifen noch sei, verlangte er über Ilka von Stefan zu wissen. Ab vier Millimetern Abrieb seien Reifen nicht mehr autobahntüchtig! Stefan, von Ilka unter Druck gesetzt, pikte ratlos mit dem Geodreieck in dem versteinerten Lehm, den Sedimenten ihres Sonntagsausflugs nach Bad Saarow, die sich in den Rillen abgesetzt hatten. »Bei Tempo 200 fliegen euch die Reifen um die Ohren!«, warnte Friedrich Fuchs düster, als Ilka auf sein Drängen hin mit äußerst vagen Angaben zum Reifenstand telefonisch auf das Thema zurückkam, und Ilka wagte nicht zu sagen, dass sie niemals Tempo 200 fuhren, sie selbst fuhr nie schneller als 130. Meist endeten die Querelen um das Auto damit, dass Ilka den Wagen in die Werkstatt brachte und viel Geld für die Überprüfung von Nichtigkeiten ausgab. Fuhren sie in den Urlaub, war mit Sicherheit zwei Stunden nach dem Aufbruch Friedrich Fuchs am Mobiltelefon: Ob sie daran gedacht hätten, nach hundert Kilometern Autobahn noch einmal den Luftdruck zu überprüfen? Bei vollgeladenem Wagen sei der Druck auf die Reifen erhöht. Mit sauren Mienen wählten Ilka und Stefan die Ausfahrt zur nächsten Autobahnraststätte; beide wären sie nur zu gern durchgefahren, aber keiner von ihnen besaß den Mut, Friedrich Fuchs bei seinem Kontrollanruf, der unweigerlich spätestens nach weiteren zwanzig Minuten erfolgen würde, keine genaue Bar-Zahl nennen zu können.

Das Problem war, dass der BMW, den sie fuhren, nicht nur von Ilkas Vater gekauft und bezahlt worden war, sondern zudem von der Versicherung bis hin zum Sprit, den sie auf das Konto von Freds Flottenkarte tankten, von ihm unterhalten wurde. Er leitete daraus ein moralisches Mitspracherecht für sich ab, wenn es um die Belange dieses Autos ging, und er wusste nur zu gut, dass sie beide, Ilka wie Stefan, zu schwach waren, um sich von dem Komfort dieses Wagens zu lösen und auf einen Polo umzusteigen, den sie selbst hätten finanzieren können. Sie hatten nie darüber gesprochen, aber Friedrich Fuchs überging einfach stillschweigend Stefans Gerede über Ökologie und Car-Sharing-Modelle. *»Statt-Auto«*, Fred hustete die Phrase förmlich aus, als habe er sich an einem Dinkelkeks verschluckt. »Und was macht ihr im Winter, wenn ihr abends mal eben ins Kino wollt?« Und genau das war das Problem: Es ging ja überhaupt nicht darum, dass der Wagen soundso viel PS hatte, dunkelblaumetallic lackiert und mit einem schnurrenden elektrischen Cabrioverdeck ausgerüstet war. Vielmehr war der Wagen einfach bequem, schluckte jedes IKEA-Regal, nahm klaglos all die leeren Flaschen auf, die Stefan zu entsorgen immer wieder hinausschob, sodass auch er der Ansicht war, es sei einfach *unpraktisch*, den Wagen abzugeben.

»Ich habe gehört, dass dein Dienst um 22 Uhr endet, Spätzchen!«

Friedrich Fuchs hatte sich durchstellen lassen, mit der ihm eigenen fröhlichen Penetranz darauf bestanden, dass man ihn mit Frau Dr. Fuchs verbinde. Den Flurschaden bei Schwester Karin würde Ilka nächste Woche bereinigen müssen: Karin, die mit einer Illustrierten in der Hand im Dienstzimmer neben ihr saß und ebenso verstohlen wie genussvoll zusah, wie Ilka die Nachbestellung für das Endlospapier, das der OP-Monitor mit unglaublichem Appetit verschlang, in den Computer tippte. Wie sie dann auf *Print* drückte, aufstand und die Blätter aus dem Drucker holte, der direkt neben Schwester Karin stand. »Nicht wahr, Frau Fuchs, Sie haben Ihrem Vater sicher ausgerichtet, dass wir nicht das Vorzimmer der Ärzte sind?«

Für ein Treffen mit ihrem Vater – und noch dazu seinem neuen Assistenten, Arnold Osthaus – hatte Ilka an diesem Abend keine Kraft mehr, aber ihr Vater würde ihre Absage nicht verstehen. Sie musste einen triftigen Grund benennen, und so sprach sie laut und deutlich das Wort *Nachtdienst außer der Reihe* ins Telefon, just in dem Moment, als Zühlsdorff eintraf, verfolgt von Nürnberger, der dringend jemanden für einen Verkehrsunfall suchte: Zühlsdorff, Direktor der Anästhesie im Robert-Koch-Klinikum, mit dem zusammen sie Aufsatz um Aufsatz zur Bedeutung von Calcium Sensitizern zur Kreislaufsteuerung bei Routine-OPs schrieb, worüber sie gemeinsam forschten. Genauer gesagt: Sie forschte und schrieb, er korrigierte ihren Text anschließend wie ein Grundschullehrer auf Rechtschreibung und trug seinen Namen vorn in die noch leere Autorenzeile ein. *Zühlsdorff/Fuchs.* Sie ließ die Autorenzeile jedes Textentwurfs leer, jeder Aufsatz ein neues Experiment, ob sich die Schwerkräfte in ihrer Arbeitsbeziehung möglicherweise umverteilt hatten, aber das Ergebnis war immer das gleiche.

Ilka hielt sich nun schon zwei Jahre bei ihm, nachdem er zuvor fünf, sechs junge Ärzte am Stück verschlissen hatte. *Human Knock-outs*, so nannte er sie, wenn er überhaupt einmal von ihnen sprach, denn für ihn waren sie längst begraben auf dem Friedhof der Sensibelchen, die den Druck des Klinikbetriebs nicht aushielten und *in die Niederlassung* gingen. Für die echten Knock-out-Mäuse, dreihundert Euro teure Geschöpfe, mit denen in der Klinik hantiert wurde, hatte Zühlsdorff mehr Mitgefühl. Sie wurden nach Gebrauch vorschriftsmäßig in einem sterilisierten Plastiksack entsorgt, gingen den ihnen zugedachten Weg in der Verwertungskette, während das menschliche Material sehen konnte, wo es blieb. Der Personalrat vertrat im Grunde nur das Pflegepersonal. Die jungen Ärzte organisierten sich nicht. Sie kannten ihre Grenzen.

Kannten sie, und kannten sie zugleich nicht. Wo war ihre, Ilkas Grenze? Ein fortdauerndes Experiment über Selbstbeherrschung: Wie lange blieben ihre Finger noch ruhig, wie lange blieb ihr Kopf klar? Eine geographische Expedition zur Vermessung der eigenen Möglichkeiten. Wo begann das öde Niemandsland, in dem die Gedanken verschwammen, die Hände fahrig wurden? Stefan war dieser Drang zur Expansion unbekannt. Er war zufrieden mit dem Bestehenden. Am liebsten wäre er auf ewig im Schwebezustand des Referendariats verblieben. Das Fortkommen kümmerte ihn nicht, er besaß nicht einmal einen Führerschein.

Als sie aus der Klinik kam, entschied Ilka sich, heute statt über die Beusselstraße den Rückweg über die Seestraße zu nehmen. Die Kreuzung mit der überraschenden Vorfahrtsregelung war ihr nicht geläufig, und dann diese Radfahrerin. Beide hatten sie wie erstarrt innegehalten, als ihr Schutzblech schon Ilkas Wagen streifte. Sie hatten sich sogar noch in die Augen gesehen, und im nächsten Moment war das Fahrrad samt seiner Fahrerin fort: wie wegradiert aus Ilkas

Blickfeld. Als sie endlich die Bremse getreten, den Gang gewechselt, den Schlüssel gezogen hatte, lag die Radfahrerin einen Meter neben dem Auto auf der Straße.

»Fahrlässige Tötung«, sagte Stefan und zündete sich eine neue Zigarette an.

»Stefan! Sie ist nicht tot.«

»Ich habe doch auch nur gesagt, dass ich in deinem Fall, wenn er anders ausgegangen wäre, vermutlich auf fahrlässige Tötung plädieren würde.«

»Aber ich stand förmlich neben mir! Vollkommen übermüdet. Ich war in Gedanken immer noch im OP, und dann kommt sie plötzlich mit einer irrsinnigen Geschwindigkeit angerast. Und das nach vierundzwanzig Stunden im Krankenhaus.«

»Eben«, sagte Stefan. »Es war fahrlässig von dir, in dieser Situation in ein Auto zu steigen. Du hättest nicht fahren dürfen.«

»Was hätte ich denn sonst tun sollen?«

»Mich anrufen. Ich hätte dich abgeholt.«

»Wie denn?«

»Mit dem Bus.«

»Du musst dich aber auf deine Verhandlung vorbereiten. Wirst du nicht sogar dafür benotet? Überhaupt, du müsstest längst auf dem Weg sein, Stefan, es ist schon fast neun Uhr!«

»Ich melde mich krank.«

»Schon wieder!«

»Ich lasse dich heute nicht allein. Nicht in dieser Verfassung. – Komm schon, hast du sie wirklich nicht gesehen, oder hast du den Schulterblick vergessen?«

Ilka zuckte die Achseln und schwieg. Möglich war beides, wahrscheinlicher war, dass ihr neuer Wintermantel schuld an dem Beinahe-Unfall hatte, dieser Mantel mit der überbreiten, pelzgefütterten Kapuze, die sie ausgerechnet heute Morgen über den Kopf geschlagen hatte, weil es gegen sieben Uhr früh plötzlich zu regnen begann. Ein ärgerlicher, unnötiger

Regen, wie gemacht, um einem den Tag zu verleiden. Das Labor hatte sie leer vorgefunden. Keine Frau Seitz, auch keine Frau Schwarze-Kahrs; frei von Lebewesen, mit Ausnahme zweier Mäuse, die auf eine Injektion warteten und sie ausdruckslos dabei betrachteten, wie sie den Eckschrank aufschloss. Sobald sie zu Hause war, wollte sie nur noch schlafen, schlafen. Sie setzte die Kapuze auf für den Fall, dass sie Zühlsdorff auf dem Parkplatz traf. Sie traf aber nur Nürnberger, der auf ein Taxi wartete und sie verärgert anstarrte, als sie ihr Auto aufschloss. Er selbst fuhr einen Alfa Romeo, der seine besten Zeiten hinter sich hatte. Einen Moment sah er sie verblüfft an, dann sagte er: »Schick, Frau Fuchs. Sehr schick.«

Der Mantel war völlig ungeeignet für die Klinik. Er gehörte nicht an den Körper einer BAT-Angestellten in einem öffentlichen deutschen Krankenhaus, sondern nach St. Moritz, und das artikulierte dieser Mantel nur zu deutlich. Jedermann, der sich ein bisschen auskannte, sah, dass er teuer gewesen war, sehr teuer.

Daher hatte sie ihn auch wieder ausgezogen, nachdem sie ihn bei *Patricia Hellmann* in einer Seitenstraße des Ku'damms ausprobiert hatte. »Schick.«

»Sehr schick«, sagte ihr Vater. Sie waren gemeinsam den Kurfürstendamm hinuntergebummelt. Den Tisch bei *Ana e Bruno* hatte ihr Vater erst für 20 Uhr 30 bestellt. »Nicht wahr, Stefan?«

»Ich kann mir keinen Mantel vorstellen, den Ilka nicht tragen könnte.«

»Aber dieser steht ihr besonders gut.«

»Er ist ausgefallen«, sagte Stefan. »Sie sieht aus wie eine Königin.«

»Mit anderen Worten: Du findest den Mantel also auch sexy.«

Stefan sah den Filmstar an, der ihm aus der Tiefe der fellgefütterten Kapuze geheimnisvoll zulächelte. Die Verkäuferin hatte Ilka noch eine übergroße Sonnenbrille auf die Nase gedrückt. »Klar«, sagte er und lachte.

»Dann solltest du ihr den Mantel kaufen«, sagte Fred.

»Papa!«

»Spätzchen?«

»Ich möchte den Mantel gar nicht haben.« Ilka legte ihn auf den Tisch zurück.

»Warum nicht? Er steht dir hervorragend. Wie für dich gemacht.«

Sie sah ihn eindringlich an und deutete dann diskret auf das Preisschild: 1950 Euro.

»Na und? Stefan hat dich doch schon zu deinem Geburtstag mit einem Gedichtband abgespeist.«

Stefan tat, als wäre er mit den Schals beschäftigt.

»Es waren *seine* Gedichte, Papa. Er hat sie selbst geschrieben. Für mich«, entgegnete Ilka halblaut.

Ihr Vater zuckte die Achseln. »Reime. Das ist doch kein Geburtstagsgeschenk. Nicht für einen erwachsenen Mann.«

»Es waren erstens keine *Reime*, Papa. Zweitens waren die Gedichte sehr schön. Richtig gut. Moderne Lyrik.«

»Wenn die Gedichte gut sind, soll er sie veröffentlichen. Wie viel macht man mit einem Gedichtband? Zehntausend? Zwanzigtausend?« Fred starrte Stefan hinterher, der zwischen den Podesten, auf denen Handtaschen ruhten, umherirrte.

»Die Gedichte sind nicht zur Veröffentlichung bestimmt, und sie sind auch ganz sicher nicht druckreif«, flüsterte Ilka. »Sie haben eher einen – privaten Charakter.«

»Privat«, wiederholte Friedrich Fuchs argwöhnisch und ohne sich allzu große Mühe zu machen, seine Stimme zu dämpfen. »Wie meinst du das?«

»Ihren Wert kann nur ich erkennen«, sagte Ilka schnell.

»Ich habe deiner Mutter zum Geburtstag immer Dinge geschenkt, deren Wert auch andere erkennen konnten. Uhren. Schmuck. Die Tasche, die selbst du immer noch benutzt,

Spätzchen. Für das Selbstgebastelte sind meiner Meinung nach die Kinder zuständig.«

»Wir nehmen den Mantel«, sagte Stefan plötzlich.

Ilka zuckte zusammen »Ich will den Mantel nicht!«, sagte sie dann.

»Ich möchte ihn dir aber gern schenken. Nachträglich, zum Geburtstag.«

Trotzig legte Stefan seine EC-Karte auf den Tisch.

»Schenken«, wiederholte Ilka.

Stefan hielt ihrem Blick stand. »Jawohl.«

»Ich habe aber noch einen guten Mantel aus dem letzten Jahr. Wirklich!«

»Papperlapapp. Packen Sie uns den Mantel als Geschenk ein«, sagte Fred und klopfte Stefan auf die Schulter, als dieser den Kassenbeleg unterschrieb. »Gut gemacht. Ein Mann darf nicht knausrig sein.«

Ihr Vater hatte einfach kein Verständnis für Stefans Art und Weise, eine Gabe zu machen. Deswegen hatte sie ihm nicht einmal andeutungsweise erzählt von der ganz besonderen waldmeistergrünen Glasscheibe an der Ampel in der Danziger Straße, die Stefan extra für sie gestohlen und ihr in die USA nachgeschickt hatte in dem Jahr am Hopkins Memorial: *Ihrer* Ampel, denn dort hatten sie anlässlich eines Wochenendbesuchs beschlossen, gemeinsam nach Berlin zu ziehen – er als Referendar, sie als Assistenzärztin im Robert Koch, und während sie Nachtschichten schob, dachte er sich verrückte Verstecke für seine kleinen Liebesbotschaften aus. Dass er selbst durch das zweite Staatsexamen fiel, schien ihn am Ende weniger zu bekümmern als die Absage, die Ilka zur gleichen Zeit auf eine Bewerbung um eine Postdoc-Stelle an der Universität erhielt.

Hatte sie die Tabletten noch auf dem Parkplatz genommen oder erst zu Hause? Sie konnte sich einfach nicht mehr erinnern, fühlte sich bleischwer.

Auffälligkeiten: keine. Wortlos hatte Dr. Donaubauer das Narkoseprotokoll abgezeichnet. Wie stünde sie da, nach Dutzenden einwandfrei verlaufener Narkosen plötzlich dieser Schandfleck einer beinahe tödlich verlaufenen Malignen Hyperthermie?

4

»Wollen wir nicht doch am Automaten einchecken, Herr Fuchs? Es würde so viel schneller gehen.«

Noch im Stehen war Arnold Osthaus in Bewegung. Friedrich Fuchs versuchte, die Wellenbewegung zu ignorieren, die – soweit er das beurteilen konnte – von Arnolds Knien ausging und sich von dort schlangenhaft in den Oberkörper fortsetzte, bis das S, das wie eine Wehe durch seinen Körper lief, in eine ruckartige Kopfbewegung mündete: Wie ein pickender Vogel reckte Arnold sein Kinn nach vorn. Jäh verharrte er dann in der Luft, stoppte sein eigenes Bewegungsprogramm, federte zurück, bis es ihn ein, zwei Augenblicke später wieder durchlief, seine Energie wieder mühsam gebremst sich doch ihren Weg von den Knien aus bis in den Kopf bahnte. Die Kopfbewegung, mit der er sich jedes Mal ein, zwei Zentimeter des Terrains vor ihm sicherte, der Vorstoß ins Unbekannte, der ihm zur zweiten Natur geworden war: Alles an Arnold war auf Angriff, auf Eroberung gepolt, selbst wenn er in einer hässlichen Warteschlange vor dem Check-in gefangen war. Welle-Pick, Welle-Pick: Die Kopfbewegung fiel umso mehr auf, seit Arnold das Haar kurz geschnitten trug, fand Friedrich Fuchs.

Manchmal machte er selbst Friedrich Fuchs damit bange, obwohl es doch genau diese Eigenschaften waren, die ihn für Arnold eingenommen hatten, als er sich vor eineinhalb Jahren überraschend als Assistent der Geschäftsführung bei *Fuchs Ladungssicherung Hebetechnik* beworben hatte – mit der Begründung, nach »ebenso lehrreichen wie herausfordernden« zwei Jahren bei *Ball Packaging*, einem internationalen Multi, der Plastikumhüllungen jeder Art herstellte, sich nun bewusst einem mittelständischen Unternehmen zuwenden zu wollen, in dem man »noch Dinge bewegen konnte«. Fred hatte auf Arnolds Vita geschaut, die sich auf auffallend gutem Papier vor ihm aufblätterte: sein Studium an der European Business School auf Schloss Reichartshausen bei Wiesbaden, mit Auslandssemestern in London und Austin, Texas. Nur beste Noten und internationale Adressen für die Praktika, die er während des Studiums absolviert hatte, dazu Mitgliedschaften in diversen *Netzwerken*, wie Arnold es in seinem Lebenslauf vornehm nannte: *Jung-Königswinter, Bonding, eXebs* stand da, ohne weitere Erläuterung, geheimnisvoll wie ein Sesam-öffne-dich.

Und so wurde er neugierig auf Arnold und lud ihn ein, und als er ihn schließlich kennengelernt hatte, wollte er ihn unbedingt haben und bildete sich ein, sein weiteres unternehmerisches Glück hinge von der Zusammenarbeit mit Arnold ab, so wie Ilka sich mit zwölf oder dreizehn beim Sonntagsbummel in Düsseldorf mitunter in ein Kleid verliebt hatte und dann die folgende Woche kaum mehr schlafen konnte vor Angst, jemand könne ihr das Kleid bis zum folgenden Samstag vor der Nase wegkaufen.

Als er Arnold kennengelernt hatte, war Fred plötzlich unzufrieden mit den treuen Diplom-Ingenieuren von der Universität Wuppertal, die das Gros seiner Führungskräfte ausmachten. Oder vielleicht nicht unzufrieden ... aber plötzlich sehnte er sich nach dem unruhigen Stampfen eines Rassepferds in seinem Stall, das mit den Hufen an die Box schlug, weil es ausgeritten werden wollte. Ein Pferd, das geradezu danach verlangte, in einen Anhänger geladen und Hunderte von Kilometern über Autobahnen gefahren zu werden, um im fliegenden Galopp am Nordseestrand endlich seinen Körper bis hin zur letzten Faser zu verspüren, das letzte Quäntchen Kraft an den Genuss der rasenden Bewegung zu verschenken, anstatt gemütlich wie die anderen Nutztiere auf dem Hof die immergleichen Runden in der Reithalle zu drehen.

Er hatte Arnold, bevor dieser den Arbeitsvertrag unterschrieb, noch einmal darauf hingewiesen, dass er zwar ein maßgeblicher Anbieter im Bereich der Arbeitsschutzprodukte war und im Bereich Ladungssicherung und Hebetechnik einer der umsatzstärksten Lieferanten in Europa, schließlich aber doch nicht mehr als 470 Mitarbeiter habe. »Noch«, hatte Arnold daraufhin gesagt und anschließend mit der Spitze seines Füllfederhalters feierlich das Papier berührt.

Arnold gegenüber konnte er endlich laut darüber nachdenken, das Werk in Wetter an der Ruhr zu schließen, in welchem sie Artikel Nummer 6763 herstellten: maßgeschneiderte Auffangnetze Typ S mit eingearbeiteten Kauschen, aus hochfestem Polypropylen, fünf Millimeter stark, ringsum mit zwölf Millimetern Randseil, wahlweise in Grün oder Gelb, zum Preis von 131 Euro 80 für das Standardmodell in der Abmessung fünf mal fünf Meter.

Mit dem Auffangseil war es dasselbe wie mit den Hebebändern und Rundschlingen: Die Nachfrage nach Arbeitsschutzprodukten stagnierte seit Ende der neunziger Jahre, und selbst die neuen Richtlinien, mit denen die EU die Beitrittsländer zur Freude des Arbeitskreises Arbeitsschutz, dessen Gründungsmitglied er war, überzog, waren nicht die Lösung der Probleme der Firma Fuchs. In Slowenien oder Litauen gab niemand 131 Euro 80 für ein fünf mal fünf Meter großes Auffangnetz aus, wenn man für gerade einmal dreißig Euro ein chinesisches Netz bekam, das auf den ersten Blick genauso haltbar schien wie ein Netz der Firma Fuchs: ein *Migrationsprodukt*, wie der Markenrechtsanwalt, den Fred eingeschaltet hatte, es bedauernd nannte. Der Betriebsrat klammerte sich an larmoyante Betrachtungen über den Umfang der Schwarzarbeit in Deutschland, bei denen nicht nur steuer- und abgaben-, sondern auch arbeitsschutzrechtliche Bestimmungen einfach unterlaufen wurden. Ein Bauarbeiter aus Weißrussland ließ sich eben auch ohne persönliche Schutzausrüstung gegen Absturz auf Tätigkeiten in der Höhe ein, pfiff auf *sicherheitliche Überlegungen*, die sein leitender Diplom-Ingenieur bei den von der Firma Fuchs angebotenen Seminaren vor immer weniger Teilnehmern ausbreitete, und hielt ein Dreibaumsystem vermutlich für eine forstwirtschaftliche Methode. Es half nichts: Wenn sie die Möglichkeiten, die sich in Osteuropa auftaten, ausschöpfen wollten, mussten sie eine Möglichkeit finden, zumindest einen Teil der Produkte deutlich günstiger zu liefern.

Arnold war zum Glück niemand, der sich lange mit Bedenken aufhielt, vielmehr ein beinahe noch kühnerer Geist als Friedrich Fuchs. Wenn er sich weiter so rasch entwickelte, war es nur noch eine Frage der Zeit, bis er ihn erneut an einen Konzern verlor oder er als Partner zu McKinsey ging. Auch darum ging ihm die Werksverlagerung nicht mehr aus dem Kopf: weil sie Arnold an die Firma binden, ihm ein Experimentierfeld für unternehmerische Eigenverantwortung bieten würde. Ihm selbst wäre eine Expansion nach Polen oder Ungarn kühn genug gewesen, aber Arnold war gedanklich wiederum einen Schritt weiter. Selbst Rumänien sei inzwischen viel zu teuer! Arnold argumentierte gegen den Entscheid für ein Beitrittsland mit dem Hinweis darauf, dass die Löhne dort binnen weniger Jahre mit denen in Westeuropa gleichziehen würden – eben zu dem Zeitpunkt, an dem sich die Verlagerung frühestens zu rechnen begann. Deswegen müssten sie gleich hinaus aus der EU und ihren zersetzenden Tendenzen zur Gleichmacherei, hinaus in die Wild-West-Länder vor den Toren Europas, wo die Menschen noch hungrig waren.

Friedrich Fuchs hatte geschluckt, als Arnold vor ein paar Wochen wie ein Feldherr eine Heftzwecke in die Weltkarte rammte, die sie gemeinsam in seinem Büro aufgehängt hatten: Mitten ins Herz getroffen, lag ihnen Sekunden später *Chisinau* als williges Opfer zu Füßen. Arnold zählte die

Daten auf (er nannte sie *Parameter*), die für Moldawien sprachen: Das Wirtschaftswachstum lag bei 6,3 Prozent, das monatliche Durchschnittseinkommen bei umgerechnet 44 Euro. Andererseits verfügte das Land als Erbe aus Sowjetzeiten über eine gute Infrastruktur und ein sehr gutes Bildungsniveau. Nur 0,9 Prozent der Bevölkerung waren Analphabeten.

Exakt die gleichen Daten hatte Fred wenig später in der Gesellschafterversammlung referiert, aber von den Wallhorns, sprich: seiner Schwester Roswitha, ihrem geschiedenen Mann Udo und seinem Neffen Bertil, nur Schweigen geerntet. Nachdem ihr Sohn ihr zugeflüstert hatte, Moldawien läge in unmittelbarer Nachbarschaft von Rumänien, presste Roswitha die Lippen so entschieden zusammen, als lauere irgendwo im Raum schon unsichtbar ein Moldauer, um ihr den weißen Schmelz von den Zähnen zu kratzen. Wie immer ließ sie ihren Sohn sprechen, Bertil, der nun von der erwartbar niedrigeren *Produktivität* in Moldawien zu schwafeln begann und dem ebenfalls zu erwartenden höheren *Verschnitt*, womit er vermutlich meinte, dass ein erheblicher Teil der Netze Deutschland nie erreichen, sondern unter der Hand ab Werk von den Arbeitern verkauft werden würde. Ganz zu schweigen natürlich von den logistischen Problemen, die sich dadurch auftaten, dass die Lastwagen mit den Auffangseilen *Made in Moldova* vielleicht auf intakten sowjetischen Straßen Richtung Westen rollen konnten, dort aber an der Zollabfertigung unüberschaubar lange Wartezeiten würden in Kauf nehmen müssen. Hatte nicht Onkel Fred selbst vor kurzem das *Just-in-time-Verfahren* eingeführt, eine drastische Senkung der Lagerhaltungskosten durch eine minutiöse Steuerung des Transports der abzuverkaufenden Produkte?

Dieser ständige Kleinkrieg mit Bertil: Zum Ärger seiner Schwester hatte Friedrich Fuchs darauf bestanden, dass sich Bertil wie ein Externer bewarb, als er nach dem Studium den Wunsch äußerte, im Unternehmen mitzuarbeiten, mit allen Zeugnissen, Bewerbungsschreiben, *Assessment Center* und so weiter und so fort. Bertil nahm die Demütigung hin, was Friedrich Fuchs noch weiter gegen ihn aufbrachte, doch er hatte ihm die Stelle im Vertrieb anschließend nicht abschlagen können. Dort lauerte er nun schon seit Jahren, machte nichts falsch, aber auch nichts richtig, konservierte den Status quo, obwohl ausgerechnet die Vertriebsabteilung eine Prozessoptimierung dringend nötig gehabt hätte. Natürlich war Fred klar, worauf Bertil wie ein Murmeltier im Winterschlaf wartete: Nur ein Anzeichen von Schwäche, die sacht geäußerte Andeutung der eventuellen Möglichkeit eines Rückzugs aus der Führungsverantwortung, und schon würde Bertil da stehen und auf Berücksichtigung bei der Nachfolgeregelung pochen.

Die Firma wäre heute ganz und gar seine, wenn Fred nicht mehrfach große Summen für die Erweiterung und später Verlagerung der Produktion aus längst viel zu engen Hallen in Hagen hinaus nach Wetter an der Ruhr und dann für den Einstieg in das Geschäft mit Faser- und Edelstahlseilen gebraucht hätte. Im Gegenzug für das günstige Kapital, das seine Schwester bereitstellte, die damals mit einem stadtbekannten Orthopäden verheiratet war, hatte er den Wallhorns erhebliche Gesellschafteranteile abgetreten. Wenn seine Schwester und ihr Ex-Mann sich verbündeten, würde er Bertil ohne überzeugende Argumente nicht verhindern können.

Irmgard Wrede hatte ihm irgendwann einmal gesagt, er klammere sich doch nur deswegen noch mit 67 an sein Unternehmen, weil er Angst vor dem Alter habe. Altern bedeute, loslassen zu müssen. Schwachsinn. Er seufzte.

»Bist du müde, Onkel Fred?«

Bertils nur scheinbar devote Stimme. Friedrich Fuchs schüttelte sich, doch Bertil fuhr umso selbstsicherer fort: »Bei deinem Vorschlag geht es um einen Zeithorizont, der deine aktive Zeit im Unternehmen bei weitem überschreitet. Es handelt sich um ein Projekt mit hohen Kosten und geringer Rechtssicherheit. Betroffen ist dabei unser aller persönliches Kapital, das du, Onkel Fred, in ein risikoreiches Projekt investieren willst. Der Nachfolger wird mit den Konsequenzen zu leben haben«, fügte er hinzu, und seine Stimme klang fest. »Eine Entscheidung über eine Verlagerung des Werks nach Moldawien muss einvernehmlich getroffen werden, oder das Projekt ist tot.«

Bertil hoffte vergebens, und auch Udo und Roswitha hofften vergebens. Unabhängig voneinander waren sie auf Fred zugekommen und hatten ihn gebeten, Bertil eine zweite Chance zu geben. »Glaube mir, er hat sich geändert.« Die Menschen änderten sich aber nicht, und so würde aus einem Verlierertypen wie Bertil eben keine Ilka und aus Ilka glücklicherweise niemals ein Bertil werden.

Er würde seinem Neffen das Leben zur Hölle machen, ihn für unternehmerisch unzurechnungsfähig erklären lassen, einen Vormund in der Person von Arnold Osthaus einbestellen. Aber das war nur die zweitbeste Option.

»Ich bitte um Handzeichen«, sagte der Notar, der die Versammlung leitete.

Arnold genügte ein Blick.

»Herr Fuchs«, sagte er, und Fred war dankbar für den Arm, der sich einen Moment lang um seine Schulter legte, »dann fahren wir eben Plan B.«

5

»Stefan?«

»Ja?«

»Du weißt, dass Papa heute Abend in Berlin ist?«

Was heißt sein? Er würde in exakt einer Dreiviertelstunde wie ein Meteorit in ihrer Wohnung einschlagen, alle drei Zimmer mühelos mit seiner quirligen Präsenz füllen und mit seiner Betriebsamkeit noch die Zimmerpflanzen anstecken, die daraufhin ins Wanken gerieten: Palmen mitten in Berlin in Seenot. Wenn sie sich nicht beeilten und rechtzeitig Stefans sensiblen *Apple* ausschalteten, würde dieser mit einiger Sicherheit einen Infarkt erleiden und nach dem jähen Absturz nur noch ein schwaches Flimmern auf dem Bildschirm anzeigen. Ilka hatte ihm so lange nicht glauben wollen, bis Stefan einen Artikel aus der *MacWorld* angeschleppt hatte: dass manche Computer in der Tat mit einer Geste der Verweigerung auf die elektrischen Spannungen reagierten, die von bestimmten Menschen ausgingen. Sensible Wesen, wie gemacht für feinfühlige Geister, die teures Geld für nicht mehrheitsfähige Rechner ausgaben, lästerte Friedrich Fuchs, dem der *Ziercomputer*, wie er ihn nannte, ein weiterer Beleg dafür war, dass Stefan es mit der Arbeit nicht allzu ernst nahm. Andererseits rief selbst Friedrich Fuchs bei Stefan an, wenn er ein Computerproblem hatte, und wenn besonders wichtige Kunden zu Besuch waren, bat er Stefan immer noch, ob er nicht für einen Tag nach Hagen kommen könne, um die Gäste durch das, wie er selbst von Stefan gelernt hatte, durchaus maßgebliche Bauhaus-Viertel der Stadt zu führen. Denn das war das Fatale an Friedrich Fuchs: Man konnte ihn ablehnen, aber nicht ignorieren. Ein Lob von Friedrich Fuchs – oder gar ein Zeichen der Zuneigung – schlug stets gewaltig ein und konnte Bunker brechende Wirkung entfalten.

Doch auch diese von beiden Seiten sorgsam betriebenen kleinen Schritte der gegenseitigen Annäherung verliefen letztlich folgenlos. Vor zwei Jahren hatte Fred Stefan zu Weihnachten einen Palm geschenkt, der unbenutzt liegenblieb: Stefan hatte so wenige Termine, dass er keinen Organizer benötigte. Schließlich entdeckte Ilka, dass man den Palm benutzen konnte, um Medikamentierungen zu speichern, und so zog der Palm in die Klinik um, wie im Jahr zuvor bereits der Pager vom Fuchs'schen Gabentisch kurz nach Neujahr in Ilkas Besitz übergegangen war. Auch der Palm verschwand aus Stefans Gedächtnis, und zurück blieb das unbestimmte Gefühl, dass Fred ihn Weihnachten wieder einmal einfach ignoriert und ihm nichts geschenkt hatte.

Stefan hockte noch immer im Arbeitszimmer. Das Tippen nahm an Heftigkeit zu. »Lass mich nur noch den letzten Absatz schreiben. Ich glaube, jetzt habe ich endlich die richtige Argumentation!«, rief er.

Aber es wurde ja nicht besser davon, dass Stefan erst in dem Moment, in dem die Klingel losschrillte, in hektische Betriebsamkeit verfiel, ins Bad rannte und anschließend mit hochrotem Kopf und feuchten Fingern auf Fred zutrat, weil die Zeit nicht zum Abtrocknen der Hände ausgereicht hatte. Woraufhin Fred natürlich annahm, annehmen musste, dass Stefans Hände schweißnass aus Angst oder Unsicherheit waren, und schon wieder sank die ohnehin schon laue Zuneigung zu ihm um ein paar weitere Nanograd. Das Klingeln, das Surren des Lifts, der die Zeitbombe unausweichlich durch seine metallene Röhre nach oben befördern und dort abfeuern würde, die Wasserspülung, das erbärmliche Quieken der beinahe leeren Tube mit Gel, auf der Stefan nun herumdrückte, um seinem Haar doch noch den

Hauch einer Form zu geben – aber noch war es nicht so weit, war es schließlich erst 19 Uhr, also vollkommen unnötig, dass sie heute schon wieder in eine derartige Unruhe verfielen.

»Er kommt um 19 Uhr 45. Weißt du das?«, wiederholte Ilka.

Ein Murmeln.

»Hast du eine Uhr? Das ist in einer Dreiviertelstunde.«

»Ilka, ich muss mich *konzentrieren*.«

»Vielleicht könntest du ja zumindest so rechtzeitig den Computer ausschalten, dass wir vorher noch gemeinsam das Wohnzimmer aufräumen können.«

»Ich komme sofort, fang doch einfach schon mal an.«

Ilka starrte auf den Buckel, den er jedes Mal am Schreibtisch machte, wenn er vergaß, den von ihr benutzten Schreibtischstuhl wieder auf seine Größe zurückzustellen. Stefan hockte ebenfalls regungslos auf seinem Platz und hoffte sicher inständig darauf, dass sie sich endlich entfernte.

»Stefan!«

Er atmete gereizt aus. »*Du* hast mich doch gebeten, Beate mit ihrem Vermieter zu helfen.«

Wenn sie im Wohnzimmer die Zeitungen zusammengelegt hatte, die nach Stefans speziellem System überall verteilt waren (das Feuilleton beispielsweise auf einem besonderen Haufen, so dass er am Samstag in der Sauna noch alle Feuilletons der abgelaufenen Woche nachlesen konnte), wenn sie die Bücher so sortiert hatte, dass die Anstoß erregenden Werke wie etwa die neue Biographie von Daniel Cohn-Bendit unauffällig unten im Stapel verschwanden, die roten Haare vom Boden und aus dem Waschbecken geklaubt und seine Socken aufgesammelt hatte, die er achtlos unter das Sofa geschoben hatte, und das alles zitternd, weil bei weit geöffneter Terrassentür (sie würde mindestens eine halbe Stunde stramm lüften müssen, um den Zigarettenrauch loszuwerden): Wenn sie all das getan hatte, war ihre Laune zwar – zumindest vorübergehend – angeknackst, aber dafür konnte der Abend konfliktfrei starten. Sie würde es ihnen beiden ersparen, dass zum x-ten Mal der Name der Cousine von Frau Schmidt fiel, dass ihr Vater womöglich sogar, wie er es auch schon x-mal getan hatte, noch an Ort und Stelle bei Frau Schmidt in Hagen anrief, die sich längst im Feierabend befand, und nach der Telefonnummer ihrer Cousine fragte. Keine Debatten darüber, dass es doch eigentlich eine Selbstverständlichkeit wäre, wenn die beiden eine Haushälterin hätten – Ilkas Fehler, denn sie hatte ihrem Vater gegenüber von »rund viertausend Euro« gesprochen, die sie im Krankenhaus verdiente, und auch die Aufwandsentschädigung für Stefans Referendariatsdienst hatte sie aufgerundet. Zudem fühlte sie sich Stefan gegenüber ein Stück weit zu Reparationen verpflichtet, denn schließlich war es ihr Vater, der sich diese Besatzerrolle in ihrer beider Leben anmaßte.

Ilka stand schon vor der Badezimmertür, als ihr Blick auf den Wintermantel fiel. Er beherrschte majestätisch die Garderobe, räkelte sich ausladend um den Bügel wie eine Diva. Beinahe lasziv das Fell, mit dem die Kapuze und der Saum des Mantels so üppig ausgestattet waren, neben Stefans schlichtem Anorak. Sie hatte drei Monate gebraucht, um den Flurschaden zu bereinigen, den der Kauf des Mantels auf ihrem Konto hinterlassen hatte. Wenn sie spazieren gingen, versuchte Stefan, sie unauffällig auf Pfade zu schleusen, an deren Wegesrand keine Volksbank lag, aber irgendwann stießen sie dann doch auf eine Filiale. Stefan wartete vor der Tür, hastig rauchend, während sie sich drinnen bemühte, ihren Ärger zu bändigen, bevor sie mit den Auszügen in der Hand vor die Tür trat.

»Und?«, fragte er dann jedes Mal beklommen.

Er hatte versprochen, weniger zu rauchen (und er verrauchte ja in der Tat pro Monat in etwa einen Ärmel), um auf diese Weise das Defizit auszugleichen, rauchte am Ende aber mehr als zuvor, weil er sich unter erhöhtem Druck fühlte, sich endlich zum Staatsexamen anzumelden. Er sprach davon, das Examen in einem heroischen Alleingang, ohne Repetitorium (zwei weitere Wintermäntel) schaffen zu wollen. Er nahm sich vor, Iris nur dann weiter in ihrem Verfahren gegen die Baugenehmigung für den UCS-Tower zu beraten, wenn sie ihm ein kleines Honorar für seine Bemühungen zahlte. In einem Anfall von Askese kaufte er zwei Wochen lang die Lebensmittel, und zwar sämtliche Lebensmittel, vom Saft bis hin zum Brot, bei *Aldi* und *Lidl* ein.

»Schmeckt doch auch gut«, sagte er. Ilka nahm die Teewurst hoch, hielt sie einen Moment lang in der Luft und legte sie dann wieder hin.

»Stefan«, sagte sie. »Das ist doch lächerlich, was wir hier machen.«

»Wir müssen sparen.«

»Ich würde nach einem 24-Stunden-Dienst aber gern frisches Brot essen. In der Kantine gibt es auch nur Fertiggerichte. Ich hasse vorgeschnittenes Brot aus der Tüte. Ich habe keine Lust, mir das anzutun, wirklich!«

»Ich bin schuld«, sagte Stefan düster.

»Du bist überhaupt nicht schuld.«

»Wir hätten den Mantel zurückgeben sollen.«

Sie überlegte, ob sie ihm sagen sollte, dass der Laden den Mantel *selbstverständlich jederzeit gern gegen Gutschrift* zurückgenommen hätte. »Papa hätte sich gewundert, warum ich doch meinen alten Mantel trage«, sagte sie.

»Eben. Genau das hätte ich auch vermutet«, sagte Stefan erleichtert.

Ihr Vater wunderte sich ohnehin schon über manches. Warum sie bislang beispielsweise in keinem einzigen der *Hip Hotels* aus dem Bildband gewesen waren, der letztes Jahr Weihnachten auf dem Gabentisch gelegen hatte.

»Du siehst müde aus, Spätzchen. Warum macht ihr euch nicht mal zwei schöne Wochen auf Bali? Irmgard Wrede schwärmt vom *The Chedi*.«

Ilka begründete ihre Ausrede damit, dass Stefan aus ökologischen Gründen Langstreckenflüge ablehnte, was nicht einmal stimmte. Fred runzelte die Stirn, fing sich aber gleich wieder und blätterte nach vorn in den Abschnitt Europa: *Vigilius Mountain Resort*. »Nach Südtirol fahrt ihr von Hagen aus fünf, sechs Stunden. Ich leihe euch gern ein Auto, und wenn es sein muss, schafft ihr die Strecke sogar mit der Bahn.«

»Ich weiß nicht.«

»Es ist ein Hotel für junge Leute. Arnold Osthaus war schon zwei Mal da.«

Verdammt, Stefan!

Sie zog den Stecker aus seinem Computer.

»Bist du verrückt? Meine Datei!«

Nervtötend hektisches Rascheln mit den auf hauchdünnem Papier gedruckten Seiten seines Kommentars: Sie ärgerte sich über das Geräusch, denn es erinnerte sie an das Rascheln der Knock-out-Mäuse in ihren Plastikkästen in ihrem Büro, und das wiederum erinnerte sie daran, dass sie seit Tagen nicht in die Excel-Tabelle kam, in die sie die Ergebnisse ihrer Versuchsreihe eintrug. *Möchten Sie eine schreibgeschützte Kopie öffnen?*, erkundigte sich der Computer jedes Mal treuherzig. Sie hatte die Laborantin, Frau Schwarze-Kahrs, in Verdacht, einen Virus eingeschleppt zu haben. Mehrfach schon hatte sie sie dabei erwischt, wie sie im Labor am Rechner herumdaddelte, anstatt die Zentrifuge zu reinigen oder das Kontrastmittel vorzubereiten. Die *Fachstelle EDV* des Krankenhauses war ihr seit Tagen einen Rückruf schuldig, und heute früh hatte Nürnberger sie während der Visite vor der versammelten Familie des Mädchens angeschrien, weil sie nicht schnell genug ihre Werte vorgetragen hatte. Anschließend war er – entgegen seiner Gewohnheit – nicht aus dem Zimmer gegangen, als sie das Dantrolen für den Katheter vorbereitete. Stattdessen war er neben dem Bett stehen geblieben und hatte den

Kopf geschüttelt, als sie es über den Arm des Kindes einlaufen lassen wollte. »Wir legen noch einmal einen Venenkatheter, Frau Fuchs«, sagte er und sah ihr dabei zu, wie sie mit zitternden Fingern nach der richtigen Einstichstelle am Hals des Mädchens tastete.

»Beeil dich«, sagte Ilka. »Ich fände es gut, wenn wir zusammen aufräumen könnten.«

»Ja, klar«, sagte Stefan. Als sie Richtung Wohnzimmer ging, hörte sie Stefan, wie er so lautlos wie möglich die Tür des Arbeitszimmers von innen abschloss. Um 19 Uhr 40 kam er heraus, gerade noch rechtzeitig, um dem von Ilka entschärften Wohnzimmer den letzten Schliff zu geben: Er arrangierte drei Ausgaben des *Economist* künstlich aufgefächert wie im Wartezimmer auf dem Stapel mit *Neon*, *Deutsch Magazin* und was er sonst noch besonders gern las, schaltete den Apple ab und so weiter.

Kurz bevor die Klingel ging, erwischte er Ilka am Arm, drückte sie an sich und hielt sie noch drei, vier Sekunden über den Klingelton hinaus fest, als Ilka bereits in seinen Armen zu zappeln begann wie ein Fisch. Er ließ sie erst in dem Moment los, in dem ein zweiter, ungehaltener Klingelton ihnen beiden derart durchs Mark fuhr, dass sie simultan zusammenzuckten. Friedrich Fuchs hatte eine Art, sich noch eine Klingel dienstbar zu machen, noch über ein simpelstes mechanisches Gerät seine Anweisungen, Erwartungen unmissverständlich zu kommunizieren. Sicher würde auch der Lift gleich schneller fahren, gewaltiger rauschen, weil im Inneren der stählernen Box der Fahrgast dampfte und rauchte.

Sein Schellen zu überhören, dachte Fred, war nicht mehr und nicht weniger als ein Angriff auf seine Autorität! Wie konnte man ein Klingeln um Punkt 19 Uhr ignorieren, wenn man um Punkt 19 Uhr 45 parat zu stehen hatte? Sie hatten für 20 Uhr 30 einen Tisch im *Hugos*, auf dem Dach des Interconti, mit Blick auf die dunklen Wipfel des Tiergartens und dahinter das bei Nacht weiß in der Dunkelheit schimmernde Regierungsviertel.

Nicht sofort auf sein Klingeln zu reagieren: sicher eine neue Fingerübung aus der billigen Trickkiste der Fledermausfrau, aber er würde sich auf eine Machtprobe auf diesem Niveau nicht einlassen. Nicht einlassen. Einatmen. Ausatmen. Fred dachte an Irmgard Wrede und ihren Rat, alles Belastende einfach wegzuatmen. Bei aller Sympathie für Irmgard war das natürlich eine Hausfrauenempfehlung, denn man konnte vielleicht den Frust über ein angebranntes Mittagessen, den Unmut über einen überquellenden Eimer mit Babywindeln wegatmen, nicht aber die bevorstehende Prüfung der Ordner durch das Finanzamt. Trotzdem – er atmete während der zweiminütigen Liftfahrt unermüdlich aus, ein und aus, bis er Stefan gedanklich in den Kaukasus gepustet hatte. Ein, aus. Ein, aus. Er atmete so heftig, bis ihm beinahe schwindlig wurde. Leicht benommen entstieg er dem Aufzug, musste sich gar an der Wand des Flures abstützen, um nicht ins Torkeln zu geraten, und so verpuffte die entscheidende erste Sekunde, in der er eigentlich seinem Unmut über die verzögerte Reaktion auf sein Klingeln Luft zu machen gedacht hatte, folgenlos. Er keuchte also einfach und lächelte sogar, ein bisschen benommen, als ihm Ilka und Stefan die Tür öffneten. »Hallo, mein Spätzchen!«

»Papa! Was ist los mit dir?«

»Was soll mit mir sein?«

»Du bist ganz rot im Gesicht. Bist du etwa die Treppe hochgelaufen?«

Seine Tochter sah ihn derart prüfend an, dass Fred sich genötigt fühlte, ja zu sagen. »Zwei Schritte auf einmal, das war vielleicht doch ein bisschen zu ambitioniert. Könnte ich ein Glas Wasser haben?«

Stefan lief eifrig los, froh, auf diese Weise den demütigenden Begrüßungsritualen zu entkommen. Fred bedankte sich artig und ließ sich seufzend auf dem Sofa nieder. Eine *Titanic* klappte unter einem Kissen hervor.

Stefan, der mit einem Wasserglas in der Hand herbeigeeilt kam, blieb abrupt stehen.

»Achtung, Stefan, du hast geschwappt«, sagte Fred, jedoch nur milde. »Hier, nimm das Heft als Untersetzer.«

Als sie mit einer Viertelstunde Verspätung an ihrem Tisch im *Hugos* Platz genommen hatten, fühlte sich Friedrich Fuchs wieder Herr der Lage. Er hatte als Vorspeise eine kokett tiefstapelnd als *Variation von Himmel und Ääd* bezeichnete Komposition geordert und Ilka den Tatar vom Thunfisch empfohlen: Irmgard Wrede hatte ihm davon vorgeschwärmt. Stefan bestellte als Vorspeise eine Suppe. »Und die Jakobsmuscheln«, sagte er zum Kellner.

»Muss das sein?«, beschwerte sich Ilka. »Ich habe Hunger, Stefan.«

»Hör mal«, polterte Friedrich Fuchs, während Stefan noch überlegte, ob er auf die Suppe oder die Jakobsmuscheln verzichten sollte. »Du wirst dir doch nicht von deiner Frau vorschreiben lassen, was du zu essen bestellst.«

In diesem Moment trat ein Mann an ihren Tisch. »Guten Abend!«

Niemand kannte ihn, aber Friedrich Fuchs hatte den Reflex, auf jede Begrüßung artgleicher Wesen mit großer Verbindlichkeit zu reagieren. Schließlich war es ohne weiteres denkbar, dass die beiden einander schon einmal begegnet waren: vielleicht ein leitender Angestellter bei einer Baufirma oder ein aufstrebender Anwalt, den er bei einer für ihn längst abgehakten Begebenheit einmal beeindruckt hatte. In der Tat öffnete sich das Gesicht des jungen Mannes, der anfangs noch ein wenig auf der Hut gewesen zu sein schien, zu einem breiten Lächeln. »Dass wir uns ausgerechnet hier wiedersehen, Herr Fuchs!«

Friedrich Fuchs registrierte erfreut, dass der junge Mann

einen langen Seitenblick auf Ilka warf. Die Klasse der Erfolgreichen, der *Movers and Shakers*, der jener Fremde fraglos angehörte, war seiner Tochter also noch nicht verschlossen. Es war nicht so, dass sie nur bei Männern vom Schlage Stefans Anklang fand. Friedrich Fuchs erhob sich halb.

»Nicht wahr, Herr ...«

»Palleit.«

»Herr Palleit, natürlich. Darf ich vorstellen? Meine Tochter.«

»Aber Herr Fuchs, Sie müssen mir doch Ilkie nicht vorstellen.«

»Bernd!«

Tochter und Vater liefen im gleichen Moment feuerrot an. Stefan sah von Ilka zu Fred, von Fred zu Ilka.

»Ihr kennt euch?«, fragte er.

»Wir – wir waren – Kommilitonen. Wir haben zusammen studiert.«

»Medizin«, sekundierte Bernd freundlich.

»Genau«, sagte Ilka.

»Vor allem aber: das Leben«, fuhr Bernd fort. »Nicht wahr, Ilkie?«

Ein neuer Schwall von Röte ergoss sich über Ilkas Gesicht.

»Das Leben«, wiederholte Stefan säuerlich.

»Entschuldigung«, sagte Bernd, »wir haben uns noch nicht kennengelernt. Bernd Palleit.« Bernd federte um den Tisch. Er hatte eine sehr frische Gesichtsfarbe, ähnlich wie die Wredes, aber wo Wredes immer irgendwie nach überstrapaziertem Heimsolarium aussahen, war sein Teint von authentischer Frische. Er musste sich viel im Freien bewegen, wandern, vielleicht sogar klettern. Jedenfalls sah man bei jeder Bewegung förmlich seine Muskeln unter dem feinen Stoff der Anzughose mahlen. Stefan entklappte sich im Vergleich zu dieser Geschmeidigkeit steif wie ein Taschenmesser.

»Stefan Heinzinger.«

Er warf einen Blick auf Fred, wartete auf eine ergänzende Erklärung, die seine Anwesenheit in der Runde rechtfertigte. Beispielsweise hätte Fred einfach sagen können: *Mein zukünftiger Schwiegersohn.* Doch auch Ilka starrte Bernd noch immer wie eine Erscheinung an und nahm Stefans wütende Blicke überhaupt nicht wahr.

Der Einzige, der in guter Laune schwelgte, war Bernd. »Wirklich ein großartiger Zufall, dass wir uns hier treffen«, sagte er zu Ilka. »Ob du es glaubst oder nicht: Seit Jahren war ich immer wieder drauf und dran, dich anzurufen. Habe bei der Auskunft gefragt, ob deine Telefonnummer noch stimmt. Habe versucht, dich zu googeln, nachdem ich vermutlich die falsche E-Mail-Adresse von dir hatte. Immer wieder dachte ich: Ilkie und ich, wir müssen noch mal reden. Aber am Ende habe ich mich nie getraut, den Hörer in die Hand zu nehmen.«

»Ilka und Bernd waren mal zusammen«, soufflierte Friedrich Fuchs halblaut in Stefans Richtung, zu allem Überfluss in dieser verlangsamten Sprache für Minderbemittelte, diesem märchenonkelhaft gespielten Ton, den er neuerdings für Ansprachen an Beschäftigte reservierte, die *outgesourct* wurden oder einem *Reengineering* zum Opfer fielen. Was, dachte Stefan wütend, sollte dieser Bernd eigentlich denken, wer *er* war? Ilkas Au-pair? Freds Assistent? Überhaupt, wie oft klickte dieser Typ wohl das Personalverzeichnis der Anästhesisten im Robert-Koch-Krankenhaus an, das neben Ilkas Lebenslauf leider auch ein Foto enthielt, von dem sie mit ihren dunklen Augen herunterlächelte: haarnadelfein wie die Spritzen, mit denen sie ihren Patienten Lidocain injizierte; das gütige, feenhafte Lächeln einer Frau, die Träume verschenkte. Das Bild ließ ihm keine Ruhe. Beate beispielsweise hatte kein Foto von sich auf der Website eingespeist, und darum befand sich in dem für das Foto vorgesehenen Bildausschnitt neben *Dr. Beate Westermann* und ihrer Kurzvita lediglich das Foto eines Flamingos. Auch bei anderen Ärzten fehlte das Foto, als ob im Robert Koch Flamingos von Station zu Station flatterten. Warum konnte nicht ein gnädiger Flamingo auch Ilkas hohe Wangenknochen mit seinem Flügelschlag verdecken? Stefan öffnete den Mund, aber noch bevor er etwas sagen konnte, platzte ihm Ilka dazwischen.

»Wir haben vor allem fürs Physikum gelernt«, sagte sie spitz. »Zusammen waren wir nicht sehr lange.« Dabei fuhr sie mit dem Daumennagel einmal quer über das Tischtuch vor ihr. Ritsch-ratsch: ein Querstrich unter die magere Addition ihrer Gemeinsamkeiten.

»Aber Spätzchen!« Friedrich Fuchs legte seine Hand auf die Hand seiner Tochter. »Warum solltest du nicht dazu stehen, dass du sehr in Bernd verliebt warst? Niemand verlangt von dir, deine Gefühle zu unterdrücken.« Der letzte Satz war ihm schneller entschlüpft, als er denken konnte. Irmgard Wrede hatte ihn ihm derart eingetrichtert, dass er seit Jahren abrufbereit in seinem Kleinhirn lauerte und überhaupt nicht mehr deaktiviert werden konnte, sobald sich die Gelegenheit bot, sein damaliges Versagen aufzuarbeiten.

Ilka hielt den Kopf starr auf das Tischtuch gerichtet. Der geradlinige Abdruck im Stoff hatte sich wieder verflüchtigt, aber wo sollte sie auch hinschauen? In das übertrieben betroffene Gesicht ihres Vaters, der nie Maß halten konnte? Was würde Bernd sich einbilden – dass er die unverwundene Liebe ihres Lebens gewesen war? Diesen Eindruck musste er unvermeidlich gewonnen haben, und es schien ihn zu freuen, denn als Einziger am Tisch trug er noch immer ein Lächeln zur Schau. Sie sah es nicht, aber sie spürte die robust gute Laune, die nach wie vor wie ein stabiles Hochdruckgebiet von ihm ausging, auf das brodelnde Tief prallen, das Stefans gekrauste Stirn umkreiste; dazu die elektrischen Blitze, die an der Wetterscheide zuckten.

»Ich habe aus meinen Fehlern gelernt«, sagte Friedrich Fuchs und verstärkte die Wucht dieses Satzes noch durch ein bedeutungsvoll-grüblerisches Schweigen, in das er gleich darauf verfiel.

Nach einer Pause sagte Bernd: »Ich auch.«

In diesem Moment kippte die Kerze um und ergoss heißes Wachs quer über den Tisch. Im Fallen erlosch ihre Flamme. Nichts brannte, niemand wurde getroffen, aber es entstand eine allgemeine Unruhe, ein Tupfen, Rücken und Retten von Brottellern und Weingläsern.

»Stefan«, zischte Ilka, »musste das sein?«

Bernd spürte, dass für ihn die Zeit gekommen war, sich zu entschuldigen, kaum dass die Havarie auf dem Tisch beseitigt war.

»Ich sehe, dass mein Essen kommt«, sagte er und gab dem Ober ein Zeichen. »Überhaupt bin ich ziemlich in Eile, ich habe später noch eine Verabredung. Ich verabschiede mich bei Ihnen. Bei dir. Vielleicht meldest du dich ja mal?« Er legte eine Visitenkarte vor Ilka hin, eine blütenweiße Klappkarte, mit einer feierlichen Geste, als breite ein Ritter seinen Überwurf vor seiner Dame aus. »Mein letzter Stand nach *Google* ist, dass du im Robert-Koch-Krankenhaus arbeitest.«

Ilka sah überrascht auf. »Stimmt.«

»Lass mich raten! 10 Euro 80 die Stunde?«

»Der Gentleman genießt und schweigt«, sagte Ilka und lachte bemüht.

»Ach, Ilkie, komm schon, mir war es doch auch nicht peinlich, als du mir damals mit dem Bafög-Antrag geholfen hast. Was zahlen sie im Robert Koch? Zweitausend Euro brutto? Ich kenne doch eure Tabellen.«

Ilka zwang sich, an die sechshundert Euro zu denken, die Wu Yin erhielt, die chinesische Ärztin, die an einem »Austauschprogramm« der Klinik mit der Universität Nanking teilnahm, damit es ihr gelang, in einem einigermaßen überzeugenden Tonfall zu sagen: »*Sehr* viel mehr.«

»Was denken Sie, Bernd!«, sagte Friedrich Fuchs. »Ilka ist schließlich beinahe Fachärztin.«

»Komm in die Schweiz, dort verdienst du das Dreifache, bei der Hälfte der Arbeitszeit. Ich kann dir mindestens vier oder fünf Spitäler sagen, in denen sie dringend Anästhesisten suchen.«

»Ich habe nicht vor, aus Berlin wegzugehen.«

»Die Schweiz ist ein phantastisches Land«, sagte Bernd. »Wenn du hier bleibst, wirst du früher oder später auf der Titanic untergehen. Das deutsche Gesundheitssystem ist im Kern absolut marode. – Sie sehen, ich habe kein Wort davon vergessen, was Sie mir damals geraten haben, Herr Fuchs.«

Friedrich Fuchs schmolz dahin. »Ach, das waren doch nur Gedanken …«

»Als mir aufging, wie recht Sie hatten, habe ich gleich gehandelt. Einen *Guten*!«, wünschte Bernd noch, bevor er verschwand, und so seltsam unvollendet, wie der Satz es war, hinterließ er auch die drei am Tisch ratlos zurück.

Stefan fand als Erster die Sprache wieder. »Einen *guten* was? Guten Abend? Guten Appetit? Komischer Typ.«

»Findest du?«, entgegnete Friedrich Fuchs. Er klang vordergründig freundlich, aber weder Ilka noch Stefan entging, dass seine Stimme plötzlich ganz leicht klirrte, als ob sie Spurenelemente von Metall enthielte. Sicher kam ihm Stefan umso jämmerlicher vor, als der Sternenstaub, mit dem Bernd sich mit großer Geste umgeben hatte, immer noch in der Luft rund um ihren Tisch zu flittern schien, wie die hauchfeine Eisdecke über dem Schnee im Hochgebirge an einem wunderschönen Sonnentag.

»Ich«, begann Ilka, aber da fiel ihr Stefan plötzlich ins Wort – etwas, das er ansonsten nie tat, er ließ immer alle ausreden, selbst die lästigsten Straftäter, die ihm in Verhandlungen die unsinnigsten Lügenmärchen auftischten.

»Ich meine, was bildet er sich ein?«, sagte Stefan. »Er platzt an unseren Tisch und suggeriert, dass da mal was zwischen ihm und dir war, Ilka! Und dann versucht er auch noch, dich mit einem Job in der Schweiz zu ködern. Beides ist doch absurd.«

»Ist das so?«, entgegnete Friedrich Fuchs. Das Messer war nun gewetzt, seine Stimme schneidend. »Ist das wirklich absurd, Ilka?« Sie lief rot an, aber ihr Vater bemerkte es nicht einmal, denn seine Augen waren fest auf Stefan gerichtet. »Findest du sein Angebot wirklich absurd? Ich fand es im Gegenteil höchst attraktiv.«

At-trak-tiv: Er ließ die einzelnen Silben knallen, in der Hoffnung, dass sie auf der gegenüberliegenden Seite des Tisches einschlagen würden wie die Salven eines Maschinengewehrs. Dass sie Brandlöcher in dem trockenen Wollpullover hinterlassen würden, dessen Anblick Friedrich Fuchs so überdrüssig war, und in der Tat krallte Stefan unterhalb der Tischkante seine Finger im Tischtuch fest.

»Das Angebot ist zweifellos interessant, aber ich denke, du unterschätzt, wie sehr deine Tochter an Berlin hängt«, sagte Stefan und setzte ein »Fred« hinzu, um zu unterstreichen, dass er sich nicht in die Ecke drängen ließ.

»Meinst du wirklich? Ich bin eher der Ansicht, dass Berlin sich für Ilka überlebt hat. Berlin ist ausgereizt. Sie ist nun seit Jahren hier und kennt alle Ecken und Enden. Die Luft ist raus«, sagte Friedrich Fuchs und machte ein unangenehmes Geräusch, eine Mischung aus Pupsen und Quieksen, während er Stefan tief in die Augen sah.

Stefan rümpfte die Nase, aber der Effekt dieser Grobheit war doch der von Fred gewünschte: Vor seinem inneren Auge sah Stefan sich selbst plötzlich als schlaffen Ballon, der sich am Ende eines Kindergeburtstags irgendwo in einer Zimmerecke zusammengerollt wiederfand, ein luftleeres Würstchen, in kürzester Zeit vom bunten Blickfang zu einem Häufchen Müll degradiert.

»Und deswegen muss sie endlich raus aus Berlin«, fuhr Friedrich Fuchs fort. »Raus aus der Hauptstadt der Nichtstuer. Für einen erfolgreichen Berufstätigen ist Berlin auf

Dauer nicht das richtige Pflaster. Ich meine, wo sitzen denn die Unternehmen? Wo ist die Wirtschaftskraft? Sicher nicht in Berlin, Eldorado der Subventionsempfänger.«

Mit den letzten drei Worten hatte Friedrich Fuchs Stefan förmlich an der Gurgel gepackt, und mit einiger Befriedigung bemerkte er, wie Stefan bei dem Stichwort *Subventionsempfänger* unruhig wurde, ja beinahe körperlich zu strampeln begann.

»Die Musik spielt doch in Frankfurt«, fuhr Friedrich Fuchs fort. »In Düsseldorf. München. Ich muss euch sicher nicht sagen, dass Berlin die Wirtschaftskraft von Duisburg hat.«

»Dafür hat Berlin Kultur«, entgegnete Stefan.

Friedrich Fuchs warf einen Blick über die Schulter, in die Tiefe des Raumes hinein, dorthin, wo er *Bernd* wähnte. »Ich denke«, raunte er dann, »nur ein Ignorant und eiserner Lokalpatriot, eine typische Berliner Pflanze eben, die nie über Berlin-Kaulsdorf und Berlin-Reinickendorf hinausgekommen ist, würde behaupten, dass Zürich keine Kultur hätte.«

Zürich: Stefan zuckte zurück, wie eine Katze, der man einen Hieb auf die Schnauze gegeben hat. Plötzlich hatte die Option einen Namen, stand so unübersehbar und wuchtig mitten im Raum wie die Alpen auf der europäischen Landkarte.

6

Auch die Begeisterung der Investoren hielt sich in Grenzen. Arnold Osthaus hatte Kontakt zu fünf Private-Equity-Fonds aufgenommen: *Auctus, Buchanan Capital Partners, Caesar Special Opportunities, Capiton* und *Silver Lake*, hatte er feierlich aufgelistet. Doch mit dem Sesam-öffne-dich funktionierte es nicht so recht, und das, obwohl Friedrich Fuchs persönlich mit Arnold zusammen die Präsentation zusammengestellt hatte: eine schillernde Wundertüte, aus der die Zahlen wie Silvesterknaller herausexplodierten. Es war die erste PowerPoint-Präsentation, an der Friedrich Fuchs persönlich mitgewirkt hatte. Arnold konnte ihm nur einen Teil der Effekte wieder ausreden.

»I see the facts«, sagte Andreas Bodemann von *Capiton*, der vorletzten Position auf ihrer Liste, *»but where's the story?«*

Where's the story? Die Frage hallte aus den manchmal holzgetäfelten, manchmal modisch kargen Räumen in Starnberg, Frankfurt und Berlin nach, wohin sie mit klopfendem Herzen reisten, um *vorzusingen*, und verfolgte ihn noch im Schlaf. »Die Geschichte!«, quälte er Arnold. »Wo ist die Geschichte? Wir haben nur noch zwei Versuche.« Fred verlangte Bilder: »Sie dürfen nicht vergessen, es sind Amerikaner!« Das *junge Amerikaner* ersparte er sich, denn die schlechten Konditionen, die sowohl *Capiton* als auch *Buchanan Capital* Partners zuletzt geboten hatten, ärgerten ihn umso mehr, als seine Gegenüber allenfalls in Ilkas und Arnolds Alter waren.

»Denen zeigen wir es, Herr Osthaus«, sagte Friedrich Fuchs, »denen zeigen *Sie* es!«, während er die Überarbeitungen der PowerPoint-Präsentation Mal um Mal verwarf:

Arnold rechnete die Grafiken mit den erwarteten Einsparungen, der Produktivität der moldawischen Belegschaft, dem prognostizierten Absatz in neuen Märkten steil, aber nicht steil genug. »Es muss rascher bergauf gehen«, sagte Friedrich Fuchs. »Wir müssen ihnen deutlich machen, was ihnen entgeht, wenn sie uns nicht finanzieren.«

»Für eine noch steilere Gewinnkurve müssten wir die Zeitachse verlängern«, sagte Arnold. »Wir müssten eine Gewinnprognose bis – sagen wir – 2030 aufstellen.«

»Und warum haben wir das nicht längst getan? Wo ist das Problem?«

»Vielleicht«, Arnold schluckte, »ist bis 2030 ja selbst Moldawien in der EU.«

Die Präsentation, die sie bei *Caesar Special Opportunities* hielten, glich einer Wanderkarte: Rasch gewann jede Kurve an Höhe, schwindelerregend, berauschend die Erfolgsaussichten, die Friedrich Fuchs referieren ließ! Zufrieden bemerkte er, dass der kluge Arnold nicht alle Kurven gleich steil angelegt hatte. Vielmehr wechselte die Präsentation zwischen steilen und sehr steilen Hängen, enthielt Höhenunterschiede, Felsnasen und unerwartete Vorsprünge, welche die Abenteuerlust ihrer Gegenüber beflügeln sollten: Vier, fünf beherzte Griffe in die eiskalte Eiger-Nordwand der Jahre nach 2009, wenn eine erste Sättigung auch der neuen Märkte zu erwarten war. Jeder Muskel angespannt, zwei, drei Tritte, und schon war die nächste unternehmerische Klamm überwunden, lockte 2012 mit der erwarteten Neuregelung des EU-Arbeitsschutzsicherungsgesetzes ein Hochplateau von Produktivität und Nachfrage. Fred war froh, dass Arnold sprach, denn dieser schien in dem Glamour der Bürofluchten, in denen man sie empfing, weit mehr zu Hause als er selbst.

In der E-Mail drei Tage später bedankte man sich für das interessante Gespräch.

Friedrich Fuchs machte Arnold darauf aufmerksam, dass es seine Idee gewesen war, die Produktion von Wetter an der Ruhr nach Moldawien zu verlagern, ausgerechnet. Für Polen oder Ungarn hätten sie die Finanzierung inzwischen längst zusammen, möglicherweise sogar noch EU-Fördermittel nachgeworfen bekommen. »Die Story«, sagte er nur und fragte ansonsten nicht mehr nach der Präsentation, doch Arnold selbst meldete sich ebenfalls nicht mehr bei ihm in dieser Sache.

Er rechnet alles noch einmal durch, dachte Friedrich Fuchs und öffnete immer wieder die In-Box, doch die erwartete Mail von Arnold blieb aus. Ich hätte ihm in dieser Woche nicht auch noch den Geschäftsbericht geben dürfen, dachte er als nächstes, während er sich Anfang der Woche noch überlegt hatte, dass sich eine künftige Führungskraft gerade in besonderen Belastungssituationen bewähren müsse. Es ist ihm gleich, denn er hat ein anderes Angebot, dachte Friedrich Fuchs schließlich, vielleicht sogar von einem dieser Fonds. Es war ihm natürlich aufgefallen, wie Arnolds sorgfältige Artikulation, seine sehr bestimmte Art und vor allem seine Lebendigkeit gewirkt hatten. Der ganze Tisch war förmlich in Bewegung geraten, wippte mit Arnold mit, je länger dieser sprach, und je weiter er mit seinen Sportlerarmen ausholte, um in der Luft die Aufwärtsbewegungen nachzuzeichnen, die der Beamer auf die Wand hinter ihm projizierte.

Fred beobachtete Arnold und fragte sich, ob das Desinteresse, mit dem Arnold auf seinen Bericht über seinen Wochenendbesuch in Berlin reagierte, damit zu erklären war, dass sich seine Loyalität bereits verflüchtigte. Am Ende waren ja selbst die fähigsten Manager immer nur Saisonkräfte, Wanderarbeiter. Am Tag vor der letzten Präsentation ging Friedrich Fuchs absichtlich um kurz nach 18 Uhr nach Hause. Seinen Ärger spielte er sich bei einem Mixed mit den Wredes von der Seele. Gegen 22 Uhr 30 war er wieder zu Hause und öffnete noch einmal die In-Box; wieder nichts.

Um 23 Uhr klingelte es an der Haustür: Arnold. Er hatte sein Jackett ausgezogen, die Krawatte gelockert und die obersten Hemdknöpfe geöffnet. Sein Haar stand strubbelig ab, und auf dem Monitor der Gegensprechanlage, der die Gesichter der Besucher ohnehin verzerrte, erschienen Arnolds Augen riesengroß, beinahe froschartig verquollen, als ob er geweint hätte.

»Moment, ich mache Ihnen auf.«

Unten zögerte Arnold auf der Schwelle, als wage er nicht, das Haus zu betreten, in das er doch schon mehrfach eingeladen gewesen war. »Entschuldigen Sie die Störung, aber ich hatte nicht damit gerechnet, dass Sie heute schon so früh nach Hause gehen.«

»Wer seine Arbeit nicht bis neunzehn Uhr erledigen kann, hat sie nicht im Griff«, entgegnete Friedrich Fuchs. Er sah Arnolds Wangenknochen mahlen.

»Es geht um den Termin morgen. Bei *Silver Lake*«, sagte Arnold schließlich.

»Sie haben die Präsentation überarbeitet. Dann zeigen Sie mal her«, sagte Friedrich Fuchs, doch Arnold stand mit leeren Händen vor ihm.

»Wo ist die Präsentation, Herr Osthaus?«

Arnold tippte auf seine Stirn. »Hier«, sagte er und versuchte ein Grinsen.

Also doch: Er war auf dem Absprung.

Friedrich Fuchs versteifte sich. »Was soll das heißen, Herr Osthaus?«

»Die Story«, sagte Arnold. »Ich habe jetzt die Story, und weil ich die Story habe, brauchen wir keine PowerPoint-Präsentation mehr.«

»Keine Präsentation«, wiederholte Friedrich Fuchs verstimmt. Er dachte an seine Effekte. »Und Sie sind nicht der Ansicht, dass es einen schlechten Eindruck machen könnte, wenn wir einfach so kommen – ohne Präsentation? Nackt sozusagen? Dass wir womöglich reichlich unprofessionell wirken?«

»Versetzen Sie sich in ihre Lage«, sagte Arnold. »Sie müssen sich jeden Tag PowerPoint-Präsentationen anschauen, drei, vier, fünf, was weiß ich! Stellen Sie sich vor, jemand kommt zu ihnen und erzählt ihnen einfach eine Geschichte.«

»Sie überfordern die Leute, wenn Sie denken, sie könnten sich alle Zahlen merken, die Sie auf sie abfeuern. Nicht einmal ich habe so ein Gedächtnis wie Sie.«

»Wir brauchen keine Zahlen, denn wir werden ihnen ein Märchen erzählen«, sagte Arnold.

Ein Flackern in Arnolds Augen – oder doch ein Irrlicht, ein wahnwitziges Aufleuchten? Friedrich Fuchs sah ihn an und fragte sich, ob er Fieber hatte. Oder ob er Drogen nahm. Man hörte ja mitunter Geschichten, gerade von Leuten wie Arnold.

»Wir sprechen morgen mit einem Inder, einem Engländer und einem Amerikaner, Herr Arnold. Sie wissen, dass ich meinen Neffen oft gern an die Wand werfen würde, aber wollen Sie ihnen deswegen etwas vom Froschkönig erzählen?«

»Hören Sie mir zu, Herr Fuchs. Es war einmal –«

»So können wir morgen auf keinen Fall anfangen!«

»Schon klar, Herr Fuchs, aber reden wir zunächst über die Idee: Vergleichen wir das Unternehmen mit einem Kind – einem Mädchen.«

»Einem *Mädchen*? Wir stellen Arbeitsschutzprodukte für den Außenbereich her, Herr Osthaus. Unsere Endverbraucher halten sich vorwiegend auf Baustellen auf.«

»Kauschen sind aber nicht sexy, Herr Fuchs. Es müsste Ihnen doch auch längst aufgefallen sein, dass selbst diese Harvard-MBAs, mit denen wir es zu tun haben, überhaupt nicht begreifen, wozu man Zugratschen braucht. Sie können in keiner Weise einschätzen, was es bedeutet, wenn wir Zugratschen mit einer Vorspannkraft bis eintausend daN fertigen! Sie wissen nicht, dass man nur den *Fuchs Connect Haken Premium* als Spitzhaken, als U-Profil-Rahmenhaken und als Verlängerungshaken einsetzen kann und dass wir genau deswegen Marktführer in diesem Segment sind. Und darum vergleichen wir *Fuchs Ladungssicherung Hebetechnik* morgen mit einem hübschen kleinen Mädchen! Mindestens einer von ihnen hat sicher eine kleine Tochter, Sie haben schließlich auch eine. Hören Sie mir zu, Herr Fuchs! – Das Mädchen lebt im Frankfurter Raum.«

»Bis Frankfurt sind es von Hagen aus anderthalb Stunden!«

»Was sind anderthalb Stunden für einen Amerikaner? Das Mädchen also lebt in einem der schönsten Häuser, und es hat alles, was man braucht: viel Geld, viel Personal, vielleicht sogar zu viel Personal. Für jede Verrichtung gibt es einen anderen dienstbaren Geist im Haus.«

Friedrich Fuchs dachte an die Auseinandersetzungen mit dem Betriebsrat über die nach dessen Meinung überfällige Sanierung der Kantine. Er hatte ersatzweise die Installation einer Salatbar angeboten, aber der Betriebsrat war völlig unflexibel.

»Aber anstatt mit beiden Händen nach den Möglichkeiten, die vor ihm liegen, zu greifen«, fuhr Arnold fort, »hockt das Mädchen kraftlos da und rührt sich nicht von der Stelle, als ob es gelähmt wäre. Es behauptet, es sei zu schwach, um vorwärtszukommen. Ärzte, Kuren, alles hat man an ihm versucht, jeden Rat geholt, für teures Geld, aber das Kind kommt auf unerklärliche Art und Weise aus seinem Rollstuhl einfach nicht heraus.«

»Die Welt ist voller Quacksalber«, sagte Friedrich Fuchs heftig. Die Honorarforderung der Unternehmensberatung, die ihm Arnold vergangenes Jahr wegen der Restrukturierung des Controlling aufgeschwatzt hatte, war ihm plötzlich wieder in den Sinn gekommen.

»Doch der Vater des Kindes gibt nicht auf«, fuhr Arnold fort. »Immer wieder sinnt er über einen Weg nach, sein Kind zu heilen, und das, obwohl er beinahe stets auf Reisen ist.«

»Was nicht bedeutet, dass er ein Rabenvater ist! Herr Osthaus, ich bestehe darauf, dass wir den Vater in der Geschichte nicht allzu schlecht machen.«

»Keine Sorge, Herr Fuchs, denn es ist der Vater, der schließlich den *Turnaround* schafft. Eines Tages kommt ihm die Lösung in den Sinn: Das Kind muss hinaus aus seinen immergleichen, übersatten, einschläfernden Lebensumständen, muss hinaus ins Ausland, in die raue Luft der Berge, wo das Leben einfacher, härter, spartanischer ist. Wo man nicht unter weichen Federdecken schläft, sondern wo einen nachts das Stroh durch das dünne Laken pikt und die Lebenslust kitzelt.«

Er schrak zusammen. Friedrich Fuchs hatte sich in seinen Arm gekrallt.

»Sprechen Sie weiter, Herr Osthaus«, flüsterte er.

»Das ungewohnte Klima regt die Sinne des Kindes an. Es streckt seine Nase nach dem würzigen Wind, der alle Kräuter der Berge enthält ...«

»Mein Gott, Herr Osthaus, ich hätte nie gedacht, dass ein Poet in Ihnen steckt!«

»... es atmet die fremde Luft, betrachtet die fremden Wesen. Zum ersten Mal taucht der Wunsch in ihm auf, wieder selbst gehen zu können, die fremde Welt aus eigener Kraft zu entdecken. Doch noch zögert es. Und dann: Ein Unfall! Durch die Ungeschicklichkeit eines Einheimischen stürzt der Rollstuhl des Mädchens bei einem Ausflug den Abhang hinab. In der Not auf sich selbst gestellt, versucht das Mädchen zum ersten Mal, wieder auf eigenen Füßen zu stehen. Die ersten, noch schwächlichen Schritte, und siehe da: Plötzlich gelingt es ihm, aus eigener Kraft zu gehen, ist es wieder stark und lebendig, kann gehen, wohin es will.« Arnold legte eine feierliche Pause ein. »Geheilt reist es schließlich nach Frankfurt zurück, während der zerschmetterte Rollstuhl tief unten am Grund eines unzugänglichen Tales liegt – einst unerlässliche Stütze, nun von niemandem mehr beachtet, woraufhin er nach und nach verrottet.«

»Verrottet.« Friedrich Fuchs schmeckte dem Wort nach wie einem köstlichen Nachtisch, ließ das R auf seiner Zunge eine Pirouette drehen. »Das Ende ist vielleicht ein wenig zu brutal, Herr Osthaus.« Er lächelte, mit all seinen Zähnen.

»Vielleicht könnten Sie die *Story* am Schluss noch einmal zusammenfassen, Herr Fuchs«, schlug Arnold vor. »Etwa in dem Sinne: *Fuchs Ladungssicherung Hebetechnik* ist Marktführer in seinem Segment, droht seine führende Rolle jedoch durch die risikoaverse Gesellschafterversammlung zu verlieren, die nicht auf die veränderten Rahmenbedingungen reagiert. Die Verlagerung der Auffangnetzproduktion nach Moldawien, der Gang ins Ausland wird wie eine Schockwelle durchs Unternehmen gehen und sowohl in der Gesellschafterversammlung als auch innerhalb der Belegschaft endlich die überfällige Bereitschaft zu Reformen hervorrufen. Das Unternehmen löst sich aus der jahrelangen Erstarrung und beginnt erfolgreich, sich neue Märkte zu erschließen. Möglicherweise wird es sogar auf absehbare Zeit einen Zusammenschluss mit einem echten *global player* geben können. Eine Fusion, die ungeahnte Synergien freisetzt und den Mutterbetrieb bereit für die Ankunft eines Weißen Ritters macht, welcher wiederum den Weg bereitet für die Ausgründung von erfolgreichen Tochterunternehmen …«

Friedrich Fuchs erstickte ihn beinahe, so erdrückend war seine Umarmung.

»Sie sind großartig, Herr Osthaus! Großartig, einfach großartig!«

Er ließ Arnold nicht mehr los, drückte, schüttelte ihn immer wieder.

»Kommen Sie herein. Mein Gott, Herr Osthaus, wir stehen ja immer noch im Hausflur herum. Gehen wir doch ins Wohnzimmer, setzen wir uns! Was nehmen Sie zu trinken, wie wäre es mit einer Spätlese?«

Sie saßen bis vier Uhr früh zusammen, und Friedrich Fuchs erzählte, erzählte, erzählte. Jeder Versuch Arnolds, sich nach Hause zu entschuldigen, um für den Termin morgen halbwegs ausgeschlafen zu sein, wurde von Friedrich

Fuchs niedergeknüppelt, bis er irgendwann entschied, dass Arnold zu viel getrunken habe, um noch zu fahren. Und warum ein Taxi nehmen, wenn er doch einfach rasch ins Bett seiner Tochter schlüpfen konnte? Im Gegensatz zum Besucherzimmer war es immer gemacht, stand stets bereit für den glücklichen Fall der Fälle, dass Ilka einmal überraschend nach Hagen kam, womöglich sogar allein.

Mit dem nicht ganz akkurat gegelten Haar, den abenteuerlichen Ringen um die Augen und dem rasant schmal geschnittenen Sakko aus Friedrich Fuchs' schlanken siebziger Jahren, das sie noch hatten ausfindig machen können, dem Zauber ihrer frischen Blutsbrüderschaft und dazu der *Präsentation ohne Präsentation* sprengten sie den konventionellen Rahmen üblicher Roadshows, als hätten sie eine Handgranate in den Konferenzraum geworfen. Es wurde ihnen zusagt, den Kreditrahmen für die Expansion innerhalb von sechs bis acht Wochen bereitzustellen und zu gegebener Zeit »einen guten Exit« zu machen.

7

Sie hatten vereinbart, Stillschweigen über die missglückte OP zu wahren, doch als der Dienstplan für die Folgewoche ausgehängt wurde, stellte Ilka fest, dass sie für keine einzige OP-Schicht eingeteilt war; für gewöhnlich hatte sie drei bis vier OP-Schichten pro Woche. Stattdessen stand Wu Yin mehrfach im Dienstplan und für die restlichen Schichten Beate. Ilka hatte dafür sechs Mal Prämedikamentionsdienst.

Nach einigem Ringen sprach sie Nürnberger schließlich auf den ungewöhnlichen Dienstplan an, als sie sich auf dem Flur trafen. Ob er sie versehentlich aus der Woche herausgestrichen habe? Es sei ja irgendwann einmal von diesem Kongress in London die Rede gewesen, aber das habe sich nun doch erledigt. Sie verschwieg, dass das Paper, das sie für diesen Kongress eingereicht hatte, nicht angenommen worden war.

»Ich denke, Sie brauchen eine Pause«, entgegnete Nürnberger. »Dieses Missgeschick vergangene Woche; für mich ein untrügliches Zeichen, dass Sie übermüdet sind, Frau Fuchs.« Nicht, dass er ausgeruht wirkte: farblos sein Gesicht, farblos auch seine krausen braunen Haare, die auf eine feminine Weise schütter waren. Andererseits hatte er schöne Wimpern und Augen, mit denen er immer noch bei Patientinnen Eindruck machen konnte, zumal er hochgewachsen und sehr schlank war, aber wegen seines fast immer angestrengten Blicks sah man seine blauen Augen fast nie.

»Ich weiß auch nicht, was mit mir los war, Herr Nürnberger. Ich kann Ihnen nur versichern, dass mir so etwas nie, nie wieder passieren wird.«

»Natürlich nicht, Frau Fuchs, und zumal nicht, wenn Sie erst einmal ein wenig zur Ruhe gekommen sind. Sie machen ein paar Tage Prämedikamentionsdienst, und dann sehen wir weiter.«

»Sehen wir weiter? Wie meinen Sie das, Herr Nürnberger? Heißt das, dass Sie mich vorerst nicht mehr für den OP einteilen?«

»Ich teile Sie umgehend wieder für den OP ein, sobald Sie auf mich einen ausgeruhten und konzentrierten Eindruck machen. – Schauen Sie mich nicht so entsetzt an! Es ist zu Ihrem und zu unserem Besten. Ich trage schließlich auch eine Verantwortung, wenn ich die Dienstpläne zusammenstelle.«

»Herr Nürnberger, ich *bin* ausgeruht. Sie können mich spätestens nächste Woche wieder für den OP berücksichtigen. Abgesehen davon brauche ich die Operationen für meine Facharztprüfung.«

»Wie gesagt, ich beobachte Sie.« Er wandte sich zum Gehen.

»Herr Nürnberger?«

»Ja?«

»Wie wollen Sie mich beobachten, wenn ich den ganzen Tag über mit Aufklärungsblättern auf irgendwelchen anderen Stationen herumlaufe?«

Einen Augenblick hing er in der Luft wie ein Fragezeichen, dann hatte er sich schon wieder gestrafft. »Ich sehe doch Ihren Output, Frau Fuchs«, entgegnete Nürnberger laut und sehr freundlich. »Im übrigen sicher mit ein Auslöser für diesen Unfall vergangene Woche. Diesen Beinahe-Unfall.«

»Wie meinen Sie das?«

»Sie schreiben so viel, Frau Fuchs. Zühlsdorff/Fuchs im *Journal of Anaesthesia & Intensive Care*, Zühlsdorff/Fuchs in *Anästhesiologie*, und das alles binnen eines Monats. Ihr Kopf muss doch förmlich bersten, zumal …«

»Zumal?«

Nürnberger senkte die Stimme. »Wir ja alle wissen, dass Zühlsdorff schreiben lässt.«

»Das – das ist so nicht richtig.«

»Frau Fuchs, ich bitte Sie, ich habe Zühlsdorff doch selbst noch als Assistenzarzt erlebt.«

»Was – so lange sind Sie schon hier?«

Es war Ilka herausgerutscht, einfach so, und sie schwieg betroffen, kaum dass der Satz geäußert war, aber der Schaden war nicht mehr zu reparieren: Die sieben Worte verflüchtigten sich sekundenschnell, wie Äther auf dem Krankenhausflur. Der ungesagte zweite Teil des Satzes setzte sich in jeder Ritze fest, bösartiges Narkotikum.

Nürnberger sah sie an, mit flatternden Lidern.

»Meine Frau möchte unbedingt in Berlin bleiben«, sagte er schließlich. »Der Kinder wegen. Sie gehen jetzt alle zur Schule. Der Große ist schon im Gymnasium. Der Unterricht ist von Bundesland zu Bundesland sehr unterschiedlich.«

»Natürlich«, sagte Ilka rasch.

»Natürlich wäre ich außerhalb Berlins schon längst Leiter einer Klinik«, fuhr Nürnberger fort. »Aber warum sollte ich den Kindern die Tortur antun, nach Mannheim oder Heidelberg umzuziehen, wenn ein Chefarzt am Robert Koch vom Prestige her einem Klinikdirektor in der Provinz ebenbürtig ist? Mindestens ebenbürtig.«

»Sicher, Herr Nürnberger.«

»Als Oberarzt habe ich Zeit für die Forschung. Als Direktor – der ganze Verwaltungskram. Der Ärger mit dem Aufsichtsrat. Die Berufungsverfahren, die Personalverhandlungen. Meiner Meinung nach ist Zühlsdorff schon längst mehr Manager denn Arzt. Wann forscht er überhaupt noch?«

»Wir haben gerade eine Studie über Calcium Sensitizer laufen«, sagte Ilka.

»Auftragsforschung«, sagte Nürnberger. »Wie viel hat ihm die Industrie dafür gezahlt?«

Ilka zuckte die Achseln.

»Frau Fuchs, nun tun Sie nicht so! Sie wissen doch, was die Klinik für die Studie berechnet. Sie *sollten* es wissen. Die Leitung hat sich schließlich verpflichtet, die Assistenzärzte an den Einnahmen aus der Drittmittelforschung zu beteiligen. Oder hat Zühlsdorff Ihnen andere Zusagen gemacht?«

8

»Du hast dich verändert«, sagte Ilka, als sie sich in der *Kronenhalle* gegenübersaßen. Sie war gekommen, um sich einmal anzusehen, wie man im Universitätsspital arbeitete. Als Touristin sozusagen – oder vielleicht genauer: um sich beraten zu lassen. Bernds Büro war mit der gediegenen Eleganz einer erfolgreichen Anwaltskanzlei ausgestattet: Solide dunkelgraue Teppiche, helle Büromöbel und intelligente Jalousien, die darauf dressiert waren, sich bei jeder Veränderung des Lichteinfalls mit bienenfleißigem Summen von selbst zu entfalten oder eben auch wieder zurückzuziehen. Eine Sekretärin servierte ihnen ähnlich diskret Kaffee und Gebäck und schloss anschließend so sorgsam die Tür hinter sich, als habe Ilka einen Koffer mit einer beträchtlichen Anlagesumme in bar mit sich gebracht, frei flottierende Verfügungsmasse, die es zu schützen und zu umwerben galt.

Stefan gegenüber hatte sie von einer Fortbildungsveranstaltung an der Uniklinik Konstanz gesprochen, nachdem er am Abend nach jenem Zusammentreffen im *Hugos* jede Aussprache verweigert und sie am nächsten Morgen mehrfach mit *Ilkie* angeredet hatte. Weil Nürnberger sie inzwischen nun schon die dritte Woche in Folge zur Nachtschicht einteilte, kamen auch keine Friedensverhandlungen zustande.

Dieses Kleinkrämerische, das Stefan neuerdings an den Tag legte! Dagegen Bernd: Sie sprachen miteinander über ihre Zukunft, als ob Ilka über eine wichtige Vermögensanlage zu entscheiden hätte. Wie vor einem Safe standen sie ehrfürchtig nebeneinander vor dem ganz neuen Labor- und Verwaltungstrakt des Spitals, einem vornehm dunkelgrau glänzenden Kubus mit länglichen Fenstern, hinter denen kostbarstes Humankapital geborgen wurde wie in aneinandergereihten blitzenden Bankschließfächern. Um eine Reform des Organspendegesetzes zu erarbeiten, habe das Spital soeben einen amerikanischen Nobelpreisträger für Ökonomie unter Vertrag genommen. Demnächst komme … Die besten Köpfe seien mittlerweile hochgradig mobil und reagierten genauso sensibel auf Veränderungen der Rahmenbedingungen wie das internationale Kapital auf Leitzinserhöhungen der maßgeblichen Banken. Und war es nicht ganz und gar berechtigt, sich mehr als klägliche zwei oder drei Prozent Zinsen, was langfristig ohnehin nicht mehr als ein Inflationsausgleich war, auf die angesparten Wissensreserven auszurechnen?

Ein Talent war leicht zu schmuggeln, denn Grenzbeamte dachten noch in Kategorien der Industriegesellschaft. Sie fahndeten nur nach Hardware und allenfalls noch nach menschlichem Fleisch, das sich als Muskelmasse auf Baustellen anbot.

Von dem Gehalt einmal abgesehen: Auch wäre das Geld, das sie in die Schweizer Rentenversicherung einzahlen würde, anders als in Deutschland nicht verloren.

Der Umrechungskurs sei ihr ja sicher bekannt.

Seine Stimme wurde immer leiser, als ob die Mäntel, die er verbal vor ihr ausgebreitet hatte, tatsächlich fast jedes Geräusch im Raum absorbierten. Selbst wenn sie anfangs versehentlich umknickte, würde sie weich fallen.

Warum nicht auch ihren Vater verblüffen, der fest davon überzeugt war, dass sie nicht rechnen konnte?

Ilka hatte nie etwas anderes als Ärztin werden wollen, nachdem ihre Mutter an einem Asthmaanfall gestorben war, als sie selbst noch ganz klein war. Eines Tages war sie einfach nicht mehr vom Einkaufen zurückgekommen: Eine überraschende Attacke, panisches Tasten nach dem Spray in ihrer Handtasche, doch sie hatte versehentlich die bereits leere Dose eingesteckt. Niemand hatte ihr helfen können. Selbst der Notarzt kam zu spät. Ilka entschied sich für die Akutmedizin; gegen die Chirurgie legte ihr Vater ein Veto ein. »Dann hättest du auch gleich Metzger werden können«, behauptete er. Fiel es ihr nicht schon schwer, die Sehnen eines schlechten Rumpsteaks zu durchtrennen? »Hinzu kommt: Als Chirurgin könntest du später nie halbtags arbeiten – als Anästhesistin schon.«

Wann war *später*? Ilka stellte sich ihr Leben wie ein Rechenspiel für Kinder vor: bunte Kugeln, die man auf einem Drahtgestell hin und her schieben konnte. Die Länge des Drahts war von vornherein definiert, die Position der Kugeln variabel. Befand sie sich schon oder noch nicht in der Mitte des Drahts? Wie viele Perlen hatte sie bereits auf der Habenseite des Lebens versammelt?

Die Idee einer Facharztpraxis für Schmerztherapie hatte ihr Vater einfach fortgebürstet. Den Leuten auf Krankenschein Cannabis zu verschreiben sei eine Idee, die ihr sicher nur Iris in den Kopf gesetzt haben konnte.

Drei, vier Jahre vom Währungsgefälle profitieren.

Sich selbst als Festgeld betrachten, mit klar definierten Laufzeiten und Erträgen.

Den Blüten entgehen, die neuerdings den Euro-Raum überschwemmten. Sie hatte Stefan – auch als Versöhnungsangebot – gebeten, ihr zu helfen, auf das Laufwerk der Geschäftsleitung der Klinik für Anästhesiologie zu gelangen, wo Nürnberger vermutlich die Dienstpläne verwahrte. In seinem öffentlich zugänglichen persönlichen Ordner waren sie jedenfalls nicht, und sie musste einfach wissen, ob Nürnberger sie auch für den Folgemonat komplett zur Nachtschicht eingeteilt hatte und sie damit die Anmeldung zur Facharztprüfung vorerst abschreiben konnte.

Bei der Gelegenheit prüfte Stefan auch die befallene Excel-Datei, die sich inzwischen wieder öffnen ließ, aber nichts als Zahlendreher produzierte. Kurz darauf sagte er, die Datei sei nicht infiziert. »Die Einträge wurden manuell korrigiert. Siehst du? Die gesamte mittlere Spalte wurde vor vier Tagen verändert.«

»Verändert? Von wem?«

Er zeigte auf die kleine blaue Blase am Rand der Seite. *Geändert durch: WY*«, las er vor. »*WY. WY.*«

Sie folgte seinem Finger, dem herabscrollenden Bildschirm.

Geändert durch, geändert durch, geändert durch: Immer mehr flache Geschosse segelten den Bildschirm herab, ergossen sich aus dem Gehäuse des Computers auf die gleichmäßigen Ackerfurchen der Excel-Tabelle, wie ein Trupp blauer Fallschirmspringer. Sie hatte in der Klinik gelernt, immer auf der Hut zu sein, aber sie hatte nie mit einem Angriff aus der Luft gerechnet.

Wu Yin: ein Name wie eine Feder.

»Hier«, sagte Stefan und deutete auf den einen roten Fallschirm, der wie beiläufig zwischen all den blauen Kämpfern hindurchblitzte. »Schau mal, dein Chef.«

Autor: VZ.

Ilka zuckte zusammen, als hätte sie sich an der Spitze des V verletzt.

Du hast Dich verändert.

Die lautlose Selbstverständlichkeit, mit der Bernd sich durch die Schweiz bewegte. Dabei hatte sie ihn im Grunde hierher gebracht: Die Skiferien jedes Jahr Ostern in der Schweiz, zu denen ihr Vater ihn immer eingeladen hatte, als ob er ein mittelloses Waisenkind wäre. Und tatsächlich war Bernd ja in gewisser Weise elternlos. Sein Vater und seine Mutter in Jena waren nach Ansicht ihres Vaters zweifellos liebe Menschen, aber natürlich keine Vorbilder. Die ZVS hatte Ilka und Bernd an der Universität Marburg zusammengeführt, und es war Ilka nicht entgangen, dass ihr Vater die Beziehung zu Bernd anfangs für eine kindliche Spielerei gehalten hatte. So, wie Ilka als kleines Mädchen flügellahme

Vogelküken und halb verhungerte Igel aus dem großen Garten angeschleppt hatte, so brachte sie nun eben einen Jungen aus Ostdeutschland mit. Die Exotik ihres gemeinsamen Besuchs bei Bernds Eltern, diesem Käfig aus Rigips und Pappe mit der »Durchreiche« in der Schrankwand, von der Fred den Wredes noch Jahre später erzählte!

Andererseits hatte Bernd schon damals auf ihren Vater Eindruck gemacht mit seiner Frische. »Ein hübscher Junge!«, hatte ihn Irmgard Wrede bemustert, hingerissen auf seine dunkelbraunen Haare und die blauen Augen gestarrt und dabei natürlich über seine Ecken und Kanten hinweggesehen: Diese Unart beispielsweise, anstelle von *wie bitte?* immer nur *waaas?* zu sagen, wenn er etwas nicht verstanden hatte.

Bernd und Ilka lernten zusammen, einer ehrgeiziger als der andere, und wo Ilka anfangs (sie hatten sich gleich bald nach der Wende kennengelernt) noch über die Apotheke, in der seine Eltern beide arbeiteten, gelächelt hatte mit ihren unzähligen Behältern, aus denen die Wirkstoffe für jedes zweite Rezept mühsam zusammengemischt werden mussten, anstatt dass einfach eine handliche Packung mit eingeschweißten Tabletten über den Ladentisch gereicht wurde – da überholte Bernd sie bald mit seinen Noten, denn er kannte sich mit chemischen Prozessen dank seiner Eltern weit besser aus als sie. Ihr Vater tolerierte die Beziehung mit gemischten Gefühlen. Einerseits hatte er für Ilka etwas Großkalibrigeres im Sinn gehabt. Andererseits lief sie an der Seite von Bernd nicht Gefahr, sich in der Boheme von Marburg, im *Roten Stern* beispielsweise oder im *Café Barfuß*, zu verirren. An der Art und Weise, wie Ilka und Bernd ihn bei seinen Besuchen in diese Kneipen schleppten, erkannte er gleich, dass sie dort nicht zu Hause waren.

Über zwei Jahre blieben sie zusammen. Aus der Woche am Balaton mit seinen Eltern redete Ilka sich heraus, nachdem sie bei Bernds Eltern Fotos von der Unterkunft gesehen hatte. Bernd wiederum kam gern ins Wallis mit. Dort stand er dann in seinem einfachen roten Skianzug zwischen all den pistaziengrünen und türkisblauen *Bogner*-Wattemännchen, von denen er sich noch dazu in der Warteschlange am Sessellift regelmäßig abdrängen ließ. »Der Junge hat zu viel an der HO angestanden«, flüsterte Fred den Wredes zu, aber Bernd hörte es doch und wurde rot. Auf der Piste wiederum war es an Fred zu erröten. Keuchend kam er trotz höchster Anstrengung jedes Mal Minuten nach Bernd unten am Hang an. »Gute Technik«, musste er zugeben, und auch den Wredes, manchmal sogar Leuten, die im Sessellift über ihnen schwebten, fiel die reduzierte und darum pfeilschnelle Fahrweise Bernds auf, wo Fred immer noch breite S-Kurven in den Neuschnee wedelte. Und dann setzte Bernd plötzlich zur Schussfahrt an, und schon war er davongerauscht aus ihrem Leben: Unfassbar, aber kurz nachdem sie beim Abendessen im *Marmotte* rein zufällig Haucks getroffen hatte, von *Hauck + Weber*, die ihre Skiferien dieses Jahr ebenfalls im Wallis verbrachten, stellte sich heraus, dass Bernd mit Sandra Hauck zusammengekommen war! Verlegen machte Bernd mit Ilka Schluss.

Viel später hatte Ilka immer noch Sandra Haucks überdrehtes Lachen am Telefon im Ohr, als sie bei ihr anrief und verlangte, mit Bernd zu sprechen. Sie war sehr blond und strahlte eine prinzessinnenhafte Attitüde aus. In der Branche hieß es, die Haucks hätten zu Hause vergoldete Wasserhähne. Naiv, wie Bernd war, nahm er an, dass sie es ernst meinte, dass es nicht eine Art Wettbewerb war. Auf Bernd folgte schon bald der drogenabhängige Sohn eines italienischen Textilimporteurs. Wer auf Sandra folgte, deren Auto plötzlich nicht mehr vor dem *Roten Stern* parkte, bekam Ilka nicht mit. Sie war an die Universität Mainz gewechselt.

Vertauschte Rollen: Ohne jegliches Aufheben nahm Bernd die Rechnung in der *Kronenhalle* an sich, so wie ihr Vater es früher getan hatte, wenn er Bernd und sie ausführte. Der Abend war aber ungleich angenehmer, denn es saß eben nicht Fred mit am Tisch, der sich – Bernd immer fest im Blick, und auch Ilka konnte die Nachhilfe ja nicht schaden – über Hanglagen und Jahrgänge verbreitete. Ganz still wählte Bernd einen exzellenten Wein. Der Bernd, dem sie in der *Kronenhalle* gegenübersaß, hatte all das Vage, mitunter Hampelige früherer Zeiten abgelegt und sich trotzdem diese Eigenheiten bewahrt. Dass er beispielsweise mit der Tram ins Spital fuhr. Er meinte, auf diese Weise schneller durchzukommen, dabei war die Winkelriedstraße längst nicht so verstopft, wie er behauptete, und als Oberarzt war für ihn sogar ein fester Parkplatz auf dem Spitalsgelände reserviert. Zum Flughafen brachte er sie mit einem VW-Golf, was sich Ilka nur mit dem heimlichen Wunsch erklären konnte, die westdeutschen achtziger, frühen neunziger Jahre für sich nachzuholen: ein nachträglicher Initiationsritus in die Welt der BRD.

Auch im Spital schienen alle Bernd zu kennen, obwohl er Jahr für Jahr den stellvertretenden Vorsitz der Gesellschaft Leitender Ärzte des Kantons Zürich, den man ihm als einzigem Nicht-Schweizer antrug, ausschlug und sich stattdessen zur Wiederwahl als Aktuar aufstellen ließ – ein Amt, in dem er stets mit einhundert Prozent der abgegebenen Stimmen bestätigt wurde.

»Das ist Demokratie«, sagte Bernd, und er lachte bereitwillig mit, als Ilka sagte: »Na, damit hast du ja Erfahrung.«

9

Iris hatte sich in den Rechtsstreit dermaßen hineingesteigert, als habe das Kapital allein schon deswegen jenen idyllischen Bauplatz ausgewählt, um sie an der Entstehung ihres Buches zu hindern. Nicht irgendeines Buches, sondern *des* Buches, das die Quintessenz von über dreißig Jahren akademischer und politischer Arbeit enthalten sollte: eine federleichte und zugleich messerscharfe Synthese ihrer Überlegungen zur Pädagogik. »Aber im Moment stecke ich jedes Quäntchen Kreativität, das mir bleibt, in den Kampf David gegen Goliath. Ilka, glaub mir, es ist zermürbend, was ich hier erlebe, und Stefan ist mir überhaupt keine Hilfe. Wie viele Male habe ich ihn gebeten, für ein paar Tage nach Frankfurt zu kommen, oder mir zumindest ein paar Briefentwürfe abzunehmen? Könntest du ihn nicht einmal daran erinnern, die Bürgerinitiative zumindest nicht *gänzlich* aus den Augen zu verlieren?«

»Das habe ich schon getan, Iris.«

»Sicher? – Ich meine, es ist mir natürlich klar, dass HC etwas gegen dieses Projekt hat.«

»Du kannst mir glauben, Iris, dass ich Stefan immer wieder aufgefordert habe, etwas für die Initiative zu tun und sich zu beteiligen.«

Vergeblich, denn Stefans Interesse galt längst einem anderen Fall.

»Die Ergebnisse eurer Studie sind manipuliert«, sagte Stefan. »Ich habe die Zahlen miteinander verglichen. Die ursprünglichen Einträge eurer Reihe waren nicht eindeutig. Jetzt ist die Botschaft klar: *The calcium-sensitizing drug levosimedan, which exerts positive inotropic activity …*«

Ilka riss ihm das Blatt aus der Hand. »Was soll dieser Unsinn?«

»Erscheint nächsten Januar im *Journal of Anaesthesia & Intensive Care*. Siehst du? Es ist eine PDF-Datei, sie haben ihm also sogar schon die Fahnen geschickt.«

Yin, Wu / Fuchs, Ilka / Westermann, Beate / Zühlsdorff, Volkmar: Calcium Sensitizer can stabilize hemodynamic functions in peri-operative shock situations.

Ilka starrte auf den Ausdruck. »Woher hast du das?«, fragte sie dann.

»Von eurem Server«, sagte er. »Laufwerk G.«

»Wie kommst du auf Laufwerk G?«

Er zuckte die Achseln. »Bastelei«, erwiderte er. »Übrigens hast du nächste Woche wieder Tagesdienst im OP.«

Er reichte ihr noch ein Blatt, aber sie knüllte es nur zusammen, bevor sie sich umdrehte und aus dem Zimmer ging. Er lief ihr hinterher, erwischte sie auf der Schwelle zum Flur.

»Lass mich!«, fauchte sie ihn an.

An der Tür fing er sie wieder ein. Sie machte sich steif unter seinem Griff, wie ein Stück Holz, aber er hatte kräftig zugepackt und ließ nicht locker.

»Das mit der Bastelei war untertrieben«, sagte er. »Ich habe zwei Tage nonstop am Computer gesessen. Du könntest dich wenigstens bedanken.«

»Wofür soll ich mich bedanken, du Idiot?«

Er wich zurück und starrte in ihr Gesicht, doch es war ausdruckslos wie eine Maske. »Dass ich dich rechtzeitig gewarnt habe«, sagte er schließlich. »Jetzt kannst du immer noch reagieren.«

»Und was sollte ich deiner Meinung nach tun?«

»Ihn zur Rede stellen. Noch ist der Beitrag ja nicht erschienen.«

»Ah! Und was werde ich ihm sagen? Herr Professor Zühlsdorff, Sie haben die Daten unserer Studie gefälscht?

Es fiel mir auf, als ich *zufällig* auf Laufwerk G war, wo ich Ihren Aufsatz fand?«

Sie lachte; ein Lachen, das ihn frösteln machte.

»Es sind deine Daten«, sagte er.

»Unsere Daten.«

»Du solltest dir das nicht gefallen lassen. Warum schreibst du nicht auf die Schnelle noch einen Aufsatz, mit den korrekten Zahlen? Überhaupt – warum wirst du eigentlich nicht als Erstautor genannt?«

Sie sah ihn an. »Du hast das System nicht verstanden«, entgegnete sie schließlich.

»Das System«, wiederholte er und arrangierte die wenigen Zigaretten neu, die in seiner Schachtel verblieben waren. »Ich weiß nicht, ob das Fälschen von Forschungsergebnissen ein Delikt ist«, sagte er dann. »Ich müsste nachschauen.«

»Tu mir einen Gefallen und lass es. Bitte! Es ist Zeitverschwendung.«

»Warum?«

»Wie ich schon sagte: Letztlich geht es – in Anführungsstrichen *nur* – um die Einhaltung wissenschaftlicher Standards, und darauf müssen wir schon selbst achten. Unterm Strich ist es ein Problem der Ärzte, mehr nicht.«

»Und was ist mit den Patienten, die demnächst vielleicht aufgrund dieser Studie mit Calcium Sensitizern behandelt werden?«

Ilka schwieg.

»Du rauchst mehr als sonst«, sagte sie. »Ist mir neulich schon aufgefallen.«

»Ilka.«

»Ja?«

»Ich habe dich etwas gefragt.«

»Was denn? Entschuldigung, ich war in Gedanken woanders.«

»Warst du nicht.«

Widerstrebend sah Ilka auf. »Calcium Sensitizer werden

im Grunde für die Behandlung chronischer Herzinsuffizienz gebraucht. Ob man sie auch in der Anästhesie einsetzen kann, ist im Moment noch mehr als fraglich«, sagte sie. »Ich gehe nicht davon aus, dass irgendein Mensch auf dieser Welt darunter leiden wird, dass Zühlsdorff die Ergebnisse der Studienreihe frisiert hat und Glaxo oder Fresenius oder wer auch immer irgendwann einmal irgendwelche OP-Präparate mit Calcium Sensitizern anbietet.«

»Ich werde der Sache nachgehen«, verkündete Stefan nach einer Pause.

»Es wäre mir lieber, wenn du dich um deine Bürgerinitiative kümmern würdest.«

»Das hat Zeit, Iris kann warten«, sagte Stefan, »dein Fall geht vor. Stell dir vor, dieser Aufsatz wäre tatsächlich erschienen, mit deinem Namen! – Ich meine, was erwartest du von mir? Dass ich als Jurist einfach schweige?«

»Aha, plötzlich bist du also wieder Jurist.«

»Was soll das heißen?«

Sie sah ihn an. »Was ist, wenn ich nicht *möchte*, dass du dich mit der Studie befasst?«

»Ich werde das Examen schon schaffen, notfalls schiebe ich den Termin noch einmal um ein Vierteljahr. Es ist doch klar, dass ich dir in dieser Situation helfe.«

»Du würdest mir mehr helfen, wenn du endlich, endlich einmal deinen Abschluss machst und dich nicht länger vor dem Staatsexamen –«

Sie hatte *drückst* gesagt, hatte hinzugefügt, dass sie sich sehr viel leichter nach einer neuen Stelle umsehen könnte, wenn er auch ein Einkommen hätte. Er hatte erwidert, vielleicht könne ihr Vater ja in einem Notfall wie diesem ausnahmsweise einmal einspringen, wenn er sie schon ansonsten dazu zwang, das wahre Leben nachzuspielen, mit überzogenem Girokonto und allem Drum und Dran; eine Lächerlichkeit, bevor das Gespräch in eisigem Schweigen endete.

Der Streit war vor fünf Tagen, seither hatte Stefan sie jedes

Mal, wenn sie aus der Klinik kam, gefragt, ob sie schon mit Zühlsdorff gesprochen habe. Am Anfang behauptete sie, er sei zu einem Kongress verreist. Dann hatte er schlechte Laune. »Er ist für zwei Wochen im Urlaub«, sagte sie schließlich und ärgerte sich gleich darauf, dass sie nicht auf drei oder vier Wochen aufgerundet hatte.

»Du stehst im Dienst eines Workaholics«, sagte Stefan am nächsten Tag.

»Wie kommst du darauf?«

»Noch im Urlaub bearbeitet er Dateien«, erwiderte er. »Erinnert mich ein bisschen an Fred, diese Unfähigkeit, einmal abzuschalten.«

»Sag mal, spinnst du? Hör sofort auf, dich andauernd in unser Laufwerk einzuloggen!«

»Ich höre auf, sobald du mit Zühlsdorff gesprochen hast.«

»Mach dir keine Sorgen, ich werde mich schon wehren.«

»Du vielleicht, aber was ist mit den Patienten? Er hat bei der DGAI einen Antrag auf Durchführung einer klinischen Studie gestellt, zusammen mit Wu Yin.«

Er lauerte, aber da war nur dieses winzige Zucken in ihrem Gesicht.

»Als Jurist solltest du nicht vergessen, dass auch *Hacken* eine Straftat ist«, entgegnete sie.

»Grundsätzlich hast du recht«, sagte er, »aber ich *hacke* für einen guten Zweck.«

Am nächsten Tag meldete sie sich bei Nürnberger freiwillig für Wochenenddienste.

Iris hatte beinahe eine halbe Stunde über die Struktur ihres geplanten Buchs gesprochen, die sie doch noch einmal komplett umgeworfen habe, als Ilka schließlich eine gereizte Bemerkung fallenließ, sie müsse jetzt zu einer Visite.

»Immer in Eile, Ilka! Übrigens hörte ich von deinem Angebot. Ich meine, was gibt es da noch zu diskutieren? Du wärst verrückt, wenn du die Stelle in der Schweiz nicht annimmst!«

Ilka hielt inne. »Die Abteilung ist nicht groß im Vergleich zu Berlin«, sagte sie dann. »Wir wären nur eine Handvoll Ärzte und Schwestern.«

»Ilka! Aufhören! Ich kann es nicht ertragen, wenn Frauen sich verbal derart kleinmachen. Du bist nicht mehr Freds Töchterchen, auch wenn er das sicher gern so hätte! Was haben sie dir geboten?«

Als Ilka die Summe nannte, blieb Iris einen Moment lang die Sprache weg.

Dann lachte sie, wenngleich etwas angestrengt. »Nun, dann muss ich wohl doch keinen Kredit aufnehmen für Stefans Repetitorium«, sagte sie.

10

Undenkbar, es Iris direkt zu sagen, aber anfangs hatte Stefan Freds Skepsis, was die Bürgerinitiative betraf, tief in seinem Inneren geteilt. Er fand, dass Iris es mit ihren Klagen übertrieb. Mit geradezu masochistischer Hingabe malte sie sich das Anrücken der für den Tiefbau erforderlichen schweren Gerätschaften wie die Ankunft einer feindlichen Armee im Westend aus: Sie sprach mit Tremolo in der Stimme von den Fensterscheiben, die unter dem Anrollen der Bagger erzittern würden. So empört redete sie davon, dass der UCS-Tower das Gebäude *ihres* Instituts tief unten im Erdreich – dort, wo später einmal die Limousinen der UCS-Banker einparken würden – den Bauplänen zufolge *unterfangen* würde, als habe man ihr persönlich unter den Rock gegriffen.

Beinahe schlimmer noch die Tatsache, dass vorgesehen war, das Hochhaus mit Spiegelglas zu umkleiden, weswegen sie nicht nur am Nachmittag im dunklen Schatten des Towers hocken, sondern zudem am Morgen, wenn die Sonne in entgegengesetzter Himmelsrichtung stand, von den reflektierenden Scheiben des Towers geblendet werden würde. Als ob auf der anderen Seite des Zauns ein selbstgefälliger Macho hockte, der seine eigenen lüsternen Blicke geschickt hinter einer riesigen verspiegelten Sonnenbrille verbarg!

Hinzu kamen die Scharen von Bauarbeitern, die in den kommenden Jahren über das bislang wunderbar verwilderte Nachbargrundstück trampeln würden wie eine Horde Pauschaltouristen. Sicher beschäftigte der Generalunternehmer Schwarzarbeiter in großer Zahl! Also keine Mittagspausen mehr im *Café Bravo* mit ihren jungen Assistentinnen, ohne anzügliche Pfiffe zu ernten, und auch mit den von ihr so geliebten, atmosphärisch luftigen Institutsbesprechungen im Garten, bei denen sie über ihre wissenschaftlichen Ideen redete, während die Mädchen die Versandtaschen mit den sogenannten »Ampeln« bepackten, wäre es bald vorbei. Man wusste ja nie, ob sich nicht jemand von der Straßenseite aus gerade in dem Moment in die Büsche erleichterte, in dem sie zu ihren Mitarbeiterinnen über die Stille als Form des Lernens sprach.

Iris versprach sich unendlich viel von diesem Buchprojekt über die Pädagogik des Schweigens, nachdem sie nun schon seit mehreren Jahren in einer Art Schaffenskrise gesteckt hatte. Vor etwa fünfzehn Jahren hatte es angefangen: ihr Entsetzen, als Stefan ihr rund um seine Abiturzeit offenbarte, dass er sich bei der Polizei beworben hatte. Nicht für die grüne Jagd, wie er dem umgehend einsetzenden Brausen ihres gewaltigen Flügelschlags gerade noch besänftigend entgegenhielt, sondern für eine Laufbahn als Kriminalkommissar. Er sagte ihr, dass er sich letztendlich ebenso für Gerechtigkeit einsetzen wollte wie sie, schließlich hatte sie in einer ihrer bekanntesten Schriften den Begriff der diskriminierungsfreien Erziehung geprägt. Und auch die detektivische Neugier auf verräterische Gegenstände hatte er doch von ihr geerbt: Wo sie in ihren populärwissenschaftlichen Vorträgen mit spitzen Fingern Teddys mit eingenähtem Käthe-Kruse-Signet hochhielt, um zu verdeutlichen, dass soziale Distinktion, wenn man nicht achtgab, schon im Kindergarten begann, da wollte er den dunklen Seiten der Dinge nachspüren, den Spuren getrockneten Bluts auf Messern und so weiter.

Iris hatte seine Pläne als infantil und nicht durchdacht abgelehnt. Die Mehrheit der Kriminalkommissare beschäftige sich nicht mit blutigen Messern, sondern mit geklauten Fahrrädern und allenfalls noch vietnamesischen Zigarettenschmugglerbanden. Sie gab sich selbst die Schuld und beklagte plötzlich die Tatsache, dass sie Stefan ohne Vater hatte aufwachsen lassen, wenn er nun versuchte, dieses Vakuum durch eine betont männliche Berufswahl auszugleichen. Nach endlosen Diskussionen einigten sie sich auf ein Jurastudium mit dem Berufsziel Staatsanwalt.

Kurz darauf wurde eine ihrer ersten Doktorandinnen bildungspolitische Sprecherin einer Partei, die sie niemals, unter gar keinen Umständen wählen würde. Und so ging es schrittweise bergab: Nachdem sie erfolgreich Generationen von Lehramtskandidaten Freiheit und Gleichheit gepredigt hatte, wurde ein gerade eben vierzigjähriger Kollege zum Dekan des Fachbereichs Pädagogik ernannt. Iris wurde immer seltener für Interviews angefragt und zu Vorträgen eingeladen – ganz so, als ob, wenngleich zeitversetzt zu ihr, auch ihre Ideen alterten. Als ob keine schwungvollen Wellen mehr durch ihre Texte wogten und diese sich stattdessen endlos und stumpf geradeaus streckten wie sprödes Haar. Ihre Argumente schlackerten am Bauch ohne festen Halt, hilflos wie Hautwülste, die sich einfach nicht mehr zurückbilden wollten. So wie man beschämt die Augen von einer zu alten Frau abwandte, die sich am Strand im Bikini ausstellte, so wandte sich das Fachpublikum allmählich auch von ihren Ideen ab: Sie fühlte sich plötzlich – unsichtbar.

Sie reagierte darauf, indem sie vermied, in den Spiegel zu sehen, konservierte ihr Bild ihrer Jugend, indem sie sich im Kreise anderer mit ihr Verblühter versteckte und nur noch zu Fachkonferenzen ging, in denen sie gleichgesinnte Kollegen und Kolleginnen in der Überzahl wusste. Einladungen zu Streitgesprächen sagte sie ab. Sie haderte mit der Wissenschaft, denn sie fühlte sich von ihr betrogen: Hatte sie sich nicht gerade deswegen für die Laufbahn einer Intellektuellen entschieden, weil diese auch noch in hohem Alter Fruchtbarkeit verhieß und der Geist vielleicht sogar eher noch in späten als in frühen Jahren strahlen konnte? Ihre Lust, sich selbst zu präsentieren, durch eine gewagte These auf sich aufmerksam zu machen, versiegte. Seit Jahren hatte sie kaum etwas geschrieben und sich stattdessen aufs Kurative verlegt, wie sie es manchmal im Scherz nannte.

Gemeinsam mit einigen ihrer ehemaligen Studienkollegen, Lehrern im vorzeitigen Ruhestand, hatte sie das *Institut für angewandte Pädagogik* gegründet, das rasch wuchs. Anfangs hatten sie lediglich Wochenendseminare für Lehrer mit Burn-out-Syndrom angeboten, dann waren Elterntrainings dazugekommen, doch den größten Erfolg hatten sie mit *Lehrerfreund* erzielt, der mobilen Lärm-Messampel für das Klassenzimmer. Überschritt die Lautstärke 50 Dezibel, leuchtete ein gelbes Licht auf (Iris hatte beim Hersteller vergeblich interveniert, das gelbe Licht durch ein orangefarbenes zu ersetzen, um nicht immer wieder an die bildungspolitische Sprecherin erinnert zu werden). Bei 80 Dezibel begann der rote Bereich zu blinken, unterstützt durch ein akustisches Warnsignal. Die Geräte, die sie im ebenfalls zum Institut gehörigen *Pädshop* zu 339 Euro zuzüglich Mehrwertsteuer vertrieb, liefen und liefen, und die Mädchen kamen überhaupt nicht nach mit dem Rechnungschreiben. Nun also sollte das Buch folgen, das all die Ideen, die Iris in den vergangenen Jahren zugegebenermaßen eher in Form von Katalogtexten für den *Pädshop* formuliert hatte, bündelte und auf ein höheres Abstraktionsniveau hievte. Und ausgerechnet jetzt näherte sich ihr dieser stählerne Riese mit roboterhaftem Gang wie ein O-beiniger Muskelprotz.

Stefan sagte, sie könne doch zur Not immer noch zu Hause schreiben, wenn die Bauarbeiten tatsächlich losgingen. »Und meine Mädchen?«, fragte Iris zurück, als hätte sie einen Nymphenschwarm vor einer Piratenbande zu schützen. Und »die Mädchen« waren ja in der Tat an das Institut gebunden, denn sie forschten über den Nutzen der Elterntrainings und führten Befragungen über die positiven Wirkungen der brandneuen Luftgüte-Ampeln *(Weniger CO_2 – Für gutes Klima im Klassenzimmer!)* durch. Zusätzlich übernahmen sie seit einigen Wochen nebenher die Telefonate im Rahmen der Bürgerinitiative, die zu führen Stefan immer neue Ausflüchte suchte.

Stefan fand das Motto jedoch außerordentlich unglücklich gewählt, und es erstaunte ihn nicht, dass bislang nur ein paar alte Freunde von Iris mitmachten, die ihr noch etwas schuldig waren. Ja, er war insgeheim der Ansicht, dass Iris über den Ärger um den UCS-Tower das Gespür für Proportionen entglitten war. Sie maß die Arglist, die sie dem Bauprojekt unterstellte, mit einem gigantischen Zollstock, gleichzeitig redete sie die Belastungen für die Allgemeinheit klein, die fraglos auch von ihrem Institut ausgingen: die wummernden Partys, die eine ganze Reihe von »Mädchen« mit ihrer stillen Duldung an Sommerwochenenden regelmäßig im Garten des Instituts gaben, beispielsweise. Wahrscheinlich hatte auch Fred einen Punkt, wenn er sich Ilka gegenüber darüber beklagte, dass Iris letztlich auf Kosten des Steuerzahlers in den Räumen und mit der Arbeitskraft ihrer fleißigen BAT-Bienen einen Versandshop betrieb. Das Geld, das sie damit verdiente, steckte sie nicht in die eigene Tasche, sie beschäftigte stattdessen immer mehr »Mädchen«, so dass das Institut bald einem Bienenstock glich, in dessen tiefstem Inneren Iris thronte.

Aber was passierte anschließend mit den »Mädchen«? Fred hatte Iris mit dem Vorschlag verärgert, doch einmal eine Art Absolventenbefragung über die Berufsaussichten promovierter Pädagoginnen durchführen zu lassen, die sich nach drei, vier, fünf Jahren in Iris' Institut zu fein für die angewandte Pädagogik im Kindergarten waren. Seiner Ansicht nach betrog Iris ihre Schülerinnen, indem sie ihnen fabelhafte Geschichten über die intellektuelle Laufbahn auftischte, sie in Wahrheit aber direkt in die Arbeitslosigkeit hinein ausbildete. Aber auch das konnte Stefan Iris natürlich nicht sagen, wollte er sich nicht den Vorwurf einfangen, Fred nach dem Mund zu reden.

Und dann sah Stefan den Schatten plötzlich selbst. Er hatte sich schon über das Frösteln gewundert, mit dem er manchmal montagvormittags, wenn Ilka bereits vor Stunden das Haus verlassen hatte, noch im Bett lag. Die Kühle, die sich ausbreitete, so rasend, als ob auch in unmittelbarer Nachbarschaft des sonnigen Gartens seines Lebens ein Sklavenheer von Bauarbeitern eine gigantische Burg errichtete. Ilka, die sonst niemals über die kleinen Fährnisse des Alltags klagte, hatte plötzlich an allem etwas auszusetzen.

»Die Berliner sind unfähig, absolut unfähig«, beschwerte sie sich eines Abends, als er sie kurz vor Mitternacht am Flughafen Tegel abholte. Schon an der Art und Weise, wie sie einem anderen Passagier, der ihr im Weg stand, ihren Rollkoffer absichtlich in die Fersen rammte, erkannte er ihren Missmut. »Ich habe eine halbe Stunde auf mein Gepäck gewartet, obwohl wir direkt am Gate geparkt haben.«

Er machte den Fehler, auf die widrigen Wetterverhältnisse hinzuweisen. An diesem Abend jagten gewittrige Sturmböen über die Stadt. Ein Glück, dass das Flugzeug überhaupt hatte landen dürfen.

Ilka sah ihn nur an. »In *Zürich* läuft das Gepäckband an, sobald die ersten Passagiere die Zollkontrolle passiert haben, egal, ob es hagelt oder schneit. Sie haben die Abläufe einfach ungleich effizienter organisiert.«

Bald darauf beschränkte sich ihre Verachtung nicht mehr auf Berlin, sondern erstreckte sich auf ganz Deutschland. Sie rümpfte ihre Nase über den strubbligen Fahrer des Taxis und behauptete, in Zürich würden die Taxifahrer allesamt Krawatte tragen. Beim samstäglichen Einkauf von Lebensmitteln ließ sie ihren Blick resigniert über die Regale schweifen und spielte mit spitzen Fingern an einer steifen Tomate herum, während sie nahezu hymnisch die Frische der in der *Migros* angebotenen Waren lobte. Die duftige Engadiner Milch, die samtigen, schon von der südalpinen Sonne gestreichelten Tessiner Äpfel, die Qualität noch des abgepackt verkauften Tête de Moine – welch Gegensatz zu den welken Salatblättern, die sie bei *Kaiser's* vorgefunden hatten! Welch Kontrast zu dem muffig riechenden Brot, das – anders als das *Ruuchbrot* in der *Migros* – überhaupt gar nicht zum Hineinbeißen verleitete, weil ihm jegliche Knusprigkeit abging, und insbesondere zu dem schlaffen Strang Schweinefilet, das sich bei der ersten Berührung mit der heißen Pfanne wie ein verschreckter Igel in sich zusammenzog.

Ilka hatte die verzweifelten Zuckungen des schrumpelnden Fleisches in der Pfanne fassungslos beobachtet, hatte zugesehen, wie es sich hilflos in den Fontänen des sengenden Fetts wand, und sich dann vor Erschütterung stumm abgewandt – genauso wie sie sich in der Nacht zuvor von ihm abgewandt hatte. Sicher hatte auch sein Haar muffig gerochen, waren ihr seine Oberschenkel welk erschienen.

»In der *Migros*«, seufzte Ilka, »haben die Sachen eine Qualität, von der wir hier nur träumen können.«

Ich liebe dich, schrieb Stefan auf einen kleinen Zettel, den er zusammenrollte und in das Döschen mit Vitamintabletten steckte, an die sie seit Jahren wie eine Jüngerin glaubte. Er lauerte auf eine Reaktion, die jedoch ausblieb. Ob sie nach Entdeckung der Schätze der *Migros* glaubte, keine Zusatzstoffe mehr zu benötigen?

Die Überweisungen an *Gasag*, *Bewag* und die Autoversicherung, die er für sie vorbereitet hatte, unterschrieb sie geistesabwesend mit einem *Montblanc*-Kugelschreiber, den er noch nie bei ihr gesehen hatte. Als er sie fragte, woher sie den Stift habe, zuckte sie die Achseln: Hatte er ihn ihr nicht sogar geschenkt? Sie sprachen niemals offiziell über das Haushaltsgeld, das ihm neuerdings unter anderem die Anschaffung anspruchsvoller Geschenke ermöglichte, aber nichts anderes waren die zweiundzwanzig 50-Euro-Scheine, welche die würdevolle Bezeichnung *Banknote* wahrhaft verdienten angesichts ihrer makellosen Glätte. Ilka bezog diese unglaublich adretten Scheine jeden Monatsende am Geldautomaten der

Credit Suisse am Züricher Flughafen, brachte sie jedes Mal unbehelligt durch den Zoll und hinterließ sie dann diskret auf der Fensterbank.

»Ist dir schon einmal aufgefallen, dass dieses Land voller Ampeln ist?«, fragte sie an einem Sonntagabend, als sie auf dem Rückweg von einem Besuch bei Uli und Elke mit dem Fahrrad an einer zugegebenermaßen sehr hässlichen Kreuzung halten mussten. An der abschätzigen Art, wie sie *dieses Land* sagte, erkannte er, dass nur Deutschland gemeint sein konnte. »Die Schweiz hingegen«, fuhr Ilka fort, »vertraut auf ihre mündigen Bürger. Du wirst sehen: Kaum Ampeln, dafür umso mehr Zebrastreifen. Der Verkehr regelt sich flexibel von selbst. Bei uns hingegen wird man ständig gezwungen anzuhalten, selbst wenn niemand die Straße überqueren möchte.« Sie starrte auf die öde, menschenleere Kreuzung. »Ein besseres Sinnbild für den Stillstand in diesem Land gibt's doch gar nicht.«

Und kurz darauf: »Grüner wird's nicht, Stefan.«

Stefan schrak zusammen und trat dann so unvermittelt in die Pedale, dass das Rad einen Satz machte. *Stillstand.* Das Wort hatte ihn getroffen wie ein Pfeil aus dem Hinterhalt. Er dachte daran, dass es Sonntagabend war. Dass sie morgen früh wieder fahren würde und dass sie dieses Wochenende schon wieder kein einziges Mal miteinander geschlafen hatten. Es hatte sich irgendwie nicht ergeben.

Eines Freitagnachts ertappte er sie dabei, wie sie, statt neben ihm im Bett zu liegen und zu schlafen, im Bademantel vor dem Fernseher saß, im stockdunklen Wohnzimmer. Sie sah sich in irgendeinem obskuren dritten Programm eine fünfzehn Jahre alte Wiederholung von *Verstehen Sie Spaß?* mit Paola und Kurt Felix an, und obwohl sie vor zwei Stunden noch mit Leichenbittermiene aus dem Flugzeug gekrochen war, tödlich genervt von einer über vierstündigen Verspätung, sah er sie nun, wo sie sich unbeobachtet glaubte, lachen – über einen wirklich schlechten Kurt-Felix-Witz.

»Ich dachte, du wärst todmüde«, sagte er.

Ilka schrak zusammen. »Ist das Fernsehen zu laut? Tut mir leid.«

»Ich dachte, du wärst todmüde«, wiederholte er hartnäckig.

»Das bin ich auch, aber zugleich bin ich – keine Ahnung. Irgendwie aufgedreht. Unruhig. Ich konnte nicht schlafen.« Ihr Blick schweifte von ihm ab und richtete sich wieder auf den flackernden Bildschirm. Sie kicherte.

»Und darum schaust du dir Paola und Kurt Felix an?«, fragte Stefan.

»Es ist ganz lustig.«

»Was ist an Paola und Kurt Felix *lustig*?«

»Ich weiß nicht. Die entspannte Art, wie sie miteinander umgehen. Ich mag seinen Akzent. Sein Schwyzerdütsch. Es ist supersympathisch.«

Supersympathisch.

»Mer-ci.« Sie wiederholte das Wort, das Kurt Felix soeben von sich gegeben hatte, und übertrieb dabei den Rachenlaut ins Maßlose. »Hörst du, ich hab's auch schon ein bisschen drauf.«

»Wer hat dir's denn beigebracht?« Seine Stimme klang nun kiebig, wie ein garstiges altes Waschweib, aber er hatte keine Kontrolle mehr über sich.

Sie sah ihn an. »Was ist los mit dir, Stefan?«, fragte sie schließlich.

»Nichts«, sagte er, drehte sich um und schlug die Schlafzimmertür hinter sich zu.

»Warum hat sie sich so verändert?«, fragte er Iris schließlich am Telefon, und nachdem er ihr geschildert hatte, wie sich Ilkas merkwürdige Wandlungen manifestierten, schwieg Iris für einen Moment, bevor sie schließlich zurückfragte: »Hat sie in der Schweiz jemanden kennengelernt?«

II

Seit Stefan das Wort an jenem Abend aufgelesen hatte, bedankte er sich nicht mehr bei Ilka, sondern sagte *merci*. Für die Bügelware der *Credit Suisse*. Die Schokoladentrüffel. Die Käsefondue-Fertigmischung aus der *Migros*, mit der sie Uli und Elke beeindruckten.

Ilka wusste nicht, ob er das Wort absichtlich so krachledern aussprach, dass es ihr in den Ohren wehtat. Sie fühlte sich beinahe sogar beleidigt angesichts dieser Anmaßung. Er sprach das *Merci* ohne jegliche Eleganz aus, ohne dieses schweizerisch Trillernde, überbetonte auf groteske Weise die erste Silbe, so dass ihr bald die Freude daran verging, ihm irgendetwas aus der Schweiz mitzubringen.

Auf Berichte aus dem Krankenhaus reagierte er mit einem gespielt naiven *ja, super*, das er sich ebenfalls aus einer ihrer anfänglichen Erzählungen über Schwester Josiane abgelauscht haben musste, und so breitete sich nach und nach ein unschönes Schweigen zwischen ihnen aus. Der Kurvenverlauf ihrer Gespräche flachte von Woche zu Woche weiter ab, wie bei einem Patienten, dessen vitale Funktionen sich immer weiter verschlechterten. Um Streit am Wochenende zu vermeiden, umging sie das Thema Schweiz, wo sie nur konnte. Von allen Geschichten aus dem Krankenhaus, die sie Stefan erzählte, schabte sie zuvor in Gedanken bereits jegliches Lokalkolorit ab, so dass Stefan keimfreie Berichte aus der Schweiz erhielt, das Knochengerüst ihrer neuen Existenz, sterilisiert wie für einen Schwerkranken. Jemand, der sie belauscht hätte, hätte annehmen müssen, dass sie auf einer Art Krankenhaus-Planet arbeitete, der auf achttausend Fuß Höhe im Luftraum über Stuttgart kreiste.

Die Wochenenden waren anfangs urplötzlich auf wenige Stunden zusammengeschrumpft. Nachdem sie freitags um elf Uhr abends zurückgekehrt war, schlief sie am Samstag bis in den späten Vormittag aus. Am Sonntagmittag wiederum langte bereits der Montagmorgen mit seinen Krakenarmen nach ihr, so dass sie Stefan unweigerlich mit ihrer Trübsal ansteckte und sie den Sonntagnachmittag und -abend bereits mit dem Warten auf den Montagmorgen verbrachten. Die Stunden nach Sonntagmittag entwerteten sich auf diese Weise, verwandelten sich in Holzwolle, die das zerbrechliche Wochenende auf banale Weise an den Rändern ausstopften.

Neuerdings jedoch schienen ihr die Wochenenden lang: zu viel Zeit, sich gegenseitig anzuschweigen, zu viel Gelegenheit, in die winzigen Mausefallen zu laufen, die Stefan an jeder möglichen Wendung eines Gesprächs aufgestellt zu haben schien.

»Und, wie ist es in der Schweiz?«, fragten Uli und Elke, als sie sie am Wochenende trafen: Schon biss wieder eine kleine eiserne Feder zu. Sie beobachtete, wie Stefan ein joviales Lächeln anknipste, das ihm nicht gut stand. Die Arme vor der Brust verschränkt, lauschte er ihren Berichten und versuchte, sich seine Überraschung nicht anmerken zu lassen über Dinge, die er selbst erst aus diesen Gesprächen erfuhr. Aber er fragte auch nie nach, selbst dann nicht, wenn sie ihre Andeutungen mit einem vielsagenden Blick oder einem überlegenen Lächeln unterlegte.

Dass er nicht einmal einhakte, als sie Beate gegenüber erwähnte, sie sei fast jeden Abend unterwegs, ärgerte sie richtiggehend. Sie hatte die vielen Möglichkeiten, die die Stadt bot, erwähnt, die Theater, das Opernhaus, die Tonhalle, die schönen Cafés, die Kinos, die Restaurants, lustige Bars, woraufhin Beate gefragt hatte, wie sie eigentlich dazu komme, sich mit dem Nachtleben in Zürich zu beschäftigen. »Hast du etwa keinen Schichtdienst?«, fragte sie, und Ilka hob statt einer Antwort nur beinahe verlegen die Schultern.

Jeden Abend unterwegs: Das war nicht gelogen, tatsächlich lief sie jeden Abend ein, zwei Stunden zu Fuß durch die Stadt, durch das Auf und Ab der Gassen im Niederdorf, in denen die mittelalterlichen Häuser Schulter an Schulter eng nebeneinander lehnten. Steinerner Rütli-Schwur, treue Gefährten, die sich seit Hunderten von Jahren gegenseitig stützten. In Berlin gab es keinen einzigen Ort wie diesen. Sie lief durch die eleganten Straßen des Seefelds, sah durch die feinen dünnen Vorhänge dem Betrieb an den Tischen der *Kronenhalle* zu. Das puppenstubenhafte Rotlichtviertel der Stadt: *Cabaret-Tänzerinnen* inserierte die *Lugano Bar*. Am Fluss entlang bis zur Schleuse Am Letten, wo die Leute sich an warmen Abenden ins Wasser fallen und flussabwärts im schnellen Strom des Gebirgsflusses treiben ließen, der die Limmat aller Domestizierungsversuche zum Trotz geblieben war, wieder aus dem Fluss hinauskletterten und in kleinen Gruppen, nass, lachend, nur in Badesachen, zur Schleuse zurückliefen. Sie hätte es gern auch einmal ausprobiert: sich einfach im Fluss treiben lassen, ein kleines Stück im wilden Wasser quer durch die Stadt, aber wohin mit ihren Sachen, dem Schlüssel, den Schuhen?

Stefan wollte von der Schleuse, der *Kronenhalle*, den Schwänen am Ufer des Sees nichts wissen, denn es gab ja keinen Grund, sich in Zürich zu beheimaten. Ihr Aufenthalt hier war nach offizieller Lesart vorübergehender Natur. Als er dem Gespräch über ihr Angebot aus dem Universitätsspital irgendwann nicht mehr ausweichen konnte, hatte er die Schultern gezuckt und gesagt: »Probier's doch mal aus.«

Den Freunden gegenüber tat er so, als ob Ilka für ein paar Monate in die Schweiz gegangen wäre. »Wozu brauchst du Möbel in Zürich?«, fragte er. »Lohnt sich das, ein Bett zu kaufen – für die kurze Zeit?« Sie selbst war Stefan gegenüber zugegebenermaßen ja sehr vage gewesen, hatte davon gesprochen, mal »eine Zeitlang richtig Geld zu verdienen« in der Schweiz. Sie hatte sich eingeredet, es sei für Stefan leichter, die geänderten Realitäten zu akzeptieren, wenn sie schleichend daherkamen: Wenn er nach und nach begriff, dass es für sie beruflich kein Zurück mehr gab aus der Schweiz.

Ich arbeite in der Schweiz, sagte sie allen, die über die Veränderungen in ihrem Leben noch nicht Bescheid wussten, und sie sagte – und die anderen hörten – es mit einem gewissen ehrfurchtsvollen Respekt vor der Magie, die das Wort *Schweiz* ausstrahlte. Sie hatte sich an einen mächtigen Fels geschmiedet, der sicher und unerschütterlich über der Brandung thronte, der Ebbe und Flut Europas. Leinen los: Geschmeidig wie eine Schlange glitt der Gürtel durch die Schlaufen ihrer Hose, wenn sie ihn Montag früh bei der Sicherheitskontrolle auf das Band legte. Mit einem Ruck waren die Schnallenschuhe geöffnet und ebenfalls auf dem Band deponiert. Zuletzt noch aus dem Blazer geschlüpft: Mit nackten Füßen und nackten Schultern durchschritt sie den Türrahmen neben dem Durchleuchtungsgerät, der die Grenzlinie ihrer beiden Lebensräume demarkierte, rein wie ein Engel, leicht wie ein Vogel. Kein Piepsen hielt sie zurück, niemand stoppte sie in ihrem Lauf, um sie noch einmal auf den Besitz verbotener Gegenstände zu überprüfen. Einfach laufen, laufen, laufen; im Gehen bereits den Gürtel geöffnet, die Schuhe nur noch lose wie Hausschuhe übergestreift. Es entging ihr nicht, dass man sie betrachtete, dass das Aufsichtspersonal ebenso wie die Passagiere hinter ihr nach den Konturen ihres Körpers sahen, wenn sie sich bückte, um die Schnallenschuhe anzuziehen. Und auch sie betrachtete manche der Passagiere vor ihr, von denen ebenso wie von ihr mit jedem Meter, den sie sich nach der Passkontrolle dem Durchleuchtungsgerät näherten, ein weiteres Kleidungsstück abfiel wie ein Blatt von einem Baum. Die Blicke des Aufsichtspersonals waren unverfroren, den Blicken der Mitflieger hingegen haftete etwas Komplizenhaftes an, denn sie strippten allesamt für die Effizienz, kooperierten routiniert für das gegenseitige schnellere Vorwärtskommen.

In der Schweiz, wiederholten ihre Freunde, Bekannten, auch Wildfremde, und sie genoss die Verwunderung, die bis hin zum Verdacht reichte, sie übertreibe. »Und du erzählst mir auch wirklich keine Märchen?«, fragte Beate misstrauisch, als sie ihr berichtete, wie die Oberschwester der Station gleich gesagt hatte, selbstverständlich richte das Spital ihren Einstand aus, sie müsse sich um nichts kümmern. Dieselbe Oberschwester habe Ilka auch das volle Tablett mit gebrauchten Gläsern aus der Hand genommen, das sie im Anschluss an den Einstand in die Stationsküche tragen wollte: *Merci. – Ich bitte Sie!* Und schon war das Tablett entschwunden, und Ilka fühlte sich leicht, federleicht. Beim ersten Rundgang auf der Station am nächsten Tag nahm Schwester Josiane ihr wie selbstverständlich nach der Visite die Patientenakten ab und verschwand damit im Büro der Schwestern. Schon eine Stunde später legte sie Ilka die Ausdrucke zur Unterschrift vor, und natürlich durfte man angesichts einer solchen Einsatzbereitschaft nicht kleinlich sein. Also korrigierte sie einfach die *Operation nach einem Unfall auf der Rolltreppe in der IKEA*, das der flotten Schwester Josiane mit ihrem frech-schrägen Pony in ihrem Eifer in den Text gepurzelt war, mit Kugelschreiber und zeichnete die Akte ab.

Wie wohl ihr das verblüffte Schweigen tat, als sie in der ersten Stationsrunde auf Bitten ihres neuen Chefs, Professor Widmer, eine Zusammenfassung ihres Lebenslaufs gab. Sie ließ dabei weder das Auslandsjahr an der Brown University und ihre Zeit am Hopkins Memorial Boston bei Professor Malcolm Newhagen noch ihr zuvor teils in Paris verbrachtes Praktisches Jahr oder ihre Veröffentlichungen in internationalen Journals aus! Ihr Vater hatte recht gehabt, als er gesagt hatte, sie dürfe ihr Licht nicht unter den Scheffel stellen. Iris hatte ihr einen ganz ähnlichen Ratschlag gegeben.

Im übrigen hatte ihr Vater auch damals klug gehandelt, als er beschlossen hatte, ihr das Jahr an der Brown University zu zahlen, nachdem ihr auf ihre Bewerbung beim DAAD hin nur ein Stipendium für die Birmingham University angeboten worden war. »Vierzigtausend Dollar, das sind achtzigtausend Mark, Papa!«, hatte sie entsetzt gesagt, als er ihr den Auftrag gegeben hatte, Erkundigungen bei besseren Universitäten einzuholen. »Betrachten wir es als Investition in deine Zukunft«, hatte er geantwortet. »Dann müssen wir eben ein paar Zurrgurte mehr verkaufen!«

Sie dachte an ihren Vater, als sie gleich am nächsten Tag Professor Widmer bei der Visite mit einem schwierigen medizinischen Fachbegriff aushelfen konnte, während er einem der internationalen Patienten den nächsten Behandlungsschritt erklärte. Widmers Englisch klang auf eine drollige Art und Weise auswendig gelernt, nach Schule sozusagen. Er betonte regelmäßig falsch und sprach jedes Mal besonders laut, wenn er einen Satz sagte, als hätte ihn eine Lehrerin aufgerufen. Es verstärkte den jungenhaften Eindruck, den er seinen 69 Jahren zum Trotz machte. Sie mochte ihn auf Anhieb gern, »und ich glaube, er mag mich auch«, berichtete sie ihrem Vater am Telefon. »Für mein Büro hat er mir eine Pflanze mit wunderschönen weißen Blüten geschenkt, sehr ausgefallen, so etwas habe ich bei uns noch nie gesehen.«

12

Undenkbar folglich, Stefan von den … nun, kleinen Hürden, Startschwierigkeiten zu erzählen, die sich naturgemäß ereigneten. Ereignen mussten. Sie versuchte, sich die Ärgernisse als kleine Felsbrocken vorzustellen, die ihr in den Weg purzelten und die sie selbst einfach mit einem Fußtritt über einen Abhang kickte, woraufhin sie polternd in einer Schlucht verschwanden. Es waren ja ohnehin nur Kleinigkeiten, und zumal lag es an ihr, dass sie vergleichsweise dünnhäutig geworden war, wohl auch wegen der körperlich fordernden Lebensumstände. Das ständige Hin und Her höhlte sie aus. Sie hatte schon nach kurzer Zeit abgenommen, obwohl sie nicht weniger aß als früher. Als ob sie auf jeder Reise ein kleines Stück von sich verlor, weil sich auf jedem Flug ein paar Gramm ihrer selbst einfach auflösten, in kleinste Partikel zersetzt wurden, die die Lüftung aus dem Flugzeug heraussaugte, in den Kondensstreifen mischte und zum Schluss staubfein über die Landschaften rieseln ließ, die zwischen Berlin und der Schweiz lagen – Landschaften, deren Geometrie sie von den klaren Tagen im Flugzeug her genau kannte, doch sie hatten für sie keine Temperatur und keinen Geruch.

Sie dachte an Irmgard Wredes Rat, Ärger wegzuatmen, aber die Sache mit dem Müll beispielsweise ließ sich schon deswegen nicht einfach ausatmen, weil ihr der Gestank nach alter Tomatensoße und klammem Kaffee, der wie eine Streubombe aus dem gebrauchten Filter geplatzt war und sich in braunen Sprenkeln an die Wände des Flurs verteilt hatte, jedes Mal wieder in die Nase stieg, sobald sie den Hausflur in der Haslerstraße betrat.

Es war an ihrem ersten Tag in der Schweiz passiert, ihrem ersten Arbeitstag. Um rechtzeitig vor Dienstbeginn um acht Uhr im Spital zu sein, hatte sie um sieben Uhr dreißig die Wohnung verlassen, freudig gespannt auf das Neue, das sie erwartete, und dann versank ihr Fuß plötzlich in einem nasskalten Hügel: ein Berg von Müll, der sich auf ihrer Fußmatte häufte, gekrönt von dem gebrauchten Kaffeefilter und der Tomatensoße des Cevapcici, das sie sich gestern spät noch beim *Montenegro-Grill* in der Stichstraße hinter der Tramhaltestelle gekauft hatte. Sie war mit dem Lufthansa-Flug um 15 Uhr in Zürich angekommen und hatte ihre zwei riesigen Koffer mit einer Erstausstattung in ihre Wohnung in der Haslerstraße transportiert. Die Taxifahrt hatte hundert Franken gekostet. Bis in die Nacht hinein hatte sie die Wohnung gewischt, die Wäsche in den Einbauschrank gestapelt, die Ablage im Bad bestückt und die kleine rote Stehlampe aufgestellt, die in dem noch recht kahlen Zimmer für ein klein wenig Gemütlichkeit sorgen sollte. Und nun das: Ihre weißen Sneaker waren dahin, das Bein der weißen Hose besprenkelt. Noch der Mantel hatte rote Spritzer abbekommen. Irgendjemand hatte über Nacht ihren Müll aus der Tonne vor dem Haus geholt und den vollständigen Inhalt der *Karstadt*-Tüte auf ihrer Fußmatte ausgeschüttet. Auf der Plastikhülle des Bügeleisens, die ganz zuunterst in dem Haufen lag, glitt sie aus, so dass sie beinahe noch im Hausflur gestürzt wäre.

Mehr als die Boshaftigkeit dieses Angriffs beschäftigte sie, dass jemand also noch spät in der Nacht auf der Lauer gelegen und sie beobachtet haben musste, denn sie war erst nach dem *Nachtjournal* in der ARD mit der Tüte vor die Tür gegangen. Dieser Jemand hatte gesehen, wie sie, nur mit Nachthemd und Mantel bekleidet, auf die Straße gehuscht war und die Tonne aufgeklappt hatte. Offenbar musste er auch registriert haben, in welcher Wohnung kurz darauf das Licht gelöscht wurde.

Jemand in den Wohnungen auf der anderen Straßenseite? Die Häuser standen eng in der Haslerstraße.

Am Abend desselben Tages lag ein kleiner Wäscheberg auf ihrer Fußmatte: die Hose, die Socken, die Handtücher, die sie am Morgen auf dem Weg zur S-Bahn rasch noch in die Maschine im Keller gesteckt hatte. Die Tomatenspritzer, die Kaffeeflecken waren verschwunden, aber längst hatten die nassen Wäschestücke den Essiggeruch des Hausflurs angenommen.

Sie trug die beiden Vorfälle mit sich herum, flüchtete sich in ein *Alles prima, wirklich, prima!*, als Stefan sie – ganz am Anfang zwang er sich noch zu einer gewissen Neutralität – nach ihren ersten Eindrücken fragte. Irgendwann am Donnerstagabend jedoch, als sie mit klopfendem Herzen auf dem Küchenstuhl hockte, hielt sie es nicht mehr aus. Sie hatte sich zweifach gesichert durch die Tür zum Flur sowie die geschlossenen Jalousien ihres Schlafzimmers zur Straßenseite, die allerdings verbraucht waren, so dass immer wieder verräterisches Licht durch die Fugen blinzelte. Eine Weile lauschte sie der Stille auf der Straße nach, dann hielt sie es doch nicht mehr aus und rief ihren Vater an, der im *Grünen Baum* noch beim Wein mit Wredes zusammensaß. Am liebsten hätte sie ihm einfach nur zugehört, ihm und der Musik, dem Lachen, den Gesprächen im Hintergrund. Sie ließ ihn reden, reden, reden. Irgendwann hielt ihr Vater inne.

»Und du, Spätzchen?«

Sie gab sich einen Ruck. »Ich glaube, ich habe einen Verehrer in der Schweiz«, sagte sie und lachte angestrengt. »Stell dir vor –«

»Moment mal. Irmgard? Irmgard! – Meine Tochter: Keine Woche ist sie in der Schweiz, und schon …«

Der Rest seines Satzes ging in einem dumpfen Geräusch unter, das zugleich das Lachen und die Musik verschluckte: Er hatte einfach die Hand auf die Sprechmuschel seines Mobiltelefons gelegt.

»Papa? Papa!«

Wattiges Rauschen im Hörer.

»Papa!«

Eine halbe Minute, mindestens, verging, bis er sich wieder meldete. »Spätzchen? Entschuldigung.« Seine Stimme klang plötzlich satt. Zufrieden.

»Dein Verehrer also.«

»Du hast mich missverstanden.«

»Hast du gerade eben von einem Verehrer gesprochen oder nicht?«

»Es sollte ein Witz sein, Papa. Es war nicht ernst gemeint. Eigentlich geht es mir um etwas ganz anderes. Ich mache mir fast ein bisschen Sorgen.«

»Nicht weiterreden.«

»Bitte?«

»Ich weiß, worauf du hinauswillst.«

»Du *kannst* überhaupt nicht wissen, worauf ich hinauswill!«

»Ich beobachte dich doch. Euch. – Aber ich mische mich nicht ein, ihr müsst das unter euch ausmachen. Irmgard sieht das im Übrigen genau so.«

»Was hast du Irmgard erzählt, Papa?«

»Nichts habe ich ihr erzählt! – Allenfalls angedeutet. Durfte ich das nicht? Sie sitzt neben mir. Ich reiche dich weiter, sie würde dir gern hallo sagen.«

»Ein anderes Mal. Ich muss auflegen, Papa, ich habe morgen früh eine schwierige OP gleich um acht Uhr. Gute Nacht.«

Bernd gegenüber erwähnte sie den Vorfall nur noch mit ganz knappen Worten, sprach von einem kleinen Dumme-Jungen-Streich, den ihr vermutlich Ausländerkinder gespielt hatten, die ja in der Gegend zuhauf lebten. Ihre Wohnung lag in einem Quartier der Stadt, das man allenfalls euphemistisch als *multikulti* bezeichnen konnte. Er würde ihr sicher sofort anraten, auf den Zürichberg umzuziehen, was würde eine Wohnung dort oben kosten, wenn sie schon für ihre Unterkunft hier 1300 Franken zahlte? Für den Flug diese Woche hatte sie 400 Euro ausgegeben, für die Flüge nächste und übernächste Woche zusammen 800 Euro: Ein gut Teil ihres Gehalts war bereits im Rachen des gefräßigen Kranichs gelandet, bevor der Monat angefangen hatte. Es gab nur die beiden Möglichkeiten, seltener oder billiger nach Hause zu fliegen, und aufgrund der Turbulenzen, die neuerdings immer wieder ihre gemeinsamen Wochenenden durcheinanderwirbelten, aufgrund der Luftlöcher, in die sie noch aus dem nichtigsten Anlass neuerdings immer wieder sackten, entschied sie sich ohne Zögern für letztere Lösung.

13

Den Rest der Woche über wartete Ilka angespannt darauf, dass sich ein weiteres Unglück ereignen würde. Sie bemühte sich krampfhaft darum, ihren unsichtbaren Gegner nicht weiter herauszufordern, unterließ also das Waschen und sammelte stattdessen ihre gebrauchten Unterhosen und T-Shirts in einem Beutel für den Rücktransport und die Reinigung in Berlin. Auch warf sie keinen Müll mehr in den Container vor dem Haus ein. Stattdessen entsorgte sie ihren Abfall in kleinen Portionen in einem öffentlichen Mülleimer auf dem Weg zur Tram. Aberglaube, Voodoo-Zauber, gewiss, aber er wirkte, denn der befürchtete dritte Übergriff blieb aus, und so stieg Ilka am Freitagabend beinahe schon wieder beruhigt in die Spätmaschine und winkte Stefan am Gepäckband durch die Glasscheibe, die sie noch trennte, fröhlich zu. Nichts als ein Dumme-Jungen-Streich, wiederholte sie für sich, Ausländerkinder, während sie das Defilee der Samsonites auf dem Gepäckband beobachtete. Blöder Zufall, dachte sie, als sie in der zweiten Woche Freitagabends am Gepäckband stand. In der dritten Woche: Vielleicht ein kleiner Ansporn, nicht übermütig zu werden.

Denn spätestens seit der dritten Woche fühlte sie sich wie eine Prinzessin, die auf dem Rücken des Kranichs durch die Lüfte jagte. In dieser Woche erkannte sie der Kassierer bei *Leysieffer* am Flughafen das erste Mal wieder, als sie mit einem Kaffee an der Kasse stand. »Heute keinen Latte Macchiato?«, fragte er, als sie in der vierten Woche mit Cappuccino erschien, und sie bezahlte vergnügt mit dem Zwei-Euro-Stück, das sie vor der Drehtür des Flughafens auf dem Boden gefunden hatte: Wie war das mit dem Teufel und dem dicksten Haufen? Die Woche begann mit einer Huldigung an die Vielfliegerin, und sie endete mit einer solchen: »Ade, und grüßen Sie Ihren Mann recht herzlich«, sagte die Verkäuferin in der *Sprüngli*-Filiale am Flughafen Zürich, bei der sie jeden Freitagabend für Stefan ein kleines Tütchen tagesfrischer Vollmilch-Trüffel kaufte: Schon war sie wer in der mobilen Welt.

Und sie war Bewohnerin des gelobten Landes. Milch und Honig, dachte sie und drückte ihre Nase in den blütenweißen Kittel, der morgens auf der Station auf sie wartete. Nie musste sie hetzen, denn sie hatte nur halb so viele Patienten wie in Berlin, und so konnte sie mit jedem noch ein paar persönliche Worte wechseln, anstatt sie wie in Berlin förmlich zu fliehen. Schlaraffenland, dachte sie, als sie sich nach dem Antragsformular für Dienstreisen erkundigte (sie war zu einem Kongress in Bristol eingeladen) und erfuhr, dass sie keinerlei Formalitäten zu beachten hatte und es nur eine Vorschrift bei den Spesen gab: *Dauert Ihre Reise länger als eine Stunde, so benutzen Sie bitte die 1. Klasse*, hieß es auf dem Merkblatt, und Ilka fühlte sich von Edelmut durchdrungen, als sie gleichwohl in der Economy Class flog.

Ihre erste Gehaltsabrechnung fiel um 400 Franken zu hoch aus. Als sie diskret die mit der Geschäftsführung beauftragte Mitarbeiterin des Spitals auf diesen Umstand aufmerksam machte, sagte diese erstaunt: »Aber Frau Fuchs, Sie haben doch an der Sitzung zur Reform der ärztlichen Weiterbildung teilgenommen!« In der Tat gab es für jede Form der Gremienarbeit einen *Zustupf*, wie es fröhlich hieß, und Ilka fühlte sich wie ein Vögelchen, dessen heimeliges Nest fürsorglich noch mit ein paar besonders weichen Extrafedern ausgestattet wurde. Auch berechnete man ihr keinen einzigen Franken Steuern: »Der Schweizer Staat vertraut auf seine Bürger«, teilte ihr Bernd mit, als sie sich bei ihm erkundigte, ob das seine Richtigkeit habe. »Man zahlt seine Steuern erst am Ende des Jahres, was bedeutet, dass du den später fälligen Steuerbetrag noch das ganze Jahr über gewinnbringend anlegen kannst!«

Nie fiel im zwischenmenschlichen Umgang ein böses Wort: *Entschuldigung!* rief die ältere Dame, die beim Anfahren der Tram ins Schwanken geriet, noch bevor sie überhaupt jemanden berührte. Im Geschäft wurde einem stets *vielmals* gedankt, in den Läden, in denen es die herrlichsten Sachen gab. *Wir sind doch nicht in Deutschland!* rief der ältere Herr aus, der sie an der Tramhaltestelle beobachtete, gerade in dem Moment, in dem sie bemerkte, dass ihr das Portemonnaie in der Tram aus der Tasche gefallen war. Sie sah das knallrote Leder der Geldbörse, die sie sich eigens gekauft hatte, um die Schweizer Franken darin separat aufzubewahren, noch auf dem Sitz liegen, sah das rote Portemonnaie davonbrausen in der Tram, die nicht anhielt, obwohl sie wie wild auf die Tür eintrommelte. Gerade heute Morgen hatte sie 400 Franken beim Automaten der *Credit Suisse* gezogen.

Schon stiegen ihr die Tränen in die Augen, dachte sie, dass das dritte Unglück, das die Reihe vollmachte, nun doch, wenngleich mit einiger Zeitverzögerung, wie um sie in trügerischer Sicherheit zu wiegen, gekommen war. Da aber wiederholte der alte Mann seine Worte: *Wir sind doch nicht in Deutschland*, und sie entfalteten trostreiche Wirkung. In der Tat konnte Ilka ihr Portemonnaie samt vollständigem Inhalt fünfzehn Minuten später, als die Tram die Strecke wieder in die andere Richtung fuhr, beim Fahrer entgegennehmen.

Wir sind doch nicht in Deutschland: Auch die Studentin sagte diesen Satz, als Ilka den Hörsaal, in dem sie ihre Vorlesung gab, für die Mittagspause abschließen wollte. Auf dem Tisch stand ihr Laptop, und auch einige Studenten hatten ihren Computer dabei in ihren Rucksäcken und Taschen. *Wir sind doch nicht in Deutschland*, mahnten sie die Schwestern, wenn sie bei der Visite versehentlich doch wieder einmal zu hetzen begann. *Wir sind doch nicht in Deutschland*, beruhigte sie die Dame am Schalter der SBB, die sie aufgeregt fragte, ob sie nicht ihr Flugzeug verpassen würde, wenn sie nun erst die Bahn um kurz nach halb bekäme, und ein paar Minuten Verspätung müsse man ja sicherlich einkalkulieren.

Wir sind doch nicht in Deutschland: Der Satz verfolgte sie bald wie der Refrain eines immerwährenden Liedes, bis Ilka ihn schließlich, spiegelverkehrt, fotonegativ, übernahm: *Wir sind doch nicht in der Schweiz*, mahnte sie Stefan, wenn er nach dem Einkaufen die Haustür sperrangelweit offen stehenließ, um die Getränkekisten hineinzutragen. *Wir sind doch nicht in der Schweiz*, beschied sie ihn milde, als er sich über die rüpelhaften Sitten auf den Fahrradwegen beklagte, während man in der Schweiz stets rasch mit einem *Excusez* zur Hand war und nicht einmal *nein* sagte, wenn einem etwas angeboten wurde, das man gar nicht haben wollte. Man lehnte ab mit den Worten: *Es ist gut.*

Wir sind doch nicht in der Schweiz, sagte Ilka mit einem Anflug von Bedauern, wenn sie sonntags einen Ausflug nach Brandenburg unternahmen und durch die gleichförmige Landschaft fuhren, die sich so laff, so platt gepresst vor ihnen ausbreitete wie ein riesiges Stück industriell gefertigten Formschinkens. Schon begann sie, das Erhabene, Urtümliche, Gewaltige der Berge zu vermissen, die Gipfel, die zart aus dem Himmel herausschmolzen und noch im Sommer reinweiß aus der Ferne zum Paradeplatz hinübergrüßten, mit kühlem Atem in die Stadt herüberlachten bis hin zur Quaibrücke am Bellevue: Verheißung am Ende des Zürichsees.

14

Am Anfang versuchte Stefan noch, Ilka einzubeziehen.

»Ich habe beschlossen, mich doch für die Initiative zu engagieren«, gab er ihr eines Abends bekannt. Sie fragte, um welche Initiative es sich handele; sie hatte Iris' Ärger um das Hochhausprojekt also schon wieder vergessen, und das nur, weil Iris sich – anders als Fred – nicht beständig in ihr Leben drängte. Nicht nach der Nummer des Tischlers fragte, weil die Balkontür seiner Ansicht nach nicht fachgerecht repariert war. Sie nicht um 20 Uhr 16 telefonisch warnte, dass ein Sturm diese Nacht über Ostdeutschland ziehen würde – sie sollten also bitte nicht Fahrrad fahren und wenn möglich das Auto noch rasch umparken, so dass es nicht unter einem Baum stand. Iris ließ sie in Ruhe, ließ ihnen Freiheit, aber wer dankte es einem? Dankte Ilka ihm die Freiheit, die er ihr ließ? Er erinnerte sie an den geplanten Bau des UCS-Tower.

»Ach so, ja«, sagte Ilka zerstreut. »Genau. Iris wollte gegen ein Hochhaus vorgehen, in Frankfurt. Die Sache mit den Konten.«

Täuschte er sich, oder grinste sie tatsächlich in sich hinein?

»Wir haben unsere Strategie geändert«, sagte Stefan. »Die Konten lassen wir beiseite und konzentrieren uns stattdessen auf die urbane Windbilanz. Wir planen eine großangelegte Kampagne, Stände in der Fußgängerzone usw.«

»Weißt du, was ich an eurer Stelle machen würde?«, unterbrach ihn Ilka. »Spart euch die Mühe mit dieser Kampagne, Stefan. Sucht euch irgendeinen Punkt, gegen den ihr theoretisch juristisch vorgehen könnt, auch wenn ihr keine Erfolgsaussichten vor Gericht habt. Macht ein bisschen Ärger, und anschließend lässt sich Iris die Rücknahme des Einspruchs so teuer wie möglich bezahlen. Eine internationale Großbank will sich schließlich nicht durch irgendeinen popeligen Frankfurter Amtsrichter aufhalten lassen. Mit dem Geld finanziert sie ein neues und vor allem größeres Gebäude weiter draußen.«

Er starrte sie an. In seiner Vorstellung wuchs der Tower mit bösartiger Schnelligkeit in den Himmel hinein, aus der obersten Etage scholl dröhnendes Gelächter. »Willst du mir sagen, dass sich Iris *kaufen* lassen soll?«

»Warum nicht? Ich meine, die Schweizer haben doch Geld ohne Ende.«

Er sah sie an, dachte an den *Montblanc*. Ihr Gerede über das Opernhaus und die Tonhalle in Zürich. Seine Beine schmolzen ihm davon. Wer auch immer ER war, er hatte also Geld, und es konnte sich nicht um Bernd handeln. Selbst wenn dieser ihm nicht gefallen hatte, so hatte er am Ende doch alles andere als kaltschnäuzig auf ihn gewirkt. Entsetzt lauschte er dem Echo von Skrupellosigkeit in Ilkas Stimme und wie sie vermutlich Dinge nachplapperte, die ihr jemand ins Ohr flüsterte, der für das *Private Banking* eines afrikanischen Diktators zuständig war.

Sein Ärger wuchs weiter, denn er hatte gehofft, Ilka schon bald eine Liste mit bekannten Namen vorlegen zu können. Triumphierend wollte er ihr beweisen, dass Iris und er nicht vor dem Kapital kapitulierten, sondern namhafte Architekten und Stadtplaner von ihrem Anliegen überzeugen konnten.

Doch auch dieser Plan misslang. Die Windbilanz machte so lange einigen Eindruck, bis seine Gesprächspartner erfuhren, dass es sich um ein Schweizer Projekt handelte. Sofort nahmen ihre Augen einen sanften Ausdruck an.

»Die Schweizer haben einfach ein Feeling für Materialien. Sie haben bereits vor dreißig Jahren den Schraubverschluss statt Korken bei Weißweinen eingesetzt und damit hervorragende Ergebnisse erzielt«, sagte der Architekt, der eben noch über die geplante Spiegelverglasung hergezogen war.

»Sie haben einen Punkt«, sagte der Politiker, ein Studienfreund von Iris, »aber man müsste das Problem fairerweise doch im größeren Rahmen sehen. Die Schweiz hat wie kein anderes Land konsequent den Lkw-Verkehr auf die Schiene verlagert und damit enorm viel Schadstoffe eingespart.«

»Ich gehe fest davon aus, dass die UCS etwas zum Ausgleich für den negativen Einfluss auf die Windbilanz tun wird«, sagte der Professor für Raumplanung, ein Kollege von Iris an der Universität Frankfurt. »Schließlich gilt in der Schweiz das Verursacherprinzip. Denken Sie an die Landeskinderregelung im Hochschulbereich – und Sie kommen doch aus Berlin, nicht wahr? Wie glücklich wäre das Land Berlin, wenn es nicht lauter bayerischen Abiturienten, die etwas erleben möchten, das Studium finanzieren müsste! Von der Schweiz, Herr Heinzinger, können wir noch etwas lernen.«

Die Wut brachte Iris und ihn einander so nahe wie lange nicht. Iris sprach gar von Mobbing, nachdem sie einen mehrseitigen Brief an die UCS abgesandt hatte, unterzeichnet von *Prof. Dr. Iris Heinzinger*, und daraufhin ein Schreiben zurückerhielt, das mit der Anrede *Guten Tag, Frau Heinzinger* begann! »Als Erstes wollen sie mich also verbal kleinmachen«, rief sie zornig und zerriss den Brief.

Schließlich kamen sie überein, falscher Freundlichkeit mit falscher Freundlichkeit zu begegnen, und luden einen Vertreter des UCS *Facility Management* ins Institut ein. Tatsächlich erschien bald darauf ein freundlicher Herr aus Zürich, der anerkennend die architektonischen Details des Instituts lobte. Er fotografierte auf Iris' Drängen hin das Haus von allen Seiten und lichtete auch die noch wilde Brache sowie insbesondere die Skyline von Frankfurt ab, die durch den Tower so nachhaltig verändert würde. Am Schluss, als

Iris und Stefan sich schon von ihm verabschiedet hatten, machte er im Garten noch ein Gruppenbild der zwanzig »Mädchen«, die sich lachend vor dem Eingangstor drängten. Kopfschüttelnd sahen Iris und Stefan ihm vom Balkon in der oberen Etage des Instituts aus zu.

Zum Quartalsende erhielt Iris achtzehn Kündigungen. »Wenn ich gewusst hätte, dass man als Kindergärtnerin in der Schweiz *doppelt* so viel verdient wie als wissenschaftliche Mitarbeiterin an der Universität!«, sagte Maja, eine von ihnen, kopfschüttelnd, bevor sie sich nach Thun verabschiedete. »In der Schweiz hat die Pädagogik einfach noch einen Stellenwert. Stell dir vor, Iris, ein Kindergartenplatz kostet in Thun achtzig Euro – am Tag!«

Die beiden verbliebenen Assistentinnen wurden schwanger.

Am Abend des Tages, an dem das letzte »Mädchen« sich verabschiedet hatte, saß Iris mit hängenden Flügeln neben Stefan auf dem kleinen Balkon des Instituts. Sie tranken Rotwein zu dem stark riechenden Munsterkäse, den Iris mochte, und als die Dämmerung anbrach, zündete Iris eine Kerze an. Sie beobachteten schweigend, wie die Flamme umgehend zu flackern begann und kurz darauf erlosch. Nach drei weiteren Versuchen, die Flamme am Leben zu halten, gab Iris auf. »Zu viel Wind«, sagte sie düster, »schon jetzt.«

15

Laufen, laufen, endlich laufen. Arnolds Füße hatten sich verselbständigt, kaum war er ihrer noch Herr, so übereifrig stürmten sie voran in die Dunkelheit. Er hinterher, und schon nach wenigen Metern jubilierte sein ganzer Körper: Endlich Bewegung! Der Mensch war ein Fluchttier, er konnte problemlos vierzig Kilometer am Tag laufen, *musste* laufen, um nicht unglücklich zu werden, und er konnte laufen bei Tag und bei Nacht!

Arnolds Laune war immer schlechter geworden im Laufe des Tages. Dabei war er mit klopfendem Herzen nach Chisinau wie zu einer Brautschau aufgebrochen. Wenn alles gutging, wenn *Fuchs Ladungssicherung Hebetechnik* die bislang staatliche Fabrik für Schlingwaren *TOPAZ* tatsächlich übernahm, dann würde *er* der Leiter der hiesigen Niederlassung werden – Geschäftsführer. Endlich der Sprung ins Operative, von dem aus ihm die ganze Welt des Managements offenstand! Schluss mit dem Vermerkeschreiben, dem Protokollschreiben, dem Geschäftsberichtschreiben. Schluss auch mit diesen lästigen und irgendwie demütigenden Aufgaben, die Herr Fuchs ihm als Nachweis besonderen Vertrauens anzudrehen versuchte. Bei der Kassenärztlichen Vereinigung nachfragen, ob es Zulassungen für Schmerzmedizin gab. Recherchieren, wie es um die Profitabilität und Patientenstruktur der wenigen Praxen gab, die in der Tat Schmerzmedizin anboten.

Er würde andere schreiben und prüfen lassen und selbst anwenden, was er an Herrn Fuchs studiert hatte, im Schlechten, aber eben auch im Guten: Die komplette Vorbereitung der Verhandlungen in Chisinau hatte Herr Fuchs ihm überlassen, und er war es auch gewesen, der den Kontakt zur *MIEPO – Moldovan Investment and Export Promotion Organisation* aufgebaut hatte. Herr Fuchs hatte jeden Schritt nur abgenickt. »Sie sind in der Materie, deswegen schlage ich vor, dass Sie auch die Gespräche führen«, hatte er bei ihrer letzten Vorbesprechung, am Nachmittag vor ihrem Abflug, gesagt, und Bettina hatte daraufhin ihre Bikram-Stunde ausfallen lassen, um mit ihm die Verhandlungstaktik und den Gesprächseinstieg durchzugehen. Sie googelte ihm auch ein paar russische Begrüßungsfloskeln – als Eisbrecher, falls ihnen die moldawische Delegation zunächst mit finsterem Gesichtsausdruck gegenüberstehen würde. Danach würde ja die Dolmetscherin einspringen; Arnold hatte in Anbetracht von Herrn Fuchs' bescheidenen Englischkenntnissen auf der Anwesenheit einer Übersetzerin bestanden. *»Our delegation is fluent in English«*, hieß es verschnupft bei der *MIEPO*. *»Wonderful«*, antwortete Arnold, *»but our delegation is not.«*

Vielleicht lag es an dem Wort *Delegation*, das der Mann von der *MIEPO* mehrfach feierlich-streng wiederholte, dass Arnold sich die Delegation wie eine Garde sowjetischer Preisrichter beim Eiskunstlauf vorstellte. Fade Männer mit gelblichen Gesichtern. Die Frauen allesamt mit zu großen Brillen, dazu das Haar straff zum Ballerinen-Knoten gebunden: altjüngferliche Apparatschiks, dem System noch immer ganz und gar ergebene Nomenklatura-Nonnen, in ihrer eigenen Vergangenheit erstarrt, den längst verstrichenen besten Zeiten. Wie sonst konnte man sich noch mit fünfzig, sechzig so angestrengt mädchenhaft frisieren wie eine Ballettschülerin? Arnold dachte an das vierschrötige Kraftpaket von Spionin, dieses alte Weib in *Liebesgrüße aus Moskau*. Es galt, sie mit lässiger Eleganz zu kontern – ein Part, den er übernehmen würde, während Herr Fuchs den Wadenbeißer gab. »Die Rollenverteilung ist die: Sie sind der *good guy*, ich bin der *bad guy*«, hatte Herr Fuchs vorgegeben. »Sie loben, und ich stänkere und behaupte, keinesfalls mehr als anderthalb Millionen Euro für das Werk ausgeben zu wollen.«

Der Aufbruch also mit klopfendem Herzen, steil hob die Maschine ab, und Arnold spürte förmlich die sechs-, siebenhundert Stundenkilometer, mit denen das Flugzeug durch die Lüfte stampfte und ihn seinem Ziel näher brachte. Wie viel Liebeswerben, wie viele Minnelieder waren nötig gewesen, um die Verbindung möglich zu machen! Denn Bertil und seine Mutter änderten bald darauf ihre Taktik der Totalblockade, um umso spitzere Pfeile in die Weichteile ihres Vorhabens abzuschießen. Wie es mit dem *Humankapital* stehe, fragte Bertil scheinheilig. Ob den Investoren eigentlich bewusst sei, dass Moldawien unmittelbar an Rumänien grenze? Er verachtete Bertil für die Klischees, die er mit sich herumtrug.

Andererseits waren die Moldauer tatsächlich ein unbeschriebenes Blatt. Wenn man über Ungarn, Esten oder Kroaten sprach, hatte jedermann gleich irgendein Bild vor Augen, und wenn es noch so unzutreffend war. Das leuchtende Orange der Ukraine. Das schwarze Loch, das Weißrussland auf der europäischen Landkarte darstellte. Albanien: Immer stellten sich sofort Bilder ein. Niemand aber schien einen Moldauer persönlich zu kennen, und niemandem fiel eine bekannte moldawische Persönlichkeit ein. Die berühmteste Band des Landes hieß *Zdob si Zdub*, die Währung *Leu*, ein Teil der Bevölkerung waren *Gagausen*. Das Land war der Mann ohne Eigenschaften unter den europäischen Völkern.

Er habe sich die PowerPoint-Präsentation noch einmal genau angeschaut, sagte der Betriebsrat, Bertils neuer Komplize, insbesondere die Projektion für 2012. Warum sollten die »Kollegen« (das Wort kostete ihn hörbar Überwindung) im Werk Chisinau beinahe doppelt so viele Netze pro Tag schaffen? »Wissen Sie, die Leute dort sind eben noch *hungrig*«, war es aus Arnold herausgefahren. Er hatte es lobend gemeint, so wie man im Studium über diesen oder jenen Kommilitonen, der nun als *Investment Banker* oder *Corporate Raider* tätig war, gesagt hatte, dass er wirklich *greedy* sei. Frau Wallhorn aber verzog daraufhin nur das Gesicht und sagte, ja, genau so, hungrig eben, stelle sie sich die Leute dort unten vor. Er wollte sie nicht gleich korrigieren, aber als sie sich kurz darauf zu ihm durchstellen ließ, um auch mit ihm noch einmal über die Sinnlosigkeit dieser *Molwanien*-Pläne zu diskutieren – sie sei inzwischen im Buchhandel gewesen und habe sich über dieses Land informiert, die Zustände dort seien haltlos –, da verlor er die Geduld.

»Frau Wallhorn«, sagte Arnold, und es kostete ihn Mühe, nicht zu schreien, »es gibt kein *Molwanien*. Dieses Land ist eine *Fiktion*!«

»Auch das noch«, entgegnete sie verschnupft. »Also ist Ihr Projekt von vorn bis hinten eine Lüge.«

»Frau Wallhorn, Ihre Informationen stammen aus einem satirischen Reiseführer, einem Buch über ein nicht existentes Land.«

»Das gibt es doch gar nicht, Herr Arnold. Ein Reiseführer über ein Land, das gar nicht existiert? Wer würde denn so etwas kaufen?«

Er hatte sich die gleiche Frage gestellt und rätselte noch immer, wer von seinen Freunden ihm zum Geburtstag unabhängig voneinander gleich zwei *Molwanien*-Reiseführer geschenkt hatten. Ein Glück andererseits, dass keiner der Schenker eine Widmung hineingeschrieben hatte und er sie folglich bei nächster Gelegenheit weiterreichen konnte.

Wie unglücklich gleichwohl, dass man hierzulande so wenig mit Moldawien anfangen konnte, dass der alte Mann mit dem schrecklich zerklüfteten Gesicht auf dem Titelbild dieses »Reiseführers«, dieses Wodkawrack mit dem einen Goldzahn, den er noch wie eine frisch geraubte Trophäe der Kamera präsentierte, für einen typischen Einwohner dieses Landes gehalten wurde!

Er redete Frau Wallhorn ein, Moldawien sei so etwas wie die Schweiz des östlichen Osteuropas, ein fruchtbares und friedliches kleines Land voller bescheidener, aber kultivierter Bürger, das mit keinem seiner großen Nachbarn Streit suchte, ebenso wenig aber wünschte, mit diesen in einen Topf geworfen zu werden. Man sprach in Moldawien einen dem Rumänischen engverwandten Dialekt; aber welcher Schweizer würde sich nicht dagegen wehren, aus der Sprachverwandtschaft weitere Parallelen abzuleiten?

Heiße Luft schwappte ihnen entgegen, als sich die Tür des Waggons öffnete. Vor den nationalen Fluglinien *Moldovian Air*, *Air Moldova International* und *Air Moldova* wurde übereinstimmend in allen Reisebüros gewarnt, so dass man in Bukarest in die Bahn umsteigen musste. Mit zitternden Knien schritt Arnold, Herrn Fuchs voran, die Leiter hinab, direkt in die Delegation hinein, die sich auf dem Bahnsteig aufgebaut hatte. Er hatte bereits den Mund geöffnet, doch da kam ihm Kati Witt zuvor.

»Herzhaft willkommen«, sagte sie. »Haben Sie Gebäck dabei?«

Nun gut, vielleicht nicht ganz Kati Witt, in der Hüfte war Frau Petrowna etwas breiter, oben herum dafür schmaler, und auch so groß wie Kati Witt war sie längst nicht. Eine zierliche Erscheinung, ein paar Sommersprossen auf der Nase und auf den Wangen. Die Sommersprossen fielen auf, weil sie viel dunkler waren als bei den sehr hellhäutigen Menschen, die er in Deutschland kannte. Sie waren mitten in ihrem runden Gesicht verteilt, als ob jemand sie für einen Kindergeburtstag geschminkt hätte, mit dem Kajalstift der Mutter auf Nase und Wangen getupft: *Mama, darf ich als Tiger gehen?* Die frechen Sommersprossen, dazu das dunkle Haar, das sie kurz geschnitten trug und das wegen der gegenläufigen Luftströme auf dem Bahnhof ein wenig aus der Form geraten war. Beispielsweise hatte es sich um den Pony herum, den sie kurz wie eine Französin trug, einfach verselbständigt und zeigte so fröhlich bergauf wie die Kurven auf seiner PowerPoint-Präsentation. Herr Fuchs wollte ihre Hand gar nicht mehr loslassen, die sie ihm zum Willkommensgruß bot. Die anderen Mitglieder der Delegation waren die erwarteten Eislauftrainer, gemischt mit jener Sorte kurz geschorener Kraftpakete in gewollt knapp sitzenden Anzügen, die Arnold Unbehagen bereiteten. Dieser Ruslan zum Beispiel, mit dem er telefoniert hatte: Auch er war jung, aber wo Frau Petrowna volles braunes Haar und feine Gesichtszüge hatte, trug er sein Haar stoppelkurz, so dass sein viel zu flacher Hinterkopf unglücklich zur Geltung kam. Während sie ganz einfach in Rock und Bluse gekleidet war und trotzdem elegant wirkte, sah er noch in seinem teuren Anzug billig aus. Vielleicht lag es daran, dass man in Westeuropa nicht für solche Ringerkörper konfektionierte: An den Schultern sprengte er die Nähte beinahe, Richtung Taille hingegen hing das Sakko wie ein Beutel an ihm herab.

Als sie nach dem Austausch von Höflichkeiten und der gegenseitigen Vorstellung, die von Frau Petrowna gemanagt wurde, sowie dem Verladen des Gepäcks, das auch eine große Tüte mit abgelegten Kleidungsstücken aus Hagen umfasste – Frau Schmidt hatte sie noch rasch zur Weitergabe »an die Kirche dort« zusammengepackt –, endlich im Wagen saßen, erfuhren sie plötzlich, dass man entschieden hatte, die Zeit bis zum verabredeten Werksbesuch mit einer Stadtrundfahrt zu überbrücken. Ruslan hatte vorsichtshalber drei Stunden Puffer eingeplant für den Fall einer Verspätung.

»Aber dann fahren wir doch besser ins Hotel«, sagte Arnold. »Die Stadtrundfahrt können wir doch morgen immer noch machen.«

»Hotel«, sagte Frau Petrowna verdutzt. »Aber wir nicht so geplant.«

»Na und? Dann planen wir um.«

»Es ist 11 Uhr. Zimmer nicht fertig«, sagte sie.

»Ich bin sicher, dass es zwei Zimmer für uns geben wird, wenn wir an der Rezeption darum bitten«, erklärte Arnold herablassend.

»Zimmer 13 Uhr bezugsfertig«, wiederholte sie, als ob sie das Informationsblatt auf dem Hotelschreibtisch auswendig gelernt hätte.

»Gut, dann fahren wir eben gleich zum Werk.«

»Ins Werk wir fahren 14 Uhr«, sagte sie.

Arnold atmete bereits gereizt aus, doch da behauptete Herr Fuchs plötzlich, er sei ungemein neugierig auf Chisinau, überhaupt auf ganz Moldawien.

»Ich bin auch sehr gespannt«, sagte Arnold hoheitsvoll, »und trotzdem würde ich vorschlagen, dass wir gleich ins Werk fahren.«

»Später«, sagte Frau Petrowna fest. »Nach Stadtrundfahrt.«

»Dann setzen Sie mich doch bitte für einen Moment im Hotel ab.«

»*Er* braucht einen Mittagsschlaf, obwohl *er* dreißig Jahre jünger ist als ich«, sagte Herr Fuchs zu Frau Petrowna, und Arnold sah im Rückspiegel, wie sich ihrer beider Blicke begegneten. Er sah ihre braunen Augen auf Herrn Fuchs gerichtet und ihren Mund verzogen zu einem Kirschlächeln.

Von diesem Moment an waren die Rollen vertauscht, und Arnolds Wut wuchs Stunde um Stunde. Herr Fuchs hatte sich einfach umbesetzt, gab nun den jugendlichen Helden, dem es überhaupt nichts ausmachte, drei Stunden lang über achtspurige Straßen durch eine Stadt zu kreuzen, die nichts zu bieten hatte. Ähnlich wie Hagen war Chisinau während des Zweiten Weltkriegs weitgehend zerbombt worden. Sie besichtigten im Vorbeifahren das postsozialistische Parlament, den Park *Stefan cel Mare*, umkreisten die Open-Air-Ausstellung sowjetischer Panzer und Kampfflugzeuge und schließlich sogar das *Licurici-Puppentheater*.

Auf seine eindringlichen Blicke reagierte Herr Fuchs

nicht, und auch sein Schweigen, wo Herr Fuchs den »Arc de Triomphe« von Chisinau lobte, machte ihn offenbar nicht stutzig; aber verdammt noch einmal, welche Rolle sollte *er* nun übernehmen? Sollte er später, sobald es ins Werk ging, die vereinbarten Textbausteine aufsagen? Oder sollte *er* in den Part des Widersachers schlüpfen, an allem etwas auszusetzen haben und den geforderten Kaufpreis, der im Raum stand, als unannehmbar bezeichnen? Stand ihm das zu als – wenngleich leitendem – Angestellten?

Arnold war natürlich nicht ausgestiegen, als der Wagen am Hotel hielt, aber er fühlte sich unnötig hingehalten wie ein Bräutigam. Er *wollte* endlich das Werk sehen, und hatte er nicht ein Recht darauf, dass ihm seine Wünsche jetzt, hier und gleich erfüllt wurden? Selbst wenn der Brautpreis mit Blick auf Deutschland natürlich gering war, so handelte es sich doch für hiesige Verhältnisse um eine abenteuerliche Summe, und er wollte, wollte endlich seine Hand über die metallene Haut der Maschinen gleiten lassen, wollte das feinmaschige Netz lüpfen, das man vielleicht wie ein Musterexemplar einmal quer in der Halle aufgespannt hatte, um eine Probe der Kunstfertigkeit der einheimischen Arbeiter zu geben. Er hatte dem Wortwechsel zwischen ihm und dem Verhandlungsführer der *MIEPO* entgegengefiebert, wenn man sich noch einmal tänzelnd umkreiste, ein letztes Necken und Sich-Verstecken hinter Kennziffern und Verkaufszahlen vollführte in dem frohen Bewusstsein, dass eigentlich nichts mehr schiefgehen würde und zwei Familien sich zusammenschlossen, um Neues zu schaffen.

Als sie gegen 14 Uhr zum dritten Mal den Kreisverkehr am »Arc de Triomphe« umrundeten und endlich stadtauswärts fuhren, erwartete sie jedoch – eine Matrone. Er konnte nicht anders, als an ein fettes, altes Weib zu denken, das breitbeinig wie eine riesige Kröte mitten in einem verkommenen Neubaugebiet aus zweistöckigen Arbeiterhäusern hockte: *Chrutschchowkas*, wie Frau Petrowna erläuterte. *Chr-chr-chr*, arbeitete sich Herr Fuchs gutgelaunt an den Rachenlauten ab bei dem Versuch, ihr das Wort nachzusprechen.

Dann eine leichte Anhöhe: Wie ein riesiges Doppelkinn wölbte sich ein kleiner Hügel vor dem Zentralgebäude des Werks *TOPAZ*, den ihr Wagen japsend nahm. Anstatt dass sich die Braut jedoch geschmückt hätte zu Ehren ihres Freiers, hüllte sie sich von oben bis unten in einen Mantel von schwarzem Staub wie in einen Tschador. Er sah nach rechts, er sah nach links, doch zu jeder Seite hin quoll das Werk vom Zentralgebäude aus auf, verlor sich in Annexen und Zusatzgebäuden, die sich wie Wülste um das Haupthaus legten. Arnold starrte ungläubig aus dem Fenster: Er hatte von schlankem Management geträumt, einem wendigen Werk, und nun präsentierte man ihnen diesen Koloss! Er wusste nicht, was schlimmer war: die durch und durch verbrauchte Fassade oder die Teppiche, die ihm erst jetzt auffielen. Scheußlich und intim zugleich wie selbstgehäkelte Untersetzer waren große, an den riesigen Wandflächen gleichwohl winzig wirkende Teppiche drapiert. *Chanel* stand auf dem einen, ein Rosenmuster bedeckte den nächsten. Ein pinkfarbener Flamingo vor violettem Hintergrund. Ein Portrait von Chruschtschow als Teppich.

»*TOPAZ* knupft seit mehr als dreißig Jahren Teppiche, aber auch Fangnetz fur Fischindustrie«, erläuterte Frau Petrowna, während sie sie in die leere Vorhalle leitete. Und wo Arnold selbst noch mit seiner Erschütterung kämpfte, da überraschte Herr Fuchs ihn an diesem Tag ein weiteres Mal, denn nun changierte er zwischen der Rolle des jugendlichen Helden und der Kupplerin. »Na, da werden Sie wohl kräftig verschlanken müssen«, raunte er Arnold vergnügt zu, als kniffe er der dicken Dame bereits in den Hintern. »Aber die Substanz ist gut, und am Ende kommt es ja nur auf einen sehr, sehr kleinen Teil an!«, fuhr er fort, während er in der Werkshalle herumspazierte und die schweigenden

Maschinen musterte. Das Werk stand still, weil der Maschinenpark nicht mehr ausreichend gewartet worden war – und das, obwohl es noch immer gültige Lieferverträge mit der russischen, der georgischen und der ukrainischen Fischfangflotte sowie mit den Straßenbauministerien fast aller Staaten Zentralasiens gab. »Wenn Sie diesen Brocken in den Griff kriegen, werden Sie mit allem fertig«, prophezeite Friedrich Fuchs, doch vor Arnolds innerem Auge langte die Tschador-Dame, nachdem er sich vergeblich auf ihr abgemüht hatte, plötzlich nach seinem Nacken, warf *ihn* auf den Rücken und begrub ihn halb hämisch, halb lüstern lachend im rhythmischen Stampfen der Maschinen unter sich, entdeckte seine unternehmerische Jungfräulichkeit.

Er hatte sich das Operative irgendwie – hygienischer vorgestellt.

»Und nun Weinprobe!«, kündigte Frau Petrowna nach der Werksbesichtigung an, und sie befuhren die Ausfallstraße nach Chisinau wieder in die entgegengesetzte Richtung, bogen am »Arc de Triomphe« nach Westen ab und fuhren erneut fünfzehn Kilometer auf einer schnurgeraden Ausfallstraße durch tellerflache Landschaften geradeaus. Große Werbetafeln kündigten schon bald die *Weinstadt Cricova* an, wo es laut Frau Petrowna so schön sei »wie bei den Französen«. Arnold sehnte sich dem Moment entgegen, in dem die Kavalkade im Innenhof eines Weinguts zum Stehen kam, der Motor erstarb und zugleich mit dem Motor auch Frau Petrownas fortdauernde Aufzählung von verkaufsrelevanten technischen Details zur Produktion. *Cricova 10 km, 5 km:* Mit jedem Schild fasste er wiederum neuen Mut, und wenn sie erst einmal in der Abendsonne, an ein großes Eichenfass gelehnt, auf der Terrasse eines seinetwegen noch so heruntergekommenen Weinguts standen ... *Cricova:* Ein Pfeil nach rechts, ein Abzweig, zwei Kurven, und schon rollten sie bergab in einen Stollen hinein. Eine stählerne

Tür, die sich vor ihnen öffnete und sich nach der Einfahrt der Kavalkade gleich wieder schloss.

»Moldawien verfugt uber einzigen auch mit Privatwagen befahrbaren Weinkeller in Europa«, sagte Frau Petrowna, »Stullen in einer Länge von sechzig Kilometer«, während die Fahrt immer tiefer in den Tunnel voranging und ihr Wagen kurz darauf rechts in die *Sauvignon Street* abbog. Arnold starrte die stählernen Tanks an, die an ihnen vorüberzogen, wie Panzer Wanne an Wanne an den Wänden geparkt. Das Motorengeräusch hallte dumpf durch die Stollen. *Cabernet Street.* Die Tanks verschwammen vor seinen Augen. *Riesling Road.*

»Wir können kosten«, schlug Frau Petrowna vor. Sie sagte etwas zu dem Fahrer, woraufhin der abrupt vor einer Sitzbank aus Beton hielt, wie man sie noch in den siebziger Jahren auf nicht bewirtschafteten Rastplätzen deutscher Autobahnen gebaut hatte.

»Herr Arnold – wir können anhalten und kosten!« Herr Fuchs, wie ein Echo: Als ob Frau Petrowna inzwischen wiederum einen Dolmetscher ins Deutsche brauchte, aber selbst Herrn Fuchs verstand er kaum. Alles verschwamm vor seinen Augen, und in seinem Kopf dröhnte es. Es half nichts, er konnte nicht die ganze Zeit aus dem Fenster starren. Langsam wandte er sich um, aber da hatte sich Herr Fuchs schon vorgebeugt und Frau Petrowna in verständnisvollem Tonfall informiert: »Er trinkt nicht.«

Frau Petrowna sah ihn an und flüsterte dann dem Fahrer etwas zu. Er bildete sich ein, dass selbst der Fahrer grinste, als er ihm von außen die Wagentür öffnete. »Wenn Sie keinen Wein kosten – was dann?«

»Einen Orangensaft, bitte«, sagte Arnold heiser.

Sie nahmen auf einer kalten Sitzbank Platz, angestrahlt vom kalten Licht einer Neonröhre, die an der Decke des Tunnels schaukelte, während der Wagen davonbrauste. Frau Petrowna nahm aus ihrer Umhängetasche zwei Gläser und befüllte sie an einem der Hähne, die aus den Tanks herausstaken, für Herrn Fuchs und sich. Und tatsächlich begann Herr Fuchs, dem Wein nachzuschmecken, über die Beschaffenheit des Bodens und die Intensität der Sonneneinstrahlung zu rätseln, wo doch nichts anderes als schwarze Feinstaubpartikel diesen Wein so düster färben konnten wie getrocknetes altes Blut.

Während sie auf der kalten Sitzbank hockten, donnerten in den anderen Röhren unablässig Autos vorbei. Arnold fragte sich, ob es in Chisinau keine anderen Möglichkeiten gab, sich die Zeit zu vertreiben, und plötzlich bekam er es mit der Angst zu tun. Er sah sich in Röhren gefangen: Jede Woche, zumindest jede zweite Woche würde er in einem stählernen Schlauch stecken, der ihn erst nach Bukarest und von dort nach Chisinau brachte, von wo man ihn in die Fabrik chauffierte. Dort würde ihm zunächst kein anderes Büro bleiben als das gläserne Ufo der Werksleitung, das unter der Decke der Maschinenhalle klebte wie ein Schwalbennest und ähnlich fragil zusammengezimmert schien. Von dort würde er bald auf die gut ausgebildeten moldawischen Arbeiter hinabschauen, die für 30 Cent die Stunde Hervorragendes leisteten. Vielleicht würde es ihm sogar gelingen, die Lohnstunde auf 25 Cent zu drücken. Auch 25 oder 20 Cent waren in Moldawien immer noch sehr viel Geld. Wer sich nicht darauf einließ, den würde er an die Bewerberschar erinnern, die sich vergeblich um eine sichere Stelle bei einem renommierten deutschen Unternehmen bemüht hatte; und er würde sogleich die erste von vielen Optimierungen nach Hagen zurückmelden können.

Er hatte Herrn Fuchs um eine Möglichkeit im Operativen gebeten, um vorwärtszukommen, sich Möglichkeiten des Aufstiegs zu verschaffen, aber plötzlich hatte er Angst davor, dass er nur von einer Röhre in die andere umstieg, wenn er die Leitung des Werks *TOPAZ* übernahm: aus der Flugzeugröhre in die Wagenröhre in das Gehäuse der Fabrik. Von dort an den Abenden, an denen Kunden ihn in Chisinau besuchen kamen, wiederum in das verzweigte Röhrensystem von *Sauvignon Street* und *Riesling Road*, das keinen Bürgersteig, geschweige denn einen Fahrradweg kannte. Das man nur eingebüchst in ein Auto mit geschlossenen Fensterscheiben befahren konnte, wie ein Zwerg, der seinen Stollen nur immer tiefer und tiefer in den Berg trieb in der irrwitzigen, ganz und gar vergeblichen Erwartung, irgendwann am Ende seiner Grabungsarbeiten einmal Licht zu sehen. Er würde stattdessen Abgase einatmen und von Konserven leben, den eingeschweißten Sandwichs an Bord von Tarom, dem eingeschweißten stillen Wasser in napfgroßen Becherchen, den man keinem Wellensittich zum Baden angeboten hätte, den Beuteln mit Fertig-Gnocchi und Fertig-Tagliatelle, die er im Gepäck mit sich führen würde, weil er es nicht ertrug, jeden Tag *Hunn* (so kämpferisch jedenfalls sprach Frau Petrowna es aus, als sie es als Kernelement der moldawischen Küche pries) in Knoblauchsauce zu essen. Am Ende des Wegs kein Licht, sondern die Röhre des Kernspintomographen in einem deutschen Krankenhaus, in das er zurückkehren würde, um sich wegen der schweren Krankheiten behandeln zu lassen, die das Leben in vergifteten Umgebungen in seinem Körper ausgelöst hatte und die er nicht ausschwitzen konnte, weil er nicht einmal mehr zum Laufen kam.

Laufen!

Fliehen!

Arnold hatte seinen Körper nicht mehr im Griff, plötzlich rannten seine Beine mit ihm davon, den Stollen wieder zurück. Er rannte um die Ecke, und wie hätte er ahnen können, dass sich ihm in eben diesem Augenblick eine Maschine näherte, die sich von der anderen Seite durch den Berg fräste? Ein anderer Zwerg in einem stählernen Gehäuse, ohne Licht. Ein Schrei, ein Quietschen, ein Aufprall, Zwerg schleuderte gegen Zwerg, und dann: Stille.

16

Ilka hatte ein Schreiben der Ausländerbehörde erhalten mit der Bitte, innerhalb von vierzehn Tagen unter Vorlage ihres Arbeits- und Mietvertrags vorstellig zu werden für die nötigen Formalitäten. Sie stellte sich auf einen langen Behördenvormittag ein, hatte sich Lektüre eingesteckt für die Stunden, die sie vermutlich auf einer hölzernen Bank absaß, aber das Amt hatte sich mit dem Antlitz einer Bank gerüstet – an mehreren Schaltern und Sitzgruppen wurde bedient –, und Mitarbeiter wie Kunden begegneten einander mit einem Höchstmaß an Professionalität. Jedenfalls wurden alle Anliegen, die vor Ilka an der Reihe waren, außerordentlich zügig abgehandelt. Wieder einmal bewunderte sie die Schweiz für ihre Effizienz.

»Ihr Name bitte?«, erkundigte sich die Dame am Schalter.

»Fuchs.«

»Ihr Vorname?«

»Ilka.«

»Sie sind geboren am?«

»8. 6. 1971 in Hagen.«

»Das war Deutschland-Ost oder Deutschland-West?«

Ilka lachte. Sie liebte den trockenen Humor der Schweizer, diese ganz und gar unaufdringliche, feine und hintersinnige Art, Scherze zu machen.

»Frau Fuchs?«

»Ja?«

»Verzeihen Sie bitte, aber ich habe Sie etwas gefragt.«

»Was denn?«

»Stammen Sie aus Deutschland-Ost oder Deutschland-West?«

Unmöglich, dachte Ilka, während ihr das Lächeln aus dem Gesicht rutschte. Hatte sie etwa Mandy oder Peggy als Vornamen genannt? War ihre Sprache nicht frei von jedem Akzent, zumal von irgendeinem ostdeutschen Singsang? Vor allem jedoch – sah sie etwa aus wie eine Ostdeutsche? Sie schaute an sich herab. Es war Donnerstag, und die Ralph-Lauren-Bluse war längst im Wäschebeutel gelandet. Ihrem Wunderwerk von Mantel fehlten seit dieser Woche zwei Knöpfe, sie hatte aber kein Nähzeug in der Wohnung. Die ganze Woche über hatte sie die Haare nicht gewaschen, weil sie den Adapter für die Schweizer Steckdosen beim Umräumen einer Tasche in Berlin vergessen hatte und sich über die Dreistigkeit ärgerte, mit der sowohl *Coop* als auch *Migros*, offenbar in einer Art Geheimabsprache, Schweizadapter, die auf deutsche Elektrogeräte passten, nur im Sechserpack mit Steckern für Asien, Nord- und Südamerika anboten und dafür dreißig Franken verlangten. Nachdem sie in den vergangenen Wochen zuerst ihr Missoni-Tuch, vermutlich Freitag abends im Taxi, verloren hatte, ohne dass es im Fundbüro der Taxiinnung wieder aufgetaucht wäre, und kurz darauf ihr Gürtel mit der markanten H-Schnalle mutmaßlich in der Bauchhöhle eines Durchleuchtungsgeräts verblieben war – summa summarum ein Wertverlust von sechshundert Euro, auch wenn es sich in beiden Fällen um Geschenke ihres Vaters handelte –, beschränkte sie ihre Reiseausstattung auf das Allernotwendigste: Unterhosen, Strümpfe, T-Shirts.

»West«, sagte sie schließlich. Sie versuchte, es hinreichend schnippisch auszusprechen, untergründig tadelnd, aber am Schluss klang es kläglich. Denn in Hagen konservierte ihr Vater ein Mädchenzimmer inklusive Bettwäsche und pubertärem Bücherregal, wodurch Stefan genötigt wurde, auf der Klappcouch zu schlafen. In Berlin wohnten sie in der neutralen Zone von Berlin-Prenzlauer Berg, einem der wenigen Orte Deutschlands, wo Ost und West tatsächlich zu etwas Neuem verschmolzen, aber dieses Prenzlauer Berg war eine

Blase, eine Illusion, die bereits an der Grenze zum grauen Wedding platzte.

Wohl deswegen hatte sie das *West* so zögerlich ausgesprochen, als sei sie sich ihrer Sache selbst nicht ganz sicher oder nutze gar die Unwissenheit ihres Gegenübers zu ihrem Vorteil aus. Von diesem Moment an war das Gespräch von atmosphärischen Störungen eingetrübt. Als Ilka am Schluss endlich fragen konnte, ob ihr Freund sich eigentlich auch anmelden müsse in der Schweiz, wenn er eine Weile zu ihr käme, fragte die Frau von der Behörde, wie zuvor schon Professor Widmer, ob er bereits eine Anstellung in der Schweiz habe.

Als Ilka Professor Widmer gegenüber daraufhin das Problem erwähnte, als deutscher Jurist in der Schweiz Fuß zu fassen, hatte er ihr gleich einen Anruf bei *Novartis* oder *Roche* angeboten. »Wir können viele Verbindungen herstellen. Sie müssen mir nur einen Hinweis geben, welcher Bereich Ihren Partner interessiert. Es sollte überhaupt kein Problem sein, für ihn eine Kaderposition in einer der internationalen Rechtsabteilungen zu finden.«

»Ich frage ihn noch einmal«, sagte Ilka in der Hoffnung, Widmer würde diese Marginalie vergessen. Zühlsdorff hatte sich in fünf Jahren weder Stefans Namen noch sein Gesicht merken können und sich bei jedem Sommerfest erneut per Handschlag bei ihm vorgestellt: »Angenehm, Zühlsdorff.« Sie bereute ihre Schwindelei umso mehr, als Widmer sie zwei Wochen später nach Stefans Entscheidung fragte. Er nahm sie eigens beiseite, in sein Büro, sprach sich für eine Bewerbung bei der Winterthur aus, schließlich befinde sich das Unternehmen nahe bei Zürich. Man sehe ihr doch an, dass die Reiserei ihr nicht unbedingt gut bekomme. »Sie sind blass, Frau Fuchs.«

Tatsächlich hatten sie sich am Wochenende wieder einmal gestritten wegen Stefans hartnäckiger Weigerung, sich in der Schweiz nach einer Stelle umzusehen.

»Novartis«, wiederholte Stefan. »Sie stellen Pestizide her,

die in Transformationsländern eingesetzt werden und dort den Boden für die nachfolgenden Generationen vergiften. – Stand im *Economist.*«

»Meinetwegen, aber sie stellen auch Medikamente gegen lebensbedrohliche Krankheiten her.«

»Die sie unter besonders grausamen Bedingungen an Tieren testen. Worauf willst du hinaus? Warum sollte ich einen Job in der Schweiz annehmen, und noch dazu bei *Novartis*? Ich meine, du weißt doch, dass ich mich für die Staatsanwaltschaft in Berlin bewerben will. Ich meine, sobald ich mein Staatsexamen habe.«

Im Bewerbungsgespräch hatte sie Widmer gesagt, dass Stefan mit ihr in die Schweiz kommen werde – wenn nicht gleich, dann doch, sobald er beruflich etwas Passendes gefunden habe. Widmer hatte daraufhin unter seinem grauen Bart so gottväterlich-freundlich genickt, dass es beinahe etwas von einem Stoßgebet hatte, als sie in frommem Tonfall hinzufügte: »Sicher wird es ihm hier gut gefallen.«

Diesmal schob sie es auf Iris, sagte, Stefan habe eine wichtige Aufgabe für seine Mutter übernommen, die eine Vielzahl von Reisen nach Frankfurt erforderlich mache. Sie schlug einen besorgten Tonfall an, der suggerieren sollte, die Sache sei ernst: eine Krankheit, ein Erbschaftsproblem. Später war dann sein Staatsexamen daran schuld, wenn sie Stefan beim Sommerfest der Station entschuldigte und den Apéro am Freitagabend vorzeitig verließ. Umso ärgerlicher, dass Stefan ihren Einsatz nicht zu schätzen wusste: Er machte immer ein beleidigtes Gesicht, wenn sie alle sechs Wochen doch den Samstag und Sonntag in der Schweiz blieb. Ansonsten teilte Widmer junge Assistenzärzte für die Feiertagsschichten ein; ein Glück, dass sie sich nicht beklagten! Andererseits hatte ihr Professor Widmer selbst beim Einstellungsgespräch zugesagt, die Dienste so einzurichten, dass sie in einer Anfangsphase nach Berlin pendeln konnte. Wenn Stefan erst einmal über seinen Schatten sprang …

»Frau Fuchs?« Die Dame von der Meldebehörde sah sie ungeduldig an.

»Eine Anstellung in der Schweiz? Nein, noch nicht. Er sucht noch.«

»Dann muss er zunächst eine eigene Aufenthaltsbewilligung beantragen.«

»Ich denke, die Jobsuche würde ihm wesentlich leichter fallen, wenn er gleich eine Adresse in der Schweiz angeben könnte.«

»Der sofortige Nachzug von Familienangehörigen ist lediglich Ausländern mit einer Aufenthaltsbewilligung der Klasse C gestattet. Abgesehen davon kommt es so gut wie nie vor, dass eine Person, die in die Schweiz zügelt, umgehend eine Niederlassungsbewilligung erhält. Derzeit wird allenfalls bei einer Kaderposition eine C ausgestellt, in Ihrem Bereich also beispielsweise für einen Professor, Chefarzt oder Oberarzt«, sagte die Dame vom Amt. »Sie werden aller Voraussicht nach eine B erhalten.«

»Aber ein paar Wochen könnte er doch sicher –«

»Ihr Partner ist herzlich eingeladen, in der Schweiz Urlaub zu machen, aber wohnen darf er hier nicht.«

»Ich würde für ihn bürgen, für all seine Versicherungen aufkommen – das wäre selbstverständlich. Der Schweiz würden keinerlei Kosten entstehen.«

»Und wenn Sie sich einmal streiten?«

Ilka sah auf. »Wie meinen Sie das?«, fragte sie betroffen. Die Frau hinter dem Schalter sah sie mit einem eigentümlich wissenden Blick an, als ob es irgendwo eine Akte gäbe, die auch ihre privaten Turbulenzen verzeichnete.

»Nun, stellen Sie sich vor, Sie verweigern Ihrem Freund mit einem Mal den Unterhalt. Hätte er eine Aufenthaltsgenehmigung, müsste der Schweizer Staat für ihn einspringen und ihn versorgen, auch wenn er Ausländer ist.«

Ilkas Lippen zuckten. »Wissen Sie, es ist nicht so, wie Sie denken«, entgegnete sie. Sie nahm ihre Kraft noch einmal zusammen und machte eine bedeutungsvolle Pause, die – so hoffte sie zumindest – alles enthielt: die Humboldtstraße in Hagen. Die *Baiersbronner Gespräche*, deren Gast ihr Vater seit inzwischen mehr als zwanzig Jahren war. Weitere zwanzig Jahre Skiferien im Wallis. Die Selbstverständlichkeit, mit der sie selbst samstagabends einen Tisch im *Grünen Baum* bekamen, ohne vorher reserviert zu haben. Ihr Auto, das in Berlin nutzlos auf der Straße vor dem Haus herumstand. Bernd hatte gesagt, sobald sie die B habe, könne sie es auch in der Schweiz anmelden. An den langen Sommerabenden würden sie dann gemeinsam mit offenem Verdeck nach Küsnacht fahren, dort in den See springen, anschließend zu Abend essen und den Tag auf der Seeterrasse der Hotels *Sonne* ausbaumeln lassen. Er sprach amüsiert von den Koksnasen der Goldküste, die sie dort antreffen würden, gelangweilte Brut des Zürichbergs, und Ilka tat, als sei sie mit der Klientel der *Goldküste* gut vertraut. Dabei hatte sie bislang keinen einzigen erwachsenen Schweizer getroffen, der auf sie den Eindruck machte, dass er sich an irgendeiner Substanz illegal berauschte; von den Haschschwaden, die an jedem Schweizer Bahnhof hingen, in dessen Nähe sich eine Schule befand, einmal abgesehen. Bernd hingegen deutete wie selbstverständlich auf die Namen, die in schmalen, hoch aufragenden Buchstaben auf einer silberfarbenen Plakette an einer Wand im Neubau des Theaters in der Schiffbauhalle eingraviert waren: *Das Schauspielhaus Zürich dankt seinen Förderern …* Eine Patientin von mir, sagte er. Oder: Mit dem Sohn war ich letzten Sommer in einem Rustico im Tessin.

Es ist nicht so, wie Sie vermuten.

Ich liebe Dich, hatte vergangenes Wochenende auf dem Spiegel im Bad gestanden, mit Lippenstift geschrieben. Erst hatte Ilka sich gefreut, dann fiel ihr plötzlich auf, dass es sich möglicherweise um einen Vorwurf handelte. Bei all dem Hin und Her zwischen ihren zwei Leben in Berlin und

Zürich war ihr die Lust abhandengekommen, noch weitere Wandlungen vorzunehmen. Eine freche Spange, ein auffälliger Rock: Das war sie nun einmal nicht zurzeit.

Ilka registrierte den Blick der Frau. Fragend oder doch – herablassend?

»Sie denken doch nicht etwa, dass –«

Die Frau sah sie ruhig an. Sah ihr zu, wie sie sich verhedderte, zu zappeln begann.

»Sie meinen doch nicht etwa«, sagte Ilka schließlich, »dass mein Freund und ich uns jemals trennen würden?«

17

Jedes gute Geschäft erforderte zu Anfang einige Investitionen. Das traf auch für ihr Schweizer Festgeld zu. So war zunächst fast alles doppelt so teuer, denn Ilka kaufte eine Vielzahl von Alltagsgegenständen in zweifacher Ausfertigung.

»Wissen Sie, ich führe ein Doppelleben«, hatte sie der Optikerin am Wochenende grinsend gesagt, als sie zweimal Aufbewahrungs- und zweimal Reinigungslösung für ihre Kontaktlinsen verlangt hatte, dazu einen zweiten Behälter. Stefan stand mit langem Gesicht daneben, aber die Kontaktlinsenmittel kosteten in der Schweiz umgerechnet fast die Hälfte mehr. Wohl oder übel mussten sie also einige Stunden des kostbaren Wochenendes in ihre Aussteuer investieren.

In den ersten drei, vier Wochen hatte sich Ilka selbst beobachtet und anschließend einen Plan gemacht, welchen Ballast sie auf ihren Reisen von sich werfen konnte, wenn sie die doppelte Haushaltsführung perfektionierte. Für die Schweiz brauchte sie also: einen kompletten Badbestand inklusive Fön, ein Festnetz-Telefon, einen Fernseher. Dazu einen Computer, denn der Laptop, den sie Woche für Woche zwischen Berlin und Zürich hin- und hertransportierte, schien jede Woche schwerer zu wiegen, obwohl sie doch gleich zu Anfang die verhasste Excel-Tabelle mit einem Gefühl des Triumphs gelöscht und seither noch keine einzige neue Datei in beruflichen Zusammenhängen eröffnet hatte.

Am vierten Wochenende besuchte Stefan sie in der Schweiz, so dass sie endlich auch einen Fernseher anschaffen, mehrere Kästen mit Mineralwasser besorgen sowie palettenweise eingemachte Kirschen kaufen konnten, Hühnersuppe in Dosen, H-Milch, Leberpastete in Dosen, Tiefkühlkost, so viel ihr Kühlschrank an Platz eben hergab, und was ihr ansonsten noch an haltbaren Lebensmitteln in die Hände fiel.

»Hat irgendjemand der Schweiz den Krieg erklärt?«, fragte Stefan missmutig, als sie zum fünften Mal den Gang zur *Migros* antraten, aber abgesehen von den Geschäften im Hauptbahnhof schlossen die Läden eben schon um 18 Uhr 30. »Und ich habe nun einmal nicht den Samstagmorgen, um den Einkauf für die Woche zu machen!«, entgegnete sie vorwurfsvoll, als Stefan abends mürrisch am Küchentisch hockte und am nächsten Tag noch mürrischer erwachte, nachdem sie die Nacht in einer Art bewusstlosem Ringkampf um jeden Quadratzentimeter auf Ilkas Ein-Personen-Matratze verbracht hatten. »Du bist doch dagegen, dass ich viel Geld für Möbel ausgebe, die ich anschließend nicht mehr brauche«, fügte sie hinzu.

Anschließend. An was?

Ballast abwerfen! In der zweiten Woche ohne Kulturtasche, in der dritten Woche ohne Fön, in der vierten Woche ohne Computer. Sie flog förmlich über die Laufbänder des Flughafens Zürich. Auch machte ihr das Warten an der Sicherheitskontrolle von Tegel ohne den elektronischen Mühlstein an der Schulter bedeutend weniger aus. Sie ertappte sich dabei, wie sie die orthodoxen Juden, die morgens oft zum gleichen Zeitpunkt wie sie an der Station Wiedikon auf die S-Bahn warteten, mit einer Neugier belauschte, die sie sich in Deutschland niemals erlaubt hätte. Aber warum sich nicht am S-Bahn-Steig nur eine Armlänge von ihnen entfernt postieren und genau hinhören, ob sie vielleicht ein paar Worte Jiddisch verstand? Warum nicht die hohen Hüte mustern, die mit schwarzen Bändern befestigt waren, die langen dunklen Mäntel und die weißen Fäden, die daraus hervorringelten? Solange sie schwieg, konnte sie Schweizerin sein.

Was ansonsten ein Ding der Unmöglichkeit war! Wer als Ausländer einen Schweizerpass erwerben wollte, musste jahrelang im Land ansässig sein, bevor er überhaupt einen Antrag auf Einbürgerung stellen konnte, und das konstant in einer Gemeinde. Bernd hatte ihr erzählt, dass es reichte, von Zürich nach Winterthur oder von Saas-Fee nach Saas-Grund oder Saas-Almagell umzuziehen, um all diese Jahre zu entwerten. Schon war die Sanduhr gekippt, das Warten begann von neuem – und das in Zeiten globaler Mobilität! Wie viel schöner war da die Vorstellung, in einem Schwarm von Kranichen durch die Lüfte zu ziehen, Teil einer Formation eleganter Vögel, die sich frei und selbstbewusst gerade auf den Wiesen niederließen, die ihnen auf dem Weg nach Süden oder Norden die besten Jagdgründe boten.

Von ihren Bodenaufenthalten brachte sie aber nicht nur reiche Beute mit, die sich in Form der Bügelware der *Credit Suisse* manifestierte. Sie fand auch kleine lustige Glasperlen auf den Wiesen, mit denen sie im Norden beziehungsweise im Süden klimpern konnte. Denn tatsächlich lagen geographisch vielleicht nur tausend Kilometer respektive 80 Flugminuten zwischen Zürich und Berlin; gleichwohl erschien es ihr von Woche zu Woche mehr so, als ob in Wahrheit ein Meer zwei Kontinente voneinander trennte und als ob diese Kontinente sich in einer Art Zeitraffer, wie von Urgewalten gesteuert, weiter und weiter voneinander entfernten. Das ungläubige Staunen, das sie in Berlin erntete, als sie in großer Runde zum Besten gab, dass der Ausgang von Wahlen in der Schweiz letztendlich keinen Einfluss auf die Zusammensetzung der Regierung hatte! Denn egal, wie gut oder wie schlecht eine Partei abschnitt – jeder Regierung seit 1959 gehörten zwei Minister der Freisinnigen Partei, zwei Minister der Christlichen Volkspartei, zwei Minister der Sozialdemokratischen Partei und ein Mitglied der Schweizerischen Volkspartei an. Neuerdings hatte die SVP zwei Sitze. Die Grünen blieben ungeachtet ihres Abschneidens außen vor.

»Sehr unsympathisch!«, warf Stefan ein.

Die Kanzlerschaft rotierte nach dem Senioritätsprinzip zwischen den Kabinettsmitgliedern. »Man nennt das System

Zauberformel«, schloss Ilka ihren Bericht und erntete Ahs und Ohs.

Der erschütterte Blick einer Studentin, als sie ihr nach bestandener Prüfung zu ihrer Eins gratulierte: In der Schweiz war die Notenskala genau andersherum angelegt.

Ebenso gut konnte sie jedoch ihre neuen Kollegen in der Schweiz – und das ganze Land schien aus Kollegen zu bestehen, auch Menschen, die man in Deutschland einen Freund genannt hätte, galten in der Schweiz als Kollegen, als ob in diesem fleißigen Land selbst private Beziehungen eine Form von Arbeit waren – stundenlang mit Berichten aus Deutschland unterhalten, auf die beispielsweise die kleine Gesellschaft, die sich eines Abends bei Professor Widmer zusammenfand, mit ungläubigem Staunen reagierte. Ihr Lebensgefährte hatte den Dienst an der Waffe verweigert und war dafür nicht ins Gefängnis gekommen? Er hatte ersatzweise im Krankenhaus geholfen – also ohne jegliche medizinische Ausbildung Aufgaben der Pfleger übernommen?

Weder Zühlsdorff noch Nürnberger hatten je den Versuch unternommen, sie einmal privat nach Hause einzuladen. Widmer hingegen nahm sie schon nach wenigen Wochen nach der Arbeit in seinem VW-Kombi mit. Auf dem Weg hinaus nach Horgen, wo er mit seiner Familie wohnte, machte er sie auf diese und jene Sehenswürdigkeit aufmerksam: das Redaktionsgebäude der *Neuen Zürcher Zeitung* etwa, die älter war als die Französische Revolution und vom Augenblick ihrer Gründung an jeden Tag ohne Unterbrechung erschienen war.

»Und dies ist das schlimmste Sanierungsgebiet der Stadt«, sagte Widmer, als er von der Kalkbreite in die Weststraße abbog. »Sehen Sie selbst! Inzwischen gibt es zum Glück Pläne, das Quartier aufzuwerten, irgendwann in den nächsten Jahren einmal.« Stop and go: Die ganze Schweiz befand sich im Berufsverkehr, die halbe Schweiz quälte sich durch die verrußten Schluchten der Weststraße, vorbei an den *West End Girls* und der *West End Garage*. »Hier«, sagte Widmer und deutete auf den *Montenegro-Grill*, »gab es vergangenes Jahr eine Schießerei mit drei Toten.« Er schwieg einen Moment. Schießereien mit Toten schien es in der Schweiz nicht zu oft zu geben, und sie schwieg ebenfalls, starr vor Schreck. Nichtsahnend hatte sie in den vergangenen Wochen immer wieder den *Montenegro-Grill* aufgesucht. Das Cevapcici war sehr anständig, und auch der Wirt grüßte sie inzwischen schon so freundlich! Sie rückten drei Autolängen vor. Rechts ab ging es zur Haslerstraße.

»Die armen Leute, die hier wohnen«, sagte Widmer. »Viele Randständige.«

Warum sprang die Ampel nicht auf Grün? Nichts regte sich in der Haslerstraße, kein Mensch, kein Auto. Ilka spähte unauffällig nach den Fenstern ihrer Wohnung. Einen Moment haderte sie mit sich, aber es war ja nicht wirklich ihre Wohnung, war insofern auch nicht Ausdruck ihrer Persönlichkeit. »Was genau ist für dieses Quartier vorgesehen?«, fragte sie schließlich.

»Oh, wenn der Tunnel der Stadtautobahn erst einmal fertiggestellt ist, was für 2012 geplant ist, soll der Verkehr, der derzeit noch über die Weststraße fließt, umgeleitet werden auf eine Unterführung unter der Stadt …«

Sie ließ ihn sprechen, über die Tunnel unter der Stadt und durch die Berge hindurch. Das Jahr 2012, und wie es insbesondere die Weststraße verändern würde, lag ferner von ihr als noch die versteckteste Galaxie im Weltall. Widmer derweil schien von Tunneln begeistert zu sein, denn er schwenkte kurz darauf auf den Gotthard-Basistunnel um, dieses Wunderwerk der Ingenieurskunst. Sie fand, dass es zu ihm passte, dass er Tunnel mochte: Tunnel, die ebenfalls lang und schlank waren, abtauchten und dabei zugleich diskrete Verbindungen ermöglichten. Zu dem Abendessen war auch ein Kollege vom Universitätsspital Fribourg eingeladen, der sie gleich aufforderte, auch hier einmal über den möglichen künftigen Einsatz von Calcium Sensitizern im OP zu sprechen.

18

Zu den familiären Ritualen auf der Station gehörte das gemeinsame Mittagessen: 12 Uhr 30 am langen Tisch in der Spitalskantine, unter Vorsitz von Professor Widmer – ein Pflichttermin für alle, die nicht mit einem dringenden Fall auf der Station beschäftigt waren. Widmer akzeptierte Abwesenheit nicht einmal dann, als Ilka montagmorgens eine Zeitlang manchmal erst um zehn oder sogar halb elf Uhr auf der Station eintraf, weil Air Berlin sich verspätet hatte. Es gab eine Phase, in der AB 8588 wochenlang scheinbar grundlos an Gate 3 oder 6 abgefertigt wurde, wo nur ein Durchleuchtungsgerät zur Verfügung stand: schlimme Wochen, in der über Ilkas und Stefans sensibler Wochenendbeziehung das Damoklesschwert schwebte, dass Ilka in der nächsten Saison bereits die Spätmaschine am Sonntagabend würde buchen müssen, wollte sie nicht dauerhaft zu spät zum Dienst kommen.

Missbilligend betrachtete Widmer das angebissene Putenbrust-Sandwich, das sie an Bord eingesteckt hatte. »Essen ist keine Zeitverschwendung«, sagte er und trieb sie vor sich her an den Tisch, an dem alle wie eine Familie zusammensaßen: Die Ärzte, die Schwestern, die Sekretärin der Station, und alle fühlten sich wohl, niemand langweilte sich, denn Professor Widmer hatte Fachgespräche am Mittagstisch untersagt. Also ging es um Privates, vermutlich jedenfalls, denn Ilka verstand so gut wie nichts. In der Mittagspause sprachen alle Schweizerdeutsch.

Sie hatten, politisch höchst korrekt, ausgemacht, dass jeder weiterhin in seiner Landessprache kommunizieren könne, doch die Toleranz hatte ihre Tücken. Wenn sie sich nicht voll konzentrierte, kapitulierte Ilka schon nach wenigen Minuten vor der Flut fremder Laute, ihr unbekannter Ausdrücke und grammatikalischer Wendungen. Sie hatte also die Wahl, entweder vollkommen erschöpft aus der Mittagspause zu kommen, weil sie die ganze Zeit über angestrengt versucht hatte, der Konversation zu folgen. Oder sie verbrachte ihre Mittagspausen in dumpfer Isolation, saß zwar wie ein Kind mit am Tisch und nickte auch stets, wenn man erkennbar das Wort an sie richtete und sie etwas fragte. Auf diese Weise wurde sie beispielsweise unfreiwillig Mitglied der *Sola-Staffette* der Station für Intensivmedizin, was ihr jedoch erst in dem Augenblick bewusst wurde, als ein Pfleger, der das Team koordinierte, sie schließlich verschnupft ansprach, warum sie nie zu den gemeinsamen Trainingsterminen für den Solidaritätslauf der Spitalsangehörigen erschiene. Tatsächlich hate sie aber nur eine äußerst vage Vorstellung, worum sich das Gespräch drehte.

Am Anfang hatte Ilka noch ein paar Mal nachgefragt, wenn sie etwas nicht verstand, aber nach zwei Monaten wagte sie nicht mehr, sich diese Blöße zu geben. Die Mittagspausen wurden zur Qual. Einmal meldete sie sich in der Clubschule der *Migros* für einen Kurs *Schwyzertüütsch* an, wo sie als einzige Deutsche unter lauter Polen, Kroaten und Singhalesen hockte, denen ein Lehrer anhand praktisch verwertbarer Beispiele beibrachte, dass man sich rechtzeitig beim Amt *abmold*, wenn man einen Termin nicht wahrnehmen konnte, und dass es im Hausflur frisch *schmeckte*, wenn man regelmäßig die Treppen reinigte. Wie schön, dass wir hier *zämy* sind! Die Schüler plapperten ihm alles nach, wie beim Vaterunser. *Ch-ch-ch*, übten sie im Chor, als ob eine gut aufgelegte Hochzeitsgesellschaft gemeinsam aus Gaudi einen Baumstamm durchsägte: Freudig vermählten sie sich mit der Schweiz. Zum Glück hatte der Kurs nur 120 Franken gekostet. Sie würde versuchen, ihn unter *doppelte Haushaltsführung* abzusetzen.

Dann wiederum das Gesicht von Schwester Josiane, als Ilka sie auf dem Flur anhielt und zurechtwies, dass es nicht anginge, einem Patienten einfach so Dipidolor zu injizieren. »Wer hat ihm das verschrieben?«, fragte Ilka, nachdem es ihr vor den Patienten gerade eben noch gelungen war, die Fassung zu bewahren. Sie hatte nur rasch die Werte des Patienten im Nebenbett kontrollieren wollen, und plötzlich bemerkte sie, wie Schwester Josiane eine Spritze aufzog.

Schwester Josiane zuckte die Achseln. »Niemand«, sagte sie mit einer unwilligen Kopfbewegung. Ihr Pferdeschwanz baumelte provozierend, und dann konnte Ilka nicht mehr an sich halten und sprudelte los über Kreuzreaktionen, weswegen sie das Medikamentieren gefälligst ihr zu überlassen habe. Schwester Josiane betrachtete sie mit einer pseudonaiven Verwunderung, die Ilka noch mehr verärgerte, und dann sagte sie wie zum Hohn: »*Excusez*, aber ich habe nicht verstanden.« Ilka hätte sie am liebsten geohrfeigt.

Sie zwang sich, ruhig zu bleiben. Wiederholte die Kreuzreaktionen.

Aber vielleicht war das doch die falsche Strategie. Wahrscheinlich musste sie deutlicher werden, denn Schwester Josiane nahm sich im Laufe der Zeit immer mehr heraus. Als Ilka wieder einmal nach Dienstschluss Karim besuchte, ihren Lieblingspatienten, hatte Josiane, die gerade in seinem Zimmer war, tatsächlich zu ihm gesagt: »Schau mal, Karim, da kommt Ilka.« Als ob sie eine Schwester wäre!

Ilka presste die Lippen zusammen, und zum Glück beeilte sich Schwester Josiane, das Zimmer zu verlassen.

Karim war auf der Station sehr unbeliebt. Ständig kam er allen in die Quere mit seinem überkandidelten Luxus-Rollstuhl aus den USA, der nicht nur vorwärts und rückwärts, sondern auch seitwärts fuhr, wie ein Krebs. Seine heimtückischen Überfälle ertrug man in einer Mischung aus Mitleid und Respekt, denn er war ein hoffnungsloser Fall mit seiner

ALS. Anstatt aber den Jungen nach Hause zu holen und ihm im Oman eine spezialisierte Krankenschwester an die Seite zu stellen, schickte der Onkel lieber einen Privatlehrer nach Zürich. Karim verbrachte nun schon das vierte Jahr im Universitätsspital.

»Meinen Sie, ich will mir von meiner Schwester vorwerfen lassen, dass ich nicht alles für den Jungen tue?«, hatte Karims Onkel protestiert, als Professor Widmer ihm einmal diese Lösung vorgeschlagen hatte. Als Widmer ihm mitteilte, dass das Universitätsspital keine Reha-Klinik sei, man Karim also verlegen müsse, wenn er denn schon in der Schweiz bleiben solle, machte Karims Onkel dem Spital eine Spende in einer Höhe, dass man sich genötigt fühlte, Widmer um einen kleinen Aufschub zu bitten. Zweimal im Jahr, zum Beginn des Ramadans und zum Zuckerfest, reiste die Familie im Schlepptau von Karims Onkel an, der dann durch die Station paradierte und mit seinem Foto-Handy Bilder machte, um die Verwandtschaft daheim zu beeindrucken. Seine Mutter wirkte abwesend; sein Vater – ein Ingenieur, der nur dann auftaute, wenn er mit Professor Widmer über Tunnel sprechen konnte – traurig. War die Familie fort, wurde Karim noch unleidlicher.

In eine solche Phase fiel auch seine erste Begegnung mit Ilka: Er hatte nicht einmal in ihrem Labor angeklopft, was sie verärgerte, denn Karim ertappte sie dabei, wie sie an ihrem Schreibtisch saß und den *Spiegel* las.

»Raus hier«, fuhr sie ihn an, doch er bewegte seinen Steuerknüppel nicht.

»You're quite busy, eh?«, entgegnete er und kicherte.

»In der Tat«, sagte sie hoheitsvoll. Im Wirtschaftsteil, zu dem sie in all den Jahren nicht vorgedrungen war, gab es einen Bericht über Schweizer Ökonomen, die über den Glücksfaktor von Pendlern forschten. Das Ergebnis sei eindeutig – je größer die zurückgelegte Distanz zum Arbeitsplatz, desto höher die sozialen Kosten des Pendelns (der

Verlust von Freundschaften beispielsweise) und infolgedessen umso größer das Unglück. Am Abend schickte ihr Stefan einen Link zu dem Artikel.

Am Donnerstag erwischte Karim sie, wie sie die *Zeit* las.

»Don't you have other things to do?«, schnauzte sie.

»No«, entgegnete er, *»like you.«*

Als sie am Wochenende mit der U-Bahn fuhren, nahm Ilka mit ihrem Handy das düster aus dem Lautsprecher grollende *Zurrrrrrrückbleiben!* auf, mit dem Berliner U-Bahn-Fahrer unentschiedene Passagiere von der Bahnsteigkante vertrieben. Sie hielt das Gerät im Labor bereit. Karim rammte vor Schreck ihren Papierkorb und trollte sich daraufhin schweigend.

Sie dachte, sie wäre ihn los, aber zwei Tage später fing er sie mit einer Mappe auf dem Flur ab und deutete auf ein Schwarzweiß-Bild: das zerbombte Wetter an der Ruhr, kurz nach dem Zweiten Weltkrieg. Das Foto war Teil der Chronik der Firma *Fuchs Ladungssicherung Hebetechnik*. Um die Geschichte des Unternehmens ein wenig zu strecken, hatte Arnold Osthaus die Zeitachse der Erzählung auf 1945 vorgezogen. *Die Stunde Null*, hieß es auf der Homepage, die neuerdings auch einen Online-Shop bot – obwohl ihr Vater die Firma erst in den siebziger Jahren gegründet hatte. »Der Junge kommt eben aus der Verpackungsindustrie!«, hatte ihr Vater gesagt, als sie Arnolds Werk in Frage stellte. Nicht vermerkt war selbstverständlich, dass Friedrich Fuchs zunächst in Berlin pro forma Jura studiert, in Wahrheit aber nur einige Semester lang Bierflaschen im Schlachtensee gekühlt hatte. Sein Vater zwang ihn zu Konsequenzen, woraufhin er eine kaufmännische Lehre als Einkäufer bei einer Baufirma begann. Rasch zeigte sich, dass er nicht maßhalten konnte beziehungsweise wollte, immer nur *en gros* orderte. Er hatte einfach mehr Lust auf das große Spiel, und sein Vorgesetzter scheiterte jedes Mal mit dem Versuch, ihn unternehmerisch zu domestizieren, ihn zu einem kastrierten Stubenkater von Sachbearbeiter zu machen. Er jedoch wollte Kampf und nächtliches Geschrei. Nach der Kündigung machte er sich selbständig und sah die Verrechtlichung und Normierung von angestellter Arbeit, die er für sich selbst ablehnte, richtig voraus.

Karim hatte das Foto auf seinem Computer, den seine Eltern ihm als Geschenk in seinem Zimmer hatten installieren lassen, gegoogelt und ausgedruckt. Er musste Stunden damit verbracht haben, zu sichten, was die Suchmaschinen ihm als Strandgut anschwemmten, denn Ilkas Name fand sich nur einmal, ganz klein, auf der Homepage von *Fuchs Ladungssicherung Hebetechnik*: auf der Bildunterschrift zu einem Foto, das ihren Vater und sie auf der Feier anlässlich des 30. Firmenjubiläums zeigte. Stefans rote Tolle ragte gerade noch vom Bildrand in die Aufnahme hinein. Wahrscheinlich hatte Arnold ihn herausschneiden lassen aus dem Bild, eingedenk seiner mürrischen Miene, weil Friedrich Fuchs Ilka wieder einmal über Wochen als eine Art *First Lady*-Ersatz in Anspruch genommen hatte.

»Is that your home?«, fragte Karim, zeigte auf das zerbombte Haus und folgte aufmerksam wie ein Musterschüler ihren Erläuterungen über Wetter an der Ruhr und die Humboldtstraße in Hagen. Vielleicht lag es daran, dass er von dem Fenster seines Zimmers aus auf die Giebel, Erker und Türme der Altstadt sah, über denen leicht erhöht das Universitätsspital lag, als habe jemand sackweise Häuser zum Spielen vor ihm ausgeschüttet. Häuser, von denen Kinder und Erwachsene gemeinsam träumten, winkliges Fachwerk, wehrhaft stolze Mauern, auf jedem Platz flüsterte ein alter Brunnen.

Karim zeigte Ilka ein Bild von dem Haus seiner Familie in Seeb, nur zehn Minuten von der Residenz des Sultans entfernt. Er blätterte ihr das Bild hin und wurde immer unsicherer, während Ilka das Foto betrachtete: Fraglos waren es zwei meterhohe, goldglänzende Teekannen, unten bauchig, nach oben hin verschlankt, hoch aufragend wie Giraffen, die, einander höflich zugewandt, das Portal zum Anwesen bildeten.

»I don't like it either«, sagte Karim schließlich verlegen. Eine Idee seines Onkels, er hatte in Riad Häuser wie diese gesehen.

Sie sprachen über den Geburtsort ihres Vaters, in der Nähe von Breslau, und warum der Ort längst zu Polen gehörte. Karim wollte auch von Münsterberg Fotos sehen, doch weil die Eltern ihres Vaters wiederum aus Posen kamen, das nach dem Ersten Weltkrieg an Polen abgetreten worden war, hatte sich mit den Fotos, den Dokumenten, Tagebüchern und Briefen, die auf verschiedenen Fluchten verlorengegangen waren, schließlich auch die Erinnerung verflüchtigt wie ein zartes Parfum. Die Toten der Familie lagen auf Friedhöfen quer durch Europa verstreut. Ihre Mutter beispielsweise war in Süddeutschland beerdigt worden, wo damals noch ihre Eltern lebten, weil sie irgendwann einmal, als noch niemand das Unglück vorhersehen konnte, gesagt hatte, dass sie »später einmal bei Mutter und Vater liegen« wolle. Eigentlich sei er auch eine Art Halbwaise, sagte Karim, fasste tröstend ihre Hand und wollte dann alles von ihr wissen. Wie viele tausend Kilometer ihr Vater als kleiner Junge den Bollerwagen mit seiner Schwester darin auf der Flucht durch Europa gezogen habe.

»How old was your father, when he walked all the way across Europe?«

»He was seven, half your age, Karim!«

Sie beugten sich gemeinsam über einen Atlas, den sie für Karim aus der Spitalsbibliothek auslieh, und rechneten. Er malte Bilder ihres Vaters: ein Strichmännchen, das lief und lief und lief, durch eine surreale Landschaft, als die er sich Mitteleuropa vorstellte. Karim machte die Heldengeschichte zu seiner eigenen. Als er Professor Widmer zufällig auf dem

Flur begegnete, fragte er ihn, ob er im Krieg auch geflüchtet sei. Er war enttäuscht, als Widmer nein sagte. Professor Widmer wiederum reagierte beinahe beleidigt. »Wir haben auch gelitten, Karim«, sagte er mit seltener Strenge.

»*Where did you get your American accent from?*«, fragte Ilka.

»*We had a teacher from Washington*«, entgegnete Karim. »*And you?*«

Nach Dienstschluss spielten sie gegeneinander am Computer, und als Ilka eines Montags im April zu ihrer Überraschung erfuhr, dass das Spital wegen des *Sechseläutens* ab mittags auf Feiertagsbetrieb umstellte, sahen sie sich den Umzug gemeinsam in Karims Fernseher an: eine Prozession der Zünfte, Männer in der bunten Tracht mittelalterlicher Färber, Fischer und Fassmacher. Bernd hatte ihr gesagt, dass die Zünfte heute eine Schweizer Version des Rotary-Clubs waren und man sich um die Mitgliedschaft bemühen (und dafür zahlen) musste wie bei einem besonders begehrten Traditions-Golfclub. Insofern zogen keine echten Bäcker und Metzger über die prachtvolle Bahnhofstraße, sondern Rechtsanwälte und Banker. Trotzdem gelang es Ilka, Karim mit ihrer Begeisterung anzustecken, nachdem er mehrfach schon die Fernbedienung in der Hand gehabt hatte. Sie versuchte, ihm zu erklären, wie tief der Schweizer Bürger in seiner Heimat verwurzelt schien. Dass er sich wie ein uralter Baum aus tiefen Schichten der Erde speiste. In dem Formular, das sie in der Personalstelle des Spitals ausfüllen musste, war nach ihrem Bürgerort gefragt worden. Was damit gemeint sei, fragte sie Schwester Valérie. »Der Wohnort?«

Valérie schüttelte den Kopf. »Der Ort, von dem die Familie herstammt. Meine Familie beispielsweise stammt aus Uznach«, sagte Schwester Valérie. Von dort waren die Imhaslys irgendwann im 19. Jahrhundert nach Zürich gezogen. Für den Fall jedoch, dass sie einmal in Not geriete, würde noch immer die Armenkasse von Uznach für sie aufkommen müssen. Der deutsche Bürger war im Vergleich dazu ein Gewächs in einem Plastikgefäß, das man per Verwaltungsakt jederzeit umtopfen konnte.

Immer wieder war sie erstaunt, wie gut nicht nur Professor Widmer oder die anderen jungen Ärzte, sondern auch die Schwestern und Pfleger informiert waren, aber in der Schweiz wurde eben auch ständig abgestimmt. Auch außerhalb von Wahlzeiten entschieden die Bürger jedes Vierteljahr über die Frage, ob genetisch manipulierte Pflanzen auf Schweizer Feldern zum Einsatz kommen durften und ob die Zuzugsbestimmungen für Bürger aus den neuen EU-Ländern gelockert wurden. Eigentlich *das* Land für Stefan, dachte Ilka, und tatsächlich war er zeitweise regelrecht beeindruckt – bis er herausfand, dass erschreckend wenig Schweizer etwas gegen genmanipulierte Pflanzen hatten und man sich ferner nur sehr knapp für Zuzugserleichterungen für Osteuropa ausgesprochen hatte. Sie sagte ihm, dass der Horizont der Schweizer nun einmal nicht ständig von Denkverboten verdunkelt, von Tabus bewölkt sei. Dass man Sachverhalte ruhig bedachte und anschließend eine ökonomisch rationale Entscheidung traf.

Ilkas Besuch bei der Meldebehörde hatte unangenehme Folgen, denn sie erhielt nicht, wie ihr die Verwaltung des Universitätsspitals immer wieder versichert hatte, eine Aufenthaltsgenehmigung der Klasse B; eine Art Visum, das in den Pass eingestempelt wurde, wie Bernd es ihr gezeigt hatte. Vielmehr musste sie auf dem Amt einen grellvioletten Ausländerausweis entgegennehmen, der ihr den Status eines *Kurzaufenthalters* beschied.

»Klasse L«, erläuterte die Frau, die sie diesmal auf dem Amt antraf, und überreichte Ilka ergänzend ein fotokopiertes Schreiben, in dem der *sehr geehrte Antragsteller* darüber informiert wurde, dass die Kontingente aufgrund der großen

Nachfrage nach Arbeitsbewilligungen in diesem Jahr bereits ausgeschöpft seien. Gerne könne sie sich nächstes Jahr erneut um eine Daueraufenthaltsgenehmigung der Klasse B bemühen. Bis dahin sei der Ausweis L vom Ausländer stets bei sich zu führen. Ilka ließ ihn am Wochenende in Berlin in dem Stapel mit Schals verschwinden.

19

Es war nicht so, dass Friedrich Fuchs die Reaktionen, die er mit seinen Reisen auslöste, entgingen: Natürlich registrierte er Arnolds Gesicht, wenn er ihm ankündigte, nächsten Donnerstag wieder nach Chisinau zu fahren; allein. »Ich brauche Sie sehr viel dringender im Arbeitskreis Arbeitsschutz«, sagte er, und das war nicht einmal gelogen. Doch Arnolds Mund verkrampfte sich dann jedes Mal zu einem angestrengten Lächeln, und er fragte angespannt, ob es beim geplanten Ankauf des Werks *TOPAZ* bleibe. Schließlich zogen sich die Verhandlungen nun schon seit Wochen hin, und ein Ende schien immer noch nicht abzusehen. »Sie kommen schon eher, als Ihnen lieb ist, nach Chisinau«, sagte Friedrich Fuchs dann zu Arnold und klopfte ihm beruhigend wie einem nervös tänzelnden Rennpferd auf den Rücken. Tatsächlich blähten sich auch Arnolds Nasenflügel, und Fred spürte förmlich, wie Arnold den Protest, den Unmut, der ihm schier aus jeder Pore seines Körpers quellen wollte, wieder zurücknahm, verschluckte, wegatmete.

Wenn überhaupt möglich, war Arnold in den letzten Wochen noch drahtiger geworden. Seit er neulich einmal auf dem Rückweg vom *Grünen Baum* bei strömendem Regen an der Lübkestraße eine schmale Figur durch die Nacht hatte laufen sehen, befürchtete er, dass Arnold nun auch noch das Schlafen eingestellt hatte und nur noch rannte, rannte, rannte. Er wagte nicht, Arnold zu fragen; vielleicht war es ein Déjà-vu, wie es ihn neuerdings häufiger ereilte. Auch Stefan spukte inzwischen durch seine Träume, wo er rachsüchtig mit den blechernen Ketten rasselte, an denen wiederum Glassteine klimperten, die er Ilka zum Zusammenbasteln zu schenken pflegte, anstelle bleibender Werte, echten Schmucks.

Seine Sekretärin betrachtete Friedrich Fuchs seit einiger Zeit mit jenem beunruhigten Gesichtsausdruck, wenn er wieder einmal die Mittwoch-Freitag-Verbindung, die sie ihm herausgesucht hatte, mit dem Argument verwarf, dass Flüge, die noch die Samstagnacht beinhalteten, höchstens halb so viel kosteten. »Und Herrn Arnold lassen Sie Business Class nach München fliegen?«, fragte sie unzufrieden. Treue Frau Braun! Dennoch schien es ihm ratsam, ihr lieber nicht zu erzählen, dass er Arnolds Flüge als Kompensation für die entgangenen Reisen nach Chisinau betrachtete. Bestimmt war es sein Ehrgeiz, *Senator* zu werden, und wenn er ihm ansonsten schon keine Beförderung mehr im Unternehmen anbieten konnte, bevor nicht der Kaufvertrag mit Chisinau unterschrieben war und er Arnold schweren Herzens ins Operative entlassen musste – warum sollte der Junge dann nicht Meilen sammeln?

Eines Tages saß schließlich der Betriebsrat in seinem Büro und sprach davon, dass es dem Unternehmen womöglich schlechter ginge, als die offiziellen Zahlen verrieten. Noch vor wenigen Monaten hätte Friedrich Fuchs sich in seinem unternehmerischen Stolz durch eine solche Unterstellung empfindlich gekränkt gefühlt, doch jetzt gelang es ihm kaum, seine Freude zu bändigen. Er hatte ihn auf eine Idee gebracht! Friedrich Fuchs sprang auf und umarmte den Betriebsrat. »Ja«, jubelte er, »es geht uns schlecht, zumindest längst nicht so gut, wie viele meinen!«

Endlich hatte er das Argument, nach dem er gesucht hatte! Denn nach seinen inzwischen vier Reisen nach Chisinau gab es keine Maschine im Werk *TOPAZ* mehr, die er nicht mehrfach persönlich inspiziert hatte. Er hatte die moldawischen Arbeitsproben vom deutschen TÜV untersuchen lassen, der zu überraschend positiven Resultaten gekommen war, und Frau Petrowna hatte ihm mit schier endloser

Geduld – wenngleich sprachlich mitunter holprig, wofür sie sich vielfach entschuldigte, *ich mache mich peinlich, nicht wahr, Herr Fuchs?* – alle Akten übersetzt, in die er Einsicht zu nehmen verlangt hatte.

Bei seiner zweiten Reise nach Chisinau war Frau Petrowna nicht anwesend, was ihn dermaßen enttäuschte, dass er Ruslan mit dem Abbruch der Verhandlungen drohte.

»Wie soll ich diese Papiere ohne Übersetzung verstehen?«, fragte er und deutete auf die dickleibigen Handbücher zum Maschinenpark des Werks *TOPAZ*, die vor allem aus Zeichnungen und Zahlenkolonnen bestanden.

Ruslan schaffte eilig staatlich geprüfte Dolmetscherinnen herbei, aber Friedrich Fuchs schickte alle spätestens nach einer Viertelstunde wieder nach Hause. »Die Übersetzung hat nicht die Qualität der Arbeit von Frau Petrowna«, behauptete er zu Ruslans wachsendem Ärger. Beim dritten Termin in Chisinau war Frau Petrowna plötzlich wieder da.

Im Übrigen beschäftigte er sich auch deswegen so ausgiebig mit dem Maschinenpark, um Zeit für den auslandserfahrenen Privatdetektiv zu gewinnen, den er diskret beauftragt hatte. War das Werk *TOPAZ* nur einmal oder doch bereits schon mehrfach privatisiert worden, so dass es am Ende mehrere »Besitzer« gab, mit denen er sich zanken musste? War das Unternehmen bei der Finanzbehörde bereits mit einer OGRN-Nummer registriert, oder versuchte man ihm eine alte OKPO-Nummer unterzujubeln? Hielt eine Art moldawischer Treuhandanstalt tatsächlich derzeit noch hundert Prozent der Anteile an *TOPAZ*, wie *MIEPO* behauptete, oder waren längst »graue Kardinäle« mit im Spiel, die von den Virgin Islands aus die Fäden zogen?

Er testete aus, wie weit er bei Ruslan gehen konnte. »Der geforderte Kaufpreis ist zu hoch«, behauptete Friedrich Fuchs plötzlich. »Ausgeschlossen, das Werk für zwei Millionen Euro zu übernehmen. Ich kann Ihnen maximal anderthalb zahlen, mehr nicht. Der Maschinenpark muss komplett erneuert werden.« Er hatte so tief kalkuliert, dass mindestens vier weitere Verhandlungsrunden dabei herausspringen mussten, und bis dahin würde hoffentlich nicht nur der Privatdetektiv seine Arbeit getan haben.

Nur mühsam behielt Ruslan die Beherrschung und murmelte etwas von »Freundschaftspreis«.

»Ich weiß, ich weiß, aber erzählen Sie das mal meiner Tochter!«, jammerte Fred. »Die nächste Generation steht schließlich bereits in den Startlöchern. Meine Tochter ist Gesellschafterin der Firma, und sie war leider von Anfang an gegen eine Expansion nach Osten. Sie glauben gar nicht, wie risikoavers die jungen Leute in Deutschland heutzutage sind!«

Allein die noch gültigen Verträge mit den zentralasiatischen Republiken seien Millionen wert, entgegnete Ruslan wütend.

»Mein Betrieb, überhaupt die ganze metallverarbeitende Industrie befindet sich im Würgegriff der Gewerkschaften«, entgegnete Fred mit theatralischer Geste. »Die Steuerbelastung ist immens, und im Werk Wetter an der Ruhr sind zehn Mitarbeiter, von denen ich weiß, dass sie trinken, seit Monaten krankgeschrieben, ohne dass ich sie kündigen kann. Kurz gesagt: Ich beneide Sie um die Aufbruchstimmung in Osteuropa. Bei uns in Deutschland sind die Strukturen durch und durch verkrustet.« Er dachte an die überbräunte Haut im Dekolleté seiner Schwester, wenn sie auf der Gesellschafterversammlung stumm neben Bertil saß, und grinste in sich hinein. Dann dachte er noch an den Betriebsrat und schloss melancholisch: »Ich bin quasi ein armer Mann.«

Ruslan und seine Gefolgschaft wechselten einen Blick.

Tagsüber übersetzten sie, oder vielleicht sollte man besser sagen: Friedrich Fuchs gab Frau Petrowna Nachhilfe in Deutsch. Inzwischen waren sie bei der Bedienungsanleitung für die Großküchenspülmaschine in der Werkskantine angelangt, aber irgendwie mussten sie ja die Zeit bis zum Nachmittag herumbringen, wenn sie mit dem gemieteten Dacia Ruslans eisiger *Biznes*-Welt entfliehen konnten. Ruslan schien eine Vorliebe für alles Tiefgekühlte zu haben: Die Klimaanlage lief beständig auf Hochtouren, als wolle er damit die Leistungskraft moldawischer Maschinen demonstrieren, und in dem einzigen »italienischen« Restaurant von Chisinau, das sie mittags zum unvermeidlichen *Biznes-Lunch* besuchten, wurde Fertigpizza serviert. Wie froh Friedrich Fuchs war, wenn sie endlich dieser Welt aufgeblasener Geschäftsmänner, eifriger Geschäftsfrauen entkommen konnten! Abends, wenn er seinen Schlüssel an der Rezeption des Hotels *Codru* abholte, musste er sich den Weg durch die Lobby zum Fahrstuhl mit einem machetenhaften *Nu, multumesc* freikämpfen, das ihm Frau Petrowna beigebracht hatte für den Fall, dass sich wieder einmal Frauen rechts und links von ihm von Sofas und Hockern wie Lianen herunterringelten. Am ersten Abend hatte er den Fehler gemacht, einmal zu duschen; seine Haare waren noch ein wenig feucht gewesen, das sah fälschlicherweise nach Erwartungshaltung aus.

Hinaus also über die schnurgeraden Ausfallstraßen aufs Land, nach Criuleni, *am Schoß der Berge*, wo Frau Petrownas Eltern und ein kleines Mädchen wohnten, das ihm als die Tochter ihrer Schwester vorgestellt wurde. Frau Petrowna hatte sich zunächst gesträubt, als er ihr sagte, er wolle das wahre Moldawien kennenlernen, und ihn dann schließlich doch mitgenommen in das Dorf am Ufer der Nister, wo sie frühabends gemeinsam saßen und schweigend dem Rauschen der Pappeln zuhörten. Hinter den Hügeln auf der anderen Seite des Flusses lag ein verwunschener Staat, in dem die Menschen noch immer UdSSR spielten, mit Fellmützen und einem Sowjet der autonomen Republik Transnistrien, auf moldawischem Territorium. »Ruslan ist von dort zu uns zur Schule gekommen«, sagte Frau Petrowna.

Damals war Ruslan Kind armer Eltern, ihre Familie hingegen wohlhabend.

Ihr Vater war Professor für Archäologie gewesen, war es genau genommen immer noch, doch seit mehr als zehn Jahren hatte sich kein einziger Student mehr bei ihm eingeschrieben. Niemand interessierte sich in diesem Land für die Vergangenheit, und niemand hatte Freude daran, nach den verschütteten Überresten vergangener Zeiten zu graben, wo die jüngste Vergangenheit doch allzu offensichtlich auf Schritt und Tritt in der Gegenwart herumstand: Auf dem endlosen Feld, das sich hinter dem Haus der Eltern von Frau Petrowna erstreckte, verteilten sich gespenstisch wie auf einem riesigen Autofriedhof die rostigen Wracks von Landmaschinen, die einmal der Kolchose von Criuleni gehört hatten und die fortzuräumen sich niemand die Mühe machte. Niemand hielt auch die Kinder davon ab, über die verletzend scharfen Rostkanten zu klettern.

Petr, der Vater von Frau Petrowna, knatterte auf einem Motorrad mit Beiwagen deutscher Produktion zur Universität: Kriegsbeute aus den vierziger Jahren. Als er nach dem Bad fragte, wurde Friedrich Fuchs von Petr auf ein Häuschen im Garten verwiesen, doch das Häuschen war leer, und erst nach einigem Suchen stellte er fest, dass die moderne weiße Keramiktoilette nebenan montiert war – unter freiem Himmel. Eine Gänseschar, die Petrs Frau hielt – sie war Professorin für Germanistik und konnte sich im Gegensatz zu ihrem Mann vor Studienbewerbern kaum retten –, sah ihm schnatternd zu und verschwand dann durch den löchrigen Gartenzaun, hinaus auf den viereckigen Dorfplatz. Dort standen die schmucklosen Häuschen flach im Schatten der kleinen orthodoxen Kirche mit goldverziertem Zwiebeltürmchen.

Petr verdiente an der Hochschule von Tighina umgerechnet 30 Euro im Monat, seine Frau 35 Euro. Alle Versuche Petrs, in der neuen Zeit als Fremdenführer oder Journalist Fuß zu fassen, waren gescheitert, weswegen er nun im Keller des Hauses eine Champignonzucht betrieb. Seine Tochter hatte er Wirtschaftswissenschaft studieren lassen Zusätzlich hatte sie ein Diplom als Buchhalterin erworben, »ebenfalls mit Auszeichnung«, wie Petr stolz anmerkte. Doch als sie die Universität verließ, gab es in Moldawien schon so gut wie keine Betriebe mehr, und das Interesse an ordnungsgemäßen Abschlüssen ging gegen null. Geschäfte wurden vor allem drüben, auf der anderen Seite der Nister, gemacht: Die autonome Republik Transnistrien vereinte auf ihrem Territorium nahezu die gesamte Schwerindustrie des Landes, Eisen, Stahl, Kriegsmaschinerie.

Deswegen verdiene sie sich etwas mit Übersetzungen dazu, sagte Petr und wechselte einen Blick mit seiner Tochter.

»Immerhin muss sie nicht ins Ausland gehen«, seufzte Friedrich Fuchs und zählte die Rahmenbedingungen auf, die die globale Elite derzeit förmlich zur Flucht aus Deutschland trieben.

Den Wallhorns berichtete er von der Würde, mit der Petrs Familie ihr Schicksal zu meistern versuchte. »Das Land ist voller hochqualifizierter Menschen, die auf ihre Chance warten«, sagte er zu Arnold, »voll von Leuten, die arbeiten wollen!« Welcher Gegensatz beispielsweise zu Stefan! Denn er schien sich auf ein prall gefülltes Polsterkissen gebettet zu wähnen. Wer sonst konnte es sich leisten, mit seiner Zukunft zu »hadern«, wie Ilka ihm Stefans Gemütslage beschrieb? Zeitweise »sah« Stefan sich »mehr in der Politikwissenschaft«, wie Ilka ihn in einem lächerlich ernsthaften Tonfall wissen ließ, dann wieder schrieb er diese Gedichte. Er entblödete sich nicht, als erwachsener Mann Klarinettenunterricht zu nehmen, und übte die Woche über, anstatt die Wohnung aufzuräumen, sodass Ilka ihm am Wochenende hinterherputzen musste. »Dabei macht das Kind in der Schweiz gerade auch noch seine Facharztprüfung«, sagte er zu Petrs Frau. »Mein Gott, wäre ich froh, wenn sie sich endlich eine Hilfe im Haushalt nehmen würden, aber ich darf ihnen ja nicht dreinreden. Ist Ihre Tochter auch so empfindlich?«

Kaum dass Fred die Lage der Familie erfasst hatte, ratterte es in seinem Kopf: Er würde Petr seine Champignons ausreden. Selbst im ehemaligen Ostblock würde man doch irgendwann einmal nach frischen Produkten verlangen. Die Gleichförmigkeit und Blässe dieser faden Gewächse störten ihn, und irgendwann würden ohnehin die Chinesen auch Chisinau mit Dosenchampignons überschwemmen, und spätestens dann wäre seine Zeit vorbei. »Sie müssen in globalen Zusammenhängen denken, Petr! Sobald der Kaufvertrag für *TOPAZ* unterschrieben ist, wird Arnold die Leitung des Werks übernehmen, und er wird bereit sein, zehn Euro für einen Rucola-Salat auszugeben.« Petr wandte sich hilfesuchend an seine Tochter. Die zeigte auf die Kaninchen im Stall. »Über kurz oder lang werden immer mehr von Arnolds Sorte nach Chisinau kommen«, fuhr Friedrich Fuchs fort. »Also seien Sie dem Trend voraus und bauen Sie Rucola an. Oder Ingwer. Irgendwann wird sicher auch in Chisinau das erste Sushi-Restaurant eröffnen.« Bisher gab es ein einziges Fischrestaurant in Chisinau (Moldawien hatte keinen Zugang zum Meer), in dem Frau Petrowna ihn im Angesicht einer Languste hilflos gefragt hatte, wie sie *den Krabben* essen sollte. Nun versuchte sie wortreich, Sushi ins Rumänische zu übersetzen.

»Einen Bedarf erkennen, wo noch gar keiner ist; Dinge finden, die niemand zuvor gesucht hat – das macht den Unternehmer aus!«, sagte Friedrich Fuchs. »Seitdem die Scheichs im Mittleren Osten alle wild auf Trüffel sind, werden auf dem Markt in Alba Mondpreise verlangt. Haben Sie schon einmal hier in den Wäldern nach Trüffeln gesucht?«

Sein Blick begegnete dem von Frau Petrowna. Er sah, wie ihre Augen für einen Moment aufleuchteten und dann doch wieder matt wurden. Wer denn schon Truffel aus Moldawien kaufen würde, fragte sie.

20

Der Zug auf dem Rückweg von Fribourg war voll. Viele junge Leute, die erschöpft in ihren Sitzen lagen und sich von ihren iPods berieseln ließen – eine, wie Ilka fand, echte Unsitte der Schweizer Jugend. Vielleicht waren auch alle Schweizer von Natur aus ein wenig schwerhörig, jedenfalls nervte sie das blecherne Geräusch aus den iPods jedes Mal, wenn sie in der Schweiz einen Zug bestieg. Bei jeder Fahrt schien es in jedem Waggon mindestens einen iPod-Hörer zu geben.

Allerdings hatte sie noch nie einen dieser Störenfriede so anzusprechen gewagt, wie sie das in der Deutschen Bahn selbstverständlich getan hätte. Auf der Strecke Berlin-Hagen beispielsweise machte es ihr überhaupt nichts aus, ab einem gewissen Lärmpegel einfach aufzustehen, mit ein paar entschlossenen Schritten selbst bis zur Mitte des Waggons hin vorzudringen und die jugendliche Nervensäge zu bitten, die Musik leiser zu drehen. Notfalls zupfte Ilka ihr Opfer sogar am Ärmel, wenn es döste (oder so tat als ob), und sie konnte sich fast immer sicher sein, dass sie anschließend in Ruhe weiterlesen konnte und als Dreingabe noch dazu dankbare Blicke ihrer Mitreisenden erntete.

In der Schweiz hingegen hatte sie es bislang noch nicht ein einziges Mal über sich gebracht, einen Mitreisenden wegen seiner Musik zu maßregeln. Sie ärgerte sich in der SBB natürlich genauso über den dumpf wummernden Bass, der dann auch ihren Gedanken den Takt aufzwang, sie ablenkte, beim Lesen, Arbeiten, Entspannen behinderte, und oft hatte sie sich schon die Worte zurechtgelegt, mit denen sie sich gleich erheben und um mehr Ruhe bitten würde.

Aber sie hatte sie bislang nie ausgesprochen, kein einziges

Mal, denn wenn sie sich die Situation vor Augen hielt, stoppte ihr innerer Film nicht wie in Deutschland im Moment des friedlich gelösten Konflikts, sondern spulte weiter: Das überraschte Gesicht ihres Gegenübers. Die freundliche Bitte, ihren soeben geäußerten Wunsch noch einmal zu wiederholen, da sie nicht verstanden worden war (sie hatte wieder einmal zu schnell gesprochen). Der beginnende Ärger, der sich auf dem Gesicht des Musikhörers, und nicht nur auf seinem, sondern auch auf dem Gesicht aller Mitfahrer abzuzeichnen begann.

Also schwieg sie auch diesmal und fraß die Wut über die zerstörte Abendruhe in sich hinein, als ein älterer Herr schräg gegenüber von ihr dem jungen Mann einfach das Kabel aus dem Gerät zupfte.

»Hör mal, du verdirbst dir nur das Gehör, und mich stört es außerdem!« Der ganze Wagen sah auf, aber der Mann bemerkte es nicht einmal, denn nachdem er Ilkas dankbaren Blick aufgefangen und ihr zugezwinkert hatte, entfaltete er gleich darauf genussvoll seine Zeitung, hinter der er seine Leibesfülle verbarg. Er war ein Mann in seinen Sechzigern, mit einer Brille im Pilotenstil der achtziger Jahre, so wie er überhaupt ganz und gar achtziger Jahre war in der goldenen Behaglichkeit, die er ausstrahlte: von dem leicht gelbstichigen weißen Haar über die goldgerahmte Brille und das bronzefarbene Sakko zu dunklen Hosen bis hin zur *Diners Club Gold Card*, die er sicher in seiner Brieftasche mit sich führte. Die leichte Röte im Gesicht: sicher ein Hypertoniker, die Venen verschlissen von dem konstanten Druck, den er jahrelang hatte ausüben müssen in verantwortungsvoller Position; auch vom Barolo natürlich. Seine Augen standen ganz leicht vor, ein in den Nachkriegsjahren falsch behandelter Basedow.

Nahezu gönnerhaft reichte er kurz darauf dem Schaffner sein Billett, das er ungeniert als *Fahrkärtli* bezeichnete. Sie selbst hingegen gab dem Schaffner für gewöhnlich stumm ihr Billett, obenauf im Scheckkartenformat das Halbtax-Abo der Schweizer Bahn, und verschluckte nach Rückgabe des abgeknipsten Fahrscheins noch das schwachbrüstig vorgetragene *Merci*, in der vagen Hoffnung, auf diese Weise als Schweizerin durchzugehen. Wieder trafen sich ihre Blicke. Er beugte sich vor: »Und woher kommen Sie?«

»Aus Hagen«, sagte sie. Sie wurde rot, weil sie so prompt reagiert hatte wie ein Schulmädchen beim Vokabeltest, und ein bisschen schämte sie sich auch noch immer für ihre Herkunft aus dem Ruhrgebiet, gerade hier in der Schweiz.

»Der *Grüne Baum*!«, rief er gedämpft, jedoch mit Euphorie. »Kennen Sie den?«

»Ich bin sozusagen im *Grünen Baum* aufgewachsen«, sagte sie und lachte.

»Ich habe dort einmal Tournedos gegessen …« Er küsste sich die Fingerspitzen. »Wie hieß noch einmal der Inhaber? Ma – Ma – irgendetwas mit M.«

»Massulo«, sagte sie.

»Richtig! Der frühere Oberkellner aus dem *Mövenpick* in Dortmund.«

»Zum Glück ist er wieder gesund, nachdem er fast zwei Jahre lang wegen eines Gehirntumors nicht im Restaurant war. Seine Frau hat das Geschäft in der Zeit weitergeführt. Die meisten Stammkunden haben ihm die Treue gehalten.«

»Sehen Sie, das habe ich natürlich alles nicht mehr mitbekommen in Südafrika. Ich hatte in den Jahren zuvor einiges in Nordrhein-Westfalen zu tun.«

»Und ich wollte Sie gerade schon fragen, woher Sie kommen«, entgegnete Ilka.

»Geboren in Görlitz, aufgewachsen in Worms«, sagte er. Zuletzt in Aachen tätig, aber die Stadt sei ihm fremd geworden nach all den Jahren als Direktor der *Deutschen Bank* in Südafrika, und so habe er sich für Lugano als Alterssitz entschieden. Johannesburg! Zwar habe er leider insbesondere die Jahre der Apartheid miterlebt, aber natürlich sei das

Land unbestreitbar großartig, immer gewesen. Er malte die gewaltigen Naturerlebnisse aus, die er dort mit den *big five* gehabt hatte, und flocht auf sehr sympathische Weise die nicht minder großen Deals ein, die er damals verantwortet hatte. Hilmar sei einige Male da gewesen, schöne Abende, die sie in der Lodge am Feuer verbracht hätten. Durch Hilmars sehr engen Kontakt zu Bundeskanzler Kohl (und er sagte es so, als regiere der das Land noch immer) habe er selbst manchen volkswirtschaftlichen Gedanken bezüglich der Wiedervereinigung ans Kanzleramt weiterleiten können.

Dann das Attentat damals …

Er verstummte.

Als er aus seinem inneren Rückzugsort wieder auftauchte, als der Schleier vor seinem Blick verschwunden und dieser wieder so quicklebendig wie zuvor geworden war, gestand er Ilka, dass er sich in seinem Pensionärsdasein schon ein bisschen langweile – von einer Frau oder Kindern war nicht die Rede, darum nahm Ilka an, dass er alleinstehend war – und sich daher mit kleinen, aber feinen Geldanlagen bei Laune halte. Er habe ja nun die Muße, jeden *Economist* durchzulesen, jedes *Wall Street Journal* und jedes *Handelsblatt* und natürlich ohne Rücksicht auf die Uhr mit seinen alten Bankerfreunden aus aller Welt zu telefonieren, wie Fred von der *HSBC* damals in Jo'burg, die ihrerseits oftmals Söhne und Töchter im Bereich des Investment Banking hätten.

»Verfolgen Sie Heinz Prestel?«

»Natürlich«, entgegnete Ilka, obwohl sie den Finanzteil der *FAZ* eigentlich nie las.

Er kicherte und senkte nun zum ersten Mal, seitdem sie miteinander ins Gespräch gekommen waren, wieder die Stimme. »Ein sehr lieber Bekannter von mir, dankbar für jeden meiner Tipps. Wenn er im Urlaub ist, schreibe ich manchmal seine Kolumnen, aber verraten Sie es bloß nicht, sonst wirft die *FAZ* ihn am Ende noch raus, und er ist seinen Rentnerjob los. Wenn Sie mal eine gute Anlageidee brauchen, *small caps*, Sachen, die nicht jeder kennt – melden Sie sich einfach«, sagte er, als der Zug schon durch die Vororte von Zürich rollte. Er gab ihr seine Karte, nachdem er sich irgendwann auf halber Strecke bereits einmal halb aus dem Sitz erhoben und sich mit Sobotta vorgestellt hatte, *Dr. Jürgen Sobotta*. Seine Visitenkarte trug noch das Emblem der Deutschen Bank. Mit blauer Tinte hatte er handschriftlich seine Mobilnummer in der Schweiz vermerkt, und sie war stolz, sich mit dem Emblem des Universitätsspitals revanchieren zu können.

Sobotta beugte sich vor. »Die Schweizer haben ein paar *Güetsli*, Optionen für Feinschmecker, an die sie einen für gewöhnlich nicht gern ranlassen«, sagte er. »Mit meinen Anteilen an den Mürtschenstock-Bergbahnen habe ich mir beispielsweise ein neues Auto verdient. Man muss bei diesen Sachen nur ein bisschen hartnäckig sein, sich nicht abwimmeln lassen. Dieses Bergbahn-Investment: Da wollten die Älpler natürlich gern unter sich bleiben und sich jeden Fränkli in die eigene Tasche stecken. – Oder kommen Sie einfach so vorbei, auf einen Kaffee, falls Sie mal in Lugano sind. Jetzt im Sommer ist es dort wunderschön.«

21

Ruslan drängte auf eine Entscheidung. Doch was konnte Friedrich Fuchs ihm sagen? Dass er sich nicht entscheiden wollte – nicht jetzt schon? Dass er jedes Mal, wenn das Flugzeug abhob und Kurs Richtung Osten nahm, das Gefühl hatte, auf dem Weg nach Hause zu sein? Anders als sonst arbeitete er auf diesen Reisen fast nie, sondern sah aus dem Fenster oder verfolgte die Route auf dem Monitor, der von der Kabinendecke herabhing. Immer wieder las er den Namen neben dem Punkt, der im ersten Drittel der Reise als Orientierung diente: Breslau. Wenn sie die Stadt überflogen, suchte er die Umgebung nach dem Ort ab, in dem er aufgewachsen war. Welcher Grundriss enthielt den kleinen quadratischen, immer etwas düsteren Marktplatz von Münsterberg? Das Amtsgericht, die beiden Lebensmittelkonservenfabriken am Ortsausgang und mitten im Städtchen den kleinen Hügel, den Park mit der Rodelbahn, an dessen Fuß sie damals wohnten? Es konnte diese oder jene Stadt sein, und er war froh um die Tausende Fuß Abstand, den Puffer aus kalten und warmen Luftschichten, der zwischen ihm und den ins Puppenstubenhafte verkleinerten Örtchen lagen, die sich als Schauplätze seiner Kindheit anboten.

Die Erinnerung an seine Kinderzeit war verschwommen, mit wenigen klaren Momenten. Er konnte sich beispielsweise genau an den herrischen Pfiff erinnern, mit dem die Mutter sie im Winter von der Rodelbahn geholt hatte. Noch heute zuckte er ängstlich zusammen, wenn auf der Straße einmal jemand ähnlich bestimmt seinen Hund rief. Er konnte sich an den Geruch nach verkochtem Obst erinnern, der über der Stadt lag, wenn in einer der beiden Konservenfabriken eingemacht wurde. Die Papierschwalben, die er aus dem Kinderzimmer unter dem Dach des Hauses hinabsegeln ließ; die sonnenverbrannte Haut der Eltern, wenn sie nach dem Wochenende von ihren Skitouren im Riesengebirge zurückkehrten.

Später der russische Offizier, der in ihrer kleinen Mietvilla einquartiert worden war und den er dabei beobachtete, wie er das Wasser aus der Toilette trank. Die Umstände ihrer Flucht, über die er weder mit Ilka, geschweige denn Stefan sprechen konnte, weil er vor Jahren im Überschwang einmal in Anwesenheit der Wredes, die beide aus Pommern stammten und auf der Flucht einiges durchgemacht hatte, behauptet hatte, er sei zu Fuß in den Westen geflohen, mit einem Leiterwagen und der kleinen Schwester über das gefrorene Haff.

Er hatte es mehr aus einer Laune heraus erzählt, und dann hörte er plötzlich, wie der unsichtbare, aber umso undurchdringlichere Panzer, den Stefan für jede Begegnung mit ihm anlegte, aufbrach, mit einem leisen Krachen – wie wenn man am Ufer eines Sees auf eine dünne Eisschicht tritt. Vorn das zertretene Eis und dann der feine Riss, der sich weit bis in die Mitte des Sees zog: Von nun an war er an die Geschichte von der Vertreibung gefesselt, aus der bald die Geschichte von der Barfuß-Vertreibung wurde, denn Friedrich Fuchs war von Natur aus kompetitiv. Gut, dass die Zeiten vorbei waren, wo sie einander nackt begegneten, dachte Friedrich Fuchs mitunter, wenn er in der Sauna saß und seine unversehrten Zehen betrachtete, denn Stefan kam immer wieder auf die Geschichte von Freds Vertreibung zurück. Er brachte alte Landkarten und fragte Friedrich Fuchs nach dem Weg, den er mit seiner Mutter und seiner Schwester gegangen war; zu Weihnachten hatte er ihm ein Buch von Grass geschenkt. Er selbst habe es bereits gelesen, hatte Stefan mit erwartungsvollem Blick hinzugefügt, aber je näher sich Stefan an ihn heranzutasten versuchte, desto mehr zog Fred sich selbst zurück, schlüpfte durch den Riss in dem Eis hindurch und verschwand darunter in der Dunkelheit. Er gab sich derart einsilbig, unbewegt, was seine Erinnerungen anbelangte, so dass er Stefan einmal, als Ilka und er ihn in Hagen besucht hatten und der Abend am Kamin wieder einmal in diffusem Schweigen geendet hatte, später oben in Ilkas Zimmer tatsächlich durch die nur angelehnte Tür etwas von *Trauma* flüstern hörte.

Stefans amateurhistorischer Ehrgeiz nervte ihn, denn je weiter sich Stefan in seine vermeintliche Flucht hineinfräste, zum Experten seiner Geschichte wurde, desto mehr vertrieb er ihn aus seiner tatsächlichen Vergangenheit. Von Jahr zu Jahr wurde ihm selbst ungewisser, was er einmal erlebt hatte. Fred begann, von Breslau zu sprechen, und erzählte dann das, was er von anderen Männern und Frauen seines Alters aufgeschnappt hatte: von der Rolltreppe im Kaufhaus beispielsweise, der Sensation der Stadt; aber war er selbst eigentlich jemals dort gewesen? Der kleine Junge, der einst in der Dunkelheit eines frühen Dezembermorgens zögerlich einen Fuß vor den anderen setzte, innehielt, im dünnen Eis über dem Haff einbrach und verzweifelnd spürte, wie hinter ihm noch der Leiterwagen mit der kleinen Schwester, den er zog, in dem feuchten Untergrund absackte und mit den Reifen im Morast versank – heute der Mann, der die Last der Verantwortung für ein mittelständisches Unternehmen wie selbstverständlich schulterte und mit selbstgewissem Schritt jedes Podium betrat, das man ihm bot, fest und zugleich federnd, weil er sich sicher war, dass der Boden unter ihm niemals mehr einbrechen würde. Er wollte das Heilsgeschichtliche, Vorbildliche dieser Fabel nicht durch die profane Tatsache entweihen, dass er im Zug von Breslau nach Berlin gefahren war.

Als Ilka klein war, hatten sie allenfalls vage über seine Kriegskindheit gesprochen. Bei seinen eigenen Eltern war jene Zeit ohnehin tabu, und später, als er und Ilka sich erinnern wollten, schob sich bereits Stefan analysierend, historisierend zwischen sie. Umso mehr war er gerührt, als sie ihn am Telefon aus Zürich neulich unvermittelt nach Münsterberg gefragt hatte! Er war so überrascht, dass er kaum gewusst hatte, was er sagen sollte. Aber wie viel schöner war diese Form, sich der Vergangenheit zu nähern!

Er hatte das Buch nicht angerührt, aber Ilka hatte es gelesen, und plötzlich hörte sie auf, ihn beim Abendessen zu ermahnen, er solle weniger Butter essen und am allerbesten die Butter durch Olivenöl ersetzen. Stattdessen sah sie ihn mit diesem eigentümlich liebevollen Blick an, als er sich ein großes Stück Leberpastete nahm. Ärgerlich kaute er auf seinem Brot und bekam es kaum hinunter, denn er *war* nicht das ausgemergelte Nachkriegskind, das sie, angesteckt von Stefans Wahn, mit einem Mal in ihm sah.

Was sah Frau Petrowna in ihm? Anfangs vermutlich (er gestand es sich ein, während Unwohlsein wie eine heiße Woge durch seinen Körper flutete) jemanden, der es sich in den Speckschwarten seines eigenen Erfolgs gemütlich eingerichtet hatte wie in einem Pelzmantel und in Chisinau die Puppen tanzen ließ. Eine Nachfrage, und schon schleppte man jede Unterlage an, die er nur wünschte. Hinzu kam, dass er durch die Aufenthalte in Chisinau zugelegt hatte, denn man tischte ihm fortwährend Fleisch, Kraut und verkochte Champignons auf. Selbst wenn er nur aus dem Besprechungsraum der *MIEPO* hinausgehen und am Kiosk nach einer Zeitung schauen wollte, hechelte eilfertig der Dacia des *MIEPO* mit geöffnetem Wagenschlag herbei.

Was dachte Frau Petrowna, was er in ihr sah?

Samstagabends begleitete die ganze Familie ihn regelmäßig ins Hotel zurück, um ihn nach Deutschland zu verabschieden. Kaum dass sie die Hotelhalle betraten, begannen die Lianen mit ihrem Haar zu wedeln und mit ihren Kleidern zu rascheln. Fred beobachtete, wie Frau Petrowna rot anlief; offenbar schämte sie sich für ihr mädchenhaft züchtiges Kleid. Ein ganz ähnliches Kleid hatte er damals seiner Tochter zur Konfirmation geschenkt. Das Zurückgenommene erschien ihm jedoch geheimnisvoller als die vielen zur Schau gestellten Oberweiten, und deswegen machte er ihr ein Kompliment. Er sagte, dass seine Tochter einen ganz ähnlichen Geschmack habe, auch sie liebe schnörkellose Schnitte, die er besonders elegant an ihr fand.

Plötzlich schien ihr Gesicht zu brennen. Frau Petrowna sah ihn geradezu perplex an, als habe er nicht ihr Kleid gelobt, sondern mit einem beherzten Zipp einfach den Reißverschluss aufgezogen, der sich ihren Rücken hinabschlängelte. Er war schon kurz davor, sich in vielfache Entschuldigungen, dass er sich überhaupt zu ihrem Aussehen geäußert hatte, zu flüchten, als ihm auffiel, dass *sie* es war, die beschämt wirkte. Sie schien plötzlich verlegen, und im nächsten Moment fragte er sich, ob sie vielleicht beide den gleichen Gedanken gehabt hatten. Ob sie beide vor ihrem inneren Ohr das leise Surren eines Reißverschlusses gehört hatten, beide ein Stück nackte Haut durch den dunkelblauen Stoff hatten blitzen sehen?

Fred sah sie an, doch auch ihre Mutter war nun errötet, ebenso wie die Lianen, und einen Augenblick lang machte sich peinliche Stille in der Lobby breit, bis Frau Petrowna ihm schließlich zuflüsterte: »Mamas Studentinnen.«

In der Woche nach seiner Rückkehr rief er Stefan an. »Ich habe einen Auftrag für dich, Stefan. Ich brauche einen Trüffelhund, einen Lagotto Romagnolo. Für einen sehr guten Kunden mit einem Häuschen in den Marken, den ich mit einem besonderen Geschenk überraschen möchte. Am besten wäre es natürlich, ich würde selbst nach Italien fahren und einen richtigen Hund aussuchen, aber so kurz vor der Messe steht uns das Wasser bis zum Hals, und ich komme hier einfach nicht weg.«

Rassehund. Stefan hatte erwartungsgemäß nicht *nein* sagen können, hatte nicht einmal versucht, ein Honorar für sich auszuhandeln, das er ihm natürlich am Schluss zahlen würde. Fred überlegte, welcher Hunderasse Stefan ähnelte: Welche Sorte apportierte gern? Fraglos würde er auch als Hund eine Trüffel für einen Erdklumpen halten und ihn in etwa so achtlos fortwerfen, wie er mit seiner Tochter umging. Zum »Weltfrauentag« – einem Gedenktag, von dem er im übrigen noch nie gehört hatte! – hatte Stefan ihr einen Strauß Kohlblumen geschenkt und behauptet, das sei eine Trendblume, absolute Rarität in konventionellen Blumenläden. Zugegebenermaßen sahen die Blumen auch originell aus, metallisch hellgrün schimmernd und mit einem futuristischen Blumenkranz. Der Ökoflorist aber, der Stefan diese Kohlblumen für sicher teures Geld verkauft hatte, hatte ihm natürlich verschwiegen, dass sie schon nach wenigen Tagen zu stinken begannen wie ein alter Hund mit Verdauungsproblemen.

Zum Glück war da neuerdings dieses Klingeln bei Ilka in der Schweiz! Einmal hatte es gegen neun Uhr abends an ihrer Haustür geschellt, als Fred gerade mit ihr telefonierte, ein anderes Mal sogar erst um zehn Uhr, und bitte schön: Wer läutete abends um diese Zeit an der Tür seiner Tochter, wenn nicht jemand, der zum Übernachten kam? Seine Phantasie raste mit ihm davon, wie eine Jolle, die Segel von einer plötzlichen Bö gebläht, über den Wassern fliegend, unsteuerbar. Vielleicht ein Investmentbanker, der erst um zehn Uhr kam, weil er bis Viertel vor zehn noch *arbeitete*? Er stellte sich eine vibrierende Gestalt vor, eine Mischung aus Bernd und Arnold. Ein Mann, der mit den Geschenken kam, die Stefan ihr nie machte. Rosen. Warum nicht Rosen? Fred jubelte innerlich. »Es hat geklingelt, Spätzchen, legen wir doch auf, wir können morgen weitersprechen!«

Drollig, wie sie dann jedes Mal behauptete, sie wisse nicht, wer an der Haustür stehe. Sie erwarte so spät keinen Besuch, ohnehin sei es in der Schweiz nicht üblich, zu diesem Zeitpunkt noch Besuche zu machen. Die Straßen seien ab 21 Uhr leer.

Also ein Engländer. Amerikaner. Warum nicht ein wunderschöner Inder, Leiter der Software-Abteilung bei der *Credit Suisse*, mit pechschwarzem Haar, samtiger Haut und goldgerahmter Brille? Absolvent der Columbia University und Mitglied einer prosperierenden indischen Händlerfamilie. Fred legte auf, obwohl sie protestierte, sich förmlich an den Hörer klammerte. Fast schien es ihm, als ob er sogar eine Spur von Furcht aus ihrer Stimme heraushörte: Angst vor der eigenen Courage natürlich, denn das Erdbeben, das Berlin bald erschüttern würde, rumorte ja schon in der Tiefe. Er schlief ein in der friedlichen Gewissheit, dass seine Tochter nicht schlief zu dieser Stunde.

Und in der Tat schlief Ilka nicht in dieser Nacht.

Ein rasender Schmerz, der ihren Fuß durchpulste.

Sie taumelte, einen Schritt, zwei Schritte, beim dritten explodierte ihre Ferse. Sie schrie auf. Auf der anderen Straßenseite rasselte ein Fensterladen grimmig herab wie ein Visier: Kampfansage an die Nachtruhe. Licht! Sie tastete sich an der Wand entlang zum Schalter. Auf dem Fußboden rinnendes hellrotes Blut, das auf dem Parkett zerlief und in den Ritzen zwischen den Dielen versickerte, und dazwischen das rote Glas der Lampe, zerschmettert.

Neben ihrem Bett lag der Stein, den jemand durch das Fenster geworfen hatte, das während ihres Abendspaziergangs offenstand, um zu lüften. Der Stein war mitten ins Zimmer geflogen.

Am nächsten Morgen schraubte sie ihr Namensschild am Klingelknopf und am Briefkasten ab und ließ die Rollläden zur Straßenseite geschlossen.

Ein paar Tage lang überlegte sie, zur Polizei zu gehen, unterließ es dann aber doch, nachdem sie sich ausgemalt hatte, welche Kettenreaktionen sie damit auslösen würde: Das erboste Stammpublikum des *Montenegro-Grills*, wie es sich unter ihrem unnützen Balkon (denn wer bot sich schon freiwillig den Schwaden der Weststraße dar?) versammelte und wüste Drohungen ausstieß, womöglich Rache dafür plante, dass sie bei der Polizei gepetzt hatte. Sie beschloss, ab sofort einen sehr großen Umweg auf dem Weg von der Tramhaltestelle in die Haslerstraße zu machen.

22

»Diese Freundin von dir …«

Iris unterbrach sich mitten in ihren Ausführungen. Sie machte auf Stefan einen zunehmend fahrigen Eindruck. Dass die mit dem Bau beauftragte Firma bereits begonnen hatte, das auszuschachtende Gelände abzustecken, schien sie weit mehr zu belasten, als sie selbst ihm gegenüber zugeben wollte.

»Wie kommt es, dass du mir vorher noch nie von ihr erzählt hast?«

»Welche Freundin?«

»Diese – Herrgott, ich habe ihren Namen vergessen. Diese nette junge Frau, die ihr neulich zu Besuch hattet.«

»Wir haben im Moment keinen Besuch«, erwiderte er seiner Mutter.

Noch etwas, das ihm nicht gefiel an dem Leben, wie Ilka und er es neuerdings führten: Es brauchte nicht mehr als den vorsichtig geäußerten Vorschlag, Karin doch wieder einmal einzuladen. Oder zu berichten, Ralf habe bei einem Telefongespräch erwähnt, er habe demnächst freitags in Berlin zu tun. Ob sie einverstanden wären, wenn er bis Montag früh bei ihnen bleibe? Sofort versteifte sich Ilka und versuchte, mit einem angestrengten Lächeln den Unmut zu übertünchen, der schon grollend in ihrer Stimme mitschwang, wenn sie erwartbar antwortete: »Besuch, Stefan, ich bitte dich, denk an meine Situation, das ist wirklich momentan eine *zu* große Belastung.«

Er hatte Verständnis für ihren Ruhebedarf; schwierig war es einzuschätzen, welche Zeitspanne der Begriff *momentan* bei ihr umfasste. Sie hatten jetzt Sommer, und sie fühlte sich nicht in der Lage, eine Zusage für November zu machen. Als er einmal leichthin anmerkte, sie würden vermutlich nach und nach vereinsamen, wenn die Dinge so weitergingen, fuhr sie ihn an: »*Ich* vielleicht! Du kannst ja sogar unter der Woche treffen, wen du möchtest.«

»Aber natürlich hattet ihr Besuch, Stefan«, sagte Iris. »Ich bitte dich, und ich bin umso mehr entsetzt, als es zu den Grundvoraussetzungen erfolgreichen Networkings gehört, niemals einen Kontakt zu vergessen. Ich hoffe, du hast dir gemerkt, wie unser Gesprächspartner beim Bauplanungsamt hieß, wenn du dir schon nicht merken kannst, wen ihr letzte Woche Mittwoch zu Besuch hattet.«

»Du hast am Mittwoch bei mir angerufen?«

Stefan hatte Ludmila um 14 Uhr in die Wohnung gelassen und war dann geflüchtet, nachdem sie im Flur kurz miteinander gesprochen hatten. Eines Abends hatte es unvermutet an der Tür geklingelt, eine junge Frau stand im Hausflur und sagte, sie habe gehört, dass eventuell eine Hilfe im Haushalt gesucht werde? Er fragte lieber nicht, wer ihr den Tipp gegeben hatte, sich bei ihm vorzustellen. Ilka hatte sich inzwischen schon mehrfach, sogar in der Öffentlichkeit zunehmend gereizt darüber beklagt, in welchem Zustand sie die Wohnung freitagabends vorfand. Uli, Elke, Alexandra, Beate – alle wussten sie Bescheid. Die Bügelware reichte problemlos für die dreißig Euro, die sie für drei Stunden forderte; außerdem tat ihm die Frau leid. Es schien ihr nicht leichtzufallen, sich anzubieten, noch dazu als eine Art Vetreterin ihrer selbst bei diesem Haustürgeschäft.

Dann stand Ludmila am Mittwoch wie vereinbart da. Aus Verlegenheit berichtete er ausführlich, dass und wo er Reinigungsmittel gekauft und deponiert hatte. Noch während er sprach, ärgerte er sich über seine schülerhafte Beflissenheit, mit der er die Erledigung der Aufgabe schilderte. Als ob er auf ein Lob von ihr wartete! Die Frau hörte ihm zu, fragte dann, ob sie sich im Bad umziehen könne und ob es ihm recht sei, wenn sie zuerst alle Böden sauge. Er sagte ja, obwohl er einem Journalisten in Frankfurt per Mail einen Anruf avisiert hatte. Nun, auf einen Tag kam es nicht an. »Ich habe ohnehin gleich einen Termin außer Haus«, sagte er. »Ich weiß nicht, wann ich zurückkomme, deswegen – deswegen am Schluss vielleicht einfach die Tür zuziehen, in Ordnung?« Er hatte vergessen, ob sie sich duzten oder siezten.

Sie sah ihn an. Entweder hatte sie ihn nicht richtig verstanden, oder sie zögerte aus irgendeinem anderen Grund.

Einfach die Tür zu. Als er auf der Straße stand, überlegte er, wo er jetzt hingehen sollte. Er konnte niemanden anrufen, weil er sein Handy nicht eingesteckt hatte. Zu schreiben hatte er auch nichts mitgenommen. 14 Uhr 10: Nun, dann würde er eben um 17 Uhr zurückkehren. Bei dieser Gelegenheit konnte er dann gleich prüfen, ob sie verantwortungsvollen Gebrauch von der Freiheit machte, die er ihr ließ. Er ging ins *Schwarzsauer*, wo eine Live-Übertragung eines Tennis-Turniers gezeigt wurde, so dass es schließlich 19 Uhr war, als er die Wohnungstür aufschloss. Die Frau war fort, natürlich.

»Mein Gott, Stefan, wie schwerfällig du heute schon wieder bist! Wie heißt sie denn nun, eure Freundin?« Stefan versuchte, das *Ludmila* halb zu verschlucken, in der Hoffnung, der Name würde sich auf diese Weise nicht allzu tief in Iris' Gedächtnis einbrennen. Er konnte ihr schließlich schlecht sagen, dass er neuerdings eine Schwarzarbeiterin beschäftigte.

»Und wo habt ihr euch kennengelernt?«

»Habt ihr länger gesprochen?«, fragte er zurück.

»Warum willst du das wissen?«

Sie war einfach ans Telefon gegangen!

Übrigens haben wir einen Anrufbeantworter für den Fall, dass ich nicht zu Hause sein sollte und es deinerseits …

Ihrerseits.

Deinerseits Terminschwierigkeiten geben sollte. Gleich als Erstes würde er beim nächsten Mal diesen Satz anbringen. Vielleicht sogar in dem Augenblick, in dem er mit ihr ins Schlafzimmer ging, um sie zu bitten, auch die verstaubten Regalschubladen zu reinigen.

»Jedenfalls haben wir uns außerordentlich nett unterhalten. Kann es sein, dass du ihr noch gar nichts von meiner Bürgerinitiative erzählt hast?«

»Für den Fall, dass ich nicht zu Hause sein sollte –«

»Wäre gut, wenn ich Schlussel fur Wohnung hätte«, sagte Ludmila. »Wollte ich auch schon fragen deswegen.«

Sie stand auf Socken neben ihm. Wie schon in der Vorwoche hatte sie gleich nach dem Betreten der Wohnung ihre Schuhe ausgezogen.

»Einen Schlüssel«, wiederholte Stefan. Er hatte sich weder ihren Personalausweis zeigen lassen, noch kannte er ihren Nachnamen und ihre Anschrift. Das Einzige, was er von ihr wusste, war ihr Vorname und ihre Mobilnummer, die Ludmila ihm auf ein Blatt gekritzelt hatte. Aber was sollte er sagen? Übrigens brauche ich noch eine Kopie deiner Aufenthaltsgenehmigung?

»Ich habe von alle Wohnungen Schlussel«, sagte sie. »Anders nicht funktioniert es.« Wer in Deutschland schon Zeit hätte, aus dem Büro nach Hause zu kommen, nur um ihr die Tür aufzumachen? Eine Hausfrau vielleicht oder ein Arbeitsloser. Sie legte den Kopf schief und lächelte ihn an. »Aber die nicht brauchen Putzfrau, oder?«

Er starrte sie an. Wollte sie witzig sein? Oder machte sie sich über ihn lustig? Hatte Iris vielleicht eine Bemerkung fallenlassen?

Als er schon im Mantel an der Tür stand, tat er, als habe er etwas im Arbeitszimmer vergessen, und sortierte dort noch einmal die Fotos und Texte, die Arnold ihm für den

Relaunch der Website von *Fuchs Ladungssicherung Hebetechnik* geschickt hatte. Das Kniffligste war, den Katalog über Arbeitsschutzprodukte in einen Online-Shop umzusetzen. »Ich müsste eine ungefähre Vorstellung davon haben, in welchem Umfang die einzelnen Produkte bestellt werden«, hatte er gesagt, woraufhin ihm Arnold vertraulich eine Mappe mit aufgeschlüsselten Statistiken über die Umsätze des vergangenen Jahres zugeschickt hatte.

Unauffällig zog er beim Verlassen des Zimmers eines der zentralen Kabel aus dem Häuflein schwarzer Telefon-, DSL- und Computer-Schnüre, das, untrennbar ineinander verstrickt, seit Jahren ein staubiges Schlangennest nahe der Telefonbuchse bildete.

Ohne darüber nachzudenken, schlug er den Weg ins *Schwarzsauer* ein, aber bevor er die erste Straße überqueren musste, blieb er stehen. Es war ein milder Tag, zu schade eigentlich, um ihn in einer Kneipe zu beenden. Beziehungsweise konnte er ja abends noch gehen, falls Uli Zeit hatte. Er lief einmal um den Block und fand sich schließlich vor seiner eigenen Wohnungstür wieder. Er legte den Kopf zurück und hielt Ausschau, ob er vielleicht einen Schatten sah, der sich in der Wohnung bewegte, aber Ludmila war nicht groß, sicher einen Kopf kleiner als Ilka.

Er hätte gern gewusst, ob sie Musik hörte beim Putzen. Oder fernsah. Er hatte ihr die Fernbedienung gezeigt und ihr gesagt, sie könne sich gern eine CD auflegen. Er war neugierig darauf, welche Musik sie sich aussuchen würde. Eine von seinen oder eine von Ilkas Platten? Oder doch einen Dudelsender im Radio? Ein Satelliten-Programm? Er spielte mit dem Gedanken, sich die Treppe zur Wohnung hinaufzuschleichen und zu lauschen. Der Teppich im Treppenhaus war solide genug, aber dann stellte er sich die Peinlichkeit vor, wenn Ludmila ausgerechnet in diesem Moment die Tür öffnen und eine Mülltüte in den Gang stellen würde. Er konnte nicht schon wieder behaupten, etwas vergessen zu haben, sonst machte er sich als Arbeitgeber vollkommen unglaubwürdig.

Wo sie wohnte? Wie oft sie nach Hause fuhr? Sie war sehr zurückhaltend. Die Putzfrau ihrer Nachbarn erzählte schon durch ihre Kleidung, ihren Geruch, ihren Gang eine ganze Geschichte über sich. Ludmila hingegen trug eine braune Cordhose und einen Pullover und das braune Haar wie eine Französin kurz geschnitten. Solange er da war, bewegte sie sich kaum aus dem Flur hinaus, und der Flur lag immer in einer Art Dämmerlicht, weil er zu faul war, auf eine Leiter zu steigen und die verbrauchten kleinen Halogenlämpchen aus ihrer Halterung herauszukniffeln und durch neue Lampen zu ersetzen, die längst im Schrank warteten.

Stefan wartete bis 17 Uhr 30 mit dem Zurückkommen, aber als er die Wohnung aufschloss, brannte immer noch Licht. Ludmila saß am Küchentisch, mit gefalteten Händen. Sie hatte nur ein einziges Licht eingeschaltet, ausgerechnet das hässlichste, die 5-Euro-Küchenlampe von IKEA. Ein weiterer Fehlkauf. Sie hatten die Lampe viel zu hoch über der offenen Küche angebracht, sodass sie ein ungemütliches, ärmliches Kriegslicht absonderte, in dem selbst die Bodenkacheln noch kälter wirkten.

Er betrachtete Ludmila in diesem Licht, und plötzlich sah er sie zu Hause, irgendwo auf dem Land am Esstisch ihrer Eltern sitzen, tief im Osten, in einer Küche, die nach Kohlsuppe roch. Die Hände ebenso duldsam wie jetzt auf der geblümten Plastiktischdecke gefaltet, vor oder nach dem gemeinsamen Gebet. In dem künstlichen Licht nahm sie selbst etwas Artifizielles an, wirkte in ihrer Unbeweglichkeit wie eine lebensgroße Kirchenfigur aus Wachs auf südeuropäischen Altären. Einen Moment lang fühlte er sich in seiner eigenen Wohnung wie ein Eindringling.

»Hallo«, sagte er zaghaft.

»Hallo«, sagte Ludmila, als Stefan eintrat, und winkte ihm zu. »Gut, dass du kommst, ich wusste nicht, wie lange ich noch sollte warten.«

Warten? Worauf? Hatte er vergessen, ihr die vereinbarten 30 Euro auf den Tisch zu legen? Er versuchte, sich möglichst unauffällig umzusehen.

»Aber dann ich dachte: Irgendwann er kommt sicher von Arbeit zuruck«, fuhr Ludmila fort. »Denn wir mussen noch sprechen.«

Sie sah ihn an, mit ihrem eindringlichen Blick aus immer sehr ernsten braunen Augen, und plötzlich bekam er es mit der Angst zu tun, dass sie ihm gleich wieder absagen würde. Wie oft hatte Ilka sich über in Sofaritzen deponiertes Schokoladenpapier geärgert? Wie oft hatte Iris ihn ermahnt, seine gebrauchten Socken nicht abends mit einem nachlässigen Fußtritt unter das Bett zu kicken – so lange, bis irgendwann ein ganzes Nest schlaffer Sockenleichen in die Düsen eines aufgeregt keuchenden Staubsaugers geriet? Er hatte nicht darauf geachtet, in welchem Zustand sich das Waschbecken, die Dusche, die Toilette befanden. Ilka machte ihn zumindest darauf aufmerksam, wenn sein Rasierschaum nach zwei Tagen immer noch wie alte Zuckerwatte an der Wand der Duschtür klebte.

Für den Fall, dass er sie zum Bleiben überreden konnte, würde er nächste Woche um 13 Uhr einen Kontrollgang durch die Wohnung unternehmen und alle Unzumutbarkeiten aus ihrem Sichtfeld entfernen. Er würde sich ein neues Hemd kaufen.

Sie erhob sich. »Ich war nicht sicher, ob ich durfte, aber in Zimmer nebenan …« Sie ging voran ins Arbeitszimmer. Stefan blieb mitten in der Küche stehen. Er wollte den Schrecken nicht sehen, denn fraglos hatte sie die Papierschichten, die er nach einem allenfalls unlogisch *scheinenden* Prinzip in mehreren, teils überlappenden Haufen auf dem Boden des Arbeitszimmers geschichtet hatte, entweder weggeworfen, weil sie sich nicht vorstellen konnte, dass man mit Papier arbeitete. Oder sie hatte es aufeinandergestapelt, was genauso schlimm war. Er hätte ihr erklären müssen, dass sie die Papiere bitte nicht anfassen solle, sie anweisen, einfach darum herum zu saugen.

Ludmila knipste das Deckenlicht im Arbeitszimmer an, schon wieder. Sie schien eine Vorliebe für alles Grelle zu haben. Sie deutete auf den Boden.

Der Kabelsalat rund um die Telefonbuchse war verschwunden. Stattdessen bildeten nun drei Kabel alle Verbindungen. Vier weitere Kabel, die Stefan bei Inbetriebnahme des DSL-Systems, später des Anrufbeantworters ebenfalls hatte gedacht installieren zu müssen, lagen ordentlich aufgerollt und jeweils mit einem Bändchen gesichert wie Schnecken aus Lakritz daneben, jedes für sich. Der Teppich aus Papier bedeckte wie zuvor ein Viertel der Fläche.

23

»Stefan!«, sagte Ilka am Samstagmorgen und schlug die Hände zusammen. »Das Licht im Flur, die Kabel – was hast du noch alles repariert? Überhaupt ist alles aufgeräumt! Ich habe ein schlechtes Gewissen.«

»Irgendetwas muss ich doch tun, wenn du die Woche über nicht da bist«, entgegnete Stefan bescheiden.

So erfreulich wie dieses hatte lange kein Wochenende begonnen, und Ilkas Staunen setzte sich fort, als Stefan nach dem Duschen in ein papierfein knisterndes neues Hemd schlüpfte, zu dem er eine ebenfalls neue Hose trug. Schließlich wagte er sogar, Ilka zu fragen, ob sie nicht beide nächstes Wochenende von Zürich aus nach Italien fahren wollten, um gemeinsam den Trüffelhund auszusuchen. Ilka stornierte darauf hin gleich ihren Rückflug nach Zürich und sagte, sie würde die Strecke stattdessen mit dem Auto fahren.

Stefan sah sie entsetzt an. Sicher suchte sie nur nach einem Vorwand, um den Wagen in die Schweiz zu holen. Selbst der *Private Banker* wäre sich wohl nicht zu schade für eine Fahrt ohne Verdeck um den Zürichsee. Und was würde folgen, wenn der BMW erst einmal verloren war? Das Sofa?

»Wäre es nicht schön, wenn wir das Auto für Italien hätten?«, entgegnete Ilka.

Sie sah ihn bittend an, und plötzlich verhieß ihr Blick alles, wonach er sich so sehnte: in eine Landschaft eintauchen, über baumbestandene Straßen vagabundieren. Auf einer Decke liegend Zeit auf einem Hügel vertrödeln. Eine alte Kirche aufstöbern und gemeinsam im Halbdunkel die Augen zusammenkneifen, um den Schatten früherer Fresken zu erkennen. Nicht effizient kommunizieren, sondern das Gespräch wandern, Gestalt annehmen lassen. Sich nicht wie in einem fliegenden Bunker von der Welt abkapseln, nicht alle Dinge statisch und damit beherrschbar wähnen. Nicht die Luken abdichten, die Notausgänge verrammeln vor allem, was nicht unmittelbar verwertbar war. Warum nicht über die Zukunft Russlands miteinander sprechen, *Miss Global Player*? Denn der Sauerstoffvorrat an Bord war doch endlich, und ohne Frischluft würden die gereizten Gehirne über kurz oder lang ersticken, da halfen nicht einmal die durchsichtigen, wurmdünnen Schläuche. Der schreckliche afrikanische Diktator schrumpfte auf eine Zeitungsmeldung in der *FAZ* zurück: *Demokratische Opposition feiert Erfolge.*

Stefan verlegte alle Termine für die kommenden Tage und fuhr gemeinsam mit Ilka in die Schweiz. Die Woche verbummelte er lesend in der Haslerstraße. Am Abend kochten sie gemeinsam Herrlichkeiten aus der *Migros*.

Der Züchter, den sie nach einigem Suchen in Comacchio ausfindig gemacht hatten, hatte ihnen gesagt, sie sollten Eddo nehmen, wenn sie einen wahren *cacciatore* haben wollten: eine Mischung aus Spaniel und Beagle. Der Hund erinnerte Stefan aber zu sehr an Freds Assistenten. Als der Züchter ihm etwas auf Italienisch zurief, paradierte er sogleich wie ein Pferd einmal quer über den Platz, mit hoch erhobenem Haupt und affektiertem Schwanzwedeln. Eddo sei die achttausend Euro wert, die er für ihn verlange, fuhr der Züchter fort. Er sei in den letzten beiden Jahren jeweils mit der goldenen Medaille von Alba ausgezeichnet worden.

»Wir wollten aber einen Lagotto Romagnolo kaufen«, beharrte Ilka.

»Einen Lagotto«, wiederholte der Züchter und verdrehte die Augen, »immer muss es ein Lagotto sein! Wenn Sie mich fragen: Lagotti sind überschätzt. Natürlich finden Sie ganz große *cacciatores* unter ihnen, und ich weiß auch, dass ihr Stammbaum bis zu den Etruskern zurückreicht. Am Ende können Sie aber aus jedem Bastardo einen großen Trüffelhund machen, wenn er nur Spaß an der Arbeit hat und richtig trainiert wird.«

»Es muss ein Lagotto Romagnolo sein«, sagte Stefan fest. Nicht, dass Fred anschließend behaupten konnte, er habe sich über den Tisch ziehen lassen!

»Allora«, seufzte der Züchter, »wenn es unbedingt sein muss: Nehmen Sie Attila. Das ist der einzige Lagotto, den ich momentan habe. Er hat bislang noch keine einzige Trüffel entdeckt, ich halte ihn für faul, und ich wollte Ihnen einen guten Hund verkaufen. Aber wenn Sie ihn unbedingt wollen: Bitte, nehmen Sie ihn. Ich bin froh, dass ich ihn los werde. Sie können ihn für fünfhundert Euro haben.«

Er zeigte auf ein strubbeliges Etwas auf seinem Sofa, das Stefan bislang für einen zusammengeknüllten Rollkragenpullover aus grober brauner Wolle gehalten hatte.

»Eh, Attila!«, rief der Züchter und pfiff. Der Rollkragen entknotete sich, blinzelte Stefan zu und schlummerte dann fröhlich weiter. Attila sah aus wie ein besonders kraushaariger Pudel, ja eigentlich beinahe wie ein kleines braunes Schaf.

Ilka und Stefan sahen sich an.

»Was meinst du?«, fragte Stefan.

»Weißt du, wem er den Hund schenken will?«, entgegnete Ilka.

Stefan zuckte mit den Achseln. »Einem seiner größten Kunden, mit einem Haus in den Marken.«

»Bilfinger + Berger?«

»Es war sicher kein Name, der mit B anfängt.«

»Hat er vielleicht die Grotes erwähnt?«, fragte sie, und als Stefan erneut den Kopf schüttelte, fügte sie hinzu, so viele große Kunden habe ihr Vater nun auch wieder nicht.

»Oder hat er vielleicht goldene Wasserhähne erwähnt?«, fragte sie plötzlich.

»Wasserhähne?«, wiederholte Stefan verwirrt. »Kann sein«, sagte er dann, aber während er noch überlegte, hatte Ilka sich bereits an den Züchter gewandt und auf Attila gezeigt. »Wir nehmen ihn.«

Tatsächlich musste Attila regelrecht eingepackt werden, da er sogar seine Abreise aus der Hundezucht verschlief. Erst auf der Autobahn in der Schweiz wachte er auf und begann zu bellen. Sie machten mit ihm am Rasthof *Heidiland* halt.

»Willkommen in der Schweiz«, sagte Stefan zu Attila, der zwei Meter neben ihnen ratlos auf dem Parkplatz stand und auf den vorbeidonnernden Verkehr starrte.

»Als ob das hier die Schweiz wäre!«

»Es ist in etwa so laut wie bei dir zu Hause.«

»Niemand hat dich gezwungen, die ganze Woche in der Haslerstraße zu hocken.«

Fred hatte Arnold im Internet Preise vergleichen lassen und über *Western Union Money Transfer* 7000 Euro in bar für den Hund geschickt. Auf Ilkas Drängen hin behauptete Stefan am Telefon, sehr hart verhandelt und den Hund für 2000 Euro bekommen zu haben. 1500 Euro spendeten sie dem Tierheim.

Der Hund veränderte die Statik ihrer Beziehung. Wider Erwarten gab es keine Diskussionen, ob er in der Stadt an der Leine zu führen sei. Stattdessen trafen sich Ilkas und Stefans Hände immer öfter in der Schlaufe, und sie ließen sich beide von Attila aufhalten, der fröhlich seine neue Umgebung erbummelte. Beide registrierten sie stolz die neugierigen Blicke, die dem Hund folgten. Gemeinsam stellten sie Überlegungen an, ob ein Hund nicht auf Dauer besser in einer größeren Wohnung weiter draußen besser aufgehoben wäre, beispielsweise am Schlachtensee.

»Ich wünschte, wir könnten ihn behalten!«, seufzte Ilka.

»Und du hättest nicht lieber so einen Hund?« Stefan zeigte auf einen schwarz glänzenden Labrador, der in gespanntem Trab an ihnen vorbeilief.

»Wie kommst du darauf?«, fragte Ilka zurück.

»Attila interessiert sich nicht einmal für die Champignons im Supermarkt.«

»Champignons habe ich allerdings auch noch nie gemocht.«

Attila blieb bei Iris, während sie Ferien in Brasilien machten. Stefan las, derweil sie in den blauen Himmel hineinträumte. Widmers Buch hatte sie in Zürich liegenlassen. Jeden Tag schickte Iris ihnen eine SMS zu Attilas Befindlichkeit.

»Was ist mit deinem Fuß passiert?«, fragte Stefan, als sie in der letzten Woche an einem Strand lagen, einem unglaublichen Strand: Der Sand war ganz und gar rosa.

Ilka lauschte den Wellen. »Ach«, sagte sie schließlich, »nur einen falschen Schritt gemacht, weiter nichts.«

Sie hielten sich schweigend an der Hand.

24

Als sie erfuhren, dass Attila später als erwartet abgeholt werden würde, waren sie geradezu erleichtert, auch wenn der Grund dafür unschön war. Auf der Baustelle eines der wichtigsten Kunden von *Fuchs Ladungssicherung Hebetechnik* hatte es einen beinahe tödlichen Unfall gegeben. Ein Spezialseil, das bei Kranarbeiten plötzlich gerissen war und mit der tonnenschweren Last, die aus dreißig Metern Höhe herabstürzte, um Haaresbreite mehrere Menschen erschlagen hätte.

»Behalt es bloß für dich, Stefan«, sagte Ilka.

Ihr Vater hatte sie gefragt, wie sie in diesem Fall reagieren würde: Alle Seile der gleichen Serie zurückrufen? Die Kosten waren beträchtlich – die Seile waren quer über Europa verstreut, und die Serie war vor drei Jahren gefertigt worden. Der mögliche Imageschaden war immens, wo der Materialverschleiß doch vielleicht – oder besser: wahrscheinlich – durch die unsachgemäße Lagerung der Seile durch Schwarzarbeiter verursacht worden war, die nicht mit den Folgen der feuchten Witterung Mitteleuropas vertraut waren. Dennoch: Es war ein Schock, gefolgt von Krisensitzungen. Die Produktion stand still, sämtliche Auswärtstermine wurden abgesagt.

Am Tag ihrer Abreise stiegen sie in zwei getrennte Flugzeuge. Stefan reiste über Frankfurt nach Berlin zurück, für Ilka gab es eine Direktverbindung nach Zürich.

»Komm gut nach Hause«, rief sie Stefan hinterher.

Er winkte ihr hinter der Absperrung. »Du auch!«

Und in der Tat hatte sie das Gefühl, nach Hause zu fahren,

heim zu ihrer Familie. Am letzten Tag vor ihrem Urlaub hatte Professor Widmer ihr ein Buch über Brasilien aus dem Antiquariat geschenkt: *Die Colonie* von Friedrich Gerstäcker. »Vielleicht haben Sie ja ein wenig Zeit zum Lesen«, sagte er beinahe schüchtern und mit roten Wangen, wie ein Schüler, der seine Lehrerin mit einem Blumenstrauß überrascht. Sie versuchte, den schwachen, aber gleichwohl penetranten Geruch nach benutztem Buch, das sogar Anstreichungen enthielt, einfach wegzuatmen, als sie sich gerührt für das Geschenk bedankte. Weil sie nicht wollte, dass der Geruch sich in ihre Wäsche übertrug, ließ sie es unten in ihrem Schrank in der Haslerstraße liegen. Aber was für ein Zeichen hatte er ihr gegeben!

Darum zögerte sie auch, als Professor Widmer in der Stationsbesprechung am folgenden Donnerstag eine Oberarztstelle in einer kleinen, aber sehr respektablen Anästhesie erwähnte, die das Triemli-Spital demnächst ausschreiben würde. Ihre Facharztprüfung hatte sie endlich vor kurzem bestanden.

Auch ihre Mitreisenden an Bord von Air Berlin begrüßten sie mit einem freundlichen Nicken, als sie nach dem Urlaub wieder montagmorgens auf Platz 2 F saß. Nachdem sie aus Kostengründen von Lufthansa auf Air Berlin umgestiegen war, hatte Ilka überrascht festgestellt, dass die vorderen zehn Sitzreihen fast immer mit denselben Leuten belegt waren: Leuten wie sie, Professoren, Ingenieuren, Informatikern, die in Berlin lebten und in der Schweiz arbeiteten. Sie kannte ihre Namen nicht, wusste aber, dass sie bei der *Credit Suisse* oder bei der SBB waren, denn natürlich kam man mitunter ins Gespräch, wenn die schlecht organisierte Sicherheitskontrolle in Berlin-Tegel wieder einmal ins Stocken geriet.

Allerdings gab es auch einen kleinen Trupp deutscher Bauarbeiter, der immer in den letzten Reihen saß. Ilka fragte sich jedes Mal, ob auch sie diese Plätze vorausbuchten oder ob sie vom Check-in-Personal auf die hinteren Ränge verwiesen wurden. Von den Pendlern in den ersten Reihen wurden sie gemieden, ein bisschen so behandelt, als ob sie aussätzig wären. Dabei taten sie im Grunde das Gleiche wie sie alle: Sie malochten in der Schweiz. Dennoch ernteten die Bauarbeiter immer wieder abschätzige Blicke, die über ihre zu engen Röhrenjeans glitten, ihre mit Schaffell gefütterten Jeansjacken. Die Tüten, in denen sie ein bis zwei Dosen Bier transportierten, um die drei Euro für ein Bier im Bordverkauf zu sparen, und in die sie im Lauf des Fluges noch reichlich Zigarettenstangen aus dem Bordshop stopften. Andererseits waren sie aber auch immer einen Tick zu laut, zu grölig, zu auffällig mit ihren aus der Mode gekommenen Bürstenschnitten, während sich die vorderen Reihen mit schon schweizerischer Zurückhaltung verhielten.

Manchmal machte einer von den Jungs den Versuch, mit den Habitués aus den ersten Reihen ins Gespräch zu kommen, sagte dann etwas in der Richtung wie: *Hey, auch wieder im Flieger?* Mit Ausnahme von Johannes Müller aber, dem berühmten Psychiater und Gehirnforscher – der einzige Wochenpendler, den Ilka mit Namen kannte, nachdem sie einmal in der *Zeit* einen Artikel über ihn gelesen hatte –, war niemand je darauf eingegangen. In gewisser Weise war allein schon ihre schiere Existenz eine Beleidigung: Die *globale Elite*, die *brains* des Landes nur einen Toilettensprint, einen Thromboseprophylaxegang entfernt von denjenigen, die nichts als ihre Muskelkraft zu verkaufen hatten! Als Stefan anfangs einmal den Witz gemacht hatte, seine Freundin gehe ja jetzt in der Schweiz *auf Montage*, wäre sie ihm beinahe an die Gurgel gesprungen. Irgendwann stellte selbst Johannes Müller seine gutgemeinten Versuche ein, die Synapsen auch seiner einfach gestrickten Mitreisenden zu ergründen, und die Reihen schlossen sich endgültig undurchdringlich und fest.

Überhaupt spiegelten die Wochenrandflüge bei Air Berlin auf mustergültige Weise das System der Schweiz. Offiziell gab es keine Klassen, niemand unterschied zwischen Geschäfts- und Urlaubsreisenden. Dieser Umstand machte die Gräben zwischen den verschiedenen *Ständen* (Ilka hatte das Wort in ihren Sprachschatz übernommen) jedoch nur umso tiefer. Wer eingeweiht war, konnte ohne weiteres von der Platzierung eines Passagiers im Flugzeug auf seinen sozialen Status schließen: die Parias in 27, 28, 29 A bis F; die Brahmanen in den ersten Reihen. Genauso funktionierte die Schweiz. Offiziell waren alle direktdemokratisch gleich, selbst die Wohlhabendsten waren ängstlich darauf bedacht, mit ihrer Kleidung nicht aus dem Rahmen zu fallen, und noch die Bewohner der Goldküste bestiegen ohne weiteres die Tram. Lernte man bei einem Empfang aber einen Schweizer kennen (wenn dies überhaupt je vorkam), der sich als Soundso Vischer, »wie Fischer, nur mit V«, aus Basel, vorstellte, so tat man gut daran, zu wissen, dass man es mit einem der reichsten Clans der Schweiz zu tun hatte.

25

Ilka erhielt einen Anruf im Spital: Sobotta – auf Durchreise und heute Abend noch frei, wie er nicht ohne Selbstironie sagte. Er habe das Gespräch neulich im Zug in netter Erinnerung. Ob er sie zum Essen einladen dürfe? Sie verabredeten, dass Ilka ihn um 19 Uhr vor seinem Hotel abholen würde. Er wohnte im *Baur au Lac*, und ihr Auto machte einen fröhlichen Satz, als sie es endlich wieder einmal bewegte. Die große, von Kolonnaden gesäumte Kurve der majestätischen Hotelzufahrt nahm es geschmeidig wie eine Raubkatze.

Sobotta winkte ihr schon aus dem Säulengang zu und verstaute sich umständlich auf dem Beifahrersitz. »Mein Rücken«, gestand er. »Kein Bandscheibenvorfall, wie man mir versichert, aber es fühlt sich genauso an. Eigentlich wollte ich Ihnen vorschlagen, dass wir in die *Kronenhalle* gehen, aber wenn wir nun schon einmal motorisiert sind – wie wäre es stattdessen mit einem Ausflug nach Küsnacht ins Hotel *Sonne*?«

Sie hatte sich vorsichtshalber noch ein paar Themen zurechtgelegt für den Fall, dass das Gespräch nicht so mühelos in Gang kam wie damals im Zug, doch Sobotta schaltete selbstverständlich wie der BMW vom ersten in den zweiten und kurz darauf bereits in den dritten Gang: Mit der Leichtigkeit eines Menschen, für den öffentliche Auftritte und Begegnungen mit Unbekannten zum alltäglichen Geschäft gehören, fragte er sie nach ihrem Tag im Krankenhaus, erzählte er von dem Dauerstau im Zentrum von Lugano, weswegen er bereits die Anschaffung einer Vespa erwogen habe. Sie stellte sich seine voluminöse Gestalt vor, wie sie über einer

Vespa schwankte. Die etwas steife Art, mit der er auf dem Sitz thronen und die Vespa durch das Stop-and-Go an der Piazza fädeln würde. Sie musste lächeln, und schon schnurrte das Gespräch dahin.

»Darf ich?«, sagte er und nahm sich von den Keksen in der Tüte zwischen den Vordersitzen.

Sobald sie die Stadtgrenze hinter sich gelassen hatten, beschleunigte der Wagen wie von allein. Sie musste sich regelrecht zwingen, den Fuß vom Gas zu nehmen.

»Der nächste Starenkasten kommt erst kurz vor Küsnacht«, beruhigte sie Sobotta.

»Sind Sie ganz sicher?«

»Ja, denn ich bin dort schon geblitzt worden auf dem Weg hinaus nach Zug zu meinem Freund Otto.«

Ob er den *Metro*-Beisheim meinte? Ilka fragte lieber nicht nach. Der Wagen machte einen Satz nach vorn.

»So ein Auto müssen Sie *ausfahren*, Frau Fuchs!«, sagte Sobotta. »Kommen Sie, den kleinen Renault machen wir auch noch platt.«

Sobotta bediente derweil das Autoradio und schaltete von einem Sender zum nächsten. »Überall diese Mundart«, beschwerte er sich. »Das geht selbst den Frankophonen inzwischen auf den Geist. Die Genfer schütteln auch nur mit dem Kopf. Wissen Sie, wie ein Züricher und ein Genfer sich inzwischen verständigen? Auf Englisch.« Schließlich fand er auf einem Sender Rod Stewart.

»Wer pfeift denn da?«, fragte Stefan argwöhnisch. Er rief an, als sie durch Küsnacht fuhren.

»Ein Bekannter. Wir sind gerade unterwegs zum Essen. Kann ich mich später noch einmal melden?«

»Polizei«, zischte Sobotta und deutete auf den Streifenwagen, der sich an der Kreuzung hinter sie in den Verkehr eingefädelt hatte.

»Ich muss auflegen«, sagte sie hastig zu Stefan und drückte das Telefon aus.

»Können Sie allein aussteigen, oder soll ich Ihnen helfen?«, fragte sie, als sie auf dem Parkplatz des Hotels *Sonne* angekommen waren.

»Ich bitte Sie!«, sagte Sobotta und spielte den Empörten, hielt sich dann aber doch nach dem Aussteigen einen Moment lang gebückt am Auto fest.

»Herr Sobotta – alles in Ordnung mit Ihnen?«

»Mit mir schon«, sagte er, »aber ich schaue mir gerade Ihre Reifen an. Das Profil gefällt mir nicht, vorne rechts haben Sie schon reichlich Abrieb. Ich möchte Ihnen nicht mit gutgemeinten Ratschlägen zur Last fallen, aber wenn ich Ihnen einen Tipp geben darf: Lassen Sie sich neue Vorderreifen montieren, und zwar bald. Stellen Sie sich vor, Sie müssen scharf bremsen auf irgendeiner Passstraße, und dann bricht Ihnen plötzlich der Wagen aus. Übrigens, wie kommt es, dass Sie noch ein deutsches Nummernschild haben?«

»Stellen Sie sich vor«, sagte Ilka und lachte, »ich habe nur eine L. Ich bin sozusagen Saisonarbeiterin, eine Art akademischer Spargelstecher, und darf deswegen offiziell nicht einmal einen Wagen in der Schweiz anmelden.«

»Und dann fahren Sie trotzdem mit dem Wagen hier herum? – Donnerwetter, Sie haben Chuzpe.«

»Was soll schon passieren?«

»Wenn man Sie erwischt, bekommen Sie eine Busse, wie der Schweizer so schön sagt, und was für eine! Ich kenne Leute, die haben Tausende Franken gezahlt, weil sie ihre deutschen Autos beim Umzug in die Schweiz nicht ordnungsgemäß verzollt haben.«

Ilka zuckte die Achseln. »Es weiß ja niemand, wann ich das Auto in die Schweiz gebracht habe. Zur Not behaupte ich einfach, ich hätte es gerade erst geholt.« Stefan hatte sie versprochen, das Auto demnächst wieder mit nach Berlin zu bringen. Er hatte mehrfach darauf gedrängt, geradezu als ob es sein Auto wäre, als sie ihn und Attila am Flughafen verabschiedete. Sie hatte ihm aus ihrem Meilenkonto einen Freiflug geschenkt.

Sobotta sah sie zweifelnd an. »Das ist natürlich die Standardausrede. Verschleppen Sie die Ummeldung lieber nicht. Sie kennen doch bestimmt jemanden, der eine C hat und bereit wäre, Ihnen zu helfen? Für die C gibt es bei der *Mobiliar* die günstigsten Ausländertarife.«

Das Hotel *Sonne* lag wunderschön am See, mit einem eigenen Steg. Innen atmete es diese ganz besonders gediegene Schweizer Gastlichkeit.

Sie wählte *Mistchratzerli*, Sobotta das Rinderfilet.

»Wollen Sie nicht auch lieber vom Stubenküken auf das Rind umsteigen?«, fragte er. »Ich habe es vor einiger Zeit schon einmal hier gegessen. Die Soße – ein Traum!«

Während Sobotta die Weinkarte studierte, überlegte Ilka, wie sie am besten ihre beiden Anliegen im Gespräch unterbringen konnte, ohne dreist zu erscheinen.

Sie wollte ihn noch einmal nach den *small caps* fragen – je schneller ihr Schweizer Geld Früchte trug, desto besser. Eine Anlage bei der *Berliner Volksbank* kam nicht in Frage, denn abgesehen von den lächerlichen zwei Prozent Zinsen für Festgeld, die derzeit geboten wurden, war sie verärgert über die Bank: Man hatte ihr einfach den Dispo gestrichen – »nachdem leider seit einigen Monaten keine Gehaltseingänge mehr auf Ihrem Konto verzeichnet sind«. Lächerlich! Hinzu kam, dass sich der Betrag auf ihrem Schweizer Konto schneller vermehrte, als anfangs gedacht, denn neben den Federn, die das Universitätsspital immer wieder in ihr Nest stopfte, erhielt sie auch für die Gastvorträge an anderen Instituten Honorare, womit sie niemals gerechnet hatte. Man musste diese Beträge ja nicht unbedingt in Deutschland aktenkundig machen. Manche Dinge verschwanden eben – so wie im übrigen eine ganze Reihe von Gegenständen in ihrer Wohnung angefangen hatten, sich selbständig zu machen. Der Staubsauger hatte einen neuen

Aufenthaltsort gefunden und war aus der Ecke hinter der Waschmaschine im Badezimmer in einen kleinen Verschlag umgezogen, der sich neuerdings in einem toten Winkel des Flurs befand. Die Handtücher lagen jetzt ordentlich aufgestapelt auf der Waschmaschine und verstopften nicht mehr den hoffnungslos überfüllten kleinen Badezimmerschrank. Eine Kettenreaktion: Weil die Handtücher zugegebenermaßen auch wegen der Erreichbarkeit auf der Waschmaschine mehr Sinn hatten, konnte der kleine Urwald von Arzneimitteln, der auf dem Bord über dem Waschbecken wucherte, in den Badezimmerschrank umgeräumt werden. Allerdings fand sie die Aspirin dort am folgenden Freitag erst nach längerem Suchen. Im Grunde erfreulich – und doch war sie jeden Freitagabend in ihrer eigenen Wohnung ein Stück mehr eine Fremde. Als Sobotta sich die Hände waschen ging, probierte sie es kurz bei Stefan, er nahm jedoch nicht ab.

»Au«, machte Sobotta, als er wieder Platz nahm, und verzog das Gesicht.

»Sagen Sie, was tun Sie eigentlich gegen Ihre Rückenschmerzen?«

Er zuckte die Achseln. »Ibuprofen. Seit über zehn Jahren.«

»Und Ihr Magen macht das mit?«

»Ich habe in der Tat ein Magengeschwür. Woher wissen Sie das?«

»Wenn Sie wollen, könnte ich Sie gern einmal bei uns im Spital untersuchen. Die Forschung entwickelt sich rasch, das bekommen die Kollegen in der Niederlassung, gerade die älteren, zum Teil gar nicht mehr mit. Sie verschreiben in Fällen wie Ihrem weiterhin Ibuprofen oder Voltaren, wo die Patienten mit einem milden Schmerzmittel sehr viel besser fahren würden.«

»Das ist lieb von Ihnen, Frau Fuchs, aber ich kann Ihr Angebot nicht annehmen.«

»Warum nicht? Beziehungsweise – wenn es Ihnen unangenehm ist, dass ich Sie untersuche, kann ich natürlich auch einen Kollegen bitten …«

»Frau Fuchs, ich weiß, dass ich einen dicken Bauch habe, aber deswegen schäme ich mich nicht. Wissen Sie, ich habe es mir zum Prinzip gemacht, die Leute nicht um Gefälligkeiten zu bitten. *Könntest du mir vielleicht einen kleinen Tipp geben, sollte ich in dieser Angelegenheit klagen* – die armen Juristen, die ständig mit solchen Freundschaftsdiensten behelligt werden! Die Leute haben ja in der Regel keine Vorstellung davon, was diese sogenannten kleinen Tipps wert sind. Was es an Zeit kostet, einen vernünftigen fachlichen Rat auszusprechen! Was meinen Sie, wie viele Leute auf mich zukommen. *Ich überlege gerade, mein Anlage-Portfolio ein wenig umzubauen …*« Er zuckte die Achseln. »Sie denken natürlich: Der alte Sobotta ist ja nun in Rente und langweilt sich. Soll er mir doch einmal eine schöne kleine Anlage heraussuchen, damit tue ich ihm am Ende noch etwas Gutes.«

Er sah sie an, als ob er ihre Gedanken lesen könnte.

Die Rechnung nahm Sobotta selbstverständlich an sich, tastete dann in seinem Jackett und sagte schließlich: »O Gott, Frau Fuchs. Ich werde wirklich alt. Nun habe ich doch glatt mein Portemonnaie im Hotel vergessen.«

»Ich kann das übernehmen.«

»Kommt gar nicht in Frage, wir fahren rasch ins Hotel, Sie setzen mich ab, ich hole mein Geld, und dann fahre ich noch einmal mit dem Taxi hinaus.«

»Aber Herr Sobotta, Sie wollen doch nicht im Ernst noch einmal zwei Stunden lang durch die Nacht kurven? Ich bitte Sie. Es ist ja sicher nicht das letzte Mal, dass wir uns begegnen.«

»Ich verstehe das als Aufforderung, dass wir uns bald wieder sehen, Frau Fuchs.«

26

Der Ausflug nach Küsnacht, das Knirschen der Kiesauffahrt vor dem *Baur au Lac*, das Knistern der Kerzen im Hotel *Sonne*, das sich, während sich die Dämmerung über den See senkte, in dem Funkeln der vielen Lichter auf der anderen Seite des Sees fortsetzte: Plötzlich fühlte Ilka sich wie elektrisch aufgeladen, voller Energie.

Bislang hatte sie einfach viel zu wenig unternommen in der Schweiz! Ob sie es sich nur einbildete, dass die Leute in den Restaurants gedämpfter sprachen? Sie erschienen ihr oftmals viel feiner als die Menschen in Deutschland. Es gab echte Typen in der Schweiz, Charaktere: diese wunderbaren alten Damen, alten Herren voller Stil, wo sich in Deutschland Kriegswitwen in Mausgrau durch die Kaufhausgänge schoben.

Sie besorgte sich die Ausschreibung für die Oberarztstelle. Alles passte, von ihrer Akuterfahrung bis hin zum Spezialgebiet und den Publikationen in international angesehenen Zeitschriften. Nur die für diese Stelle geforderte Zahl von 100 begleiteten OPs in der Neurochirurgie besaß sie nicht, Nürnberger hatte ihr die längst überfällige Station immer wieder mit der Begründung verweigert, sie werde dringend in der Notfallmedizin gebraucht. Dabei fehlte eigentlich nicht viel. In den USA hatte sie ein halbes Jahr lang in der Neurochirurgie gearbeitet: 82 OPs auf der Station von Professor Newhagen.

Die Zahl war in dem Logbuch verzeichnet, das sie im Hopkins Memorial Hospital geführt hatte, über der schwungvollen Unterschrift von Professor Newhagen, dessen viel zu frühen Tod die Fachwelt im vergangenen Jahr bitter beklagt hatte. Ilka selbst hatte in der *Zeitschrift für Anästhesiologie* den Nachruf auf ihn verfasst.

82.

182.

Die Leere vor der Zahl sprang sie plötzlich an. Eine 1 für Stefan. Fakten schaffen. Ihn auf die Insel holen, die hoch über den stürmischen Wogen, der Ebbe und der Flut Europas thronte. Ihm Gelegenheit geben, seine Vorurteile abzubauen: Wer, wenn nicht Iris, war schuld an Stefans geradezu grotesker Abneigung gegen die Schweiz, die ihn neuerdings wieder befallen hatte wie ein nicht auskuriertes Virus? Nach dem Exodus der »Mädchen« hatte sie versucht, den Vertrieb ihrer Lärm-Ampeln auf die Schweiz auszuweiten; sie hatte bereits hoffnungsvoll Gewinnmargen berechnet, als ein »Mädchen« nach dem anderen ihr auf ihre hartnäckigen Mails und Anrufe hin zu verstehen gab, dass man in der Schweiz als Pädagoge derlei Ausrüstung nicht benötige. Die Kinder seien diszipliniert und hätten Respekt vor dem Lehrer. »Reaktionäres Land«, grollte Iris, und Stefan plapperte ihr eifrig nach.

Eine 1, die niemandem schadete, denn es kam nicht im Ernst auf 18 OPs an.

Eine 1, die niemand kontrollieren würde, denn wer einen guten Leumund hatte in der Schweiz, der wurde nicht wie ein Antragsteller um einen Kredit überprüft. In der Schweiz konnte man noch Arbeitsverträge per Handschlag abschließen.

Am Samstag, als Stefan noch schlief, nahm sie das Fahrrad und fuhr in den Copyshop. Das Logbook hatte dieses eigenartige amerikanische Format, kleiner als DIN A4, dafür breiter. Sie machte eine Kopie, suchte sich dann aus der Box vergessener Stifte, die neben dem Schneidegerät herumstand, einen ausreichend breiten Filzer aus und schrieb probehalber eine 1 in die Lücke auf der Kopie hinein. Zog eine Kopie von der Kopie. Die zweite 1 missriet, die dritte fiel auf der Kopie schon kaum noch auf. Es käme darauf an, den goldrichtigen Stift zu finden. Dieser war noch einen Hauch zu schmal. Die Amerikaner schrieben die 1 ohne Haken, wie einen einfachen Strich, das machte die Sache noch einmal leichter. Ein amerikanischer Strich, abgetragen wie in der Zelle eines Gefangenen, der auf Entlassung wartet, war noch simpler als eine kontinentaleuropäische 1. Er war genormt. Überindividuell. Einfach einzusetzen; sehr einfach.

Ein paar Tage lag die Mappe mit den Bewerbungsunterlagen in der Haslerstraße, dann schickte Ilka sie ab. Sie lief extra abends noch einmal los zum Briefkasten und spuckte drei Mal auf den Umschlag. Als sie zurückkehrte, stand sie einen Moment regungslos im Zimmer, dann knüllte sie die misslungenen Kopien zusammen und warf sie hinter sich wie einen Brautstrauß. Sollte ihr das Schicksal doch ein Zeichen geben: Wenn sie sie wirklich bekäme, die C – dann würde sie Stefan fragen, ob sie heiraten wollten.

27

Friedrich Fuchs hörte Stefan die Verblüffung förmlich an, als er ihm vorschlug, sich in diesem Frankfurter Sushi-Restaurant zu treffen, das Stefan neulich einmal erwähnt hatte, als sie in Hagen zu dritt japanisch essen waren. Er hatte wegen eines Kundenbesuchs in Frankfurt zu tun. Nach einer kurzen Schrecksekunde beschrieb Stefan ihm die Lage des Restaurants, und bevor er auflegte, fügte er noch ein schüchternes »Ich freue mich, Fred!« hinzu.

Fred freute sich auch auf die Begegnung, aber aus anderen Gründen. Ilka war seit ihrem Urlaub penetrant guter Laune und war entgegen ihren Gewohnheiten in letzter Zeit binnen von sechs Wochen zweimal in Hagen aufgekreuzt. Stefan hatte für ihn einen opulenten Bildband über die Klöster Rumäniens ausgesucht. »Weiter hinten gibt es ein paar Seiten über Moldawien«, fügte Stefan an, als er ihm sein Geschenk überreichte. Plötzlich war die Rede davon, dass Stefan womöglich in die Schweiz umsiedeln würde, falls Ilka mit ihrer Bewerbung um die Oberarztstelle im Triemli-Spital erfolgreich war. Am liebsten hätte er Ilka geraten, ihre Unterlagen wieder zurückzuziehen; es schien Friedrich Fuchs dringend geboten, erneut begradigend in die Renaturierungserscheinungen ihrer Beziehung einzugreifen.

Er wollte jedoch nicht unfair sein. Dieses Teufelchen, das ihn jedes Mal zwickte, wenn er Stefan gegenübersaß! Wäre er ein Freund von Ilka – er hätte ihn geschätzt, denn Stefan hatte zu aktuellen Themen immer eine ganz besondere Meinung. Eine Luxusmeinung natürlich, denn wer hatte schon die Zeit, sich aus so vielen Informationsquellen zu bedienen, wie Stefan es tat? Er selbst lebte zugegebenermaßen von *short cuts*. Manche Argumente kopierte er sich sogar bei Stefan und überraschte dann wiederum seine Rotarierfreunde im Club Hagen-Wasserturm mit »unkonventionellen Ansichten«. Die Rolle des Querdenkers spielte er dort ebenso genüsslich, wie er in Berlin wider Stefans *anything goes*-Mentalität löckte. Heimlich gefiel es ihm sogar, dass Stefan unbeirrt rauchte, wo von Arnold angefangen über Fabian Wrede bis hin zu Ilka inzwischen fast alle jungen Leute, die er kannte, moralinsaure Nichtraucher waren.

Wenn Stefan sich früher und eindeutig zu Ilka bekannt hätte, hätte er sich vermutlich ohne viel Nachdenken mit ihm arrangiert und für ihn – wie für eine kleine Zierfigur im Setzkasten – ein Plätzchen irgendwo in der verschachtelten Vielfalt von *Fuchs Ladungssicherung Hebetechnik* gefunden. Inzwischen war er Stefans Ziellosigkeit und der Unentschlossenheit, mit der er sich an immer neuen Aufgaben erprobte, aber nie etwas zu Ende brachte, jedoch überdrüssig.

Dennoch war Fred daran gelegen, ihm eine Brücke ins Leben zu bauen, so dass Stefan sich über Zeit auch von Iris unabhängig machen konnte, wenn die Verbindung zu Ilka erst einmal gelöst war. Arnold hatte diese gute Idee gehabt, Stefan eine – und Arnold wagte sogar, dieses Wort zu benutzen! – *Karriere* im NGO-Bereich anzuraten. Immerhin hatte er ja sein erstes Staatsexamen geschafft, er ließ sich für hehre Ziele begeistern, und wenn er Iris' Bürgerinitiative halbwegs anständig organisierte, würde er auch beim WWF oder bei der Welthungerhilfe eine Chance haben.

»Ich habe wegen eurer Bürgerinitiative mit Otto Waltermann gesprochen und ihm deinen Anruf angekündigt. Er ist bereits *Rentner*«, es machte Fred Freude, das Wort mit freundlicher Geringschätzung auszusprechen, »und hat viel Zeit. Du kannst dich gleich nächste Woche bei ihm melden.«

Otto war sein Schulkamerad in Münsterberg gewesen. Nach der Flucht fanden sich beide im Ruhrgebiet wieder, und es war Otto gewesen, der ihn auf die Idee gebracht hatte, in Berlin zu studieren. Wo allerdings Otto in der Betriebswirtschaft rasch vorankam, verhedderte er selbst sich in den Schlingen, die am Ufer des Schlachtensees im flachen Wasser wuchsen und seinen Bierflaschen hervorragenden Halt gaben. Später wiederum konnte er Otto mit der Nachsicht begegnen, mit welcher der selbständige Unternehmer dem Angestellten gegenübertritt. Otto, nicht unsensibel, wies ihn fein darauf hin, dass er als Prokurist bei *Procter & Gamble* einer Abteilung von achtzig teils sogar promovierten Wirtschaftswissenschaftlern vorstand, wo die Mehrheit der Fuchs'schen Belegschaft einfache Arbeiter war. Dafür musste Otto vor dem Vorstand buckeln und bei den Controllern in den USA Männchen machen. Über Fred gab es nur Gott und allenfalls noch Wredes mit ihrem Walzwerk.

Stefan öffnete seinen Organizer und gab die Details des Rundschreibens ein, das Fred ihm hinschob. Seit seiner Pensionierung vor drei Jahren hatte Otto begonnen, Klassentreffen zu organisieren. Erst fanden sie einmal pro Jahr statt, inzwischen bereits zweimal pro Jahr. Natürlich, Otto langweilte sich, wie im übrigen die meisten seiner ehemaligen Schulkameraden. Die Hast, mit der die Treffen seit einiger Zeit anberaumt wurden, störte Fred. Als ob sie noch so viele Wiedersehen wie möglich zustande bringen mussten, bevor das nächste kleine Negerlein aus dem Spiel fiel! Andererseits hatte Otto als Ruheständler noch mehr Zeit als zuvor, um bei Rot-Weiß Kronberg seine Partien zu spielen. Über den Tennisclub konnte er die meisten maßgeblichen Leute im Frankfurter Raum erreichen, er war also genau der Richtige für Stefan.

Während Stefan tippte, sah Fred sich um. Auch dieser Sushi-Laden wimmelte nur so von jungen Leuten, kein einziges gesetztes Paar wie in den Restaurants, die er ansonsten aufsuchte. Warum war er nicht schon eher darauf gekommen? Seine Laune stieg.

»Nächste Woche rede ich vor den Gründungsmitgliedern

der deutsch-moldawischen Handelskammer über Deutschland«, sagte Fred und dachte an Frau Petrowna in diesem Kleid, das sie auf reizvolle Art und Weise beinahe zu sprengen schien. Sie hatte es aus sehr zu begrüßendem Ehrgeiz eine Nummer zu klein gekauft. »Deutschland«, wiederholte er, »und die *ups and downs* unseres Landes.« Seitdem Frau Petrowna in sein Leben getreten war, war sein Jagdinstinkt wieder geweckt.

»Interessant«, sagte Stefan. »Aber geht es nicht auch einmal ohne Netzwerke?«

»Der Clou ist, dass ich Deutschland eine Diagnose stellen werde«, fuhr Fred fort und überhörte routiniert Stefans Einwand.

»Deutschland am Abgrund«, ergänzte Stefan gelangweilt. Er kannte Freds politische Ansichten.

»Nein.«

»Deutschland – Schlusslicht in Europa. Spitzenreiter bei der Steuerbelastung.« Stefan starrte mit glasigen Augen in die Kerze. Er fürchtete sich vor einer weiteren politischen Belehrung; Fred wusste, was er wählte.

»Stefan! Es wäre nett, wenn du mich ausreden ließest. Ich stelle die Rede unter die Überschrift: Das *Klara-Syndrom*.«

»Das *Klara-Syndrom*«, wiederholte Stefan, ohne jeglichen Enthusiasmus.

»Du weißt, worauf ich anspiele? Heidi. Ich werde Deutschland mit der gelähmten Klara vergleichen. Auch Klara leidet an einem merkwürdigen Syndrom, das sie daran hindert, ihre Zukunft anzupacken. Eine Art Psychose. Selbstblockade. Sie sitzt im Rollstuhl, weil sie sich einbildet, es nicht mehr zu schaffen.«

Er wartete, ob Stefans Gesicht irgendeine Regung zeigen würde, die verriet, dass bei ihm der Groschen fiel. Stefan nickte aber nur höflich.

»Und weißt du, warum Klara nicht gehen kann? Warum sie im Rollstuhl sitzt?«

»Soweit ich mich erinnern kann, ist Johanna Spyri in diesem Punkt sehr vage. Im Übrigen wurde sie stark von Gottfried Keller sowie Conrad Ferdinand Meyer beeinflusst.«

»Papperlapapp«, sagte Friedrich Fuchs. »Dem Mädchen ging's zu gut.«

»Sie war quasi Waise.«

»Sie hatte einen Vater.«

»Der nie da war.«

»Der alles für sie tat!«

Beim letzten Satz war Friedrich Fuchs so laut geworden, dass die Tischnachbarn hersahen. Einatmen. Ausatmen. Brust raus, Bauch rein.

»Klara ist Deutschland«, sagte er dann beschwörend und sah Stefan tief in die Augen. »Sie hat verlernt, für sich selbst zu sorgen. Zu kämpfen. Sie hat sich auf den Wohlstand ihrer Elterngeneration verlassen. – Wie ging es weiter mit Klara, Stefan?«

»Sie machte Ferien bei Heidi in der Schweiz.«

»Und dann?«

»Durch einen Zufall lernte sie wieder gehen.«

»Wie war das mit dem Zufall, Stefan? Du musst lernen, präzise zu sein.«

Stefans Gesicht verdüsterte sich. »Ziegenpeter hat ihren Rollstuhl den Abhang hinuntergestoßen«, sagte er.

»Richtig, und was bedeutete das für Klara?«

»Es war unbequem für sie.«

»Es war ein *Schock*!«

Donnernd fuhr Friedrich Fuchs' Faust auf den Tisch nieder: Nun hielt das ganze Restaurant einen Augenblick inne, zitterten die Gläser auf dem Tisch noch zwei, drei Sekunden später wie bei einem Nachbeben, das die City von Tokio erschauern ließ.

»Klaras Leben veränderte sich erst durch einen *Schock*«, wiederholte Friedrich Fuchs. Stefan rückte den Riesling außer Reichweite. »Eine schockartige Erkenntnis«, fuhr Fred fort. »Sie musste ohne den Rollstuhl auskommen, oder sie würde die Nacht auf der Alm verbringen müssen und höchstwahrscheinlich erfrieren. Genau so einen Schock braucht Deutschland. Ein dramatisches Ereignis, das uns ein für alle Mal unsere jämmerliche Bequemlichkeit austreibt. Einen Schock, der uns lehrt, unsere guten Anlagen nicht länger zu vergeuden.«

Fred betrachtete Stefan. Bei dem Ausbruch gerade eben war er zusammengezuckt, aber nun saß er schon wieder schlaff, mit hängenden Schultern, in seinem Stuhl.

»Ist dir nicht auch längst aufgefallen, dass es inzwischen Schweizer sind, die bei uns die interessantesten Positionen besetzen?«, fragte er. »Du liest doch den *Economist.* Josef Ackermann – noch vor fünf, zehn Jahren wäre es undenkbar gewesen, dass ein Ausländer in die Spitze der Deutschen Bank eindringt.«

»Eindringt«, wiederholte Stefan.

»Roger Schawinski als Chefredakteur von Sat.1«, fuhr Friedrich Fuchs fort. »Ein Schweizer als Herr über unsere Phantasien und Träume!«

»Phantasien«, murmelte Stefan.

»Was, Stefan, *was* haben die Schweizer, das wir nicht haben?«

Stefan starrte auf den Sushi-Meister mit seinem Messer: Ritsch-ratsch, schon war die *California Inside Out* geköpft, durchfuhr das kühle Mordgerät Brust, Bauch, Beine der langen, schmalen Rolle, die eben noch friedlich vor ihm auf der hellbraunen Tatami-Matte geruht hatte. Gedankenverloren tunkte Stefan sein Fischhäppchen in die Sauce und erwischte ein ganzes Bröckchen Wasabi, das sich nicht in Soja aufgelöst hatte: Feueralarm in seiner Mundhöhle. Er verschluckte sich.

»Stefan?«

»Ja?«

»Was haben die Schweizer, das wir nicht haben?«

»Ich weiß es nicht, Fred!« Stefan jaulte förmlich auf wie ein getretener Hund.

»Du solltest Ilka fragen«, sagte Friedrich Fuchs.

»Hm.«

»Sie hat ja nun reichlich Erfahrung mit Schweizern«, fuhr er fort und freute sich selbst über den herrlich neutralen, geradezu helvetischen Ton, in dem er den Satz herausgebracht hatte.

»Was meinst du damit?«

Plötzlich saß Stefan wie festgefroren vor ihm, und Fred verkniff sich mühsam ein Lächeln des vorweggenommenen Triumphs. Jetzt ging es in die Zielgerade. Also abtauchen in den Schützengraben und dann, im richtigen Moment: draufhalten. Er goss sich großzügig von dem Wein nach.

»Ich meine damit, dass deine Freundin alias meine Tochter alias Dr. Ilka Fuchs in Zürich die Vorzüge der Schweiz jeden Tag in vol-len Zügen genießt.« Er blieb auf dem L hängen wie eine Langspielplatte mit Sprung, absichtlich.

»Was erzählt sie dir denn so aus der Schweiz?«, fragte Stefan.

Zufrieden betrachtete Friedrich Fuchs, wie Stefans langer Körper zunehmend verkrampfte. »Dasse-l-be wie dir, nehme ich doch an.« Wieder diese Hürde mit dem L: Chapeau, es gelang ihm vortrefflich, den Beschwipsten zu geben!

»Sie redet nicht viel über die Schweiz.«

»Nun ja, vielleicht will sie dich nicht allzu –«

»Allzu?«

»Allzu – allzu –« Er nahm Anlauf zu diesem Wort, wie ein Auto, dessen Räder beim Anfahren auf gefrorenem Boden durchdrehen. »Allzu eifersüchtig machen«, sagte er schließlich.

»Eifersüchtig«, wiederholte Stefan. »Worauf?«

28

Freitagnachmittag hörte Stefan gegen 16 Uhr ein Kratzen im Türschloss. Ob Ilka ausnahmsweise früher zurückgekommen war aus der Schweiz, dem Land der Phantasien und Träume? Sie zur Rede stellen. Hören, mit wem sie sich in Zürich so gut amüsierte – aber dann blieb er doch regungslos im abgedunkelten Schlafzimmer liegen. Die Tür zum Flur war geschlossen, aber sie würde sicher nach ihm rufen, ihn begrüßen kommen? Er lauschte auf die vorsichtigen Schritte den Gang entlang Richtung Wohnzimmer: Nein, sie rief nicht, suchte nicht nach ihm. Genoss es womöglich mehr, die Wohnung ein paar Stunden lang für sich zu haben, scheinbar. Auf dem Sofa zu liegen und den Abenteuern nachzuträumen, die die Woche in der Schweiz für sie bereithielt. Den Computer öffnen und schauen, ob vielleicht schon eine Mail vom Triemli-Spital gekommen war, auf die sie aufgeregt wartete – gemeinsam mit IHM.

Was haben die Schweizer, das wir nicht haben, Stefan? Warum hatte Fred sich zu ihm ins lecke Boot gesetzt, aus falsch verstandener Rücksicht den Plural benutzt? *Was hat der Schweizer, was du nicht hast, Stefan?* Er verirrte sich in seinen Gedanken, hörte dann, wie sie ins Arbeitszimmer ging, aber es gelang ihm einfach nicht, sich zu konzentrieren. Er spürte, wie er gleich wieder fortglitt in seinen kellertiefen Schlaf, fühlte die Schwere, die ihn ins Kissen drückte, als wäre der UCS-Tower umgestürzt und hätte ihn unter sich begraben.

Trotzdem war er froh, nicht allein zu sein, denn Ludmila hatte ihn diese Woche bereits das zweite Mal versetzt. Wieder hatte er am Mittwoch vergeblich auf sie gewartet – und das, obwohl er den Termin mit Otto Waltermann in Frankfurt eigens auf einen Donnerstag gelegt hatte, nachdem ihn Waltermann eigentlich für Mittwoch ins *Machiavelli* eingeladen hatte. Donnerstags war Clubabend bei Rot-Weiß Kronberg.

Das Gespräch hatte sich dennoch gut, sogar sehr gut angelassen. Ob Waltermann vielleicht einen Pfad wisse, auf dem man Ackermann mit dem Anliegen erreichen könne? Diesen wiederum würde es doch nur einen Anruf unter Landsleuten kosten, seinen Kollegen bei der UCS ein paar Bruttogeschoßflächen auszureden. Iris hatte ihn zweifelnd gefragt, was Stefan sich davon verspreche, wenn der UCS-Tower nicht 66, sondern beispielsweise 55 Stockwerke habe. Woraufhin er ihr mit brennendem Eifer erklärte, er kämpfe für sie um jeden Sonnenstrahl, und jedes Stockwerk, um das der stählerne Riese neben ihr schrumpfe, bedeute für sie ein paar Minuten mehr Licht, ein paar Nanograd mehr Wärme.

Stefan spürte dasselbe Feuer in sich lodern, als er Otto Waltermann gegenübersaß, und Waltermann lauschte ihm mit Sympathie. Es zahlte sich aus, dass er sich große Mühe gegeben hatte, das Gespräch vorzubereiten. Keinesfalls sollte sich Fred anschließend für ihn schämen! Er wollte darauf hinaus, dass man der Schweiz klare Grenzen setzen und zugleich mehr Transparenz von ihr einfordern müsse. Vielleicht konnte man ihnen wenigstens die Spiegelfassade ausreden, das allein würde Iris schon glücklich machen.

»In der Tat, die Schweizer haben diesen Hang zur Heimlichtuerei«, bekräftigte Waltermann. »Dieses Beharren auf dem Bankgeheimnis, wider alle europäischen Erwartungen. Sie wollen sich einfach nicht in die Karten schauen lassen, und von der EU verlangen sie immerfort Verständnis für ihren Sonderweg.«

Stefan dachte an dieses Buch: *Die Geschichte der Schweiz*, das seit der vergangenen Woche im Arbeitszimmer lag und ihn allein schon durch seine Anwesenheit entsetzlich nervte. Er holte tief Luft. »Ich kenne eine Reihe von jungen deutschen Frauen, darunter Medizinerinnen und Erzieherinnen, die inzwischen in der Schweiz arbeiten«, sagte er. »Korrigieren Sie mich, wenn ich mich irre, aber ist es nicht so, dass wir der Schweiz auf diese Weise ein immenses zinsloses Darlehen verschaffen? Der deutsche Staat hat schließlich für jede einzelne von ihnen Hunderttausende von Euro ausgegeben. Nur einmal grob überschlagen: 55000 Euro für die Schulausbildung bis zum Abitur, weitere 72000 Euro beispielsweise für das Studium einer Medizinerin. Macht rund 130000 Euro.«

Und in der Tat gab Waltermann ihm recht. Sie hatten sich bereits eine Weile in ihr Gespräch vertieft, als Waltermann plötzlich einer Gruppe von Männern zunickte. »Der mit der hellen Krawatte, Herr Heinzinger!«, flüsterte er. »Herr Vossen ist unmittelbar am Vorstand der Bank. Wenn wir gezahlt haben, sage ich ihm hallo und stelle Sie gleich vor.«

Die Aussicht half Stefan dabei, Waltermanns Leidensgeschichte auszuhalten, die ihm gleichzeitig mit den Rigatoni aufgetischt wurde. Er aß hastig, glücklicherweise kam er ohnehin kaum zum Reden. Er versuchte sich zu sammeln, um gleich einen möglichst geschmeidigen Eindruck zu machen. Endlich kam ihre Rechnung.

Waltermann erhob sich, die halbe Tiefe des Restaurants hatten sie bereits auf der Zielgeraden hin zu Vossens Tisch durchquert, als dessen Gesellschaft ihr Essen serviert bekam. Stefan wollte Herrn Waltermann noch beiseite nehmen und ihn fragen, ob dies wirklich der richtige Zeitpunkt sei, doch Waltermann steuerte geradlinig auf den Tisch zu.

Er erreichte ihn aber nicht als Erster: Kläffend schoss mit einem Mal Attila an ihm vorbei, der bis eben friedlich unter dem Tisch gedöst hatte. Mit hoch erhobenen Pfoten stürzte er sich auf den Kellner, der soeben mit einer Knolle und einer kleinen Reibe in der Hand feierlich auf Vossens Gesellschaft zugetreten war. Attila traf wie eine Bombe aus brauner Wolle auf den überraschten Ober der sich in seiner knöchellangen Schürze verhedderte und zu Boden fiel, wo er klirrend zwischen Scherben und den heißen Spaghetti versank. Bevor Stefan sich umwandte, um hinter Attila herzujagen, hörte er Vossen noch voller Widerwillen etwas von *ungezogenem Köter* murmeln.

Stefan fand Attila auf der Straße, Fußball spielend mit der Knolle. Als er auf ihn zutrat, verschluckte Attila die ganzen Trüffel mit einem Haps und strahlte ihn anschließend schwanzwedelnd an, wie auch den Koch und den Kellner, die Stefan schimpfend auf die Straße gefolgt waren. Ob er wisse, welche Werte der Hund gerade verzehrt habe? Das Geschirr, das bei dem Sturz zerbrochen worden sei! Dass er doch hoffentlich für den Hund eine Haftpflichtversicherung habe?

Natürlich nicht, denn Attila hielt sich ja nur vorübergehend in Deutschland auf und sollte bereits übernächste Woche anlässlich Freds Besprechungstermins in Chisinau die Reise nach Moldawien antreten. Stefan gab Attila, der freudig wedelnd vor dem Restaurant wartete, einen wütenden Tritt, während Waltermann den Schaden in bar für ihn auslegte. Als er Attila heute früh einem der Vertreter von *Fuchs Ladungssicherung Hebetechnik* auf dem Rückweg nach Hagen mitgegeben hatte, tat es ihm aber doch leid um den Hund. Er sah Attila nach, wie der im Kofferraum des Kombis davonfuhr, dann vergrub er sich in seinem Bett und fiel in einen dumpfen Schlaf.

Als Stefan wieder aufwachte, war es still in der Wohnung. Unruhig tastete er nach dem Wecker. Wie lange hatte er geschlafen? 16 Uhr 30. Ludmila saß am Küchentisch und betrachtete die Bilder von ihrer Brasilienreise: Ilka und er am rosa Strand, Ilka und er in der Altstadt von Bahia de Salvador, Ilka und er auf dem Fahrrad auf dem Weg über diesen Pass im Hinterland von Rio.

»Ludmila!«

Plötzlich sah sie fremd aus in der Wohnung, wie eine Schaufensterpuppe, die man ihm in die Küche gestellt hatte. Sie hatte ein sehr hübsches, gerafftes T-Shirt an, und nach einem ersten Moment des Erschreckens freute er sich unbändig darüber, sie zu sehen.

Gleich darauf ärgerte er sich. Statt zu arbeiten, faulenzte sie. Sie kam und ging, wann sie wollte. Niemand nahm ihn ernst. Während er noch überlegte, wie er seiner Wut auf angemessene Weise Luft machen konnte, sagte sie: »Kann ich eines davon haben?«

Er starrte sie an. »Natürlich«, sagte er dann. »Natürlich, warum nicht?«

Sollte er sie jetzt wegen der beiden versäumten Mittwoch-Termine zur Rede stellen? Er sah an sich herab, auf die zerknautschten Boxer-Shorts, seine nackten Beine. Als er gleich darauf verlegen über sein Haar strich, spürte er die Wirbel auf seinem Kopf, die sich im Schlaf verselbständigt hatten. Er murmelte etwas von Dusche und bildete sich ein, dass er ihren Blick in seinem Rücken spürte. »Bist du krank?«, rief sie ihm nach. War es nicht so, dass sich ihre Augen förmlich um ihn schlangen, ihn festzuhalten suchten wie Lianen? Die Tür zum Bad klinkte er extra bedeutsam hinter sich zu. Als er zehn Minuten vor 17 Uhr wieder aus dem Bad trat, hatte sie bereits ihre Jacke angezogen.

»Können wir noch ein bisschen reden?«, fragte er.

»Nicht jetzt«, entgegnete sie.

Er spürte, wie ihm das Blut ins Gesicht schoss.

»Die Geschäfte gleich machen zu«, fuhr sie fort, »und ich noch schnell will einkaufen.« Sie stand schon im Treppenhaus.

»Aber sicher«, sagte er verletzt. »Nur zu.«

Er schloss die Tür, aber sie schob gerade noch rechtzeitig den Fuß dazwischen. »Moment«, sagte sie. »Ich uberlege noch, was ich soll einkaufen.«

»Woher soll ich das wissen?«, murrte er.

»Gibt es nicht Sachen, die du besonders gern isst, wenn du bist krank?« Sie sah ihn an. Das Einzige, was Ilka für ihn kaufte, war Schokolade: Pralinen, die sie ihm vom Flughafen mitbrachte, kleine Beutelchen mit feinen Trüffeln, deren er inzwischen schon überdrüssig war. »Kannst du nicht lieber ein leckeres Brot mitbringen aus der Schweiz?«, fragte er Ilka schließlich einmal.

»Ein Brot?«, wiederholte sie. »Und vielleicht auch noch – Waschpulver?«

Kurz darauf ließ sie ihn wissen, sie erwarte von ihm, dass er sämtliche Erledigungen übernahm. »Du hast ja Zeit«, sagte sie. Wenn am Wochenende Kaffee fehlte, wurde sie ungeduldig. Für seine Probleme mit dem Staatsexamen hatte sie längst kein Verständnis mehr. »Du siehst den Wald vor lauter Bäumen nicht«, tadelte Ilka ihn neuerdings, und bald hatte sie ihn damit so verunsichert, dass er kaum noch eine Übungsklausur zu lösen wagte, ohne sie zuvor um Rat gefragt zu haben. Ilka, Fuchs'sches Universaltalent wie ihr Vater, hatte selbstverständlich auch das bessere Judiz als er. Nachdem er ihr ellenlang die Irrungen und Wirrungen seiner Straftäter, um die es in dem Fallbuch ging, geschildert hatte, fasste sie die Situation in wenigen Sätzen zusammen und fällte ein Urteil, das nicht selten dem des zitierten Richters haargenau entsprach. Stefan hingegen lag mit dem von ihm beantragten Strafmaß stets unter den Vorstellungen des Richters.

»Du hast zuviel Verständnis«, rügte ihn Ilka, und welche anderen Schlüsse sollte Stefan daraus ziehen, als dass sie Männer ohne Verständnis bevorzugte? Lederne Seelen, Cowboys, die sich als Manager tarnten und die – ihre neuzeitlichen Lassos schwingend, diese kleinen Bändchen, die sie sich in ihre Ohren stöpselten, um von ihren Blackberrys aus telefonieren zu können – in den Lounges dieser Welt auf Ilka lauerten?

Ilka und ihre schöne blasse Haut, Ilka und ihr glattes schwarzes Haar, halblang geschnitten, nach dem montags früh ihr Kissen noch zwei, drei Stunden, nachdem das Taxi sie davongefahren hatte, roch, so dass ihm nichts anderes blieb, als das Kissen in den Arm zu nehmen und daran geschmiegt noch einmal einzuschlafen. Er liebte ihren Montagmorgengeruch, ganz im Gegensatz zu ihrem Freitagabendgeruch nach verbrauchter Klimaanlage, Kerosin und gefriergetrockneten Ausdünstungen von einhundertachtzig *Frequent Flyern*: den pulverisierten Püpsen ihrer *Senatoren*-Freunde. Immer roch sie freitagabends nach zu starkem Kaffee, den sie vermutlich an Bord ausschenkten, damit die kostbare Fracht auch die Zeit in der Luft effizient nutzen, die sie dann dem Mandanten in Rechnung stellen konnte. Stefan verabscheute diesen Duft, der für ihn immerwährende Verfügbarkeit, nie endende Anspannung signalisierte. Er ging dazu über, Ilka umgehend nach ihrer Ankunft ein Bad einzulassen und sie dann so lange mit dem Schwamm zu bearbeiten, bis er ihr den *Duft der großen weiten Welt* vom Leib gescheuert hatte. Doch wie viele andere mochten diesen Duft reizvoll finden? Mochten innehalten und kenntnisreich den *global player* erschnuppern an dieser Duftmarke, die Moleküle enthielt, deren Existenz ihm nicht einmal bewusst war.

»Soll ich dir Stollen machen?«

»Es ist beinahe noch Sommer«, knurrte er, doch sie ließ sich nicht beirren.

»Oder vielleicht eine Suppe?«

Sie strich ihm ganz leicht über die Kratzspuren am Arm, die Attilas Pfoten hinterlassen hatten, und plötzlich fühlte er, wie ihm unter den geschlossenen Lidern Tränen in die Augen stiegen.

»Ja«, sagte er dankbar, »eine Suppe wäre wunderschön.«

29

Es häuften sich Fragen, die mit *seit wann* begannen:

»Seit wann schaust du dir Sat.1-Filme an?«

»Seit wann interessierst du dich für die orthodoxe Kirche?«

Die Fragen waren immer nur scheinbar geradlinig und endeten jedes Mal in einer scharfen Spitze, wie Skistöcke, mit denen Ilka und Stefan in dem Nebel herumstocherten, der sie immer dichter umgab und ihnen die Sicht versperrte, so dass sie bald nicht einmal mehr bemerkten, wenn sie versehentlich ihre Stöcke kreuzten. Der hohle Klang, wenn diese gegeneinanderschlugen: Daran erkannten sie, dass der andere irgendwo hinter der weißen Wand noch sein musste, aber wo und in welche Richtung hatte er sich verirrt? *Seit wann …* Sie stocherten, als ließe sich irgendwo unter der vereisten Oberfläche, auf der sie jeder für sich herumrutschten, ein Stein finden, der aus früheren Zeiten in die Eisschicht ihrer derzeitigen Beziehung hineinragte. Eine Marke in der Zeit, aus der sie rückwirkend schließen konnten, wann die Entfremdung zwischen ihnen eingesetzt hatte.

»Seit wann kaufst du eigentlich nur noch Bio ein?«, fragte Ilka, als sie die dritte Woche in Folge den Kühlschrank am Samstagmorgen gefüllt mit Bio-Milch, Bio-Butter und Bio-Aufschnitt vorfand und in der Brottrommel ein Laib mit dem Aufkleber einer alternativen Bäckerei lag. Stefan hatte ihr eine Freude machen wollen und darum Ludmila gebeten, zusätzlich auch den Wochenendeinkauf zu erledigen. Er überlegte noch, ob es arrogant wäre, sie zu bitten, vielleicht nicht zu *Lidl* an der übernächsten Straßenecke zu gehen, sondern lieber zu *Kaiser's*, damit es nicht wieder Ärger um vorgeschnittenes Brot gab. Er zögerte aber zu lange an der Tür, und schon war Ludmila mit seinem Portemonnaie in der Tasche im Treppenhaus verschwunden.

Sie kehrte mit einer großen Tüte aus dem Bio-Supermarkt zurück, hatte sechzig Euro ausgegeben und für Stefan eine Kundenkarte beantragt. »Du musst nur noch unterschreiben«, sagte sie. »Erstatten zehn Prozent des Einkaufs zurück.«

Ilka öffnete die Tafel Bio-Schokolade. »Möchte nicht wissen, was das gekostet hat«, murmelte sie mit vollem Mund. »Aber wir haben's ja.«

»Wenn du schon so viel rauchst, musst du wenigstens gut essen«, sagte Ludmila und lüftete wieder einmal so lange, bis ihm regelrecht kalt wurde, aber er konnte ihr natürlich nicht böse sein, dass sie Bio-Blumenkohl zu fünf Euro gekauft hatte. Im Gegensatz zu Ilka schien sie sein Leben als außerordentlich abenteuerlich zu betrachten, jedenfalls fragte sie bei allen möglichen Themen nach, auf die sie bei ihren Gesprächen kamen: Wie es beispielsweise mit der frisierten Studie im Robert-Koch-Krankenhaus weitergegangen war, deren Problematik er ihr lang und breit auseinandergesetzt hatte. Warum ihm schon jetzt vor den Weihnachtstagen graute, dem Eiertanz zwischen den zerstrittenen Wallhorns, den er im Schlepptau von Fred und Ilka zu absolvieren hatte – »des Friedens in der Firma willen«.

Ludmila nahm sich auch der dunklen Ecken in der Wohnung an, nahm den Kampf gegen das Provisorische auf, das sich wie Schimmelpilz immer weiter in die Wohnung fraß. Es gab keine Blumen mehr, weil Ilka ja »sowieso nichts davon hatte«. Die im Winter gemeinsam gefasste Idee, die Balkonwände neu zu streichen, wurde selbst im Spätsommer nicht wieder aufgegriffen. Warum auch, dachte Stefan, als er am Sonntag früh an der Balkonbrüstung stand, demonstrativ mit den Fingern an dem abbröckelnden Putz knispelte und doch nur ein gereiztes »Kannst du mal aufhören, das Geräusch macht mich verrückt!« von Ilka erntete, bevor sie sich wieder der Sonntagszeitung zuwandte. Inzwischen packte sie am Wochenende oft nicht einmal mehr ihre Reisetasche aus und verstaute sie auf dem Schrank. Stattdessen stand die Tasche den ganzen Samstag und Sonntag über wie ein Mahnmal neben ihrem Bett, mit weit aufgerissenem schwarzen Schlund: ein Abgrund, in dem die schönen Stunden, auf die er gehofft hatte, eine nach der anderen verschwanden.

Er selbst ließ sich ja anstecken von der Beliebigkeit, die den Aufenthaltsort von Menschen und Dingen seit einiger Zeit umgab. Unter dem Bett bildete sich wieder ein Schlangennest gebrauchter Socken, so tief unter dem Bett diesmal, dass es nicht Gefahr lief, mittwochs vom stählernen Rüssel des Saugers ausgeräuchert zu werden. Natürlich konnte er nicht auch noch von Ludmila erwarten, dass sie unter das Bett kroch, oder? Denn es war Ludmila, die den Griff der Küchenschublade wieder anschraubte, nachdem er sich eine Woche lang mit einer zusammengerollten Unterhose als Stopper beholfen hatte. Ludmila ließ die Luft aus der glucksenden Heizung, und als Ludmila schließlich auch noch die Knöpfe am Bettbezug wieder angenäht hatte, konnte er es nicht länger vor Ilka verheimlichen.

»Ja«, gab er schließlich zu, »wir haben seit zwei Monaten eine Putzfrau.«

30

Auf ihre Frage, ob es in der Ukraine nicht üblich sei, gelegentlich auch einmal den Kühlschrank auszuwischen, reagierte Stefan mit Achselzucken. Sie habe gehört, dass BMWs in Russland ganz besonders beliebt seien, sagte Ilka spitz. »Ach so?«, tat er stumpf. »Im *Economist* stand nichts davon.« Als sie nach einem Mittwoch, den Ludmila und Stefan wieder einmal verplaudert hatten, die »polnischen Verhältnisse« im Schuhschrank beklagte, bezeichnete Stefan sie erst als Spießerin und dann als Revanchistin und markierte abends im Bett eine geschlängelte Linie zwischen ihren beiden Liegeplätzen mit dem Kabel seines iPods, den er plötzlich meinte zum Einschlafen zu benötigen. Sie stellte das verbale Topfschlagen vorsichtshalber ein. Warten, auch wenn es noch so schwerfiel.

Tatsächlich verriet sich Stefan nur zu bald von selbst: Auf seinem T-Shirt prangten riesige Flecken, blutrote Flatschen mitten auf der Brust, als ob er in ihrer Abwesenheit in eine Schießerei geraten wäre oder sich aus Verzweiflung die Pulsadern aufgeschnitten hätte. Als ob ihm Herzblut über die Rippen troff, als ob er wilde Rotweingelage gefeiert hätte. Als ob er kämpfte, hauste, liebte, feierte, *lebte*, während sie die wiederaufbereitete Luft an Bord des Flugzeugs atmete, sich mit antibakterieller Seife die Hände wusch und abends aus einem ihrer beiden Gläser Apfelsaft trank. »Was ist mit dir passiert?«, fragte sie.

»Rote Bete.«

»Seit wann isst du Rote Bete?«

Er zuckte die Achseln. »Ein Geschenk von Ludmilas Eltern, selbst eingelegt, und aus dem eigenen Garten.« Er stand auf und ging zum Kühlschrank. »Ich habe einen kleinen Rest für dich aufgehoben, magst du kosten?«

Er stellte ihr die kleine Schale direkt vor ihren Teller, auf dem sich das noch unangeschnittene Brötchen befand: hell, gleichmäßig gebräunt, leicht gerundet. Dagegen diese tiefrote, beinahe schwarze Kugel. Als hätten Ludmilas Eltern nach einem ganz besonderen Rezept die Erde, das Kräuterblut, in dem die rote Kugel herangereift war, gleich mitgekocht.

Ilka stellte sich Ludmila vor, wie sie Stefan das gespülte Gurkenglas mit den im Rote-Bete-Saft schwebenden, sanft aneinanderstoßenden Kugeln darin überreichte. *Gibt Krrraft*, hatte sie wahrscheinlich gegurrt. Stefan hatte natürlich gleich mit den Fingern in den blutroten Tümpel gelangt und das Geschenk eilfertig hinuntergeschlungen, und schon Tage später war von den Roten Beten nur noch eine einzige übriggeblieben, die sich nun, mit einem Messer bereits einmal eingeschnitten, beinahe obszön vor ihr auftat, wie ein violetter Krater. Blut an seinen Händen. Ilka wich schaudernd zurück.

»Was ist? Was hast du? Ist dir übel? Probier doch mal!« Stefan schob die Schale nach vorn.

»Danke«, sagte sie, »aber ich nehme schon genug Schadstoffe auf.«

»Wie kommst du auf Schadstoffe?«

Sie verschanzte sich hinter der Zeitung, als sie sehr beiläufig sagte: »Erwähntest du nicht, dass sie aus Kattowitz kommt?«

»Nicht Kattowitz. Chisinau. Sie kommt aus Moldawien.«

»Moldawien«, wiederholte sie nach einer kurzen Pause. »Das Land scheint *in* zu sein.«

»Wie die Schweiz«, entgegnete Stefan. Er schob die Schale wieder nach vorn.

»Vielen Dank«, sagte sie. »Polen, Ukraine, Weißrussland, Moldawien – ich sehe da keinen Unterschied.«

»Hast du eine Ahnung«, sagte Stefan.

Ilka beobachtete ihn über den Rand der Zeitung hinweg.

»Moldawien war der Obstgarten des Ostblocks«, fuhr Stefan fort.

»Der Obstgarten. Des Ostblocks. So.« Zwei Dinge, die nicht zusammengingen, die einer frankensteinschen Phantasie entsprungen schienen: Sie sah kellerartige Labyrinthe vor sich, düstere Höhlen mit endlosen Regalreihen. Darin Einmachgläser, in denen gefangene Rote-Bete-Herzen pochten, eingelegte ganze Pfirsiche sanft mit ihren gelben Köpfchen gegen ihr Glasgefängnis stießen, wie Föten im Mutterleib.

»Wenn du nicht willst, esse ich sie. Man muss sie frisch essen, meinte Ludmila. Sie sind ganz ohne Konservierungsstoffe, also bio, wenn du so willst. Wir haben schon einmal überlegt, was für ein Geld wir machen könnten, wenn wir die freilaufenden Gänse vom Hof ihres Vaters hier in Berlin auf dem Biomarkt verkaufen würden! Die Gänse kosten im Einkauf zwei Euro, im Verkauf würden wir vierzig Euro pro Gans nehmen. Wir müssen ja niemandem sagen, dass sie aus Moldawien kommen.« Er kicherte.

»Sie scheint dich ja regelrecht anzustecken mit ihrer Geschäftstüchtigkeit.«

»Wieso denkst du, dass sie geschäftstüchtig ist?«

»Sie nimmt 10 Euro pro Stunde dafür, dass sie die Küche nicht richtig putzt. Die Brottrommel ist wieder nicht ausgewischt, das gibt Schimmel.«

»Bei den Gänsen hätten wir natürlich das Problem der Einfuhr«, sagte Stefan, nachdem er ihren Einwurf freundlich überhört hatte, »aber bei Obst und Gemüse, Kirschen zum Beispiel, zumal in kleinen Mengen, wäre das natürlich etwas anderes.«

»Ich kann mir nicht vorstellen, dass es in Deutschland eine Nachfrage nach moldawischen Kirschen gibt«, sagte sie. Warum erwähnte er immerzu rote Früchte?

»Moldawien gilt als das fruchtbarste Land der gesamten

ehemaligen Sowjetunion«, sagte Stefan mit einem Stolz, der sie irritierte. Der Garten Eden hinter dem Eisernen Vorhang! Weil er lächelte, lächelte auch sie, aber mit Lippen so schmal wie eine Rasierklinge. Blut!

»Nach allem, was du erzählst, stelle ich mir das Land wunderschön vor«, sagte Ilka mit gepresster Stimme. »Leichte Hügel, sanft gewellt.« Hügel der Passform C. Keine B.

»Man könnte es denken, aber das Land ist in Wirklichkeit ganz flach«, sagte er.

»Woher weißt du das? Ich meine, du warst doch noch nie da!« Sie lauschte ihrer eigenen Stimme, wie sie ihr entglitt, sich überschlug.

»Natürlich nicht, aber sie hat es mir erzählt.«

SIE!

»Sie kann dir alles erzählen, Stefan, und du glaubst es vielleicht auch noch. Sie erzählt dir etwas von Bio-Kirschen, Bio-Gänsen, und dabei ist das ganze Land, der ganze meinetwegen flache Boden komplett verseucht von der Schwerindustrie –«

»Es gibt keine Schwerindustrie in Moldawien. Das Land hat nur eine Handvoll Fabriken. Die Industrie, die es zu Sowjetzeiten gab, befand sich östlich der Nister, und dieser Teil des Landes hat sich in den neunziger Jahren von Moldawien abgespalten und bildet nun die autonome Republik Transnistrien, mit eigener Armee, eigenen Pässen und eigenem Geld. Sie sprechen dort sogar immer noch Russisch.« Er kicherte.

Abgespalten. Eigene Pässe. Eigenes Geld, eigene Sprache. »Das findest du lustig?«, fuhr Ilka ihn an.

Stefan wurde rot. »Jetzt reagierst du schon genau so wie Ludmila, als ich ihr gesagt habe, dass die Transnistrier doch am Ende nur die Marionetten der Russen sind. Sie wurde regelrecht wütend. Ihrer Ansicht nach sind die Transnistrier allesamt Verbrecher. Vielleicht liegt es daran«, fuhr er fort, »dass die Moldauer sich im Grunde lieber heute als morgen Rumänien anschließen würden.«

Ilka starrte ihn an. »Ein Staat, der seine Souveränität freiwillig aufgibt? Das ist ja lächerlich!«

»Warum? In Osteuropa sind die Dinge eben noch nicht so erstarrt wie bei uns. Dort ist noch einiges in Bewegung, und ist nicht genau das ungeheuer spannend?«

Sie sah das Leuchten in seinen Augen.

Dieses Leuchten beunruhigte Ilka das ganze Wochenende über, und sie ärgerte sich regelrecht, dass sie Stefan zuliebe Sobotta bei ihrem letzten Treffen in Zürich nach der Deutschen Bank gefragt hatte.

Er hatte nicht viel Zeit, darum verabredeten sie sich einfach für den frühen Abend auf einen Spaziergang rund um den See. »Wir könnten die Schwäne füttern«, sagte Sobotta, als er morgens anrief und seine Ankunftszeit durchgab. »Stecken Sie doch einfach ein bisschen Brot aus der Kantine ein.«

Sie hatte es inzwischen auch bei der *Credit Suisse* wegen einer Geldanlage versucht, aber auf ihre beiden Mails antwortete niemand. Auch auf den pikierten Dreizeiler, den sie daraufhin verfasste und in den Briefeinwurfschlitz steckte, erhielt sie zunächst keine Reaktion. Erst Wochen später rief sie eine Dame von der *Credit Suisse* zurück, Samstag früh um zehn Uhr. Ilka war schon bereit, sich mit der Bank wegen ihres wirklich hervorragenden Service zu versöhnen, als die freundliche Dame ihr sagte, der Betrag, den sie anlegen wolle, sei, eh, recht gering. »Die Depotgebühren wären weit höher als die Zinsen«, sagte die Frau. »Darf ich Ihnen vielleicht ein Sparkonto empfehlen?«

Wie gern hätte sie Sobotta nach den *small caps* gefragt! Aber Stefan ging vor. Ihr war aufgefallen, wie wortkarg er in letzter Zeit war, wenn sie sich nach dem Fortgang der Bürgerinitiative erkundigte.

»Haben Sie eigentlich noch Kontakt zum Vorstand der *Deutschen Bank*?«, fragte Ilka Sobotta vorsichtig, als sie in etwa auf Höhe des Jacobs-Museums waren. *Kaffee: Geschichte einer Verführung*, las sie auf dem Banner.

»Warum?« Ihr fiel auf, dass er sich ein ganz klein wenig versteifte, eine Art Abwehrhaltung annahm, obgleich er bemüht war, sie nichts davon spüren zu lassen. Einen Moment überlegte sie, ihm vielleicht doch lieber nicht mit Stefans Anliegen zur Last zu fallen. Sie kannte es ja zur Genüge von ihrem Vater: All die Bettelbriefe des Kunstvereins Hagen e.V., des Lehrstuhls für Fertigungstechnik der FH Wuppertal mit der Bitte, ihre wertvolle Arbeit für das Gemeinwohl zu unterstützen. Dann gab sie sich aber doch einen Ruck.

»Es geht um eine Bürgerinitiative … nein, nicht, was Sie denken, wenn Sie so lächeln, Herr Sobotta. Wobei auch dieses Anliegen Ihnen bestimmt ein wenig – absurd vorkommen wird.« Sie berichtete von Stefans Kampf gegen den UCS-Tower, doch je länger sie erzählte, desto mehr hellte sich Sobottas Gesicht auf.

»Aber das ist großartig. Großartig! Ich schließe mich dieser Bürgerinitiative sofort an. Kann man auch online unterschreiben? Ihr Freund hat dermaßen recht!« Als Ilka ihn verblüfft ansah, sagte er: »Finden Sie es etwa richtig, wenn eine Schweizer Bank sich anmaßt, das höchste Gebäude ausgerechnet am Bankenplatz Frankfurt zu errichten? Also, ich fühle mich als Deutschbanker geradezu gekränkt von dieser Idee!«

»Sie meinen also, Sie könnten meinem Freund bei der *Deutschen Bank* vielleicht eine Tür öffnen?«

»Es sind natürlich in den letzten Jahren viele neue Leute nachgekommen, aber mit ein bisschen Geduld und Spucke mache ich Ihnen notfalls vierundzwanzig Türchen auf. Ich bin voraussichtlich übernächsten Monat wieder in Frankfurt. Erinnern Sie mich vorher einfach noch einmal daran? Und bitte: Erinnern Sie mich wirklich. Gnadenlos. Sie wissen ja, wie vergesslich ich bin.«

In der Tat war er manchmal regelrecht zerstreut. Beispielsweise hatte er ihr immer noch nicht die 470 Franken zurückgegeben, die sie im Hotel *Sonne* gelassen hatten, und anstatt die Schwäne zu füttern, lief er nun neben ihr her und stopfte sich selbst das trockene Brot in den Mund, während sie von dem schwierigen Verhältnis zwischen Stefan und ihrem Vater erzählte. Sie betrachtete ihn schmunzelnd von der Seite.

31

Sobottas Appetit war offenbar grenzenlos. Er hatte den letzten Zug nach Lugano verpasst und um 23 Uhr bei ihr angerufen, ob sie noch Lust auf einen späten Drink habe, bevor er sich ein Hotelzimmer suchte.

»Sagen Sie, Herr Sobotta – wollen Sie nicht einfach bei mir übernachten?«

Erst wehrte er ab, schließlich kam er doch, und wohl zum Beweis, dass er nicht so unspontan war, wie sie ihm unterstellte, schlug er ihr plötzlich vor, gemeinsam zu kochen.

»Jetzt noch – um eins?«, fragte Ilka und lachte.

»Warum nicht? Ich koche nicht schlecht. Schauen wir doch, was Sie da haben!«

Minuten später zischte und brodelte es im Topf und in der Pfanne. Sobotta briet die Würstchen und die Erbsen, all die konservierten Dinge, die sie vor unendlich langer Zeit einmal gemeinsam mit Stefan aus der *Migros* herangeschleppt hatte – um Zeit zu sparen. Das Essen war besser präpariert gewesen als ihre Liebe: Im Vakuum hatte es der Zeit getrotzt, während Stefan und sie vielleicht zu viel Luft an ihre Beziehung gelassen hatten, zu viel Ostwind, in dem es von Keimen offenbar nur so wimmelte.

Nachdem Ilka einen Augenblick lang über die Selbstverständlichkeit, mit der Sobotta in ihrer Küche hantierte, gestutzt hatte, war sie im nächsten Moment voller Eifer mit am Werk, kippte Dose um Dose auf den Scheiterhaufen, über den Sobotta wachte.

»Als Junggeselle muss man sich zu helfen wissen«, sagte Sobotta ungerührt, als er am Schluss auch noch aus den eingemachten Kirschen und den Keksen eine Art *Cherry*

Crumble machte – *à la Rita*. »Das war unsere Köchin in Jo'burg.«

Sie lachten und überhörten gemeinsam geflissentlich den Besenstiel der Eingeborenen, wie Sobotta die Nachbarn in der Wohnung unter ihr kurzerhand bezeichnete.

Am nächsten Morgen schlief er im kleinen Abstellzimmer auf der Klappcouch aus, die Stefan nur einmal benutzt hatte. Nach ihrem Dienst war er immer noch da, in die Lektüre des *Handelsblatts* vertieft.

Als sie eintrat, legte er die Zeitung beiseite. »So ein herrlicher Sommerabend«, sagte er, »da habe ich gedacht: warum allein in Lugano sitzen, wenn wir doch rasch noch zu zweit einen Ausflug auf den Mürtschenstock machen können? Mit dem Auto sind wir in einer Viertelstunde draußen!« Sie brausten mit offenem Verdeck in den verschwenderisch warmen Abend hinein. »Nicht zu schnell auf der Landstraße, Frau Fuchs!«, mahnte Sobotta, als sie das Stadtgebiet verlassen hatten. »Halten Sie sich an die Vorschriften. Heute Mittag kam jemand für Sie mit einer Verwarnung. Plötzlich hat es geklingelt, und erst hinterher dachte ich: Hätte ich besser nicht aufgemacht.«

Sie wurde rot. »Wegen des Autos?« Der unverzollte Wagen.

Er sah sie an. »Sie fragen mich?«, entgegnete er. »Haben Sie sich etwa noch mehr zuschulden kommen lassen?« Seine Augen glitzerten einen Moment lang, genüsslich ließ er sie zappeln, und im nächsten Moment begriff sie auch, warum. »Der Starenkasten in Küsnacht, Frau Fuchs. Sie waren zu schnell, aber im Grunde ist es natürlich meine Schuld, dass Sie geblitzt worden sind. Ich habe Sie ermuntert zu rasen. Darum habe ich mir auch erlaubt, die Buße zu übernehmen.«

»Das kommt gar nicht in Frage, Herr Sobotta! Wie viel haben Sie ausgelegt?«

»Ein paar Fränkli. Vergessen Sie die Sache einfach. Sehen Sie? Dort vorn geht es schon zum Mürtschenstock!«

»Das ist meine Gondel«, sagte Sobotta wenig später und

zeigte auf eine Kabine, die gerade in die Bergstation einfuhr. Sie saßen auf einer Wiese und aßen ein Eis am Stiel, das sie sich auf der Hütte gekauft hatten. Der Mürtschenstock lag nicht hoch, so dass die Hitze im Tal noch den Berg wärmte. »Und die auch. Die auch. Die auch.« Er lachte.

»Ihre *small caps*?«, fragte Ilka.

»Chapeau«, sagte er, »Sie haben ein gutes Gedächtnis.«

Ilka errötete ein wenig. »Ich war einfach überrascht«, sagte sie. »Wenn man sich nicht auskennt, würde man wohl nie auf die Idee kommen, in die«, sie wandte sich um, »*Mürtschenstock Seilbahnen und Sessellifte* zu investieren.«

»Mein Glück«, sagte Sobotta, »sonst hätte ich meine Anteile nicht so günstig einkaufen können.«

»Wie kauft und verkauft man eigentlich solche – Seilbahn-Anteile? Ruft man bei seiner Bank an oder gleich bei der Gemeinde? Meines Wissens werden in der Schweiz die meisten Bergbahnen von der Dorfgemeinschaft betrieben …«

»Ich rufe immer direkt an. Die meisten Banker haben ja kein Interesse an diesen Transaktionen. Im Moment würde ich Ihnen allerdings keine Bergbahnen empfehlen. Im Sommer finden die Wartungsarbeiten für die Wintersaison statt, und wenn Sie Pech haben, überschuldet sich die Gemeinde, und die Kurse sind erst einmal im Keller. Wenn Sie jetzt, ad hoc sozusagen, ein paar Franken anlegen möchten, dann würde ich Ihnen zu den Wasserwerken Zug raten.«

Als Sobotta das nächste Mal in Zürich war, nahm sie sich drei Stunden frei und lud ihn zum Mittagessen ein.

»Kleiner Dank«, sagte sie. »Ich habe mit den Wasserwerken Zug fast viertausend Franken Gewinn gemacht.«

Ob sie Sobotta einfach noch einmal fragen konnte?

Diesmal würde sie gleich eine höhere Summe investieren. Im Nachhinein hatte sie sich richtiggehend darüber geärgert, nur zehntausend Franken in die Wasserwerke Zug gesteckt zu haben.

Phantasien. Träume, die ihn neuerdings heimsuchten.

Durch die Tür seines Arbeitszimmers hörte Stefan sie manchmal beim Saugen, wenn sie sich durch das Getöse geschützt fühlte, leise singen, mit einer dieser Kirchfrauenstimmen. Geübter Sopran – ein orthodoxer Gottesdienst bestand fast ausschließlich aus Gesang, im Wechselspiel zwischen Pfarrer und Gemeinde. Er war an einem Sonntag, den Ilka in Hagen verbrachte, in die orthodoxe Kirche an der Heerstraße gegangen in der Hoffnung, sie dort zu treffen. Doch keine Ludmila in der Vielzahl von Frauen mit Kopftuch.

Dennoch bildete er sich ein, dass auch sie sakrale Weisen, orthodoxe Lieder summte. So genau ließ sich das natürlich nicht beurteilen, er war nicht getauft. Er wälzte den Gedanken hin und her, und schließlich fragte er sie ganz beiläufig, ob sie Lust habe, mit ihm in die Philharmonie zu gehen. Seine Freundin sei in der Schweiz und könne ihre Karte darum nicht ausnutzen. Ob sie sich für Tschaikowski interessiere?

Während er sich scheinbar gelassen an den Türrahmen lehnte, klopfte sein Herz wie wild, denn er hatte die Karten gestern, als ihn beim Spaziergang eine Litfasssäule mit dem Konzertprogramm ansprang, einfach gekauft. War aufs Fahrrad gestiegen und hatte zwei Restkarten zu vierzig Euro genommen (alle Preisgruppen darunter waren schon ausverkauft), und welch ein innerlicher Jubel, als sie nach kurzem Zögern zustimmte. »Wobei – ich nichts habe anzuziehen.«

»Du kannst so gehen, wie du bist«, sagte er.

»Ungeschminkelt, und mit ein Jeans?«, fragte sie ihn entsetzt.

»Warum nicht?«, sagte er.

Ein Mann, eine Frau, beide in Jeans, verlegen kichernd, wie sie sich vor der Philharmonie für einen Schnappschuss aneinanderdrückten. »Danke«, sagte Stefan und nahm dem Mann, der sie fotografiert hatte, das Handy wieder ab.

32

Karim sah sie besorgt an und fragte sie, ob sie glücklich sei in der Schweiz.

»*Of course*«, erwiderte Ilka.

»*Prove it*«, verlangte er.

Er hatte ebenfalls von der Pendlerstudie gehört. Ilka sagte, das mit den angeblichen »sozialen Kosten« sei absoluter Quatsch. Im Gegenteil, man gewinne schließlich auch am Arbeitsort neue Freunde hinzu. Sie dachte an Sobotta und den *Cherry Crumble* und musste lächeln. Karim las alles, was ihm in die Finger kam, so auch den internationalen Newsletter der Universität. Im Internet fand er heraus, dass sie jede Woche zweimal 841 Kilometer zurücklegte. Sie korrigierte ihn: Berlin ist 552 Meilen von Zürich entfernt. Genau genommen 122 907 Meilen: So jedenfalls der aktuelle Meilenstand ihres *Air Berlin Top Bonus*-Kontos, und gefühlt lag Berlin inzwischen ohnehin so weit entfernt wie die schlimmsten Permafrostgebiete Sibiriens.

1000 Meilen für jeden Flug: Sie war damals binnen dreier Monate von der Besitzerin des Einstiegsmodells, der weinroten *Air Berlin Top Bonus Card*, zur Inhaberin der *Top Bonus Card Silver* und – nur wenige Wochen später – der *Top Bonus Card Gold* aufgestiegen. Schließlich hatte Stefan per Einschreiben die *Air Berlin Top Bonus Master Card Gold* für Ilka entgegengenommen, eine gebührenfreie Kreditkarte, die nur den verdientesten *Top Bonus Gold Card*-Inhabern ausgehändigt wurde. Sie besaß den unschätzbaren Vorzug, dass jeder Euro, den Ilka mit dieser Kreditkarte ausgab, wiederum zugleich ihrem Meilenkonto gutgeschrieben wurde – welches ja bereits schon deswegen explodierte, weil den Besitzern der *Top Bonus Gold Card* statt der üblichen 1000 Meilen für jeden Zürich-Flug 1250 Meilen zuerkannt wurden. Erst ging es also in Tausenderschritten voran: 6000, 7000, 8000 Meilen. Dann in Viertelabstufungen: 20250, 25750. Es hätte locker für einen Freiflug für zwei nach Spanien gereicht, aber Ilka wollte ihre Meilen plötzlich nicht mehr »verschwenden«, sondern für den »Ernstfall« aufbewahren. Was das sei, hatte Stefan anfangs einmal gefragt. »Nun stell dir vor, du oder Papa, ihr werdet krank, und ich muss überraschend früh zurückkommen.«

Schließlich 38977, 46021, 54443 Meilen. Pilzartig wucherte ihr Account, denn längst zählte ja jedes Taschenbuch, jedes Paar Strümpfe, das Ilka mit Kreditkarte bezahlte, als Meile, und was einst so einfach zu berechnen war – 6000 Meilen gleich 6 Flüge à 1000 Meilen –, wurde wirr und undurchsichtig. Sie kaufte im Übrigen inzwischen nur noch Lufthansa-Strümpfe, weil diese angeblich vor Thrombose schützten: beige, braune oder schwarze Strümpfe, blickdicht, speziell gekettelt und angeblich mit Aloe vera versetzt. Weswegen sie anfangs immer wochenlang zögerte, die Strümpfe in die Waschmaschine zu stecken, die etwas über Knielänge endeten, damit das Blut sich auf ihren pausenlosen Reisen nicht am Bündchen direkt unter den Knien staute, wie sie Stefan erklärte. Zu diesem Zeitpunkt war sie längst geizig geworden, wollte ihre Meilen sparen, für irgendeinen richtig großen Urlaub, den sie dann aber nicht mehr machten, weil Ilka herumjammerte, sie könne kein Flugzeug mehr sehen, ob sie nicht bitte mit dem Auto fahren könnten. Sie sparte ihre Meilen für einen ominösen Moment der Erlösung irgendwann in der Zukunft auf.

»See, Karim?« In der nächsten Woche hatte Ilka Ampullen für ihn aufgebaut, die sie an Bord von Air Berlin mit Tomatensaft gefüllt hatte.

»Blood from my fellow travellers«, sagte sie und diagnosti-

zierte mit seiner Hilfe das verbreitete Virus der *Schweizerkrankheit*.

»A word formerly used to describe H-e-i-m-w-e-h«, buchstabierte Karim mit einem Lexikon aus dem 18. Jahrhundert in der Hand, das Ilka für ihn aus dem Medizinhistorischen Institut ausgeliehen hatte. Vielleicht ließ er sich auf diese Weise überreden, ein bisschen Deutsch zu lernen: Die Schweizergarden, die sich im Mittelalter im Ausland verdingten, seien regelmäßig krank geworden, wenn sie in der Fremde das vertraute Hirtenlied hörten.

Sie zentrifugierten gemeinsam den Tomatensaft. Ilka fälschte für Karim die Fragebögen, die er ihr für ihre *fellow travellers* mitgegeben hatte: *Wie glücklich sind Sie? Bitte kreuzen Sie an auf einer Skala von eins bis zehn.*

Manchmal holte sie abends für ihn und sich selbst Essen bei McDonald's an der Winkelriedstraße, und dann wartete sie noch an seinem Bett, bis er einschlief.

Sie war froh um jeden Abend, den sie bei Karim und nicht zu Hause verbrachte, erst recht, nachdem ihr die Ethnologie-Professorin, die ebenso wie sie jeden Montag pendelte, ihr einmal von ihrem Forschungsprojekt über den Wandel der Wahrnehmung von Jugoslawen in der Schweiz erzählt hatte: *»Jugos« in der Schweiz – vom Traumausländer zum Polykriminellen?* Die Professorin berichtete von der nach Nationalitäten geführten Kriminalitätsstatistik des Kantons Aargau. »Bei den schweren Verbrechen wie Raub, Mord und Totschlag sowie Vergewaltigung liegen Serben und Kosovo-Albaner inzwischen mit 21 Prozent vorn, gefolgt von den Italienern mit 11 Prozent und den Türken mit 10 Prozent. Wir Deutschen liegen mit 4 Prozent auf dem vierten Platz«, sagte sie. »Naja, immerhin können wir noch unsere Autos in der Schweiz regulär versichern. Fast alle Versicherungen verlangen inzwischen eine Jugo-Prämie, und manche Gesellschaften versichern Serben und Kosovo-Albaner nicht einmal mehr!«

Raub, Mord, Vergewaltigung. Ilka machte einen sehr weiten Bogen um den *Montenegro-Grill*, und wenn sie das Gefühl hatte, dass jemand sie beobachtete auf dem Rückweg von der Tram, ging sie erst noch einmal rund um den Idaplatz oder an der koscheren Metzgerei vorbei, um ihre Spuren zu verwischen. Herr Brunner, der Hausmeister für die Haslerstraße 9, hatte nach dem Übergriff mit dem Stein bereits zwei Tage später ungefragt die Metallschildchen für Briefkasten und Klingelschild ersetzt. Statt *Fuchs* stand nun auch noch *Ilka Fuchs* auf den Plättchen eingraviert. Für seine Indiskretion stellte er ihr 60 Franken in Rechnung, doch als sie ihn bat, sich einmal um die elektrischen Verbindungen in ihrer Wohnung zu kümmern, gab er sich stur. Vielleicht war bei ihm allerdings auch im Kopf nicht alles in Ordnung, denn als er auf ihr wiederholtes Drängen endlich einmal ihre Wohnung inspizieren kam, zog er ungefragt die Schuhe noch vor der Wohnungstür aus und spazierte auf Socken in ihrer Wohnung umher.

»Ich frage mich, ob Sie vielleicht«, Herr Brunner sah sich suchend im Zimmer um, »ob Sie vielleicht Finken haben?« Er starrte unter den Schrank.

Finken. Ob er Mäuse meinte? »Ich habe gar keine Haustiere«, entgegnete sie.

Er sah sie an, nachsichtig, wie es ihr schien, als ob sie verrückt wäre. Aber wer war hier eigentlich verrückt? Wer hielt Vögel *unter dem Schrank*?

Ob er etwa derjenige war, welcher … Unsinn.

Die Ausstattung der Wohnung war ein Witz: Die Leitungen beispielsweise waren so altersschwach, dass oft die Sicherungen herausknallten, wenn sie mehr als ein elektronisches Gerät gleichzeitig betrieb, und das war beinahe unausweichlich: Schließlich sparte sie Zeit, wenn sie morgens bereits heißes Wasser aufsetzte, während sie sich die Haare fönte. Abends wiederum hatte sie ohnehin fast immer den Fernseher laufen, bei gekipptem Fenster, so dass jemand, der unten auf der Straße an ihrem Haus vorbeiging und horchte, deutsche Stimmen hören würde. Stefan durfte sie nichts davon erzählen, dass sie 1300 Franken für eine Wohnung ausgab, in der sie regelmäßig – in einer Hand die Kerze, in der anderen die neue Sicherung – auf einem Stuhl vor dem Sicherungskasten balancierte. Auch ihrem Vater durfte sie nichts davon sagen, denn schon ihr waren ja die blauen Funken und Blitze, die unweit ihrer Fingerspitzen im Sicherungskasten aufzuckten, so unheimlich, dass es sie zunehmend Überwindung kostete, überhaupt eine neue Sicherung einzudrehen, aber dann hielt sie es doch nie länger als einen Abend lang bei Kerzenlicht aus. Am Ende fand er sie eines Tages noch in der Wohnung in der Haslerstraße: Tod nach Stromschlag.

Wenn es spät wurde, fuhr Ilka inzwischen lieber mit der S-Bahn nach Hause, so dass sie nicht den Bannkreis des *Montenegro-Grills* durchqueren musste. Andererseits führte der einzige Weg von der S-Bahn-Station Wiedikon zurück in die Haslerstraße über die Weststraße, in dessen düsteren Schluchten das Klappern ihrer Absätze spätabends beklemmend hohl widerhallte. Kein Mensch unterwegs: Wie dankbar wäre sie für jeden rußspeienden Laster gewesen, der die Straße mit Leben erfüllt hätte. Jedes Mal fürchtete sie sich vor einem Geräusch, wenn sie die Haustür öffnete, und jedes Mal war sie froh, wenn die schwere Tür hinter ihr wieder sicher ins Schloss fiel. Sie würde umziehen, sobald klar war, ob etwas aus der Oberarztstelle am Triemli-Spital wurde. Erst recht, wenn es so gut weiterging mit ihren Geldanlagen.

»Per Handschlag … wie stellen Sie sich das vor?«, hatte Sobotta sie gefragt, als sie sich zum Café an der Seepromenade von Ascona trafen.

»Nun«, sagte Ilka eifrig, »ich übergebe Ihnen zwanzigtausend Franken in bar gegen Quittung. Sie zahlen das Geld auf Ihr Konto ein und kaufen davon Rätia Energie.«

»Augenblick, habe ich Sie richtig verstanden? Sie wollen, dass ich *Ihr* Geld in *meinem* Depot parke?«

»Nur vorübergehend«, sagte sie schnell. »Ich bin mir noch nicht sicher, ob ich mein Einkommen in der Schweiz oder in Deutschland versteuern muss, und für den Fall, dass das Finanzamt zum Zuge kommt, würde ich gern ...«

Sie musste nicht ausreden, Sobotta verstand. »Weil Sie es sind, Frau Fuchs.«

Blitze auch in ihrem Kopf: In letzter Zeit wurde sie vermehrt von einer Art Halluzination heimgesucht. Vorletzte Woche hatte sie ein paar Tage frei, und als sie am Donnerstagabend gemeinsam mit Stefan zu einem Essen bei Uli und Elke an der Philharmonie vorbei fuhr, meinte sie plötzlich ihren Vater gesehen zu haben – und neben ihrem Vater ging sie, in dem Kleid, das sie zu ihrer Abiturfeier getragen hatte.

Seine silbernen Haare, sein Gang. Plötzlich durchzuckte gleißendes Licht ihr Gehirn, blitzartig, wie bei einer funkensprühenden Stromleitung.

Ihr Vater. So ein Unsinn! Er würde sie doch anrufen, wenn er in Berlin wäre.

Dennoch suchte sie mit den Augen aufgeregt nach ihm, während er – Hand in Hand? – mit ihr in der aufgeregt summenden Traube festlich gestimmter Menschen vor der Philharmonie verschwand, sich einfach auflöste in der Masse – so wie er eines Tages aus ihrem Leben verschwinden würde. Es würde der Tag kommen, an dem sie sich voneinander verabschiedeten, ohne zu wissen, dass sie sich nie wiedersehen würden: die 220 auf der Autobahn, ein Zusammenbruch in der Humboldtstraße, mitten in der Nacht.

Danke heißt *merci*: Obwohl sie die Schokolade nicht mochte, kaufte Ilka sie neuerdings manchmal, aus einem Gefühl der Verbundenheit heraus. Wer immer diesen Slogan erfunden hatte: Er oder sie hatte vor langer Zeit in dieselben Abgründe geschaut, die sich plötzlich vor ihr auftaten.

33

Eine glorreiche Idee, ihr diesen Hund zu schenken!

Attila stürmte voran in den Wald, wie berauscht von der Flut unbekannter Gerüche, den Fährten nie gesehener Tiere: Frau Petrowna hatte gesagt, dass die Wölfe aus den Karawanken kamen und die Bären vom Elbrus herauf. Wie ein Irrlicht blitzte sein braunes Fell mal hier, mal da zwischen den Baumstämmen auf: sein wunderbar krauses Fell, über das sie immer wieder voller Bewunderung strich. Als er Attila heute Nachmittag mit nach Criuleni gebracht hatte, hatte er Frau Petrowna geradezu überfallen mit freudigem Gebell. Ein begabter Jäger der Kostbarkeiten, zweifellos, und bei seiner wilden Jagd durch Brombeerbüsche hindurch empfand er keine Angst.

Sie hingegen schon, jedenfalls blickte sie sich oft nach ihren Eltern um, die jedoch immer weiter zurückfielen bei dem Spaziergang.

Wie froh er war, dass sie wieder gemeinsam nach Criuleni hatten fahren können! Denn beim letzten Mal traf sie erst am Sonntagvormittag ein, übermüdet, abgekämpft und mit einer schlechten Laune, die unter einer übertriebenen Höflichkeit zu verbergen ihr mehr recht als schlecht gelang. Wo sie gewesen sei? Warum sie unbedingt darauf bestanden habe, nach dem Abendessen mit den Investoren von *Silver Lake* in Berlin, zu dem er sie hinzugebeten hatte nach dem wunderschönen Konzert in der Philharmonie, mit dem Bus nach Chisinau zurückzufahren, anstatt das Flugticket anzunehmen? Auch Fred hatte schlechte Laune, als sie sich endlich begrüßten, denn Ruslan hatte ihn am Tag zuvor beim *Biznes-Lunch* darauf angesprochen, dass die

Umsätze der Firma *Fuchs Ladungssicherung Hebetechnik* längst nicht so schlecht seien, wie er sie darstellte. Er nannte konkrete Zahlen; korrekte Zahlen.

»Sie haben wohl mit dem Betriebsrat telefoniert, was?«, knurrte Fred.

Ruslan zuckte die Achseln. »Wir haben auch unsere Quellen«, sagte er.

Fred haderte mit sich, ob er nach Ruslans Quellen fragen sollte oder vielleicht doch besser nach der ominösen Bedeutung des Wörtchens *auch*, aber Ruslan kam ihm zuvor. »Moldawien ist ein kleines Land«, sagte er. »Sie glauben doch nicht, dass wir nichts davon mitbekommen, wenn bei der Finanzbehörde plötzlich die OGRN-Nummer von *TOPAZ* abgefragt wird?«

Kaum dass Ruslan nach dem Kaffee aufstand und Richtung Toilette verschwand, zog Friedrich Fuchs sein Telefon hervor und wählte Arnolds Nummer. Wer hatte den Privatdetektiv ausgesucht? Doch noch bevor Arnold sich gemeldet hatte, legte er wieder auf. Wer weiß, ob ihn nicht auch dieser Kellner belauschte, der dort drüben mit stoischer Freundlichkeit und hinter dem Rücken verschränkten Armen neben der Vitrine mit eisgekühlten Torten Wache hielt? Im Hotelzimmer ließ er ohnehin nichts liegen.

»Kommen Sie, Frau Petrowna, haken Sie sich ein.« Fred bot ihr seinen Arm, nicht ohne zuvor seinen Oberarm angespannt zu haben, so wie überhaupt sein ganzer Körper, sein Geist voller Spannkraft war: diese geradezu physische Herausforderung, ein neues Geschäftsfeld zu erobern! Petr, dem er zu seiner dritten Karriere mit kohlschwarzen Diamanten verhelfen würde, die man hauchfein hobelte oder zu goldenem Öl presste, das in winzigen Fläschchen verkauft wurde.

»Aber wie schmecken Truffel?«, fragte Frau Petrowna erneut.

»Trüffel.«

»Truffel.«

»Ü, Frau Petrowna.« Sie spitzte wie er die Lippen, doch kein Ü kam heraus.

»Es ist schwer zu beschreiben«, fuhr Fred fort. »Am besten kommen Sie einmal mit nach Deutschland, und wir gehen gemeinsam in Frankfurt ins *Machiavelli*.«

Anstatt aber sein Angebot einfach anzunehmen, verbohrte Frau Petrowna sich in ihre Fragerei, als ob sie ein Detektiv wäre. Hier sprach die penible Buchhalterin. Seine Controller würden sich in Acht nehmen müssen, wenn sie nächsten Monat in Hagen anfing. Den Antrag auf Erteilung einer Arbeitsbewilligung hatte Friedrich Fuchs persönlich mit der Notwendigkeit begründet, eine ortskundige Fachkraft mit der Aufsicht über das Auslandsgeschäft zu betrauen.

»Sie sagen, roh Truffel sehen ein wenig aus wie kleine Rote Bete ...«

»Aber das hat nichts mit dem Geschmack zu tun. Herrgott, Frau Petrowna, Sie stellen mich wirklich auf eine Probe! Wie kann ich Ihnen den Geschmack von Trüffeln beschreiben? Ein wenig nussig vielleicht. Durchdringend.«

Sie zuckte zurück.

»Wenn ich durchdringend sage, dann denke ich an einen besonders guten Rotwein, der Ihnen eine Art Knoten in die Zunge macht. Trüffel, Trüffel ... Das Aroma füllt Ihren Mund ganz und gar, noch Stunden später schmecken Sie die Trüffel nach wie ... einem Kuss!«

Er blieb abrupt stehen.

»Einem Kuss«, wiederholte er, »das trifft es wohl am besten. Ein Trüffel schmeckt kostbar. Sinnlich. Unvermittelt. Überwältigend. Und je nach der Speise, die er begleitet, jedes Mal anders, so wie jeder Kuss je nach Umgebung anders schmeckt. Denken Sie an einen Urlaubskuss, einen Abschiedskuss, einen Kinderkuss, einen ersten Kuss, einen letzten Kuss. Ein Trüffel schmeckt fein, reif, erfahren, erfordert Kennerschaft ...«

Fred hielt sie an. Sein Pulsschlag: Überall spürte er ihn in seinem Körper, von den Fingern bis zu den Zehen, am Hals, im Kopf, in den Knien.

Er spitzte den Mund zu einem Ü, aus dem sich noch alles entwickeln konnte, als plötzlich Attila anschlug.

»Er hat doch nicht etwa – «, begannen sie beide gleichzeitig. Dann rannten sie gemeinsam los, dem Triumphgeheul des Hundes entgegen.

Attila grub jedoch nicht, sondern trug einen Korb im Maul und hielt drei Zigeuner in Schach, die sich ängstlich an einen Baumstamm drückten.

Friedrich Fuchs griff in den Korb und spürte Feucht-Blättriges.

»Pilze«, sagte er enttäuscht.

Er betrachtete den seltsamen Pilz in seiner Hand: ein pludriges Gewächs, in sich gewunden, dazu weiß wie Zuckerwatte.

Frau Petrowna schien sich bei den Zigeunern zu entschuldigen, jedenfalls sprach sie lange – seiner Meinung nach übertrieben lange – auf sie ein, als sei sie geradezu erleichtert über die Unterbrechung. Einen Moment starrte er missvergnügt auf den Pilz in seiner Hand, dann ließ er ihn in der Tasche seiner Windjacke verschwinden. »Haben Sie diese Pilze schon einmal gegessen?«

»Nein«, sagte sie und zuckte die Achseln. Sie schenkte den Zigeunern ein paar Münzen. »Die Armen«, sagte sie, »wahrscheinlich pflucken sie auch noch die Vogelbeeren.«

34

Stefan begann, mittwochs um 13.45 Uhr den Stecker aus dem Telefon zu entfernen und sein Handy auf stumm zu schalten. Dienstagabends reinigte er gründlich die Küche, sodass er sagen konnte: »Diese Woche ist es ausnahmsweise gar nicht so arg!«, wenn sie nach einer Viertelstunde unruhig wurde und meinte, sie müsse nun aber wirklich mit dem Bad beginnen. Zudem war er auf diese Weise besser für den Fall gerüstet, dass Ludmila wieder einmal einfach nicht erschien. Es kam immer wieder vor, und natürlich würde ihm Ilka vorwerfen, er sei viel zu nachsichtig, als Arbeitgeber untauglich, wenn er ihr diese Unzuverlässigkeiten durchgehen ließe. Also behielt er Ludmilas Abwesenheiten für sich und wartete jeden Mittwoch erneut mit klopfendem Herzen auf ihr leises Pochen, mit dem sie sich ankündigte, bevor sie den Schlüssel ins Schloss steckte.

Wenn Ludmila in einer Woche fehlte, entschuldigte sie sich in der nächsten wortreich und brachte ihm Geschenke mit – dieses Mal zum Beispiel ein prächtiges Bund bunter Sträucher, mit herrlichen, tieforangefarbenen Vogelbeeren daran. Sie berichtete ihm von ihrem Großvater zu Hause, der sie immer wieder zu sehen wünschte. Da niemand wissen konnte, wie lange er noch bei ihnen sein würde, wie sie behutsam sagte, gab sie nach und nahm immer wieder die Strapazen der Heimfahrt auf sich: zwei volle Tage im Bus, Schikanen der tschechischen, slowakischen, ungarischen, rumänischen und schließlich moldawischen Grenzkontrollen. Regelmäßig wurde man zudem auf der Strecke bestohlen, mitunter im Dunkeln befingert.

Einmal lieh sie sich von ihm sogar dreihundert Euro, ihr

Besuchervisum war abgelaufen, und sie brauchte wieder eine »Einladung nach Deutschland« vom Schwarzmarkt. »Ich habe kein Aufenthaltserlaubnis, weißt du?«, sagte sie verlegen. Gleich in der Folgewoche zahlte sie ihre Schulden mit knittrigen, fast schon verblichenen Geldscheinen zurück.

»Warum hast du mir das nicht eher gesagt? Ich könnte dir doch eine richtige Einladung schreiben, ohne dass du irgendetwas dafür bezahlen musst!«

Ludmila wehrte ab: Wenn er ihr eine echte Einladung ausstelle, müsse er für sie bezahlen, wenn sie beispielsweise ins Krankenhaus komme oder einen Unfall habe.

Stefan dachte plötzlich an Attila. »Wenn ich dir schon keine Einladung ausstellen darf, möchte ich dich das nächste Mal wenigstens nach Hause begleiten, wenn du wieder deinen Großvater besuchst«, entgegnete er fest.

»Zwei Tage in Bus, das ist nichts fur dich, Stefan«, sagte sie lächelnd und begann, die Zeitungen der Woche auf einen Stapel zu schichten.

»Ich könnte dich mit dem Auto fahren!«

»Du hast Auto?« Ludmila hielt inne und sah ihn an.

»Noch nicht«, beeilte sich Stefan, »aber ich bin gerade dabei, den Führerschein zu machen. Sobald ich ihn bestanden habe, kaufe ich mir einen kleinen Wagen. Vielleicht könnten wir dann einmal gemeinsam zu dir nach Hause fahren?«

Wenn er größere Anliegen mit ihr zu besprechen hatte, verbrachte er den ganzen Dienstag damit, die Wohnung zu saugen und zu wischen. Am Mittwoch früh nahm er dann die frischen Blusen aus Ilkas Schrank, seine sauberen Hemden vom Bügel und steckte sie wieder in die Waschmaschine. Herrliche Nachmittage: Während er sich das Kleist'sche Prinzip der allmählichen Verfertigung der Gedanken beim Reden zunutze machte, beispielsweise laut über die jüngste Wendung im Nahost-Konflikt nachdachte, stand Ludmila nur wenige Meter entfernt von ihm am Bügelbrett. Das sanfte Klicken des Bügeleisens erhöhte seine Behaglichkeit um ein Vielfaches. Wenn Ludmila beim Betreten der Wohnung misstrauische Blicke auf die ungewohnte Ordnung warf, behauptete er einfach, Ilka habe am Wochenende geputzt. Die steile Falte, die sich daraufhin regelmäßig auf ihrer Stirn bildete, erklärte er sich mit einer gewissen Eifersucht. Schließlich war die Wohnung inzwischen so etwas wie ihr Revier geworden. Der Gedanke, dass Ludmila sich über Ilkas Einmischung in ihre Angelegenheiten ärgerte – und wenn auch nur ein bisschen –, freute ihn, und so beantwortete er bereitwillig die vielen Fragen, die sie ihm über Ilka stellte: Was sie studiert habe? Welchen Beruf sie ausübe? Stefan stellte eine Mager-Variante ihres globalen Lebenslaufs zusammen, um die Distanz zwischen Ilka und ihr nicht unüberbrückbar scheinen zu lassen. Ob sie in der Gesellschaft aktiv sei? Genau das sei es, was ihn ärgere, entgegnete Stefan dankbar. Während er sich in der Bürgerinitiative seiner Mutter und inzwischen auch in der Fachgruppe Gesundheitskorruption bei *Transparency International* engagiere, behaupte Ilka noch immer, keine Zeit für gemeinnützige Aktivitäten zu haben. Ludmila öffnete den Mund, schloss ihn aber gleich darauf wieder. Ilka esse zu wenig, fuhr Stefan fort und fragte sich im Stillen, ob der Private Banker sich mit einer Frau schmücken wollte, die dürr wie ein Model war.

Auf den Bericht über das Schicksal von Ilkas Mutter reagierte Ludmila bald ein wenig ungeduldig. Ob sie sich darüber ärgerte, dass ihn das längst verjährte Unglück der Familie Fuchs derart beschäftigte?

»Hat denn der Vater ein neue Frau?«, fragte sie nach kurzem Zögern.

»Schwer zu sagen«, entgegnete Stefan, denn Ilkas Vater sei redselig und verschwiegen zugleich, ein nicht immer ganz durchsichtiger Charakter. Er erzählte von dem schrecklichen Unfall mit dem gerissenen Tragseil und Freds Entscheidung, die ganze Sache einfach zu vertuschen, wo doch vielmehr eine offensive Informationskampagne vonnöten gewesen sei. Aber ohne ein paar Tricks komme man nun einmal nicht zu einem Vermögen.

»Ich möchte dich fragen«, sagte Ludmila plötzlich und hielt beim Bügeln inne. »Du fuhrst doch – wie sagt man? – Fernbeziehung? Wie funktioniert das? Geht gut?« Ein roter Hauch auf ihrem Gesicht. »Ich möchte nicht neugierig sein, aber es … interessiert mich.«

»Es funktioniert gut, sehr gut sogar.« Der Satz war ihm über die Lippen gerutscht, noch bevor er zum Nachdenken gekommen war; sieben Jahre im Windschatten Fuchs'scher Unbesiegbarkeit hatten ihre Spuren hinterlassen.

»Sehr gut, aber mit Abstrichen«, fuhr er fort.

Ludmila entmutigen: Er sah sie am Wochenende in der Gaststätte im Dorf ihrer Eltern sitzen, von dem sie ihm erzählt hatte: ein Raum mit einer Glühbirne, dazu Musik und Bier. Ludmila vorgebeugt, ins Gespräch vertieft mit einem Typ, den er sich aus irgendeinem Grund mit rasiertem Kopf und Trainingshosen vorstellte. Sie würde weiterhin in Deutschland putzen dürfen, bis das Kind kam. Kurz darauf würde sich ihr Leben in eine Ehehölle verwandeln.

Klick, ein neues Bild in seinem Kopf: Der historische Marktplatz der Kreisstadt. Ludmila, wie sie eingehakt mit einem arbeitslosen Absolventen der Philosophie, den sie ernähren musste, unter den Arkaden schlenderte.

Sie entmutigen.

Sie ermutigen.

»Ilka und ich haben uns, ehrlich gesagt, ein bisschen auseinandergelebt«, sagte Stefan und sah aus dem Fenster. Seine Wangen brannten plötzlich, heiß und rot, als hätte Ludmila ihr Bügeleisen auf seine Haut gehalten. Er hörte, wie Ludmila beim Bügeln innehielt. Sie schien nach Worten zu suchen. »Tut mir leid«, sagte sie schließlich.

Sie hätte nichts anderes sagen können – sagen dürfen.

In der nächsten Woche sagte er, er habe eine Überraschung für sie.

Er hatte ein Paar Ohrringe entdeckt, die ihm sehr gefielen: zwei kleine Korallen, kindlich und kess zugleich in ihrem intensiven Lippenstiftrot. Sie würden ihr Kirschlächeln noch breiter und fröhlicher machen.

»Augen zu, Hand auf«, sagte er.

Er legte das Päckchen in ihre offene Hand und berührte ihre Handfläche länger als nötig.

Ludmila hielt inne, zuckte dann etwas übertrieben zusammen und ließ das Päckchen fallen. Beide bückten sich gleichzeitig danach, aber sie war flinker und verschwand mit dem Päckchen Richtung Küchenschrank.

»Stefan«, sagte sie, als sie die Korallen sah, »ich kann nicht annehmen.«

Als er fröhlich fragte, warum nicht, sah sie ihn schweigend an. Er zog sich sicherheitshalber ins Arbeitszimmer zurück, um weiteren Diskussionen zu entgehen, aber einmal sah er durch das Schlüsselloch hindurch doch, wie sie, als sie sich hinter dem Surren des Saugers sicher wie hinter einer Lärmschutzwand fühlte, die Korallen anprobierte und sich im Spiegel betrachtete.

»Ubrigens war ich neulich noch einmal in Philharmonie«, sagte Ludmila, als sie sich verabschiedeten. »Mahler, mit Kent Nagano. Bei dieser Passage«, sie summte ihm vor, »ich hatte Tränen in den Augen und Kent Nagano auch. Ich habe genau gesehen, diesmal hatte ich nämlich richtig gute Karten.«

35

Als Ilka die Sekretärin fragte, für wen es diese Woche Kuchen gebe, sah sie erstaunt auf. »Waren Sie letzte Woche mittags nicht dabei, als Herr Widmer uns sagte, dass der neue Abteilungsleiter doch schon zum 15. November bei uns anfangen kann?«

Stefans Stimme bebte vor Empörung, als er sie fragte, wo sie gestern Abend gewesen sei. Er habe versucht, sie zu erreichen.

»Aber du hast ja wieder einmal dein Handy ausgemacht«, fügte er hinzu.

»Ich war essen.«

»Mit wem?«

Ilka zögerte – und ärgerte sich selbst über das Zögern, weil es so vollkommen nutzlos war. Nein, es war nicht nutzlos, denn sie hatte vor kurzem tatsächlich eine Einladung zum Vorstellungsgespräch für die Oberarztstelle im Triemli-Spital bekommen, und sollte ihr Plan aufgehen, sie die Stelle erhalten und noch dazu die C – warum dann Stefans Bereitschaft, womöglich doch in die Schweiz überzusiedeln, gefährden, indem sie ihn zu frühzeitig über die Anwesenheit seines Lieblingsfeinds in der Schweiz informierte? Immer dringender erschien es ihr, ihn aus dem Satellitenstaat zu entfernen, zu dem diese Ludmila die Schwedter Straße 57 gemacht hatte. Neuerdings war der Kühlschrank jedes Mal mit in Töpfen und Alufolien verstautem Essen gefüllt, wenn sie ihn am Wochenende öffnete. Eine Kriegserklärung in Form von fettigen Bigos: Schaut her, hier sind meine gut geölten Panzer!

»Allein«, sagte Ilka.

Stefan schwieg endlose Minuten lang. »Du lügst«, sagte er schließlich.

Im Fernsehen Maybrit Illner und die 5,2 Millionen Arbeitslosen. Die Reformunfähigkeit des Landes. Der Akku, der ihr Handy volltankte. Das Lockenwickler-Wärmegerät, das sie sich heute gekauft hatte, damit sie sich nicht jeden Tag die Haare waschen musste. Ein Knall, dann war es dunkel.

»Was war das für ein Geräusch?«, fragte Stefan.

»Welches Geräusch?«

»Dieser Knall. Da ist doch jemand bei dir in der Wohnung!«

»Nein.«

»Irgendjemand ist da in der Schweiz …«

»Quatsch.«

»… und zwar schon seit langem.«

Sie lachte bitter. »Weißt du, ich bin hier, ehrlich gesagt, ziemlich einsam.«

»Natürlich«, entgegnete Stefan ironisch. »Genauso einsam wie ich in Berlin.«

Stummes Entsetzen, während die letzten Worte in der Hitze ihres feindseligen Schweigens aufgingen wie Hefeteig. Sie bildete sich plötzlich ein, Ludmilas Anwesenheit in der Schwedter Straße regelrecht zu spüren. Ihren Atem zu hören, stoßweise in Stefans Ohr.

»Ach so«, sagte Ilka. »Na, dann ist ja alles geklärt zwischen uns.«

Sie hörte ihn hilflos stammeln, als ob ihm selbst erst jetzt bewusst geworden wäre, dass sie von diesem Augenblick an – Feinde waren. Nie, nie hätte sie ihn gewähren lassen sollen, als ihr der erste Verdacht kam, aber sie hatte auch nicht angenommen, dass das Gewebe ihrer Beziehung schon so abgetragen war, dass eine einzige ungeschickte Bewegung ausreichte, es zu zerreißen!

Während er schon wieder Einheit um Einheit verschwieg,

lief sie in die Küche und suchte in der Schublade nach den Sicherungen, aber das letzte Päckchen war nur noch eine leere Hülle.

»Nichts ist geklärt. Ich habe dich vorhin etwas gefragt, und ich bitte dich, mich nicht anzulügen«, sagte Stefan schließlich feierlich.

»*Du* unterstellst mir, dass *ich* lüge? Nachdem *du* mir wochenlang verheimlicht hast, dass du eine Putze angeheuert hast von meinem Geld?«

»Ludmila ist keine ›Putze‹«, entgegnete Stefan heftig. »Im Übrigen habe ich sie nur anfangs von deinem Geld bezahlt.«

»Offenbar war sie ja auch nur ›anfangs‹ deine Putzfrau. – Und ich hatte mich schon gewundert, welche ›Freundin‹ aus Osteuropa neuerdings häufiger bei uns zu Besuch ist.«

»Wer sagt das?«

»Iris. Sie ist auch ganz begeistert von deiner Ludmila. Ein bisschen unpassend vielleicht, dass du sie als eine Freundin von mir ausgegeben hast, wo ich doch bislang nicht einmal Gelegenheit hatte, sie kennenzulernen. Aber vielleicht stellst du sie mir ja demnächst einmal vor. Ich könnte mit ihr um die Wette putzen, und anschließend entscheidest du dich, wer von uns dir besser gefällt …«

Ein Bach schwarzer Galle. Entsetzlicher Tag, entsetzliche Nacht.

Ilka versuchte, ihren Vater zu erreichen, doch es meldete sich nicht einmal seine Mailbox.

»Haben Sie heute Abend noch etwas vor?« Gegen 18 Uhr stand er plötzlich an ihrem Schreibtisch. Aus einem Reflex heraus antwortete sie: »Ich will bis morgen noch einen Aufsatz fertigmachen.«

»Das hat doch Zeit, Frau Fuchs. Kommen Sie, gehen wir etwas essen. Sie sind doch auch allein in der Schweiz, nicht wahr? Ich meine: noch?«

Er war also doch da, leibhaftig, unvermeidlich! Nach dem ersten Schreck stiegen Ilka Tränen in die Augen, denn in den ersten Tagen, die seit Nürnbergers Ankunft vergangen waren, hatte sie es beinahe geschafft, sich einzubilden, sie habe alles nur geträumt: Widmer, mit Nürnberger an der Seite, den er als den neuen Abteilungsleiter vorstellte. Nürnberger, dem natürlich eine ungleich längere Aufzählung seiner Verdienste um die Medizin gelang, woraufhin die nachfolgende Stille in der Stationsbesprechung noch einmal tiefer war. Nürnberger, der unverkennbar derselbe war in Berlin und trotzdem ein anderer: Selbst auf Ilka wirkte er gelöster, und seine für gewöhnlich blasse Haut war leicht gebräunt.

Gut, dass Bernd an diesem Morgen zu erreichen gewesen war! Doch auch ihm mochte sie nicht erzählen, was sie beinahe noch mehr erschütterte als Nürnbergers Anstellung im Universitätsspital: Niemand hatte sie gewarnt. Niemand. Beate nicht, Alexandra nicht, Arndt nicht. Keine Mail, kein Anruf: Ilka, nimm dich in Acht, Nürnberger hat uns heute in der Stationsbesprechung mitgeteilt, dass er als Chefarzt nach Zürich geht! Sie hatten sie auflaufen lassen; vielleicht gönnten sie ihr ja sogar das Unglück. Vielleicht hätte Ilka sich in ihren Mails damals die Beschreibung der Episode mit der jungen Frau sparen sollen, die im Spital nichts anderes tat, als die Topfpflanzen in den Büros der Ärzte und Schwestern zu gießen.

Hätte – aber nun ist es zu spät, dachte sie den ganzen Weg über düster und brachte kaum ein Wort heraus, lief stattdessen still wie ein Schatten hinter Nürnberger her, der doch selbst in den vergangenen Tagen einem Schatten geglichen hatte. Stellte er fest, dass Ilka in einem Zimmer bei einem Patienten war, schloss er die Tür gleich wieder diskret. Sah er sie im Gespräch mit Professor Widmer, nickte er nur und zog sich zurück. Heute Abend hatte er sie beinahe schüchtern gefragt, wie er am besten in die *Alpenrose* komme, eine Empfehlung von Widmer, und ob sie dort vorher schon einmal gewesen sei, aber ihr Mund war wie vernäht.

Und nun stand er neben ihr an der Bar der *Alpenrose* und bestellte zwei Gläser Sekt – *zur Feier des Tages*.

»Sekt?«, wiederholte der Barkeeper, beinahe tadelnd. Womöglich wartete im Spital sein Vater auf die nächste Operationsschicht.

»Widmer hat mir schon gesagt, dass man in Zürich sehr vorsichtig sein muss, weil in der Stadt wirklich jeder jeden kennt«, flüsterte Nürnberger und stieß mit ihr an. »Und vergessen wir den Fall Moussafarhi. Sie waren k. o., ich war k.o.«, sagte er, als er ihr gegenübersaß. Er lächelte freundlich und begrüßte den Kellner, der ihnen die Speisekarte brachte, mit einem *gute Abig*.

A-bick: Ilka zuckte unter der Endung zusammen wie nach einem Streifschuss, und wie wohl tat es ihr, dass es dem Kellner offenbar ähnlich erging. »Sie sind natürlich eingeladen«, sagte er, als der Kellner wieder fort war.

Schweigend studierte jeder für sich die Karte.

»Rindsfilet mit Kartoffelgratin und Speckbohnen 48 Franken!«, las er vor. »Was ist Randensalat, Frau Fuchs?«

Sie murmelte etwas von gemischtem Gemüse. Zum Glück wusste sie aus der Spitalskantine, dass ein Voressen keine Vorspeise, sondern eine Art Gulasch war. Auch Nürnberger fand die Kantine ausgezeichnet, aber viel zu teuer.

»Sechzehn Franken fünfzig für ein Mittagessen«, sagte er und schüttelte den Kopf. »Das sind umgerechnet zwölf Euro!«

Als der Ober kam, bestellte sie Nudeln, von der allereinfachsten Art: Spaghetti Bolognese.

»Wie im Kindergarten«, sagte Nürnberger und schüttelte sich. »Wobei – vielleicht gibt es hier ja auch im Kindergarten besseres Essen als in Berlin. Ich sollte meiner Frau sagen, dass sie sich unbedingt die Speisepläne zeigen lässt.«

»Sie bringen Ihre Familie mit?«

»Sie nicht?«

Nürnbergers Erstaunen war echt. Umso mehr Mühe kostete sie es, so selbstverständlich wie möglich zu entgegnen, ihr Freund suche noch.

»Und bis dahin sehen Sie sich …«

»Jede Woche.«

»Jede Woche«, wiederholte er mit den zusammengekniffenen Augen des noch schlaftrunkenen Passagiers, den ein Schaffner früh um sechs Uhr aus einem immer wieder unterbrochenen Traum reißt. »Ich stelle mir das entsetzlich anstrengend vor.«

Ilka zuckte die Achseln. »Der Flug dauert nicht viel mehr als eine Stunde.«

»Ah«, sagte er und sah sie mit bohrendem Blick an, als könne er ihre Kontobewegungen erkennen, wenn er nur lange genug durch sie hindurchstarrte. »Nun, Sie können sich das sicher eher leisten als wir«, fuhr er fort, »wir bezahlen allein für den Kindergarten hundertzwanzig Franken, das sind achtzig Euro, wohlgemerkt, am Tag.«

Was wollte er? Mitleid? Sie starrte auf die Suppe, die er bestellt hatte.

»Nicht wahr, Frau Fuchs, da kommen einem die Tränen, selbst wenn man noch keine Kinder hat«, sagte Nürnberger und griff nach dem Löffel. »Wollen Sie eigentlich einmal Kinder haben? – *En Guete.*«

»Guten Appetit«, entgegnete sie steif und nahm noch ein Stück Brot.

»Nun esse ich, und Sie schauen zu. Möchten Sie nicht wenigstens kosten?«, fragte er und hielt ihr den Löffel hin. »Und darf ich Sie fragen, wo Sie in Zürich wohnen, Frau Fuchs? Ich schaue schon seit Wochen in alle Immobilienteile, aber die einzigen bezahlbaren Altbauwohnungen mit fünf oder sechs Zimmern in der Stadt scheint es in Wiedikon zu geben, und dieses Elendsquartier kann ich meiner Frau und meinen Kindern nun wirklich nicht zumuten. Ich meine, Jonas ist erst zwölf, und die Zwillinge …«

Ilka sagte, sie habe Unterschlupf im Seefeld gefunden. Manchmal tranken Bernd und sie spätabends noch einen Absacker in seiner Wohnung dort; sie nannten es »Heimatabende«.

»Auf die Freiheit«, sagte Bernd dann und erhob sein Glas.

»Auf die Gleichheit«, entgegnete sie.

»Auf die Brüderlichkeit«, sagte er, bevor ihre Gläser einander berührten.

»Seefeld«, wiederholte Nürnberger. »Das ist Kreis …«

»Eh, acht.«

»Ich werde noch einmal darauf achten«, sagte er. »Seefeld, sagten Sie. Kreis acht. Falls Sie zufällig etwas hören von einer Wohnung in der Größe, wie wir sie in etwa suchen – sagen Sie uns dann Bescheid? Das wäre wirklich nett. Sie kennen ja sicher schon etliche Schweizer, und ich habe gehört, gerade die guten Wohnungen gehen in Zürich fast alle über Beziehungen weg.«

»Natürlich«, sagte Ilka, »ich höre mich gern einmal um.«

Als die Rechnung kam, überflog er sie, stutzte dann und nahm seine Lesebrille zur Hand.

»Sie müssen mich wirklich nicht einladen, Herr Nürnberger«, sagte sie schnell und legte ihr rotes Portemonnaie auf die Tischdecke.

»Entschuldigen Sie, Frau Fuchs, ich hatte nur gerade festgestellt, dass sie uns anstelle von zwei Sekt zwei Gläser Champagner berechnet haben. Nun ja, mit uns können sie es ja machen«, setzte er hinzu, bevor der Kellner kam.

36

Der Samstagabend nach dem entsetzlichen Streit sollte der Abend ihrer Versöhnung werden. Diesmal durfte nichts schiefgehen. Zum Glück hatte *Die Geschichte der Schweiz*, die Stefan eines Abends unwillig aufgeblättert hatte, den entscheidenden Hinweis gegeben: *Geistige Landesverteidigung*. Auf diese Weise hatte die Schweiz sich während des Kalten Kriegs aller Zudringlichkeiten der Giganten jenseits ihrer Landesgrenzen erfolgreich widersetzt.

Doch sollte er Karten für Wagner oder für Schubert besorgen? Sollte er einen Tisch im *Bamberger Reiter* reservieren oder einen Sauerbraten vorbereiten, sodass allein schon die Ankündigung des Gerichts ein Friedensangebot per se darstellte? Wären all diese konventionellen Ideen die richtige Lösung, oder wäre es nicht doch romantischer, stattdessen eine Hängematte auf dem Balkon aufzuspannen und, eingehüllt in eine warme Decke, bei brasilianischer Musik Caipirinha zu trinken, während Herbstlaub über die Dachterrasse wirbelte?

Ludmila hörte ihm ruhig zu. Er übertrieb absichtlich ein bisschen, doch sie ließ sich nichts anmerken. Nach ausführlicher Erwägung sämtlicher Eventualitäten durch Stefan gefiel ihr die konventionellste Variante am besten: Sie riet ihm zu Oper, Schmuck und *Bamberger Reiter* und zog sich dann eilig ins Arbeitszimmer zurück, um wenigstens den die Woche über aufgelaufenen Hemdenberg noch zu bügeln. Um 17 Uhr schlüpfte sie wie stets in ihren Mantel und steckte sich die dreißig Euro in die Tasche.

»Wohin gehst du denn – jetzt schon?«, fragte Stefan, der ihr verdattert bis an die Tür gefolgt war. »Und was ist mit unserem Bad? Der Küche? Dem Boden?«

Sie zurrte den Reißverschluss ihrer Stiefel fest. »Zu viel geredet«, sagte sie.

»Dann machst du das Bad nächste Woche aber als Erstes, einverstanden?«

»Ich bin heute letzte Mal hier gewesen«, sagte sie. »Alles Gute und viel Gluck Samstag.«

Fort war sie.

»Ludmila!« Er rannte ihr ins Treppenhaus nach, aber er war wie immer barfuß, und als er versuchte, sie auf der Straße zu verfolgen, trat er nach wenigen Schritten gleich auf einen Kronkorken vor der Kneipe nebenan. »Ludmila! Du hast mich falsch verstanden. Völlig falsch! Eigentlich wollte ich dir sagen, dass ich – Luda!« Halb Hilfe-, halb Schmerzensschrei, doch sie drehte sich nicht einmal mehr nach ihm um, lief stattdessen einfach Richtung Bernauer Straße davon, und schließlich hüpfte er kläglich wieder ins Haus. Er versorgte die Wunde mit einem Pflaster, krempelte dann seufzend die Ärmel hoch und ließ warmes Wischwasser in den Eimer ein, der unberührt unter der Spüle stand.

Ilkas Rückkehr am Freitagabend aus der Schweiz verschlief er vorsichtshalber. Am Samstag wiederum blieb sie länger als sonst regungslos im dunklen Schlafzimmer liegen. Sie sprachen nur das Nötigste miteinander, verkehrten sozusagen in Gebrauchsanweisungen, und erst als Ilka am späten Nachmittag zur Tür ging, überwand er seine Aufregung. »Bist du bis neunzehn Uhr wieder zurück?«

»Warum fragst du?«

»Ich – ich habe Karten für die Oper besorgt. Und uns anschließend einen Tisch im *Bamberger Reiter* reserviert.«

Er betrachtete ihr Gesicht, aber anstatt zu lächeln, wurde ihre Miene noch starrer.

»Es geht nicht«, sagte sie.

»Bitte was?«

»Ich kann nicht. Nicht heute Abend.«

»Warum nicht?«
»Ich muss gleich noch unbedingt –«
»Wohin?«
»Ins Internet«, sagte sie.

Ilka sah im Spiegel, wie seine Gesichtszüge förmlich verrutschten. Wie ihm das Lächeln aus dem Gesicht fiel wie ein welkes Blatt vom kahlen Ast. Zu Boden segelte. Dort liegenblieb und, sobald sie sich umdrehte, zertreten würde bei ihrem nächsten Schritt. Sie sah, wie er mit seinen Augen ihre Augen suchte, aber sie wich seinem Blick aus, starrte stattdessen auf den Boden.

Aber es ging nicht anders: Heute Abend irgendwann gegen 21, 22 Uhr würde Air Berlin den Sommerflugplan ins Netz stellen, und mit den Flugzeiten auch die Sonderpreise. Der Newsletter für Vielflieger hatte angekündigt, dass die nächste Saison von Sonntag an buchbar war, was bedeutete, dass man vermutlich schon einige Stunden früher auf die Flüge zugreifen konnte. Wartete man hingegen bis Sonntag, verstrich kostbare Zeit, in der die Gefahr bestand, dass Web-Flaneure, die nicht um die Relevanz der Stunde wussten und auch gar nicht darauf angewiesen waren, einen der neun Flüge zu 29 Euro, die es auf jeder Strecke limitiert gab, zu erhaschen, den fliegenden Pendlern die besten Tarife wegnahmen. Was kratzte es den *Städtetouristen* schon, wenn er statt 29 Euro 39 oder 49 Euro für eine Destination zahlte, mit der ihn im besten Fall Neugier, im schlimmsten Fall nichts als Langeweile verband? Für alle anderen hingegen, die die Maschine nach Zürich benutzten wie andere die S-Bahn nach Köpenick, machte es einen gravierenden Unterschied beim Nettoerlös ihres Auslandsjobs aus. Allerdings waren sie mindestens dreißig Leute, die jeden Montag und jeden Freitag auf den vorderen Plätzen in der Zürich-Maschine saßen, und es gab nun einmal nur neun Flüge zu 29 Euro. Ilka hatte sich ausgerechnet, wie viel Euro sie sparen würde, wenn es ihr gelang, im Laufe dieser Nacht sämtliche Flüge von Januar bis Juli durchzubuchen.

Stefan würde ihre Überlegungen einfach mit Grandezza beiseite wischen, und wenn sie ihm dann mit den Preisvorteilen kam, würde er sagen: Ilka, es kommt doch auf zehn Euro pro Flug nicht an.

Womit er theoretisch recht hatte. Das Problem war allerdings, dass sie seit einiger Zeit nicht mehr umgerechnet fünftausend Euro im Monat verdiente.

»Frau Fuchs«, hatte Widmer sie kürzlich bekümmert beiseite genommen, »ich muss Sie davon in Kenntnis setzen, dass Sie in Kürze mutieren.«

Dass Sie mutieren: Ilka hatte dies zunächst wieder für einen von Widmers eigenwilligen Späßen gehalten. Sie überlegte, zu was sie in Kürze mutieren würde: zu einem Käfer, kafkaesk. Sie lachte, doch Widmer blieb ernst.

»Ich bin froh, dass Sie es mit Humor nehmen, Frau Fuchs, aber mich ärgert es schon, dass der Kanton uns nach der Rasenmähermethode die Mittel gekürzt hat und ich alle jungen Ärzte unterhalb der Oberarztebene von 100-Prozent-Stellen auf 80-Prozent-Stellen reduzieren muss.«

»Auf –« Ilka schnappte nach Luft.

»Sie erhalten die Mutationsverfügung nächste Woche. Es tut mir leid. Vielleicht kann ich aus anderen Mitteln noch einen Zustupf erreichen, aber versprechen kann ich Ihnen nichts. Selbstverständlich könnten Sie dann den Freitag frei nehmen.«

Was ihr nichts nützte, denn der Abflugtermin am Freitagabend um 21 Uhr 25 stand ja schon seit einem halben Jahr fest.

Tatsächlich traf bereits drei Tage später ein Vertrag bei ihr ein, der genauso aussah wie ihr Arbeitsvertrag, jedoch mit *Mutationsverfügung* überschrieben war. Durch den Wegfall von zwanzig Stellenprozenten reduzierte sich ihr Gehalt erheblich.

Aufgebracht wählte sie die Nummer der Personalstelle. »Sie können mir doch nicht einfach meinen Lohn kürzen!«

»Warum nicht?«, entgegnete die Stimme am anderen Ende der Leitung.

»Weil ich einen Arbeitsvertrag vom 1. April 2005 besitze, in dem ein bestimmter Betrag festgeschrieben ist.«

»Der Kanton hat jederzeit die Möglichkeit, aufgrund veränderter wirtschaftlicher Rahmenbedingungen den Beschäftigungsgrad von Mitarbeitern anzuheben oder abzusenken.«

»Ich habe der Absenkung meines Beschäftigungsgrads aber nicht zugestimmt!«

»Das müssen Sie auch nicht.«

»Bitte?«

»Ein Arbeitsvertrag ist keine bilaterale Vereinbarung. Mögen Sie sich die Mühe machen, einmal einen Blick auf das ursprüngliche Dokument zu werfen, das Sie von uns erhalten haben?« Die Frau von der Personalstelle blieb in ihrer Langmut unerschütterlich.

»Ich habe den Vertrag vorliegen«, entgegnete Ilka.

»Es ist kein Vertrag, sondern eine *Verfügung*.« In der Tat war das Papier mit *Verfügung* überschrieben, aber Ilka hatte das für eine typisch schweizerische Umständlichkeit gehalten, so wie man eben *Tumbler* für Trockner sagte und so oft wie möglich das Wörtchen *allenfalls* einflocht.

»Und wenn Sie einmal auf der zweiten Seite dieses Dokuments nachschauen möchten, dann wird Ihnen auffallen, dass Sie die Verfügung nicht unterzeichnet haben – nicht unterzeichnen mussten. Ihrer Natur nach ist eine Verfügung eine einseitige Vereinbarung, die jederzeit einseitig verändert werden kann. So wie dies jetzt der Fall ist, leider.«

»Aber Sie können mir doch nicht einfach von heute auf morgen ein Fünftel meines Gehalts entziehen!«

»Der Kanton befindet sich als Spätfolge der Swissair-Insolvenz derzeit in einer besonderen finanziellen Situation.

Alle Beschäftigten im öffentlichen Dienst müssen ein Opfer bringen, manche mehr, manche weniger. Im Gegenzug für die Sicherheit, die der Kanton seinen Beschäftigten bietet, verlangt er von ihnen ein gewisses Maß an Flexibilität.«

»Ein gewisses Maß an Flexibilität«, wiederholte Ilka wütend. »Ich denke, ich werde mit dem Betriebsrat besprechen, wie flexibel ich sein sollte.«

»Mit dem Betriebsrat«, wiederholte die Stimme, immer noch freundlich, aber jetzt plötzlich hilflos. Ilka frohlockte. »Was meinen Sie damit, Frau Fuchs?«

»Damit meine ich die Arbeitnehmervertretung, die für meine Rechte einsteht.«

»Ach so, ich verstehe. Sie sprechen über den Ständerat. – Nun, Sie können ihm Ihr Anliegen natürlich vortragen, aber arbeitsrechtliche Belange bearbeitet er nicht. Darf er gar nicht. Das ist allein Sache des Kantons und der Verwaltung. Ich empfehle Ihnen, Frau Fuchs, die Mutationsverfügung einfach anzunehmen und zu hoffen, dass Sie schon bald wieder auf 90, 100, vielleicht sogar auf 110 oder 120 Prozent aufgestockt werden können.«

70. 80. 90. 120. »Sagen Sie mal, was glauben Sie eigentlich, was Sie alles mit mir machen können? Wo *bin* ich hier eigentlich?«

»In der Schweiz«, sagte die Dame von der Personalstelle freundlich, doch noch in ihrem Bemühen um Neutralität und Distanz schwang Stolz in ihren Worten mit.

»Sie sind also nicht in Deutschland«, fügte sie nach einer kurzen Pause hinzu, da Ilka verstummt war. »Weder geographisch noch arbeitsrechtlich.«

Ilka sah auf das angebissene Putenbrustbrötchen, das sie heute früh aus dem Flugzeug mitgenommen hatte, um die sechzehn Franken für die Kantine zu sparen. Es schmeckte jede Woche gleich, immer genauso wie in der Vorwoche. Niemals gab es eine Variation bei der Brötchensorte, niemals eine Nuance in der Würze der Mayonnaise unter dem immergrünen Salatblatt, das stets so fidel gekräuselt war wie die Mundwinkel der Flugbegleiter. Immer dasselbe Putenbrustbrötchen in dem immergleichen Flugzeug, in dem immer dieselben Leute saßen. Montag AB 8466, Freitag AB 8671. Dicht an dicht hockten sie zwischen Reihe 1 und Reihe 29, Sitz A bis F, und scharrten mit den Schuhen. Und immer die gleiche S-Bahn zur Klinik, und nie ein freier Tag, nichtsnutzig verträumt auf grüner Wiese, über sich die Sonne und vor sich das Panorama von *Heidiland*. Jeden freien Tag sparte sie sich ja für Berlin auf.

Sie fragte sich plötzlich, ob es das alles wert war. Fragte sich dann, was es wert war. Fragte sich schließlich, warum sie neuerdings immerfort alles be- und umrechnen musste: Franken in Euro, Euro in Franken, Euro in Zeit. Was war sie wert? Stefan?

80 Prozent. Eine Schmach, die sie Stefan nicht eingestehen konnte. Niemals.

»Man hat mich unter anderen Vorzeichen in die Schweiz gelockt«, sagte sie schließlich. Es sollte kämpferisch klingen, fordernd, selbstbewusst, aber heraus kam nur ein klägliches Piepsen, und man hörte förmlich, wie die Frau am anderen Ende der Leitung die Achseln zuckte.

»Wenn Sie nicht kommen, Frau Fuchs, kommen andere. Und sie kommen gern.«

»Und – für wie viel haben Sie gebucht?«, lautete am darauffolgenden Montag die einzige Frage an Bord von Air Berlin. Der Ingenieur, der bei kleinen schweizerischen Regionalbahnen komplizierte Ersatzteile montierte, überfiel sie bereits beim Einchecken am *Silver Card-Gold Card* Counter damit. Als Ilka nichts als »29« sagte, wurde er blass. »Wie haben Sie das geschafft?«, fragte er sie und verfolgte sie anschließend sogar noch die halbe Strecke bis zum Postschalter im Flughafen. »Haben Sie etwa Beziehungen zu Air Berlin?« Unangenehmer Typ.

Der EMI-Vertreter hingegen, der für das Geschäft mit Klassik-CDs in der Schweiz zuständig war und immer auf 2 D saß, lächelte an diesem Montagmorgen, ebenso die Professorin für Ethnologie. »Sie auch?«, sagte Ilka zum EMI-Mann. Er war der Einzige, mit dem sie sich vergangene Woche über ihre Strategie beraten hatte. Sie hatten sogar Handynummern ausgetauscht, um sich gegenseitig alarmieren zu können, sobald der Flugplan online war. Offensichtlich hatte er allerdings auch die Ethnologin in das Rififi einbezogen, jedenfalls tauschten auch die beiden beim Betreten der Kabine zufriedene Blicke und ein Victory-Zeichen aus. »39!«, rief sie halblaut. Ilka überlegte, ob sie ihm böse sein sollte, doch in diesem Moment sah bereits Johannes Müller erschrocken auf.

»Sagen Sie nicht –«

»Haben Sie Samstagabend etwa nicht –«

»O Gott, nein, ich habe es vergessen!«, rief er und fingerte dann hektisch nach seinem Blackberry, um in den fünf, zehn Minuten, die ihnen bis zum Start noch blieben, zumindest schon einmal vier, fünf Flüge zu buchen.

Der Sonntag, der auf jene nächtliche Internet-Schlacht folgte, war in tödlichstem Schweigen verlaufen, ebenso wie die Nacht selbst. Um 21 Uhr hatte Stefan die Eintrittskarten zerrissen. Zerschnitzelte sie, mitten in der Küche stehend, in tausend winzige Stückchen, die er dann, als sie ihm gegenüberstand, zu Boden rieseln ließ. Leichte Flocken, trockener Schnee: Bald würde der Winter kommen und mit ihm schlechtes Wetter – Nebel, für den der Flughafen Zürich-Kloten berüchtigt war und der zu Warteschleifen und verringerten Slots für Starts und Landungen führen würde. Wenn sie überhaupt in Berlin loskamen, denn man hatte ihr schon gesagt, dass auf dem Flughafen Berlin-Tegel jeder Wintereinbruch wie Schnee in der Wüste behandelt wurde: Unter den Mitarbeitern brach Panik aus, während sich die Flugzeuge vor dem Enteisungsgerät stauten. Verspätete Ankunft montagmorgens in Zürich – Ärger mit Nürnberger. Verspätete Ankunft freitagnachts in Berlin – Ärger mit Stefan: Die Winterwochen würden nicht enden wollende Ketten von Verstimmungen produzieren. *Sie müssen etwas ändern, Frau Fuchs – so kann es nicht weitergehen, Ilka:* Immer enger zog sich der Schraubstock um sie zusammen, von beiden Seiten, jede Woche ein Stückchen mehr.

Als sie sich am Montag nach vorn beugte, um dem Taxifahrer die Quittung abzunehmen, fiel ihr eine Papierflocke aus dem Haar.

Das Schweigen am Sonntag war endgültig gewesen. In der Nacht hatte Stefan wenigstens noch den Fernseher laufenlassen, so laut, dass sich schließlich die Nachbarn beschwerten. Am Sonntag hingegen herrschte Stille, und im Bett neben ihr lag ein Eisberg. Er machte keine Anstalten, auch nur eine Mahlzeit gemeinsam mit ihr einzunehmen, und als sie am Montag früh noch einmal in das dunkle Schlafzimmer kam und auf Wiedersehen sagte, drehte er sich nicht einmal um.

Die weiße Haut des Taxis, das flirrende Grau der Straßen: Alles verschwamm vor ihren Augen wie in einem Schneesturm, der auch jedes Geräusch verschluckte. Sie bewegte sich langsam, als ob sie noch schliefe. Vergaß, die Frau vom Bodenpersonal darauf aufmerksam zu machen, dass sie ihre Vielfliegernummer per Hand in den Computer eingeben musste, damit ihr die 1250 Meilen gutgeschrieben wurden.

»Würden Sie bitte …« Erst das Tuten des Sicherheitsrahmens, durch den sie in den Limbus ihres Pendlerlebens trat, schreckte sie auf aus ihrem bildlosen Traum, und schon stand die Frau vom Wachpersonal dicht vor ihr und hatte ihr die Hände auf die Schultern gelegt. Strich ihr über die Ärmel ihrer Jacke, dann über die Seiten, über das Brustbein.

Die Hüften. Ihre Bewegungen waren kräftig, ihr Griff an ihren Gürtel geübt. Ilka gab sich den fremden Händen hin, ließ sich in den Halt, den sie spendeten, hineinfallen: geborgte Zärtlichkeit, für die sie zahlte, auf die sie ein Anrecht hatte, wie sie trotzig dachte, als die Frau mit einem piepsenden Zauberstab ihre Schuhe umkreiste und freundlich vorschlug, diese beim nächsten Mal einfach auszuziehen? 18 Euro *Handling-Fee* wiesen ihre Flugrechnungen aus.

Als das Flugzeug sich in die Luft erhob, spielte sie mit dem Gedanken, dass ein Terrorist das Flugzeug über Berlin oder auch während der Landung über Zürich explodieren lassen würde, aber die Hoffnung war wohl vergeblich. Sie konnte sich nicht vorstellen, dass ein Attentäter nicht lieber einen prestigeträchtigen Anschlag auf eine Linienmaschine verüben würde.

Trotzdem – in einem brennenden Flugzeug über Zürich verglühen, einfach in der Luft eines anderen Staates verdampfen: Das wäre ein passendes Ende und ein pragmatisches Ende dazu, denn es ersparte den Angehörigen Zeit und Geld, die sie ansonsten hätten dafür aufwenden müssen, sie unter die Erde zu bringen. Selbst ihre letzte Reise würde maximal 29 Euro kosten. Mehr nahm auch DHL nicht für die Beförderung eines wattierten DIN-A4-Umschlags voller Kohlekrümel: Tod einer Billigfliegerin.

37

Wieder Kuchen: Am 1. Dezember fing Schwester Doreen auf der Station an.

»Wir haben es Herrn Nürnberger zu verdanken, dass wir Frau Hoffmann gewinnen konnten«, schloss Professor Widmer nach der Aufzählung ihrer Verdienste, die Nürnberger für sie übernahm, »denn Frau Hoffmann hatte auch Angebote aus Basel und Luzern.«

Stumm, aber mit glühenden Wangen hatte Schwester Doreen Nürnberger gelauscht, als er sie »als eine trotz ihrer jungen Jahre bereits sehr erfahrene und äußerst umsichtige Anästhesie-Schwester« rühmte, die im Robert Koch regelmäßig zu den anspruchsvollsten Operationen herangezogen worden sei. Ebenso stumm und mit ebenfalls glühenden Wangen hatte Ilka genickt, als er sagte, Schwester Doreen sei bei Ärzten, Schwestern und Patienten in Berlin gleichermaßen beliebt gewesen, »nicht wahr, Frau Fuchs?«

Schon am zweiten Tag fehlten Nürnberger und Schwester Doreen in der Mittagspause. »Herr Nürnberger führt Schwester Doreen heute durch die Unfallchirurgie«, teilte Widmer mit, bevor er *En Guete* wünschte. Ilka hätte vor Wut am liebsten ihren Teller einmal quer durch die Spitalskantine geschleudert. Genau in diesem Moment ließ Schwester Doreen natürlich ihre Hose über ihre knochigen Hüften und ihre Hühnerbeinchen gleiten und enthüllte Nürnbergers Blicken das mächtige Tattoo, das sich schon in Berlin immer unter den beinahe durchsichtigen weißen Shirts, die sie unter dem Kittel trug, abgezeichnet hatte. Schon in Berlin hatte Ilka sich gefragt, warum Schwester Doreen Nürnberger so anmachte. Sie hatte etwas entsetzlich Mausiges an sich mit der komischen großen Lehrerinnen-Brille und dem dünnen Haar, das sie zu einem lächerlichen Ballerinen-Knoten zusammengebunden trug, sodass wiederum ihre Ohren frei lagen, an denen billige Ohrringe baumelten.

Sie verabscheute Nürnberger für seine Dreistigkeit. Diese geradezu kriminelle Energie! Erst jetzt wurde natürlich verständlich, warum er sich in den vergangenen Wochen so vehement für eine weitere Planstelle einer Pflegekraft eingesetzt hatte; womit er ganz nebenbei auch noch die Schwestern für sich eingenommen hatte. Am liebsten hätte Ilka seine Frau angerufen und sie gewarnt: Schreiten Sie ein, handeln Sie rechtzeitig, bevor Ihnen die Sache entgleitet! Nur eine Affäre? Schön wär's. Vor lauter Widerwillen gelang es ihr kaum noch, mehr als ein Knurren von sich zu geben, wenn Nürnberger sie etwas fragte. Seine Freundlichkeit ihr gegenüber war natürlich auch nur Tünche, und wenn er sie ausgerechnet jetzt lobte, dann tat er das sicher nur in der Absicht, sie ruhigzustellen. Ihre Verachtung für ihn ging ins Bodenlose. Sie fragte sich, was Männer eigentlich an diesen – billigen Mädchen reizte, die ihnen so hoffnungslos unterlegen waren. Warum es nicht, wenn schon, dann wenigstens eine Frau mit Stil sein konnte, eine Frau wie Schwester Alexandra beispielsweise.

Dieses Gegurre noch im OP! Und auch in Zürich begann Schwester Doreen bereits in der zweiten Woche, ihre Dienste eigenmächtig zu tauschen. Es fing damit an, dass Ilka Schwester Josiane im Aufwachraum vorfand, als sie nach einem Patienten sah. »Wo ist Schwester Doreen?«, rief sie unwirsch.

Schwester Josiane sah sie verblüfft an und entgegnete schließlich: »Im OP 3, sie haben dort einen Notfall.«

Na warte, dache Ilka und fieberte geradezu der Folgewoche entgegen, in der Widmer Schwester Doreen ihrem OP zugeteilt hatte. Doch als sie den OP am Montag früh betrat, wartete dort Schwester Josiane auf sie. Schwester

Doreen steckte zehn Minuten später lediglich den Kopf durch die Tür. »Dr. Nürnberger braucht mich in OP 3«, sagte sie und sah Ilka an. Ihr Blick war herausfordernd und herablassend zugleich.

Schwester Josiane schien ihren Zorn zu spüren, jedenfalls machte sie sich hinter ihrem Mundschutz förmlich unsichtbar.

»Es gibt auf dieser Station einen Dienstplan, an den sich alle zu halten haben, Schwester Doreen!«, sagte Ilka steif.

»Alle?« Schwester Doreen sah sie durch ihre lächerlich große Brille hindurch wie ein allwissender Uhu an. »Oder werden Ausnahmen gemacht? Ich habe gehört, dass Sie zum Beispiel über Monate hinweg montags früh zu spät zum Dienst gekommen sind.«

Täuschte sie sich, oder verzog sich Schwester Josianes Mund unter dem grünen Stoff zu einem unterdrückten Feixen?

»Das hatte Gründe.«

»Private Gründe?«

Natürlich war Nürnberger aufgefallen, dass sie seit Wochen nicht mehr nach Hause fuhr. Sie hatte ihn mit seiner Familie vergangenen Samstag sogar beim Shopping auf dem Rindermarkt in der Altstadt getroffen.

»Mit den privaten Gründen ist das so eine Sache, nicht wahr?«, fauchte Ilka ausgerechnet in dem Moment, in dem der Chirurg und die OP-Schwester den Raum betraten. Ihr freundliches *Grüeziwohl* blieb ihnen im Hals stecken, und während der OP selbst war Ilka so unkonzentriert, dass Schwester Josiane sie einmal sogar daran erinnern musste, den Tubus zu blocken. Während der ganzen OP überlegte sie, wie sie Schwester Doreen am besten demütigen konnte. Gegen Mittag erteilte sie ihr per Mail den Auftrag, die Zentrifugen in ihrem Labor zu reinigen, doch erst gegen sechzehn Uhr klopfte Schwester Doreen an ihre Tür. »Sie hatten mich gebeten, nach Ihren Apparaten zu schauen?«

»Oh, Schwester Doreen …« Ilka tat zerstreut, als ob sie nicht seit zwei Stunden voller Ingrimm auf ihr Erscheinen gewartet hätte. »Die Zentrifuge, richtig.«

Kurze Zeit später erzählte ihr Bernd von diesem Gerücht, das auf der Station kursierte: Ilka würde am Arbeitsplatz Bloody Mary trinken, das Vielfliegergetränk. Schwester Doreen hatte in der Zentrifuge Tomatensaft gefunden.

Wer hatte wem den Krieg erklärt? Ilka begann, abends den Zustand der Anästhesie-Ausrüstungen in den OPs zu kontrollieren. Sie nahm sich vor, sich in der nächsten Stationsbesprechung offiziell darüber zu beklagen, dass in OP 3 die Schubladen der Anästhesie regelmäßig nicht vorschriftsmäßig sortiert seien.

Polnische Verhältnisse dürfe es im OP nicht geben, sagte sie kurz darauf unter Aufbietung all ihrer Kräfte. Schwester Josiane habe mehrere Minuten nach einer Ampulle gesucht, »und ich brauche wohl niemandem hier zu sagen, dass es mitunter diese Minuten sind, die über Leben und Tod entscheiden«.

»Beziehungsweise über ein Leben in Gesundheit oder ein Leben in Krankheit, mit einer schweren Behinderung«, warf Nürnberger ein. »Ich gebe Frau Fuchs vollkommen recht. Wir hatten in Berlin so einen Fall, ein kleines Mädchen aus dem Iran, Firsouse Moussa – wie hieß sie noch, Frau Fuchs, können Sie sich noch erinnern? Moussafari? Diese Maligne Hyperthermie. Oder waren Sie da schon gar nicht mehr in Berlin?«

Er sah Ilka an, aber sie hielt seinen Blicken stand. »Ich kann mich nicht mehr genau erinnern, Herr Nürnberger. Hoffentlich war es in der Zeit, bevor sich herausstellte, dass die Anästhesie im Robert Koch kein Dantrolen zur Verfügung hatte.«

Nürnberger ließ sich nichts anmerken, reagierte beinahe unsichtbar nur mit einem Lidflattern, dafür wurde Schwester Doreen flammend rot. Ilka fragte sich, ob Professor

Widmer, Schwester Josiane und den anderen Nürnbergers Reaktion aufgefallen war. Jedenfalls schwiegen sie betreten, und es dauerte einen Moment, bis Professor Widmer sich wieder auf seiner Traktandenliste orientiert hatte. »Was hatten wir noch zu besprechen?«

Ilka war froh, dass Professor Widmer auf seine stille Art weiterhin zu ihr hielt. Als sie nach der Stationsbesprechung alle noch unbehaglich miteinander in der Cafeteria herumstanden, war er auf sie zugegangen und hatte sie vor Nürnberger und Schwester Doreen angesprochen: »Ah, die Gräfin! Hätten Sie vielleicht noch einen Ausdruck Ihres schönen Artikels über die Calcium Sensitizer für mich?«

38

Am folgenden Wochenende buchte sie ihre Verbindung Zürich – Berlin auf Zürich – Düsseldorf um. Sie musste ohnehin noch beim Notar eine Unterschrift in Zusammenhang mit der Übernahme des Werks *TOPAZ* leisten, das ihr Vater vor kurzem gekauft hatte. Und war nicht auch ihr Vater einsam – nun, wo Arnold ins Operative entlassen war und gerade die Stellenausschreibungen für die rund einhundert qualifizierten und sicheren Arbeitsplätze organisierte, die sie in Chisinau schaffen würden?

Ihr Vater war jedoch gemeinsam mit mehreren seiner Ingenieure bei einer Messe. Als Ilka ihren Besuch ankündigte, sagte er, er wolle sehen, dass seine Mitarbeiter die Termine ab Samstagmittag alleine machten. Freitagabend allerdings war das Jahresessen des Arbeitskreises Arbeitsschutz für Europa, das er nicht ausfallen lassen durfte. »Du kannst den Schlüssel bei Frau Schmidt abholen«, sagte er, »ich sage ihr, dass sie Freitagabend auf dich warten soll.«

Als ihr Vater am Samstagmittag eintraf, ausgepackt und geduscht hatte (und er verbrachte verdächtig viel Zeit im Bad, beinahe so, wie sie es manchmal tat, um zumindest für eine Weile mit Anstand lästigem Besuch aus dem Weg zu gehen) und sie sich schließlich auf dem Sofa im Gartenzimmer gegenübersaßen, das von mildem Winterlicht beschienen wurde, da sagte er endlich: »Niemand verlangt von dir, deine Gefühle zu unterdrücken, Spätzchen.«

Es entging ihr jedoch nicht, dass er dieses Recht auch für sich selbst beanspruchte, und sein Bedauern über den Bruch war nicht groß. »Es hat sich schon seit langem abgezeichnet – ihr seid einfach zu verschieden – es ist besser für euch beide«, wiederholte er in verschiedenen Variationen, als ob er Memory-Karten aufdeckte, angestrengt nach dem Bild suchend, das ihm zu ihren rasch wechselnden Gemütslagen jeweils passend erschien. Denn während sie erzählte und erzählte, fuhr sie noch einmal in ruckartigen Windungen durch die Geisterbahn, die ihre Beziehung in den letzten Monaten gewesen war.

Er erklärte, deutete, tröstete, doch als sie ihm davon erzählte, dass Stefan sich in ihre Putzfrau verliebt hatte, war es plötzlich mit seiner Gelassenheit vorbei. »Er hat *was*?« Prompt hatte er Stefans Mobilnummer gewählt, und sie musste sehr entschieden auftreten, um ihn davon zu überzeugen, dass es keinen Sinn hatte, dieses Telefonat zu führen, nicht mehr.

»Lass ihn«, sagte sie. »Irgendein Mädchen aus dem tiefen Osten, vor der er noch den großen Helden spielen kann. Wenn er es braucht.« Sie sah ihren Vater dunkelrot werden, und schon bereute sie es, ihm überhaupt davon erzählt zu haben.

Am Abend gingen sie essen, doch gleich nach der Vorspeise klingelte das Telefon, und ihr Vater verschwand für eine halbe Stunde. »Schon wieder Arnold«, knurrte er, als er zurückkam. »Es ist eine große Umstellung für ihn dort unten.«

Du musst weniger arbeiten, Papa. – Ich weiß, Spätzchen. Schade, aber über die bewährten Floskeln und Themen kamen sie nicht hinaus: Wie geht es Wredes, was machen Wallhorns?

Beim Espresso stand plötzlich der sonst so zurückhaltende Massulo bei ihnen am Tisch. »Herr Fuchs«, sagte er feierlich, »kommen Sie nächstes Wochenende? Wir haben eine Pilzkarte vorbereitet: Carpaccio vom Limonenseitling. Salat mit Enoki. Für vorsichtige Gäste natürlich Funghi Porcini. Und als Höhepunkt Ihren Pom-Pom blanc, roh, auf Wunsch auch paniert. Dieser zarte Geschmack, wie ein besonders feines Stück Kalb oder Huhn … Wir erwarten Anmeldungen aus ganz NRW, Ihr Pom-Pom blanc ist eine echte Sensation!« Seine Augen leuchteten.

»*Dein* Pom-Pom blanc?«, fragte Ilka, als Massulo sich nach schier endlosen Fachsimpeleien über seltene Wildpilze mit ihrem Vater wieder vom Tisch entfernt hatte.

Fred tat bescheiden. »Ein sehr netter Mann, den ich zufällig in Moldawien kennengelernt habe, exportiert auf meinen Ratschlag hin neuerdings Pilzraritäten nach Deutschland. Er wohnt quasi *in* einem Wald, der voll von diesen Pom-Pom blanc ist. Aber anstatt dass er daraus schon längst ein Geschäft gemacht hätte, züchtet er Champignons. Er hatte keine Ahnung, dass Pom-Poms eine Rarität sind – stell dir vor, er wusste nicht einmal, dass man sie essen kann! Ich habe zufällig einen Pom-Pom im Wald gefunden und eingesteckt, und als ich vor einigen Wochen hier im *Grünen Baum* saß, fiel er mir aus der Tasche. Massulo ist beinahe an die Decke gegangen vor Begeisterung. Das Kilo wird bei knapp hundert Euro gehandelt!«

Sonntag fuhren sie bereits am Nachmittag nach Düsseldorf und bummelten bis zu ihrem Abflug über die Kö. Nach dem Telefonat am Samstag hatte er sie gefragt, ob sie ihren Flug auch auf Sonntagnachmittag umbuchen könne, er müsse abends noch einmal in Ruhe mit Arnold sprechen.

Sie konnte, natürlich.

39

Erstes Weihnachten ohne Stefan. Ilka ließ sich anstecken von Professor Widmers unermüdlichem Bestreben, die Harmonie in der Anästhesie wiederherzustellen. Während sie in der Fondue-Tram durch die Stadt bimmelten, hielt Professor Widmer eine launige Ansprache, in der viel von Santa Claus und Santa Clara die Rede war. Offenbar eine Art Liebesgeschichte, die er erzählte, ganz sicher war Ilka sich nicht. Vielleicht hatte ja selbst er inzwischen doch einmal Verdacht geschöpft.

Sie schrieb eine Weihnachtskarte an Stefan, adressiert *c/o Institut für angewandte Pädagogik*, nachdem Stefan und sie zuletzt nur noch Excel-Tabellen mit dem Inventar der Wohnung hin- und hergemailt hatten. Ilka hatte Stefan das Bett zugeschlagen. Dafür beanspruchte sie die Bücher für sich, und so ging es hin und her. Stefan wollte plötzlich den antiken Spiegel, nachdem er ihn jahrelang »ein bisschen Oma« gefunden hatte; sicher hatte Ludmila mit Kennerblick den Wert des Stücks taxiert.

Jedes Mal, wenn Ilka wieder eine Mail von ihm vorfand, krampfte sie sich vor Wut zusammen. Bloß gut, wenn die Wohnung besenrein an die Hausverwaltung zurückgegeben war! *Wie sieht es aus, könntest du/könntet ihr im Januar die Endreinigung übernehmen?* hatte sie geschrieben und einen vergifteten Smiley angefügt.

Auf die Karte erhielt sie nicht einmal eine SMS zurück.

Auch ihr Vater war ungewöhnlich schweigsam. Schließlich stellte sie ihn zur Rede. »Mit wem hast du gerade telefoniert, Papa?«

»Mit Arnold.«

»Um elf Uhr nachts am ersten Weihnachtsfeiertag?«

Sicher hatte er gedacht, sie schliefe schon, dabei war sie noch einmal aus ihrem Zimmer geschlüpft. Schweigend hatte sie ihn von der Galerie aus beobachtet, wie er unten in der Eingangshalle stand und sprach. Er hatte sich zum Telefonieren vor den Spiegel gestellt und betrachtete sich beim Reden von vorn, im Profil. Sie sah, wie er seinen Bauch einzog.

»Bitte, Papa«, sagte sie, »lüg du mich nicht auch noch an.«

Er gab sich einen Ruck. »Nun gut, Spätzchen, wenn du es unbedingt wissen willst: Also ja, ich bin verliebt. Aber mehr kann und will ich dir im Moment nicht sagen, denn ob sie auch in mich verliebt ist, weiß sie vermutlich selbst noch nicht.«

Ilka stand wie erstarrt da. Immer hatte sie mit diesem Moment gerechnet und sich eingeredet, sie würde sich dann sehr für ihren Vater freuen.

»Komm«, sagte er, »setzen wir uns noch einen Moment ins Wohnzimmer.«

Steif nahm sie auf dem Sofa Platz und hörte den weitschweifigen Erklärungen ihres Vaters zu. Er schien froh über dieses Gespräch zu sein, während sie sich wie eine Schnecke immer tiefer in sich verkroch, je mehr er sich offenbarte.

»Natürlich ist es für sie eine schwere Entscheidung. Sie ist Jahrgang 1971, wie du, Spätzchen, und sie stellt sich natürlich die gleichen Fragen, die dich beschäftigen. – Vielleicht solltet ihr euch einmal kennenlernen.«

Die Bilder vor ihrem inneren Auge begannen zu rasen, wie ein Film, den man mit großer Geschwindigkeit vorspult. Sie sah sich und ihren Vater mit geradezu grotesker Geschwindigkeit hantieren, und weil auch die Tonschleife mitspulte, wurden die Bilder begleitet von einem affenartigen Gebabbel, infantil und unverständlich. Der Film stoppte an einem

Sommertag, an dem sie ihrem Vater dabei zusah, wie er sein kleines Baby in Hagen im Garten wiegte.

»Was hast du?«

»Ich bin müde«, rief sie, ohne sich umzudrehen, schon auf der Treppe. »Ich muss unbedingt ins Bett.«

Er lief ihr nach, verfolgte sie bis in ihr Zimmer und fragte sie fast wie ein Kind, ob er nicht auch ein Recht darauf habe, glücklich zu sein.

Überall glückliche Menschen. Ilka wurde das nagende Gefühl nicht los, betrogen worden zu sein. Dass auch sie Rechte besaß, die es einzufordern galt; dass man ihr gegenüber schadenersatzpflichtig war. 36 Wochen Berlin – Zürich, Zürich – Berlin, 39744 Meilen, 60552 Kilometer, und das alles am Ende für nichts? Beziehungsweise weniger als nichts, denn sie hatte ja sogar draufgezahlt. Nach anfänglichem Zögern hatte sie schließlich doch alle Flüge von Mitte Januar bis Juli storniert. Pro Flug erhielt sie vier Euro zurück: Sie hatte die Flüge für 29 Euro gebucht, die Bearbeitungsgebühr bei Stornos betrug 25 Euro pro Strecke.

Über die Weihnachtsfeiertage sortierte und berechnete sie mit grimmigem Eifer ihre Belege über ihre Reisekosten in die Schweiz. Zu ihrem Ärger hatte sie herausgefunden, dass sie – da sie erst zum 1. April vergangenen Jahres im Universitätsspital angefangen hatte, hinzu kamen die Wochenenden – nicht die geforderte Mindestzahl von 179 Tagen im Jahr in der Schweiz verbracht hatte, ergo dem deutschen Finanzamt zwecks Besteuerung unterlag. Neun Monate doppelte, dreifache Haushaltsführung, denn zuletzt hatte ja schon Ludmila wie ein Schatten mit in der Schwedter Straße gewohnt: Das Finanzamt war ihr eine saftige Rückzahlung schuldig. Sie addierte die Kosten für ihre Wohnung in der Schweiz, die Flüge, den Fernseher, das Telefon, den Sprachkurs und kam auf 23582 Schweizer Franken beziehungsweise 14405 Euro, für die sie steuerliche Entschädigung verlangte. Kurz vor Silvester war ihre Steuererklärung fertig, am Neujahrstag wollte sie den Umschlag in den Briefkasten einwerfen, doch durch die Vielzahl insbesondere der Flugbelege war der Brief so dick, dass er nicht mehr durch den Schlitz eines Briefkastens passte. Ärgerlich nahm sie ihn wieder mit nach Hause und brachte ihn am nächsten Morgen als Erstes in Hagen auf die Post.

Es dauerte keine zwei Wochen, bis sie auf dem Umweg über Hagen, wohin sie ihre Post umgeleitet hatte, zusammen mit weiteren an sie in Berlin adressierten Briefen und einer von Frau Schmidt beigefügten Tafel Schokolade ein Antwortschreiben des Finanzamts erreichte.

Sehr geehrte Frau Fuchs,
in Ihrer Einkommensteuererklärung 2005 haben Sie 14405 Euro Werbungskosten im Rahmen der doppelten Haushaltsführung geltend gemacht.

Bei nicht verheirateten Arbeitnehmern spricht – je länger die Beschäftigung dauert – vieles dafür, dass sich der Mittelpunkt der Lebensinteressen am Beschäftigungsort befindet und die weitere zur Verfügung stehende Wohnung lediglich für Besuchs- bzw. Ferienzwecke vorgehalten wird (BFH BFH/NV 2000, 949, HFR 2000, 565).

Das Bundesverfassungsgericht hat zudem entschieden, dass Partner einer nichtehelichen Lebensgemeinschaft weder unter Hinweis auf Art. 1 Abs. 1 GG noch auf Art. 3 Abs. 1 GG eine steuerliche Gleichstellung mit Ehegatten (im ErbStG) verlangen können (BVerfG-Beschluss, BStBl II 1990, 764).

Erhebliches Gewicht kommt bei der Frage nach der Anerkennung der Kosten für doppelte Haushaltsführung dem Umstand zu, zu welchem Wohnort die engeren persönlichen Beziehungen bestehen. Insoweit ist auch von Belang, wo sich Bezugspersonen des Arbeitnehmers überwiegend aufhalten.

Bitte teilen Sie uns schriftlich mit, ob und inwiefern in

Ihrem Fall eine Bezugsperson die Vorhaltung der Wohnung in Berlin erforderlich gemacht hat. Auf Grundlage Ihrer Angaben wird das Finanzamt Pankow einen Entscheid bezüglich der möglichen Anerkennung von Werbungskosten fällen.

Ihrer Antwort sehe ich innerhalb von zwei Wochen entgegen.

Mit freundlichen Grüßen

Pulkow

Ilka öffnete das Fenster und lehnte sich hinaus. Zehn Uhr abends: Das unablässige Tosen des Verkehrs war längst verstummt, hatte sich nach weiter hinten in die Stadt zurückgezogen wie bei einer Ebbe. Sie lebte am Rande des Schwarzen Meeres, eines giftigen Binnensees, der sich Tag für Tag zu den genau gleichen Zeiten ausdehnte und zusammenzog, ausdehnte und zusammenzog. Wenn das Wasser zurückwich, traten die beteerten Sandbänke umso deutlicher hervor, gaben den Blick frei auf den Müll, den das Meer der Autos und Laster angeschwemmt hatte. Späte Strandläufer in der Dämmerung: Ein orthodoxer Vater mit Sohn schob im gelben Licht einer Laterne ein Fahrrad mitten über die Weststraße, schob es wie demonstrativ in entgegengesetzter Richtung: Geisterfahrer zwischen *West End Girls* und dem *Montenegro-Grill*. Sie sah nach ihrem Auto, das nun schon seit Wochen ungenutzt am Idaplatz geparkt stand. An der Straßenecke lugte gerade noch das Heck des Wagens hervor; ein Dackel im Ausgang schnupperte am Hinterreifen. Sie lauschte auf das, was man »Stille« nannte, wenn man in der Haslerstraße wohnte, auf das sich entfernende Bellen des Hundes.

Sie stand am Fenster und weinte schwarze Tränen, denn dort, wo die Flüssigkeit mit dem Fensterrahmen in Berührung kam, vermischte sich das Wasser mit dem Feinstaub, der wie ein durchscheinender Trauerflor auf dem Fensterrahmen lag, egal, wie oft man ihn putzte. Ein winziges Rinnsal entstand, grau wie das Briefpapier des Finanzamts.

Es suchte sich seinen Weg Richtung Hauswand und versickerte dort lautlos.

Unter Bezugnahme auf Ihr Schreiben teile ich Ihnen hiermit Folgendes mit:

Ihre Gedanken spielten verrückt, es gelang ihr einfach nicht, einen vernünftigen, einen sachlichen Satz zur Einleitung des Antwortschreibens zu verfassen. *Bezugsperson*, echote es höhnisch in ihrem Kopf, als ob das, was zwischen ihr und Stefan einmal war, sich zurechtstutzen ließe auf eine steuerrechtliche Floskel.

Er war immer für mich da – und auch für andere.

Ihr Vater hatte ihr achselzuckend geraten, in ihrem Antwortschreiben zu erwähnen, sie seien *verlobt*, oder notfalls auch: *verlobt gewesen*. Doch allein schon das Wort war doch Verrat, schierer Verrat an Stefan! Das war eben nicht Stefan, so wie er vieles andere nicht war. Aber hatten nicht all diese Leerstellen in seinem Leben und die Würde, mit der er aus einer Schwäche etwas Liebenswertes formte, sie nicht durch hektische Betriebsamkeit zu überspielen versuchte, wie andere es taten, gerade das Unverwechselbare an Stefan ausgemacht? Er knüpfte die Maschen seines Lebens lose. Niemals hätte das luftige Netz, das auf diese Weise über die Jahre entstanden war, irgendeiner ISO-Norm für Karrierewege standgehalten. Und doch hatte dieses Netz sie noch jedes Mal aufgefangen – bis auf das allerletzte Mal –, und nie hatte sie sich in diesem Netz gefangen gefühlt wie ein zappelnder Fisch, der einem professionellen Kutter in die Fänge geraten war. Warum nicht … Mit Sätzen, die so begannen, hatte er sie immer wieder dazu überredet, Dinge zu tun, die heute ihre schönsten Erinnerungen ausmachten.

Seit dem Jahr 2001 lebe ich in Berlin mit Herr Stefan Heinzinger in eheähnlicher Gemeinschaft. Habe ich in Berlin mit Stefan Heinzinger in eheähnlicher Gemeinschaft gelebt.

Sie ekelte sich vor sich selbst, als sie es mit diesen Sätzen probierte. Selbst wenn sie die »eheähnliche Gemeinschaft«

in Anführungszeichen setzte, ging es nicht. Und dann die Tempusfrage, die auf geradem Wege in die Gewissensfrage führte: *Lebe ich – habe ich gelebt – lebte ich.* Wo fing die Lüge an? Inwiefern verdiente das Finanzamt ihre Ehrlichkeit? Wie viele Lügen hatte sie noch gut auf ihrem Konto? War andererseits eine ehrliche Beschreibung des Zustands ihrer Beziehung notwendig, würde sie die Bürokratie nicht überfordern, wenn sie von *Pulkow* verlangte, die Abwärtsspirale ihrer Liebe bis in die letzte, bittere Windung nachzuvollziehen?

Sachlich bleiben: *Im vergangenen Jahr habe ich in der Schwedter Str. 57 in 10435 Berlin mit Herrn Stefan Heinzinger in eheähnlicher Gemeinschaft gelebt.*

Und dieses Jahr?

Werde ich einsam bleiben.

Aber je hygienischer sie den Leichnam ihrer Liebe für das Finanzamt präparierte – würde es *Pulkow* nicht umso leichter fallen, ihr in ähnlich desinfizierten Worten einen ablehnenden Bescheid zu übermitteln? War nicht, genau genommen, *Pulkow* der/die Einzige, der/die sich wirklich und wahrhaftig für ihre Liebe interessierte, die auf völlig unnötige Weise unter die Räder gekommen war: Zertreten unter den stampfenden Hufen einer Horde von *frequent flyern*, zerschwiegen in zermürbenden Telefonaten, bis sie sich am Ende wie ein Kondensstreifen am Himmel – eben noch gut sichtbar, klar definiert – Minuten später einfach aufgelöst hatte in nichts? Genauso hatte sich Stefan einfach aufgelöst, aus ihrem Leben herausgelöst, um sich in einem anderen Leben wieder zusammenzusetzen. Sie sah ihn Hand in Hand mit einem Schatten, und plötzlich hasste sie diese Wohnung, die nur noch ein Gehäuse war, *zu Besuchszwecken*. Der Schatten, der sich seit dem Sommer über die Wohnung gelegt und Heimlichkeiten ermöglicht hatte. Und doch hätte es an ihr gelegen, die Rollläden aufzureißen und zu lüften.

Alles noch einmal beginnen und alles anders machen.

Wer wollte sie hören, ihre Vorwürfe an sich selbst? Selbst Herr Sobotta zeigte inzwischen erste Ermüdungserscheinungen.

Ilka spürte die Wärme des rosafarbenen Sands, das Gewicht von Stefans Körper in der Hängematte, und plötzlich erschien es ihr unangemessen, einen Computer für ihr Anliegen zu benutzen. Sie klappte das Gerät zu und schob es beiseite.

Stefan Heinzinger: Als Erstes schrieb sie seinen Namen in die Luft, mit großer Sorgfalt, ja mit Zärtlichkeit. Dann die Überschrift, wie den Beginn eines Kapitels.

Eine glückliche Zeit.

Sie schrieb, bis morgens um sechs Uhr das Summen immer lauter wurde. Der Schwarm riesiger Insekten, der brummend durch die Schneise in der Weststraße einflog: Ein neuer Tag in der Schweiz begann.

40

»Please«, sagte Karim am Freitag, als sie ihn nach der Schicht besuchte, und klammerte sich an ihrer Hand fest, *»please, Ilka, take me to Germany!«*

Als sie ihn fragte, warum, zeigte er ihr einen Ausriss aus der *Neuen Zürcher Zeitung*, die er jeden Tag geschäftig durchblätterte, obwohl er nur die Bilder würdigen konnte. Er deutete auf ein Foto: ein Mann, der, obwohl groß gewachsen, sich selbst beinahe verlor inmitten einer Schar von – wie viel? eintausend? zweitausend? – Gartenzwergen. Ein Fußballfeld voller Gartenzwerge. *Frankfurt: Bürgerinitiative protestiert gegen geplanten Bau des UCS-Tower.*

»Isn't that fantastic? Ilka? Ilka, wait! Why do you cry?«

Das Foto war auch in den *Vorarlberger Nachrichten* unter *Vermischtes* erschienen. Gerade eben noch bester Laune nach einer erfolgreichen Akquise, unterbrach Friedrich Fuchs seinen neuen Assistenten mitten im Satz und griff nach dem Autotelefon. Der Assistent konnte gerade noch etwas von Tempo 220 murmeln, als ihm eine herrische Geste Fred Fuchs' bedeutete zu schweigen.

»Wie viel habt ihr für *Gartenzwerge* ausgegeben? Und du hast es ihm nicht verboten, Frau Professor? Seid ihr verrückt geworden?«

41

Als Ilka ihn das erste Mal wegen der Rücküberweisung ihrer Anlage von 20000 Franken anrief, machte Sobotta sie auf den Wirtschaftsteil der *FAZ* aufmerksam. »Die Phantasie der Börsianer konzentriert sich im Moment auf Windenergie«, sagte er, »ich würde mit dem Verkauf von Rätia noch zuwarten. Meines Erachtens ist in der Aktie immer noch Spiel drin. Ein paar Tage, dann ziehen die Kurse sicher nochmals an.«

Ilka begann, jeden Morgen als Erstes die Wirtschaftsmeldungen durchzusehen. Tatsächlich war Rätia Energie Wochen später abermals gestiegen.

»Jetzt, Herr Sobotta«, sagte sie, als sie bei ihm anrief. »Heute ist der Tag!«

»Wofür?« Sobotta gähnte vorwurfsvoll, und nicht zu Unrecht, denn sie hatte ihn zu Ärztezeiten angerufen, sieben Uhr dreißig, kurz bevor sie ihre Visite begann.

»Um meine Aktien zu verkaufen.«

»Heute ist Freitag, liebe Ilka.«

»Na und? Was bedeutet das?«

»Das bedeutet, dass ich mich – wo Sie mich nun schon einmal geweckt haben – gleich daranmachen muss, die Prestel-Kolumne zu schreiben. Die Deadline in der Redaktion ist um vierzehn Uhr, und Heinz erwartet mein Fax in seinem Hotel auf Sri Lanka. Die Zeitverschiebung, wissen Sie? Außerdem ist Heinz kritisch, manchmal gefällt ihm meine Ausdrucksweise nicht. Mitunter findet er mich reichlich plump.«

»Aber –«

»Aber was?«

»Könnten Sie nicht trotzdem zwischendurch kurz den Verkauf meiner Anteile veranlassen? Das kostet Sie doch nur einen Knopfdruck am Computer.«

»Ich bin altmodisch. Mir ist es lieber, persönlich mit meinem Bankberater zu sprechen, und wenn ich ihn schon am Telefon habe, wird es meist ein längeres Gespräch, und dafür habe ich heute keine Zeit. Im Übrigen nehmen freitags zu viele Leute ihre Gewinne mit. Verkaufen Sie Mitte nächster Woche.«

Sie zögerte, dann sagte sie es doch: »Ich brauche das Geld, Herr Sobotta.«

Er fragte nicht, wofür, sagte stattdessen nur: »Soll ich Ihnen etwas leihen?«

»Nein.«

»Ilka, nur ein Wort, und Sie können noch heute Abend 5000 Franken bei Western Union Money Transfer in Zürich abholen. Zehntausend Franken, was Sie wollen, wenn Sie in Verlegenheit sein sollten.«

»Ich bin nicht in Verlegenheit.«

Sobotta schnaufte. Offenbar musste er sich Mühe geben, nicht in die Rolle des Deutsche-Bank-Direktors zurückzufallen, aber ein bisschen kurz angebunden klang er doch, als er schließlich erwiderte: »Die jungen Leute denken, wir Rentner hätten keine Verpflichtungen. Hätten jederzeit zu ihrer Verfügung zu stehen, aber ein paar unaufschiebbare Termine habe selbst ich noch, auch wenn sie im Vergleich zu den Ihren läppisch erscheinen mögen. Einer davon ist leider nun mal heute, und das bitte ich zu respektieren.«

In der Prestel-Kolumne am folgenden Samstag ging es um die Fehler voreiliger *day trader*. Ilka las es und hatte ein schlechtes Gewissen. Deshalb rief sie auch erst am Dienstag und nicht schon am Montag danach erneut bei Sobotta an, erreichte jedoch nur seine Mailbox. Als sie ihm am Mittwochabend eine E-Mail schickte, meldete der Auto-Responder umgehend zurück, Sobotta sei von Dienstag früh bis einschließlich der kommenden Woche nicht zu erreichen.

Als Sobotta schließlich anrief und sich einen Termin in der Klinik geben ließ, schwankte Ilka zwischen Ärger und Erleichterung.

»Mein Gott, wo waren Sie denn in den vergangenen zwei Wochen?«, fragte sie ihn, als er ihr aufrecht und voluminös wie stets gegenübersaß. »Ich habe x-mal versucht, Sie zu erreichen.«

»Ich hatte Herzrhythmusstörungen und war deswegen ein paar Tage zur Beobachtung in Lugano in der Klinik. Striktes Handyverbot, Sie kennen das ja. Nun, wo alles wieder in Ordnung zu sein scheint, wollte ich endlich einmal meine Rückenschmerzen angehen. Manchmal braucht man einen Wink mit dem Zaunpfahl, mehr auf sich zu achten. Sie hatten mir doch irgendwann einmal freundlicherweise angeboten, sich Gedanken über eine Alternative zu Ibuprofen zu machen, und ich wäre froh, wenn ich darauf zurückkommen dürfte. Bevor ich es vergesse, ich nehme an, dass ich all dies nicht ausfüllen muss, oder?«

Noch bevor sie antworten konnte, hatte er den Patientenfragebogen sowie die Erklärung zur privaten Kostenübernahme für ausländische Patienten zerrissen.

Na warte, dachte Ilka.

»Dann ziehen Sie bitte Ihre Hose aus«, entgegnete sie.

»Meine Hose? Aber ich habe doch Rückenschmerzen.«

»Ich möchte mir den Zustand Ihres gesamten Bewegungsapparats einmal ansehen. Hier, setzen Sie sich auf die Pritsche, und versuchen Sie, das Bein so weit wie möglich anzuheben.«

»Meinem Arzt in Deutschland hat es immer gereicht, wenn ich das Hemd aufknöpfe.«

»Wer für eine Untersuchung lediglich 20 Euro abrechnen kann, *will* überhaupt nicht mehr als Ihren Oberkörper sehen, Herr Sobotta.«

Sobotta startete einen letzten Versuch. »Vielleicht möchte ich Ihnen den Anblick meiner Unterhose ersparen, Ilka«, sagte er zaghaft.

»Keine Sorge, Herr Sobotta, wir Mediziner können da sehr gut trennen.«

Trotzdem warf sie natürlich einen Blick auf seine Unterhose, beigefarbenes Feinripp unter dem Hemd, das ihn ohne den formgebenden Gürtel nun wie ein Engelchenkleid umgab. Dünne, blasse Beine, spärlich behaart. Krampfadern.

Während sie ihn untersuchte, sagte sie wie beiläufig zu ihm: »Mir ist es sehr unangenehm, Sie mit Terminen zu behelligen, Herr Sobotta, aber ich brauche mein Geld bis spätestens 15. Februar. Wenn Sie mögen, gebe ich Ihnen das schriftlich.«

Die Tür zum Labor stand offen. Man hörte eine Schwester eintreten, im Labor hantieren, das Labor wieder verlassen.

»Wollen Sie die Tür nicht lieber schließen, Ilka?«

»Das ist schon in Ordnung so.« Zufrieden nahm sie die Rötung seines Gesichts zur Kenntnis.

»Bei der *Deutschen Bank* hatten wir die eiserne Regel –«

»Wollen Sie das nicht einfach einstecken, zur Erinnerung, Herr Sobotta?«

Ilka nahm ein Rezeptblatt und schrieb 15. 2. 2006 darauf. Sie hielt Sobotta das Blatt hin. Sobotta fasste es mit spitzen Fingern an, um es gleich darauf zu zerknüllen.

»Als Ihr Freund muss ich Ihnen davon abraten, Ihre Anteile zum gegenwärtigen Zeitpunkt zu verkaufen«, sagte er stattdessen. »Rätia Energie kann noch viel weiter steigen. Es gab eine sehr positive Bewertung im *Small Caps Report*.«

»Ich möchte mein Geld, und zwar jetzt.«

»Sie riskieren einen Verlust.«

»Der kann so schlimm nicht sein. Ich liege immer noch weit über dem Einkaufspreis.«

»Das ist eine Milchmädchenrechnung, von Hausfrauen, die in Telekom-Aktien machen.«

»Dann bin ich eben ein Milchmädchen. Ich brauche das Geld.«

Sie wunderte sich selbst, wie scharf ihre Stimme plötzlich klang.

Sobotta griff nach einer Spritze, die neben der Pritsche lag, zückte sie und sah sie an.

Dann öffnete er die Hand und ließ die Spritze wie bei einer physikalischen Versuchsanordnung zur Schwerkraft einfach zu Boden fallen. Newton und der Apfel. Ein Experiment.

Ilka starrte auf die Nadel am Boden.

Sie hörte immer noch das Klirren, mit dem sie auf dem Boden aufgekommen war, aber Sobotta war schon wieder bester Laune und schmunzelte. »Sehen Sie?«, fragte er. »Sie haben sich nicht gerührt, nicht einen einzigen Moment mit dem Gedanken gespielt, die Spritze aufzufangen. *Greife nie in ein fallendes Messer.* Das ist kein Geheimwissen von uns Bankern, aber der Spruch ist schlicht korrekt. Und instinktiv reagieren Sie genau richtig. Sie sollten sich also auch, was Ihre Anlage angeht, nicht nervös machen lassen, sondern lieber auf mich vertrauen.«

Er bückte sich und hob die Spritze auf. Legte sie auf den Tisch neben der Liege.

»Verzeihen Sie«, sagte er, »jetzt müssen Sie ein Stück mehr sterilisieren.«

Er lachte.

»Ich weiß, dass es gegen Ihre Berufsehre geht, die Anteile zu einem Zeitpunkt zu verkaufen, an dem Sie immer noch Steigerungsmöglichkeiten sehen«, sagte Ilka. »Aber egal, wie hoch der Kurs noch klettern kann, ich steige definitiv aus und erwarte mein Geld am 15. 2. 2006, bar oder auf meinem Konto.« Sie nahm einen zweiten Zettel, notierte noch einmal das Datum, legte es neben ihn auf die Pritsche.

»Darf ich mal Ihren Stift haben, Ilka? Ich bestehe einfach auf einem Mindestmaß an Diskretion.« Ilka reichte ihm ihren *Montblanc*. Sobotta notierte 20000. »Diesen Betrag in Schweizer Franken habe ich zu treuen Händen von Ihnen erhalten.«

Endlich! dachte Ilka. Endlich begreift er. Laut sagte sie: »Ja.«

»Über die aktuelle Kursentwicklung sind Sie informiert, wie ich sehe, aber ich sage Ihnen zugleich: Wenn Sie noch etwas Geduld haben, nur noch etwas Geduld, dann verbauen Sie sich keine Ihrer Chancen, sondern haben glänzende Aussichten. Es könnte gut für Sie ausgehen, Ilka, richtig gut ausgehen für Sie. Könnte.«

Er sah sie an, dann nahm er noch einmal den Stift und malte vor die 20000 eine 1. Jedoch keine arabische Ziffer, eine 1 mit Häkchen, sondern eine amerikanische 1: einen einfachen Strich.

Er zog die Linie mehrfach nach und sah Ilka dabei an. Sah sie lange an, hielt sie fest mit seinem Blick.

»Als Freund will ich Sie vor einer Fehlentscheidung bewahren, Ilka«, sagte er schließlich. »Sie haben so viel in der Schweiz investiert.«

Er sah, kühl wie ein Arzt, ihr flammendes Erröten. Ihren Blick, der Richtung Labor schoss. Ihren mit einem Mal unsicheren Gang, als sie aufstand, zur Tür ging, die Tür schloss. Sie fühlte sich selbst, als ob sie torkelte. Schwankte.

»Ich verstehe Sie nicht«, sagte sie schließlich.

»Den Eindruck habe ich nicht«, entgegnete er.

»Herr Sobotta, ich verstehe Sie nicht«, wiederholte sie.

»Und ich sage Ihnen, wir haben uns von Anfang an gut verstanden. Wir waren gleich auf einer Wellenlänge. Sagen Sie nicht, Sie hätten das nicht gespürt, damals im Zug.«

42

Von diesem Tag an begegnete sie Sobotta nur noch in der Klinik, dies jedoch umso häufiger. Angeblich wegen sich verschlimmernder Rückenschmerzen ließ er sich anfangs alle zwei Wochen, später im Wochenrhythmus Termine bei Ilka geben.

»Dieses Spital ist voller Deutscher!«, stellte er fest, nachdem sie ihm Dibidolor gespritzt hatte. »Wie kommt das?«

»Die Arbeitsbedingungen sind gut«, sagte Ilka, aber Sobotta ließ sich nicht auf ihre Einsilbigkeit ein.

»Mit Arbeitsbedingungen meinen Sie das Gehalt? Oder die Dienstzeiten?«

»Beides.«

»Wie unterscheidet sich der Lohn von Deutschland? Haben Sie höhere Tarife? Weniger Überstunden? – Kommen Sie, Ilka, Sie können einen promovierten Volkswirt, der sich vergleichend mit Gesundheitssystemen beschäftigen möchte, doch nicht mit einem Wort abspeisen wie möglicherweise Ihre Großmutter, bei allem Respekt für die Dame, sofern sie noch lebt.«

»Seit wann beschäftigen Sie sich vergleichend mit Gesundheitssystemen, Herr Sobotta?«

»Seit ich durch Sie Einblick in die Schweizer Medizinlandschaft gewonnen habe. Es interessiert mich. Ich möchte Sie besser verstehen. – Haben Sie viel Kontakt zu Ihren deutschen Kollegen und Kolleginnen? Gibt es da so etwas wie ein Zusammengehörigkeitsgefühl?«

»Natürlich«, sagte Ilka sofort.

»Dann möchte ich sie kennenlernen«, sagte Sobotta zufrieden.

»Wen?«

»Ihre Landsmänner und Freunde.«

»Warum?«

»Nun, ich gehe davon aus, dass sie in einer ähnlichen Situation wie Sie sind. Sie haben ein wenig Geld in der Schweiz gespart, das sie gern vorübergehend gewinnbringend anlegen möchten, ohne dass das deutsche Finanzamt mit der Nase darauf gestoßen wird. Ich würde sie selbstverständlich gern beraten.«

Schließlich betrat Sobotta das Sprechzimmer mit einer zusammengefalteten Zeitung in der Hand, die er Ilka vorwurfsvoll auf den Schreibtisch warf. »Sie nutzen meine Verkalktheit schamlos aus, Ilka. Das ist nicht nett von Ihnen.« Umständlich schnaufend nahm er Platz und polierte die Gläser seiner Pilotenbrille.

»Ich verstehe Sie nicht, Herr Sobotta.«

»Sie rechnen auf meine Vergesslichkeit.«

»Und Sie auf meine.«

Statt einer Antwort sah Sobotta sie nur streng an, dann faltete er die Zeitung auf. Es war ein *Handelsblatt* von vergangener Woche. Mit seinem kurzen Zeigefinger deutete Sobotta auf das kleine Foto ihres Vaters rechts unten in der Spalte mit Unternehmensmeldungen.

Fuchs Ladungssicherung Hebetechnik expandiert nach Osteuropa – Die Übernahme des vormals im moldawischen Staatsbesitz befindlichen Werks TOPAZ *durch Fuchs Ladungssicherung Hebetechnik wurde gestern durch den geschäftsführenden Gesellschafter Friedrich Fuchs (Foto) bekanntgegeben. Gleichzeitig kam es zu Warnstreiks im Werk Wetter an der Ruhr. Der Betriebsrat forderte, dass die Mitarbeiter in Moldawien nicht zu Dumping-Löhnen beschäftigt werden dürften. Der Neffe des geschäftsführenden Gesellschafters kündigte in einer Betriebsversammlung an, die Standortverlagerung in fünf Jahren erneut kritisch überprüfen zu lassen.*

Verdammt, verdammt, verdammt! Sie selbst hatte Sobotta damals, ganz zu Beginn ihrer Bekanntschaft, manches – im Rückblick viel zu viel – über ihren Hintergrund in Deutschland erzählt. Manches hatte sie sogar ein wenig ausgeschmückt, das rächte sich jetzt bitter.

»Beinahe«, sagte Sobotta. »Beinahe hätte ich es vergessen, und dann fiel es mir doch wieder ein. Aber nun werde ich Ihre Familie ja kennenlernen.«

»Ich wüsste nicht, wo«, sagte Ilka.

»Na, hier. In der Schweiz! Ihr Vater kommt doch am Wochenende, wie mir die Schwester vorhin erzählt hat.«

»Wir sind bereits das ganze Wochenende verplant.«

»Ach so?«

»Wir wollen in die Berge fahren.«

»Dann fahre ich mit. Wir könnten zusammen wandern. Oder wir fahren gemeinsam nach Küsnacht ins Hotel *Sonne*. Wissen Sie noch, wie begeistert Sie damals von unserem Ausflug waren?«

»Wir werden spontan entscheiden, was wir am Wochenende unternehmen.«

»Am Flughafen.«

»Ja, genau. Sobald mein Vater gelandet ist.«

»Dann werde ich ihn einfach gemeinsam mit Ihnen in der Ankunftshalle erwarten. Ihr Vater fliegt doch sicher nicht mit Air Berlin, oder? Kommt er mit der Lufthansa-Maschine um 20 Uhr? Wir beide bilden ein Empfangskomitee.«

»Das werden wir nicht. Sie werden ihm nicht am Flughafen auflauern!«

»Wer spricht denn von auflauern? Ich komme selbstverständlich kurz danach zufällig vorbei, um beim *Credit Suisse*-Automaten etwas Bargeld zu ziehen. Das tun Sie doch genauso, oder nicht? Haben Sie mir nicht selbst irgendwann einmal erzählt, dass Sie vor allem deswegen Kunde bei der *Credit Suisse* geworden sind, weil sie ihre Geldautomaten so günstig am Flughafen platziert hat?«

Sobotta hatte sich jedes winzige Detail gemerkt, von Anfang an. Von Anfang an hatte er vorgehabt, sie einzukreisen, einzuwickeln, auszuschlachten. Spinne im Netz.

»Papa«, sagte sie am Abend. »Unser Wochenende in den Bergen – daraus wird leider nichts. Wir haben einen Personalengpass im Spital.«

»Schade, Spätzchen«, sagte er, »aber natürlich geht die Arbeit vor.«

Ilka hatte den Eindruck, dass er nicht unglücklich über die Absage war.

Dr. Jürgen Sobotta.

Wie ein Fieberschub überkam sie jedes Mal eine brennende Hitze, wenn sie seinen Namen in ihrem Outlook entdeckte, weil er sich wieder einmal einen Termin bei ihr hatte geben lassen. Sie versuchte, sich einzumauern in Geschäftigkeit, übernahm zusätzliche OPs, um ihm aus dem Weg zu gehen, bestellte Schwestern dazu, wenn sich Sobotta von ihr untersuchen ließ, besuchte jede Konferenz, wenn sie sie nur für ein paar Tage aus Zürich fortbrachte. Daraufhin begann Sobotta, mittags unerwartet in der Kantine des Spitals aufzutauchen. Plötzlich stand er in der Schlange vor der Essensausgabe neben ihr, begrüßte sie echt schweizerisch mit drei Küsschen, stellte sich Professor Widmer und den anderen Kollegen freundlich vor, orderte dann ebenfalls ein warmes Gericht und nahm sich noch eine Suppe und einen Nachtisch dazu sowie ein Viertelliterfläschchen Rotwein.

»Endlich einmal ein Deutscher, der mittags auch ein Glas trinkt«, bemerkte Widmer zufrieden und prostete Sobotta zu. »*Santé!*«

Der Kassiererin sagte Sobotta, die Dame neben ihm würde seinen Verzehr mit übernehmen. Er habe leider keine Wertkarte für die Spitalskantine.

Ilka starrte auf den Boden, während die Kassiererin weitere 35 Franken von ihrer Karte abzog.

Wie selbstverständlich trottete Sobotta nach dem Essen gemeinsam mit der Gruppe Richtung Station zurück, bis es ihr am Aufzug gelang, ihn aufzuhalten.

»Was soll das? Warum verfolgen Sie mich bis in die Kantine?«, fuhr sie ihn an.

»Ich hatte Hunger«, entgegnete er und zuckte die Achseln.

»Warum essen Sie dann nicht anderswo? Von meinen 20000 Franken können Sie doch fünfzigmal ins Hotel *Sonne* gehen«, fauchte sie ihn an.

»Das Geld steht im Moment nicht zu meiner Disposition«, sagte er vornehm.

»Was soll das schon wieder heißen? Was haben Sie mit dem Geld gemacht?«

»Ich war an der Côte d'Azur. Fünf Tage im *Majestic Barriere* – ich denke, da brauche ich nicht mehr zu sagen.«

»Sie haben von meinem Geld *Urlaub* gemacht?« Beinahe schrie sie vor Wut.

»Natürlich nicht!«

»Was dann?«

»Kontakte.«

»An der Côte d'Azur?«

»Was glauben Sie, wie gern ich in einem schlichten Garni irgendwo im Hinterland, inmitten blühender Felder abgestiegen wäre!« Er atmete bedauernd imaginären Lavendel wieder aus. »Aber die Damen – weiß Gott, sie sind anspruchsvoll! Die alten noch mehr als die jungen. Essen natürlich nur im *Martinez*, und wenn man in Cannes oder Monte Carlo mit einem Auto unterhalb der S-Klasse vorfährt, wird man sowieso nicht ernst genommen. – Warum sehen Sie mich so angewidert an, Ilka? Wer sagt, dass ich auf immer und ewig alleinstehend bleiben muss? Können Sie sich nicht vorstellen, dass auch ein Mann meines Alters nach ein wenig Zärtlichkeit sucht? Und dass es Damen gibt, Damen meines Alters, die das Gleiche tun?«

»Vorstellen kann ich es mir«, entgegnete Ilka brüsk. »Und an der Côte d'Azur finden Sie sie sicher zuhauf. Ich kann also nur hoffen, dass keine so dumm ist, auf Sie hereinzufallen.«

»Wünschen Sie mir lieber Glück, schon aus eigenem Interesse. Je eher ich fündig werde, desto schneller kann ich Ihnen Ihr Geld zurückzahlen. Ansonsten fällt mir nämlich nur eine Alternative ein: Sie machen mich mit einigen Ihrer deutschen Freunde in der Schweiz bekannt, und sobald ich Gelegenheit hatte, neue Kontakte – ähnlich wie mit Ihnen – aufzubauen, bekommen Sie Ihr Geld zurück. Versprochen. Haben Sie nicht gesagt, dass das ganze *Flugzeug* montags und freitags voller Deutscher ist, die in der Schweiz arbeiten?«

»Ich denke, in den Lufthansa-Maschinen finden Sie eher Ihre Klientel«, sagte sie, doch Sobotta winkte ab. »An Bord der Lufthansa«, entgegnete er, »sitzen Geschäftsreisende. Leute, wie ich es früher war: heute hier, morgen da. Aber mich interessieren flüchtige Begegnungen nicht mehr. Mir liegt heute daran, ein soziales Netz in der Schweiz zu knüpfen. Abgesehen davon sind mir Billigflieger grundsympathisch: Leute, die sparen. Da lacht einem doch das Herz als Banker!«

Sollte er doch die Witwen an der Côte d'Azur einwickeln, aufwickeln wie eine Roulade, die ganze Füllung herausschlecken, noch auf das letzte Speckstückchen Jagd machen: Ihretwegen, aber 2A bis 12F hatten es nicht verdient. Nicht einmal Nürnberger und Schwester Doreen wollte sie auf dem Gewissen haben, und wenn Doreen sie von sich aus nach dem *gepflegten älteren Herrn* fragte, der neuerdings ab und zu mit der Station essen ging, war das gewiss nicht ihre Schuld.

»Ich fliege seit einiger Zeit nicht mehr, Herr Sobotta.«

»Was Ihnen nicht guttut, Ilka. Sie waren früher viel lockerer. – Kommen Sie, lassen Sie uns Terminkalender vergleichen. Welcher Montag würde bei Ihnen gut passen?«

»Gar keiner, Herr Sobotta.«

»Warum?«

»Stellen Sie sich vor: Selbst wenn ich fliegen wollte, ich hätte im Moment nicht einmal das Geld«, sagte sie gehässig.

»Das brauchen Sie doch auch nicht. Haben Sie mir nicht neulich noch erzählt, dass Sie gar nicht wissen, wohin mit Ihren fast 100000 Meilen, die Sie gesammelt haben? Dass Sie eine Art Königin unter den Billigfliegern wären?«

»Wenn Sie noch lange so weitermachen, gehe ich zur Polizei«, sagte sie, aber Sobotta lachte nur.

43

Nach Hause. Ilka konnte schließlich kaum noch anders, als diese beiden Worte zu denken. Sie verstopften ihr Gehirn regelrecht, pufferten alle anderen Gedanken ab, die sie sich eigentlich hätte machen müssen, beispielsweise was sie anlässlich des Bewerbungsgesprächs im Triemli-Spital sagen sollte. Warum konnte sie selbstverständlich eine Leitungsfunktion übernehmen? Wie gut funktionierte die Teamarbeit im Universitätsspital? Jeder Gedanke blieb jedoch wie in einem Sandsack stecken – als ob sich in ihrem Kopf nach einem Unfall ein schützender Airbag entfaltet hätte, der sich nach dem Aufprall einfach nicht wieder zusammenfalten und rückverstauen ließ. Wollte sie wirklich in der Schweiz bleiben, in den Klauen Sobottas, der über die bald noch fettere Beute jubeln würde? Nach Hause.

Sie schlug ihrem Vater eine Reise nach Münsterberg vor, zurück in seine, ihre Vergangenheit.

»Nur wir zwei?«, entgegnete er, als sie ein Wochenende nannte. »Nur wir zwei?«, hatte er früher oft hoffnungsvoll gesagt, um sich dann doch mit dem Skiurlaub zu dritt abzufinden. »Nur wir zwei?«, fragte er auch diesmal, aber es klang enttäuscht. Nach wie vor verweigerte Ilka alle Nachfragen, und jedes Gespräch, das ihr Vater anzuknüpfen versuchte, endete schnell in Schweigen. Eine neue Mitarbeiterin, eine junge Buchhalterin aus seiner Firma, so viel wusste sie inzwischen. Es war ihr unbehaglich, wie radikal ihr Vater sich darum zu bemühen schien, den Ballast seines Vorlebens abzuwerfen. Der Kleiderschrank in ihrem Zimmer in Hagen beispielsweise, der noch bis vor kurzem mit den Kleidern vollgestopft war, die sie um die Zeit ihres Abiturs herum getragen hatte, war plötzlich leer, ebenso »gespendet« wie die Kleider, die sie noch von ihrer Mutter aufbewahrt hatte.

»Wir nehmen Karim mit«, sagte Ilka. »Seit Monaten wartet er darauf, dich kennenzulernen. Er möchte unbedingt einmal etwas anderes von Europa sehen als immer nur die Altstadt unterhalb des Spitals, und wenn er dich an den Ort begleiten dürfte, an dem du als Kind gelebt hast – das wäre für ihn das größte Geschenk, das ich ihm machen könnte.«

»Du hast ihm von mir erzählt?« Friedrich Fuchs freute sich, wurde aber gleich darauf verlegen. »Was weißt du überhaupt aus meiner Kinderzeit?«

»Viel zu wenig«, sagte sie. »Wir fahren mit dem Auto ab Berlin, dann können wir Karim auf dem Hinweg auch noch Görlitz und auf dem Rückweg Posen zeigen, und ich schaue Montag früh vielleicht sogar noch einmal im Robert Koch vorbei.«

Montags stand Professor Zühlsdorff üblicherweise nach dem Jour fixe noch eine Weile mit der Station zusammen. Sie würde zufällig vorbeikommen; vielleicht ergab am Ende ein Wort das andere, und jemand nahm ihr die Entscheidung ab.

»Wir drei also. Aber du sagtest, dass Karim im Rollstuhl sitzt. Dass er ständig ärztliche Betreuung braucht. Wie stellst du dir das vor? Schließlich müssen wir doch unterwegs mindestens zwei Mal übernachten, und wer weiß, in welche Hotels wir auf dem Land in Polen geraten?«

»Bernd und ich haben alles schon geplant.« Bernd hatte nicht einmal in seinen Kalender geschaut, als sie ihn fragte, ob er Karim und sie auf dieser Reise begleiten würde. Am nächsten Tag hatte er bereits die schnellste Verbindung zwischen Berlin und Münsterberg herausgesucht. »Wenn Bernd mitkommt, traut sich sein Onkel nicht, uns die Reise zu verbieten, und zu zweit bekommen wir Karim zur Not jede Treppe hoch. Er hat übrigens einen Rollstuhl zum

Klappen – aber er nimmt viel Platz weg!«, fügte sie schnell an, nachdem ihr Vater schon wieder den Mund zum Einspruch geöffnet hatte. »Und zu viert ist dann sogar dein Auto voll.«

Karim war hingerissen von dem Moment an, als ihn ein Krankenwagen zum Flughafen Zürich transportierte. Der Flug (Karims Onkel hatte darauf bestanden, dass sie alle drei Business Class bei Swiss reisten), die abendliche Rundfahrt durch Berlin, die Begegnung mit Friedrich Fuchs, der auf der Autobahn 220 fuhr.

»Faster, Mister Fred!«, feuerte ihn Karim von der Rückbank aus an, während Friedrich Fuchs langsamere Wagen von der linken Fahrbahn schaufelte, als besäße sein Mercedes einen unsichtbaren Schneepflug am Bug. Woraufhin Friedrich Fuchs Ilka einen zufriedenen Blick per Rückspiegel zuwarf. »Siehst du, Spätzchen? Es gibt tatsächlich noch junge Leute, die *Spaß* am Fahren haben.«

»May I sit in the driver seat, please?«, bettelte Karim, und Fred installierte ihn auf dem Parkplatz im Spreewald mit großer Umsicht auf dem Vordersitz. *»Can I start the engine? Can I drive, please? This car is just great!«*, schwärmte Karim und vertiefte sich mit Fred in ein Fachgespräch über Autotypen und PS.

»Er ist seit vier Jahren nicht mehr zu Hause gewesen«, flüsterte Bernd, während Ilka mit den Augen rollte. »Stell dir vor: vier Jahre kein Vater, der dich sonntags mal in der Sackgasse lenken lässt. – Ich würde meinem Sohn so etwas nicht antun«, fügte er mit Nachdruck hinzu.

»Please, can I drive? Just once? Where are the brakes, Mister Fred?«

»Papa! Mach sofort den Motor aus. Karim hat doch überhaupt keine Kontrolle über seine Beine!« Kopfschüttelnd zog Ilka den Schlüssel ab, als sie am Abend vor dem kleinen Hotel bei Elsterwerda standen, und ließ ihn in ihre Handtasche fallen. Sehnsüchtig sah Karim den Schlüssel verschwinden und später, während des Abendessens, wieder auftauchen. Ihr Vater behauptete, etwas im Auto vergessen zu haben. Sicher will er in Ruhe telefonieren, dachte Ilka.

Offenbar gelang ihm ein gutes Gespräch, jedenfalls kehrte er aufgeräumt zurück, als Ilka und Bernd Karim bereits in Zimmer 19 ins Bett gebracht hatten. Er trank unten noch einen Absacker mit ihnen. »Auf deinen guten Geschmack, Bernd!« Er blinzelte Bernd zu und wandte sich dann an Ilka: »Ich meine natürlich das *Hugos*, Spätzchen.«

»Du hast meinem Vater den falschen Schlüssel gegeben«, sagte Ilka, als ihr Vater sich kurz darauf verabschiedete.

»Hm?« Bernd reagierte bereits mit Zeitverzögerung. Zuvor hatte er in sein Weinglas gestarrt, die rubinrote Flüssigkeit darin kreisen lassen wie in einer Zentrifuge.

»Bernd! Ich sagte, dass du meinem Vater den Schlüssel für die 19 gegeben hast. *Ich* sollte doch bei Karim schlafen, für den Fall, dass er nachts Volon oder Morphin braucht.«

Schon auf der Treppe hörte sie das pfeifende Schnarchen ihres Vaters. Fred lag wie ein riesiger Igel zusammengerollt neben Karim im Bett.

»Entschuldigung«, sagte Bernd kleinlaut, nachdem sie an den Tisch zurückgekehrt war.

Sie sah ihn streng an. »Es tut dir nicht wirklich leid«, sagte sie.

Er wurde rot. »Nein«, sagte er schließlich, und als er dann wie befreit lachte, musste sie plötzlich mitlachen. Sie stießen noch einmal miteinander an. *»Santé!«*

44

Eintausend, zweitausend Kilometer barfuß durch den Schnee laufen.

Barfuß durch den Sand.

Vorsichtig strich Karim über die Zehen von *Mister Fred*. Der große Mann schnurrte wie ein Kätzchen.

Eintausend, zweitausend Kilometer fahren. Schnell fahren, Tempo 220!

Der Schlüssel lag auf dem Nachttisch. Jetzt schlief *Mister Fred* so tief, dass er es wagen konnte.

Im Zimmer nebenan raschelte es. Das riesengroße Kätzchen rollte sich seufzend auf die andere Seite, aber jetzt hielt er den Schlüssel schon fest in seiner Hand umklammert.

Ließ sich auf den Boden gleiten. Kroch voran, bis zur Tür. Vorsichtig zog Karim sich zur Klinke hoch.

Ein feiner Streifen Licht schlängelte sich unter der Tür des Nachbarzimmers hindurch. Er hörte schweres Atmen. Ob Ilka schlecht schlief diese Nacht?

Er streckte die Hand aus und streichelte den Lichtstreifen: Komplize! War es nicht so, dass das Licht ihm Mut machte, ihm voran kroch die Treppe hinab? Helles Flittern auf dem Teppichboden mit dem pudelkrausen Flor: Komm, lockte die silberne Schlange. Stück für Stück voran: Die Treppe war kurz und nicht steil. Er konnte es wagen, sich die Stufen hinuntergleiten zu lassen, den Schlüssel fest in der Hand. Der Läufer schluckte jedes Geräusch.

45

Stefan hatte den Führerschein gemacht, und er brauchte ihn dringend. Das unablässige Klingeln seines Mobiltelefons: Eine Galerie aus New York hatte bei Iris' Sekretärin ausrichten lassen, sie würde ihn gern unter Vertrag nehmen. Er wurde zu Roundtables, Konferenzen, Workshops angefragt. Leute wollten sich an der Bürgerinitiative beteiligen. Jemand vom *Facility Management* der UCS hatte im Institut um einen Termin gebeten. Stefan musste an der polnischen Grenze neue Gartenzwerge kaufen. Nachdem selbst in japanischen Zeitungen Berichte über die Protestaktion erschienen waren, wurden Iris plötzlich Termine beim Stadtplanungsamt und bei der Oberbürgermeisterin angeboten. Stefan richtete auf der neuen Homepage der Bürgerinitiative ein Gästebuch ein, in dem Aktivisten dazu aufriefen, die UBS zu boykottieren und Konten zu anderen Banken zu verlagern. Der Strom der Online-Spenden floss jeden Tag schneller und breiter, jeden Tag brachten die tschechischen Doktorandinnen, die Iris neuerdings beschäftigte, mehrere hundert T-Shirts mit aufgedruckten Gartenzwergen auf die Post. Die signierten Gartenzwerge verkauften sie zu 77,77 Euro das Stück, währenddessen Stefan Iris antrieb, sie müssten nun weitere Aktionen planen und ausführen.

Auch jetzt klingelte das Telefon immer wieder, beinahe tröstlich, denn so war er nicht ganz allein, während er die letzten Sachen in der schon fast leeren Wohnung in der Schwedter Straße zusammenräumte. Das meiste war bereits in Kisten verpackt, teils von ihm, teils in seiner Abwesenheit von Ilka, teils von Frau Schmidt, die nach Berlin geschickt worden war, um das überflüssige Treibgut ihres Lebens der Heimatgemeinde in Hagen zukommen zu lassen: aus der Mode gekommene Kleidung, einige kleinere Möbelstücke, ein paar Küchengeräte, eine Tasche mit Schals, Geschenke von Fred, die Ilka ohnehin nie trug. All die Dinge für Hagen waren, wie verabredet, im Bad zusammengestellt worden.

Dann fiel ihm ein hellvioletter Farbklecks in der Tüte mit den Schals auf – genau die Farbe, in der Ludmilas Slip auf der blassen Haut ihres Rückens einmal aufgeleuchtet hatte, als sie beim vorletzten Mal in den Schrank mit den Putzmitteln abgetaucht und ihr dabei die modisch tief geschnittene Hose, die sie neuerdings trug, bis weit auf die Hüften hinab gerutscht war. Es war ein aufdringliches und, ehrlich gesagt, auch reichlich billiges Hellviolett gewesen. Polnisch Lila.

Als Stefan näher trat, sah er, dass es sich um einen Ausweis handelte. Genauer gesagt um einen *Ausländerausweis*, wie in fetten schwarzen Lettern auf dem Umschlag geschrieben stand. Schlimm, was wir mit den Leuten machen, dachte er. Die Farbe ist so schrill, dass man dieses Ding nicht einmal unauffällig bei sich tragen kann. *Ausländer, Ausländer*, schrie dieses Dokument einem schon von weitem optisch entgegen. Wie aber sollte man sich erfolgreich und als angesehenes Mitglied der Gesellschaft integrieren, wenn doch schon diese Farbe, die eine Ästhetik in der Art der Inserate von *Penny* und *Lidl* hatte, die Herkunft des Inhabers aus einem, nun, Billiglohnland verriet?

In einem ersten Impuls streckte er die Hand begierig nach dem Ausweis aus.

Ob der Ausweis ihre Adresse enthielt?

Ich wollte dich nicht –

Das mit Kent Nagano, das war nur –

Seit Wochen nun schon führte er unablässig innere Monologe mit Ludmila, und erst gestern Nachmittag, Punkt vierzehn Uhr, hatte er die letzte SMS an sie geschickt. *Hey, denke gerade an dich und uns.* Wie immer jedoch keine Antwort. Unter ihrer Handynummer hob niemand ab, und eine Mailbox war nicht eingeschaltet. Ob sie ihr Handy verloren hatte? Ob es ihr bei einer ihrer Reisen nach Hause gestohlen worden war?

Eine Woche hatte er an der U-Bahn-Station Kleistpark verbracht, weil Ludmila ihm irgendwann einmal erzählt hatte, am *Kleisterpark*, wo sie auf dem Weg nach Hause umsteige, gebe es so viele Bettler. Als ihm schließlich einer von diesen aus Mitleid ein Bier schenkte, gab er die Suche auf.

Ob auch Ludmila das Foto in der Zeitung gesehen und plötzlich doch Sehnsucht bekommen hatte nach den Mittwochnachmittagen? Über was würden sie sprechen, wenn sie sich wiedersahen? Würden sie sprechen?

Grelles Lila.

Mit klopfendem Herzen schlug er den Ausweis auf.

46

»Sie können sich beim lieben Gott bedanken, dass es am Universitätsspital noch kein *Critical Incident Reporting System* gibt, Frau Fuchs! Sie können sich auch beim lieben Gott, oder vielleicht besser noch: bei Allah bedanken, dass seine Mutter erst im September wieder in die Schweiz kommt. Bis dahin sind seine blauen Flecken ja sicherlich verschwunden, und wir haben ihn wieder stabilisiert. Am allerbesten bedanken Sie sich aber bei dem Kollegen Palleit, dass er seine Hand schützend über Sie hält wie der Erzengel Gabriel. Professor Widmer wollte mir allen Ernstes weismachen, dass es in der Schweiz nicht üblich sei, in solchen Fällen eine Abmahnung zu schreiben, zumal Sie ja ohnehin in Kürze ins Triemli-Spital wechseln. Sie als Oberärztin! Meiner Meinung nach unverantwortlich, aber es fragt mich ja niemand. – Widmer schlug stattdessen eine Stehung vor.«

»Eine was?« Ilka starrte Nürnberger an.

»Eine Stehung. Er wird Sie in der nächsten Stationsbesprechung auffordern, sich zu erheben, während er Ihnen einen Vortrag über Ihre Verfehlungen hält. Ich sage es Ihnen nur, damit Sie nicht wieder Ihre Schuhe mit den abgelaufenen Absätzen anziehen«, fügte er gehässig hinzu. »Ich muss Ihnen wohl nicht sagen, dass das unerlaubte Entfernen von schwerkranken Patienten aus dem Spital für mich ein Grund wäre, Sie sofort, ohne Verzug zu kündigen. Ich bin die letzten beiden Nächte nicht nach Hause gekommen, weil ich Karim wieder auf die Volon-Morphin-Kombination einstellen musste. Schwester Doreen hat ihm im Zwei-Stunden-Takt Blut abgenommen. *Sie* haben ja keine Familie, aber *ich* würde schon gern meine Frau und meine Kinder wieder einmal sehen. Meine Frau hat sich schon beschwert: Es sollte doch alles anders werden in der Schweiz mit deinen Diensten. Ich habe geantwortet: Bedank dich bei Ilka Fuchs.«

Sie beließ es bei dem Hinweis, dass sie ihm mehrfach angeboten hatte, die Nächte bei Karim zu wachen.

»Als ob ich ausgerechnet Ihnen den Patienten al-Khalidi noch einmal anvertrauen würde, Frau Fuchs!«, hatte Nürnberger sich empört.

Sie war trotzdem nicht nach Hause gegangen. Hatte in einem Winkel des Flurs gewartet und war immer wieder in sein Zimmer geschlüpft, wenn sie Nürnberger und Doreen gemeinsam verschwinden sah. Karim fieberte, und sie selbst fühlte sich noch immer wie im Fieber. Das Entsetzen, als sie Karims Bett am Morgen leer vorfanden.

»Ilka? Bernd?«

Ein Klopfen an der Tür: Fred Fuchs stand auch im Urlaub um halb sieben auf und erwartete von seiner Umgebung, dass sie den Tag ebenfalls nicht vergeudete.

»Moment«, rief Ilka leise und schob vorsichtig Bernd beiseite, doch da hatte es schon wieder an ihre Tür geklopft: »Ilka! Ist Karim bei euch im Zimmer?«

Mit einem Satz war sie an der Tür. »Warum sollte Karim bei uns –«

»Bei mir ist er jedenfalls nicht«, schnitt Fred ihr das Wort ab. »Nicht mehr.«

Er starrte auf die Kleider, die verstreut im Zimmer umher lagen. Ilka bemerkte seinen Blick. Sie ärgerte sich über sich selbst: dass sie sich nicht einfach todmüde gestellt hatte gestern Abend.

»Hast du die Tür gestern Abend etwa nicht abgeschlossen, Papa?«, fragte Ilka.

»Keine Ahnung. Hätte ich abschließen müssen? Ich meine, wir sind hier auf dem Land!«

»Bernd, wach auf, man hat Karim entführt!«

»Ich fahre zur Polizei«, sagte Fred und drehte sich um. Einen Augenblick später stand er wieder im Türrahmen. »Mein Autoschlüssel ist weg.«

Sie rannten nach unten, doch der Mercedes ruhte friedlich auf dem Parkplatz vor dem Hotel. Niemand hatte die Raureifschicht, die auf dem Auto lag, auch nur berührt.

Sie verbrachten den Tag mit panischen Telefonaten. Erst gegen Abend stellte sich heraus, dass man Karim in das Kreiskrankenhaus von Elsterwerda eingeliefert hatte. Ein Autofahrer hatte ihn gegen sechs Uhr früh halb bewusstlos am Straßenrand gefunden, durchnässt, zitternd, nur mit seinem Pyjama bekleidet.

Der diensthabende Arzt in Elsterwerda teilte ihnen mit, man habe den Jungen wegen einer einsetzenden Lungenentzündung mit Antibiotika behandelt.

»Antibiotika? Sind Sie wahnsinnig?«, rief Ilka entsetzt. »Der Junge hat ALS!«

Nürnberger hatte ja recht. Sie stand an seinem Bett, hielt Karims Hand fest und bat ihn immer wieder um Verzeihung, während er unruhig schlief. Lieber Karim.

Und doch hatte er im Kreiskrankenhaus Elsterwerda zum ersten Mal seine Zehen bewegt.

»Sie brauchen wohl auch einen Schuss Morphin«, hatte Nürnberger verächtlich gesagt, als sie ihm von ihrer Beobachtung erzählte. »Das ist doch ausgeschlossen.«

Ilka stahl sich nachts in sein Zimmer, während sie Nürnberger und Doreen nebenan flüstern hörte, nahm ihm ebenfalls Blut ab. Das Volon in der Spritze, die Schwester Doreen schon aufgezogen bereitgelegt hatte, ersetzte sie durch Doxycyclin. Der Gedanke war ihr plötzlich in Elsterwerda gekommen, noch als sie in das betretene Gesicht des behandelnden Kollegen sah: Was, wenn Karim gar kein ALS hatte? Wenn man ihn seit Jahren falsch behandelte, und deswegen keine einzige Therapie, die sie an ihm ausprobierten, anschlug? Als sie abends endlich in Elsterwerda an seinem Bett standen, hatte er zum ersten Mal seit Jahren beinahe vierundzwanzig Stunden lang weder Volon noch Morphin gespritzt bekommen. Als sie ihm die Decke aufschüttelte, sah sie, dass sein Fuß sich bewegte.

Noch zwei, drei, vier Tage Antibiotika, betete sie stumm, dann kann ich beweisen, dass er kein ALS hat. Dass er womöglich geheilt werden kann. Lieber Karim! Sie strich ihm über den Kopf. Im Schlaf stöhnte er, dabei zuckte wieder sein Fuß.

»Überhaupt – anstatt dass Sie ihn von Elsterwerda einfach ins Robert Koch bringen lassen, bestehen Sie umständlich auf einem Rücktransport in die Schweiz! Ich meine, so schlecht ist die Versorgung in Deutschland nun auch wieder nicht, Frau Fuchs«, fuhr Nürnberger fort.

Er sah sie an, und sie konnte nur stumm mit den Achseln zucken. Wieder einmal hatte er natürlich recht, aber sie hatte nicht gewagt, ihn mit ins Robert Koch zu nehmen. Am Ende trug man dort noch eine subtile Vendetta auf seinem Rücken aus. Während sie gemeinsam mit Bernd und ihrem Vater auf die Entlassungspapiere aus dem Kreiskrankenhaus wartete, hatte sie, um sich abzulenken, nach der *Ärztezeitung* gegriffen, die auf dem Schreibtisch des Kollegen in Elsterwerda lag. »Darf ich?«

Erstmals hat sich der deutsche Ableger von *Transparency International* (TI) in seinem Jahresbericht auch mit dem Gesundheitswesen beschäftigt. Anlässlich einer Pressekonferenz in Berlin stellten Carla Bissing und Stefan Heinzinger die Ergebnisse der Recherchen der neugegründeten TI-Fachgruppe »Korruption in Pharmafirmen, Arztpraxen und Krankenhäusern« vor.

Wissenschaftler in Deutschland werden demnach durch die Finanzierung von Forschung oder klinischen Studien sowie durch die Honorierung für Leistungen wie Gutachten an Geld gebende

Stellen gebunden. Da Publikationen karrierefördernd seien, könnten auch qualitätslose Studien bei entsprechender Persönlichkeitsstruktur und entsprechenden finanziellen Angeboten in Auftrag gegeben und bearbeitet werden. Dabei komme es auch zu kriminellen Handlungen wie Fälschungen von Ergebnissen oder Patientendaten, wobei oft persönlicher Ehrgeiz, Geldgier oder Karrierestreben die Triebkräfte seien. Chefärzte erhalten sogenannte Berater-Verträge, in denen die bevorzugte Verwendung der Produkte des Sponsors/der Sponsoren als Gegenleistung für die Finanzierung der klinikeigenen Fortbildungsaktivitäten, der wissenschaftlichen Ambitionen oder privater Aufwendungen wie z. B. Kongressreisen vereinbart wird. Klinikärzte erhalten Honorare, wenn sie ein neues Produkt verordnen oder selektiv anfordern. Als Beispiel nannten Bissing und Heinzinger den Fall eines Klinikchefs am Berliner Robert-Koch-Krankenhaus, der mit Hilfe von Assistenzärzten Daten einer Auftragsstudie manipuliert hat.

Der Staat sieht bisher der finanziellen Einflussnahme der Warenanbieter auf therapeutische Auswahlentscheidungen tatenlos zu und macht sich damit mitschuldig an der so hervorgerufenen strukturellen Korruption von Entscheidungsprozessen in der ärztlichen Selbstverwaltung. Er bedient sich der Finanzmittel der Pharmaindustrie, indem er die Einwerbung von Drittmitteln fördert.

Verbunden damit sind vom Staat geduldete Abhängigkeitsverhältnisse der nachgeordneten Ärzte von ihrem Chef, die dem Bild einer unabhängigen und demokratischen Wissenschaftsorganisation der medizinischen Wissenschaften an den Hochschulen und Fortbildungseinrichtungen in Deutschland Hohn sprechen.

Korruption – Alltag – Notwendigkeit? Die Ärztezeitung hat im Internet ein Diskussionsforum eingerichtet.

Rettungsdackel: hey stefan heinzinger, hast du uns nicht auf der letzten weihnachtsfete im robert koch noch scheißfreundlich erzählt, dass du jura studierst und mit medizin nichts am hut hast? – danke, dass du unsere viehische arbeit hier mal schön in den sumpf ziehst. das baut auf, das kann ich gut gebrauchen.

Doc06: ich glaube wir wissen alle wer sich hinter diesem bericht verbirgt.

Nachts konnte Ilka nur noch schlafen, wenn sie sich aus dem Medikamentenschrank der Station bediente, doch das Diacepam schenkte nur klebrige Träume, einen unechten Schlaf, aus dem man noch zerschlagener aufwachte als am Abend zuvor.

47

Am 15. April war *Sechseläuten*, wieder einmal. Noch zwanzig Stunden bis zum Dienstbeginn am nächsten Morgen um acht Uhr: Ein Abgrund an Zeit tat sich plötzlich vor Ilka auf, klamm, düster und grau – grau wie die Weststraße. Die ganze Stadt schaltete auf Sonntag um, alle Läden waren geschlossen, die Straße war voll blecherner Söldner aus anderen Kantonen.

Sie saß in der Haslerstraße vor dem Computer und gab zum x-ten Mal Sobottas Namen in die Suchmaske der Auskunft ein, in der Schweiz, in Deutschland, aber nirgendwo tauchte eine Wohnadresse auf. Das Mobiltelefon war ein Prepaid-Handy, der Halter ließ sich nicht ermitteln. Die auf seiner Visitenkarte angegebene Nummer in Südafrika war tot. Wenn sie versuchte, sich von der Zentrale der *Deutschen Bank* in Johannesburg mit dem Direktor verbinden zu lassen, um ihn nach seinem Vorgänger zu fragen – wenn er es denn jemals gewesen war –, scheiterte sie regelmäßig an stählern freundlichen Vorzimmerdamen, die ihr Anliegen ausrichten wollten.

Heinz Prestel wiederum, zu dem sie zu ihrer eigenen Überraschung durchgestellt worden war, hatte ihr schweigend zugehört, als sie seine Kolumnen erwähnte, die ihr gemeinsamer Bekannter doch ab und an für ihn schriebe, offenbar, angeblich, zumindest habe ihr dieser Bekannter gesagt, dass er mit ihm, Herrn Prestel, befreundet sei und dass er, nun also ... Das Gespräch zerbröselte wie ein alter Keks, die Atmosphäre erreichte einen Wert so tief unter null Grad, so dass Ilka sich förmlich an dem Eis verbrannte, zu dem der Hörer gefror. Mitten im Satz legte sie beschämt auf. *Finken unter dem Schrank:* Er musste sie für eine Irre halten.

Es klingelte, erst auf ihrem Mobiltelefon und gleich darauf an der Haustür.

Sie fuhr zusammen, beschloss dann, einfach nicht zu reagieren, doch nun klingelte es Sturm, und schließlich hörte sie auf der Straße sein vertrautes Rufen.

Ilka. Ilka. Ilka. Ein Echo in der engen Straße. »Ilka, sind Sie nicht zu Hause?«

Schließlich seine sich entfernenden Schritte. Sie sah ihm hinterher: Er hatte sich das Kostüm der Zunft *Zur Saffran* übergeworfen: weiße Lockenperücke, Dreispitz, bunter Frack zu Kniehosen und Schnallenschuhen. Gestatten? Den schwarzen Dreispitz gelüftet: Jürgen Sobotta, Deutsche Bank, auf Einladung von … *Zur Saffran* galt als Zunft von Wirtschaft und Politik. Einen Moment lauschte sie, dann schloss sie die Tür und huschte die Treppe hinunter. Ihn verfolgen.

Er bummelte die Weststraße zurück Richtung Stauffacher, überquerte die Kalkbreite, sah sich das Schaufenster eines sehr feinen Blumenladens an. Am Stauffacher verschwand er die Rolltreppe hinab in den noch geöffneten *Coop*. Er schlenderte an der Kühltheke vorbei, nahm sich zwei abgepackte Sandwichs, steckte sie unter seinen bunten Frack. An der Kasse bezahlte er ein Päckchen Kaugummi. Auf dem Weg zum Bahnhof verschlang er die beiden Brote noch im Gehen. 13 Uhr 50: Abfahrt nach Lugano. Hinter einem Pfeiler versteckt beobachtete sie, wie er, nachdem er sich in der Bahnhofstoilette umgezogen hatte, einstieg. Dann schlüpfte sie selbst in einen anderen Waggon.

Sie wollte wissen, wo er wohnte und ob er irgendetwas besaß, das sie sich von ihm nehmen konnte, damit sie endlich, endlich quitt wären. Nie wieder seinen Namen, nie wieder seinen schnaufenden Atem hören.

»Sie auch auf dem Weg in den Süden?«, fragte er und tippte ihr auf die Schulter.

Ilka fuhr zusammen, aber da hatte Sobotta sich in seiner widerwärtigen Selbstgewissheit schon auf dem Platz neben ihr niedergelassen, und zwar so dicht, dass ihre Körper jedes Mal aneinanderstießen, wenn der Zug ruckelte oder eine Weiche überfuhr.

»Falls Sie noch ein paar Tipps für Lugano brauchen – ich kenne ein hervorragendes Restaurant auf dem Weg nach Castagnola. *Il Ponte.* Das Wild – ein Traum!« Er küsste seine Fingerspitzen. »Der Koch ist nebenher Jäger.«

Nebenher Jäger. Warten. Anlegen. Zielen. Schuss.

Sie schwieg die ganze Fahrt über, versuchte, nichts von dem aufzunehmen, was Sobotta ihr ungefragt vortratschte: Schwester Doreen habe ihn angesprochen. Er habe Wolfgang Nürnberger kennengelernt. Mit heißem Herzen wünschte sie sich einen iPod. *Prossima fermata – Lugano. Nächster Halt – Lugano. Next Stop – Lugano.*

Sobotta zog sein Jackett aus. »Ich darf doch? Ah, der Süden«, sagte er und seufzte.

»Steigen Sie nicht aus, Herr Sobotta?«

»Ich? Aber warum? Nein, ich fahre bis Vicenza. Oder Mailand. Oder Padua. Wohin die Lust mich treibt, schließlich bin ich Rentner. Und alleinstehend. Niemand wartet auf mich. Vielleicht fahre ich sogar bis zur Endstation Venedig. Und Sie?«

Er übersah geflissentlich ihren wuterfüllten Blick. »Kommen Sie doch einfach mit nach Venedig!«, sagte er. »Ein romantischer Abend zu zweit, spontan, verrückt, in der Stadt der Liebe – wie wäre das, Ilka?«

Sie starrte ihn an. »Sie sind ekelhaft, Herr Sobotta«.

Prossima fermata – Chiasso. Nächster Halt – Chiasso. Next Stop – Chiasso.

Letzter Halt vor der italienischen Grenze.

»Haben Sie Ihren Ausweis dabei?«, fragte Sobotta.

Ilka sprang aus dem Zug und er hinter ihr her.

»Was machen wir mit dem angebrochenen Tag?«, fragte er aufgekratzt.

Sie entdeckte ein Hinweisschild – *Autobus per la Stazione Monte Genereso* – und lief einfach los Richtung Bus. Der Lärm von der nahen Autobahn, die durch das enge Tal hallte, wurde noch verstärkt von den Bauarbeiten, die gegenüber dem Bahnhof stattfanden: Dröhnend wurden Spundbohlen in die Erde gerammt. Der Bus wartete bereits mit laufendem Motor. Ilka sprang hinein, aber noch bevor sich die Türen schlossen, hievte Sobotta sich auch noch durch die Tür beim Fahrer.

Irgendwann musste Sobotta verstummt sein, jedenfalls fiel ihr in der Seilbahn plötzlich auf, wie still es war. Er hatte sich schmollend an die gegenüberliegende Seite der vollautomatisch betriebenen Kabine gestellt, in der sie die einzigen Fahrgäste waren. Er drehte ihr den Rücken zu, und sie sah, wie er unter dem Jackett seine Pobacken zusammenkniff. Die Kabine schwebte an, passierte den ersten Mast, geriet ins Schaukeln. Ilka bemerkte, wie er den Druck auf sein Gesäß verstärkte, um das Gleichgewicht zu halten. Draußen die Hänge mit den herrlichen Kastanienbäumen, schon mit einem grünen Flaum überzogen: Verheißung des Sommers, wenn der warme Wind hier wieder mächtig durch das Laub rauschte.

»Ja, lachen Sie nur«, sagte er plötzlich, ohne sich umzudrehen. »Ich weiß, dass Ihr neues Gspusi eine bessere Figur hat als ich.« Er klang ernsthaft beleidigt.

Ilka sah hinab auf den Hang unter ihnen, auf die Häuser, die rasch immer kleiner wurden, die Spitzen der Bäume, viel zu tief unten, als dass sie darauf hoffen konnte, dass sie den Aufprall der Kabine dämpfen würden, wenn sie stürzten, stürzten, stürzten.

»Sicher meinen Sie Herrn Palleit«, sagte sie. »Und sicher haben Sie längst seine Nummer. Und wenn Sie mit ihm sprechen möchten: Bitte, nur zu. Wenn Sie denken, dass zwischen Herrn Palleit und mir mehr als eine Freundschaft besteht, dann täuschen Sie sich.«

Der nächste Mast: Eine flaue Welle schwappte durch ihren Körper.

Sobotta wandte sich um. »Aber übernächste Woche ist er doch sicher mit dabei – schon aus beruflichem Interesse?«

»*Wo* sollte er übernächste Woche mit dabei sein?« Sie war entsetzt über ihre eigene Stimme: schrill und geradezu hysterisch das Lachen, das auf die Frage folgte.

Sobotta sah sie an. »Ich wusste nicht, dass Sie solches Lampenfieber haben, Ilka. Umso wichtiger, dass ich da sein werde und Ihnen die Daumen drücke.«

»Dass Sie *wo* sein werden, Herr Sobotta?« Sie machte einen Schritt auf ihn zu, aber dann überfuhren sie schon den nächsten Mast, und sie geriet ins Taumeln.

»Ihr Vortrag anlässlich Ihrer Ernennung zur Oberärztin in der Anästhesie am Triemli-Spital war sogar in der *NZZ* angekündigt. Sie sind jetzt wer in der Schweiz, liebe Ilka!«

Heidiland – genießen Sie unbeschwerte Tage rund um Bad Ragaz. Die Werbung auf den Innenseiten der Kabine verschwamm vor ihren Augen, zerlief wie heißer Käse im Fondue. Der nächste Mast, schon wieder: Hier oben, hoch über dem felsigen Abhang, standen die Masten eng beieinander, steckten wie Hochhäuser in Manhattan dicht an dicht im Fels, Triumph der Ingenieurskunst. Sie klammerte sich an den Pfosten in der Mitte der Kabine.

»Zu solchen Festvorträgen kommen üblicherweise Professoren. Ärzte. Studenten. Es würde einen merkwürdigen Eindruck machen, wenn plötzlich Sie, als Laie, zwischen all den Medizinern säßen«, sagte sie schließlich.

»Warum als Laie?«, entgegnete er und zwinkerte ihr zu. »Ich komme als Patient und werde mich zu Wort melden, wie phantastisch Sie mich behandelt haben.«

Sie stiegen aus und wanderten schweigend los: erst durch Niesel- und schließlich durch Sprühregen. Es war einer der großen Lügen der Schweiz, dass es hier im Winter beständig schneite. Vielmehr regnete es ohne Unterlass, und der Himmel war immerzu grau. Und doch gelang es den Schweizern auf wundersame Weise, noch aus der grauen Nässe, der feuchten Kälte, die man genauso gut in Aachen oder Hagen haben konnte, ein Heilsversprechen zu machen. Denn gleich, mit wem man redete in Zürich und Luzern, Aargau und Solothurn – niemand ließ sich darauf ein, über das Wetter zu nörgeln. Stattdessen behaupteten alle steif und fest, sich lediglich *unter dem Hochnebel* zu befinden. Ab zweitausend Meter über dem Meeresspiegel sei man der Sonne, der klaren Luft und dem blauen Himmel ganz nah. Insofern wurde selbst die Frage nach der Beurteilung des Wetters mehr und mehr zu einem Akt des Wollens: Zunehmend empfand Ilka es als Akt deutscher Jämmerlichkeit, über das Wetter zu klagen, ja, irgendwann sogar als schwächlich, einen Schirm zu benutzen. Man war in der Schweiz den klimatischen Schwankungen nicht hilflos ausgesetzt wie die Schicksalsgemeinschaft der Deutschen, sondern bewies sich auch hier als Willensnation: Wer nur zünftig genug war, die Wetterscheide in zweitausend Meter Höhe zu überwinden, konnte in diesem Land jederzeit *Heidiwetter* genießen.

Ilka versuchte, an die Sonne zu denken, den frischen Wind, die klare Luft, und trotzdem kroch ihr die Nässe unerbittlich hinterher, breitete sich zunehmend Kälte in ihren Füßen aus, als sei ihr Deutschland selbst hier förmlich auf den Fersen: wie eine unsichtbare graue Schlange, die sich hinter ihr herringelte. Ein riesiger, staubfarbener, fußballfeldgroßer Mantarochen, der ganz dicht über dem Boden hinter ihr herwaberte und mit seinen Stacheln immer wieder nach ihren Füßen züngelte. Sie ging, so schnell sie konnte, und zufrieden bemerkte sie, wie Sobotta immer weiter zurückfiel, aber ab einem gewissen Tempo machte sich bei ihr der Husten bemerkbar, der sich hartnäckig in ihren Bronchien eingenistet hatte.

Niemals in ihrem ganzen Leben hatte sie so viel Husten gehabt wie in diesem Winter. »Du siehst blass aus«, hatte Stefan früher noch manchmal gesagt, und später: »Genauso blass wie Luda.«

Verrückt sei das, sagte ihr alter Hausarzt in Hagen, in der Schweiz zu arbeiten, Land des Zauberbergs, Dorado der Lungenkranken, und, anstatt gestählt dank einer Extraportion roter Blutkörperchen, mit einer beinahe schon chronischen Bronchitis zurückzukommen. »In der Schweiz *müssen* alle Menschen wieder gesund werden«, sagte er. Irmgard Wrede versuchte, ihr einzureden, der Husten sei psychosomatisch, und Ilka war beinahe schon bereit, daran zu glauben, als sie kurze Zeit später Männer in Schutzanzügen durch die Weststraße laufen sah. Zunächst dachte sie an einen neuerlichen Mord im *Montenegro-Grill*. In der Zeitung las sie dann jedoch von einer großangelegten Feinstaubmessung.

Neben *Hochnebel* war das die zweite Vokabel, die ihren Winter bestimmte: *Feinstaub*. Die Messung ergab, dass Ilka am schmutzigsten Ort der Schweiz lebte. Die Geräte, die wenige Meter von ihrer Wohnung entfernt aufgebaut waren, meldeten eine Feinstaubbelastung etwa in der Dimension von Kattowitz oder Bitterfeld in ihren schlimmsten Jahren. Während sich die konservative *Neue Zürcher Zeitung* damit begnügte, den von den Ingenieuren benutzten *Feinstaubfilter* abzubilden – schon nach 24 Stunden Einsatz war er rabenschwarz wie der Tschador einer iranischen Fundamentalistin –, fand sich im liberalen *Tages-Anzeiger* immerhin noch ein Kommentar, der die unhaltbaren Zustände im Problemquartier Kreis 3 anprangerte.

»Um noch einmal auf Herrn Palleit zurückzukommen«, begann Sobotta nach einer Weile. Er hatte wieder aufgeholt, und sie liefen nun schon etwa eine halbe Stunde den Wanderweg zur Alpe di Vetta hinauf, ohne dass sie irgendeinem anderem Wanderer begegnet wären. Der Weg führte steil bergan durch einen Wald, mitunter auch durch einen Bach hindurch. Zwischen den Bäumen hing Nebel wie ein zerrissener Schleier. Ilka bemerkte, wie Sobotta in seinen ledernen Slippern auf dem feuchten Erdboden immer wieder ausglitt.

Sie beschleunigte ihr Tempo, spürte die Anstrengung, die es ihn kostete, an ihrer Seite zu bleiben, und wie er allmählich wieder zurückfiel.

»Ilka!«

Beinahe rannte sie bereits, aber dann machte er ein paar erstaunlich flinke Schritte, und mit einem Satz stand er plötzlich vor ihr, mitten auf dem Weg. Er fasste sie am Arm. »Ich wollte Ihnen längst etwas sagen: Ich suche eine Partnerin.«

»Lassen Sie mich endlich in Ruhe!« So heftig schüttelte sie ihn ab, dass er selbst ins Trudeln geriet, und sich gerade noch an einem Baumstamm festhalten konnte. Widerliche, ekelerregende Vorstellung, sein nacktes Bein auf ihrem zu spüren. Das Gewicht seines Körpers. Aus nächster Nähe in seine geweiteten, vorstehenden Augen zu schauen, derweil seine Brille auf dem Nachttisch sie feixend beobachtete!

Er atmete schwer. »Sie missverstehen mich, wieder einmal«, sagte er, noch immer halb gebückt. »Sie wollen mich nicht verstehen. Aber das ändert nichts daran, dass Sie meine ideale Partnerin wären. Ich brauche dringend Hilfe. Die Dinge laufen so gut, dass ich nicht mehr alles allein schaffen kann: die Informationsgespräche, die Anlageberatung, das Überblicken der Kontobewegungen. Ich würde mich auf das Finanzielle konzentrieren, und Sie führen mir die Leute zu. All diese Menschen, die gerade eben aus dem Flugzeug gestiegen sind, gerade eben ihr erstes Konto eröffnet haben. Die noch empfänglich für einen Ratschlag sind, noch nach Freundschaft suchen in der Fremde. Die sich noch immer verwundert die Augen reiben, weil für sie die Schweiz der Inbegriff aller erfüllten Hoffnungen und Träume ist – und wir wissen doch beide: Es werden immer mehr. Holen wir sie gemeinsam ab, Ilka, weihen wir sie ein in die Schönheiten, die Geheimnisse dieses Landes! Lassen wir uns selbst von ihnen immer wieder neu für die Schweiz begeistern! Hier, meine Liebe: Es ist mir natürlich nicht entgangen, dass Ihre Leidenschaft für das Land in letzter Zeit reichlich erkaltet ist. Also lesen Sie dies, damit Sie, wann immer es passt, ein Zitat parat haben.«

Er streckte ihr ein Buch entgegen: *Heidi.*

»Nehmen Sie«, wiederholte er. »Es ist ein Geschenk, es kostet nichts – ausnahmsweise.«

Er grinste und wartete, aber sie rührte sich nicht, und so steckte er das Buch seufzend wieder ein. »Sie lassen sich bitten. Sie zieren sich, weil Sie um Ihren Wert wissen, Ilka. Ihnen ist nur zu bewusst: Ihr Reservoir ist unerschöpflich. Gerade diese Woche habe ich eine Studie in der *FAZ* gelesen, nach der sich zwei Drittel der heutigen Absolventen der Medizin vorstellen können, ins Ausland zu gehen. Mein Gott! – Wenn Sie wollen, können Sie sehr gewinnend sein, Frau Dr. Ilka Fuchs, und was wären das für Aussichten, in zwei, drei, vier Jahren nicht mehr arbeiten zu müssen? Sich nicht mehr einfügen, anpassen, unterordnen, zu niemandem mehr nett und freundlich sein, nur weil man sich einen finanziellen Vorteil von ihm verspricht, wie beispielsweise von …«

Er verstummte plötzlich und sah sie listig lächelnd an.

»Wie beispielsweise von? Sprechen Sie weiter, Herr Sobotta.«

Er ging einen Schritt auf sie zu. »Wie von diesem kleinen Jungen aus dem Oman, um den Sie sich so auffällig bemühen.« Er kicherte und trat einen weiterenSchritt auf sie zu. Noch trennten sie wenige Zentimeter, aber die unguten Strahlungen seines Körpers konnte sie jetzt schon spüren: diese unruhige Hitze des Hypertonikers, die von ihm ausging; diese feiste Überheblichkeit, gepaart mit dem Hunger eines wilden Tieres.

»Deswegen bin ich ja darauf gekommen, dass Sie meine ideale Partnerin wären: Geschickt, wie Sie sind, beschäftigen Sie ihn mit Spielchen, gaukeln ihm Familienanschluss vor in der Hoffnung, dass irgendwann einmal ein paar Brosamen vom Tisch des Scheichs für Sie abfallen.«

Ein Grinsen flipperte über sein Gesicht, setzte erst den rechten Mundwinkel, dann das linke Auge in Bewegung, zu einem verschlagenen Grinsen, gefolgt von einem vertraulichen Augenzwinkern. Es mündete schließlich in ein nervöses Lidflattern.

Irgendwo in den Büschen hinter ihnen knackte es. Beide fuhren zusammen. War doch noch jemand anderes hier oben unterwegs? Sie verstummten, lauschten in das nahe Wäldchen hinein, aber es rührte sich dort nichts mehr.

»Wie traurig, dass Sie sich einfach nicht vorstellen können, dass man sich einem Menschen nicht aus Berechnung nähert, sondern aus Zuneigung«, sagte Ilka schließlich.

»Ach so? Heißt das womöglich sogar, dass Sie damals auch nur aus Zuneigung begonnen haben, sich mit mir zu treffen?« Sobotta kostete ihr Erröten genüsslich aus. »Mein Gott, wenn ich das gewusst hätte, Ilka – wie anders hätte sich unsere Bekanntschaft entwickeln können! Im Nachhinein bereue ich beinahe, dass ich –«

»Es war ein unglücklicher Zufall, dass wir uns kennengelernt haben«, schnitt Ilka ihm das Wort ab.

Sobottas Kiefer arbeitete. Er schien tatsächlich beleidigt zu sein.

»Wissen Sie, Ilka, es ist nicht so, dass nur ich mich über Ihre Beziehung zu diesem Karim wundere«, sagte er schließlich. »Wolfgang Nürnberger macht sich auch seine Gedanken, und wenn es Ihnen tatsächlich nicht ums Geld geht – worum dann?«

Er starrte sie unverwandt an.

Sobotta – vor ihr aufgehäuft wie ein mannshoher Felsbrocken. Hinter ihm rasch abfallend das Wäldchen mit den locker eingesteckten Bäumen, Kastanien gemischt mit Kiefern, die aussahen, als ob man sie nachträglich eingepflanzt hatte, um den steilen Hang nach einer Schlammlawine wieder zu befestigen. Die Weite des grauen Himmels hinter ihm, die sich in der Ferne im Dunst verlor.

»Sicher ist nichts dran, an diesen Gerüchten, die über Sie in der Klinik kursieren«, fuhr Sobotta fort. »Dass Sie deswegen so oft bei dem Kleinen im Zimmer stecken, weil Sie einsam sind –«

»Was wäre dabei? Er ist schließlich auch allein.«

»Ich sage es ja: weil Sie einsam sind und Ihr Freund Sie verlassen hat; vielleicht gerade weil er von Ihren, nun, sagen wir, ausgefallenen erotischen Neigungen erfahren hat.«

Die Fäulnis, die von ihm ausging. Dieses Fressen im Übermaß. Die Beliebigkeit, mit der er noch das trocken Brot für die Schwäne in sich hineinstopfte. »Ich sagte Ihnen bereits, dass mich mit Bernd Palleit eine Freundschaft verbindet«, erwiderte Ilka schrill.

»Und was verbindet Sie mit Karim? Auch – nur eine Freundschaft?«

»Ich werde Sie anzeigen, Herr Sobotta. Noch heute Abend gehe ich zur Polizei.«

»Sie werden mich nicht anzeigen.«

»Wie können Sie sich da so sicher sein?«

»Ich weiß es einfach, denn ich kenne Sie gut. Und doch immer noch nicht gut genug. Sie überraschen mich immer wieder, Ilka, und das fasziniert mich.«

Ein Schritt voran: Plötzlich spürte sie die Wölbung seines Bauches. Sein stinkender Altmänneratem. Sie stieß ihn von sich, stemmte sich mit aller Kraft gegen diesen Ballen von Schleim und Galle, verlor den Boden unter den Füßen, geriet ins Trudeln. Sie prallte auf Sobotta, der nun ebenfalls das Gleichgewicht verlor. Schreiend rutschten sie beide den Hang hinab, bis es Ilka gelang, sich an einem der jungen Baumstämme neben ihr festzuklammern.

Als sie die Augen wieder aufschlug, war Sobotta fort. Dann entdeckte sie ihn plötzlich: Ein ganzes Stück unter ihr schien er neben einem Felsbrocken zu knien, und auch seine Stimme war plötzlich von widerwärtiger Demut. »Ilka? Ilka!«

Ilka. Seine Stimme erreichte sie kaum noch hier oben. Sie sog die frische Luft ein, hörte den Widerhall, sah, wie er umständlich seine Brille putzte. Dann klopfte er sich den Schmutz von der Hose, sah sich um, berechnete wohl, dass er den Wanderweg schneller wieder erreichen würde, wenn er einfach weiter bergab lief. Er gab ihr Handzeichen, aber sie rührte sich nicht.

»Auf Wiedersehen, Ilka«, rief er noch, bevor er im Wäldchen verschwand.

Eine Stunde später erreichte Ilka die Alpe di Vetta. Sie setzte sich auf einen flachen großen Stein. Hier oben schien es kaum geregnet zu haben. Sie streckte sich auf dem beinahe trockenen Stein aus wie eine Eidechse und legte sich die Worte zurecht wie ein OP-Besteck.

Sie haben keine Macht mehr über mich, Herr Sobotta.

Ihre perversen Neigungen sind doch nicht etwa schon aktenkundig?

Es ist mir egal, wenn ich die Stelle und die 20000 Franken verliere.

Ja, ich habe das Logbuch gefälscht. Ich ziehe die Bewerbung zurück.

Noch heute Abend gehe ich zur Polizei.

Wahrscheinlich telefonierte Sobotta in diesem Moment bereits von der Seilbahnstation aus mit Nürnberger oder mit dem Triemli-Spital. Sei's drum.

Sie schlief ein.

48

»Post für dich, Stefan.«

Iris brachte ihm den Stapel mit Nachsendungen aus Berlin ans Sofa. Seit einigen Wochen wohnten sie wieder zusammen in Frankfurt. Auf dem Rückweg nahm Iris seine leere Bionade-Flasche mit. »Möchtest du noch einmal Litschi?«

Der *Facility Manager* der UCS hatte Iris zunächst die halbe 35. Etage angeboten. Iris lehnte diesen Vorschlag sogleich ab – wenn sie schon im kalten Schatten des Geldes nicht arbeiten konnte, wie sollte sie dann erst einen Gedanken fassen, wenn man sie sogar in die Eingeweide des Kapitals hinein transplantierte, durch die anstelle von Blut eiskalter flüssiger Stickstoff dampfte? Daraufhin überraschte der UCS-Mann sie mit der Offerte, das Institut zu versetzen.

»Versetzen«, wiederholte Iris verblüfft.

Er hatte ausrechnen lassen, dass die Verschattung des Instituts gegen null laufen würde, wenn das Haus zehn Meter weiter westlich stehen würde. Groß genug war der Garten, und wenn sie bereit wäre, auf ihre Rhododendren zu verzichten …

»Wie wollen Sie das Haus versetzen?«, fragte Iris argwöhnisch.

»Es ist technisch aufwendig, aber machbar. Wir müssten das Haus bis auf die Grundmauern freilegen, es dann unterfangen, liften und schließlich auf Schienen Zentimeter für Zentimeter verschieben, damit es keine Risse gibt. Sollten trotz aller Vorsicht Linien entstehen, würden wir sie selbstverständlich aufpolstern und überstreichen. Wir müssten behutsam vorgehen, jeden Tag vielleicht einen, vielleicht zwei Zentimeter. Ein Haus mit solch einer Geschichte muss mit Respekt behandelt werden, meine ich. Drei, vier Wochen sollten Sie also rechnen, aber danach badet Ihr Institut jeden Nachmittag in schönstem Sonnenlicht, und jemand, der das Haus zum ersten Mal sieht, wird nicht auf die Idee kommen, dass es einmal an anderer Stelle gestanden hat.«

Stefan hatte sich bereits wieder verkrampft, als das Stichwort »Unterfangen« fiel, aber anstatt sich zu empören, hatte Iris dem *Facility Manager* andächtig zugehört. »Darauf wäre ich nie gekommen«, sagte sie zum Schluss, und ihr Gesicht war so versonnen, als wärme sie sich bereits im milden Nachmittagslicht künftiger, glücklicherer Tage. Dann hatte sie sich an Stefan gewandt: »Und was meinst du?«

Er riss die Umschläge auf: die Abschlussrechnung der *Gasag*. Die Anmeldebestätigung zum Repetitorium für die Wiederholungsprüfung zum Staatsexamen. Ein Schreiben vom Finanzamt; erst als er es schon geöffnet hatte, fiel ihm auf, dass es an Ilka gerichtet war. *Sehr geehrte Frau Fuchs, hiermit teilen wir Ihnen mit, dass Ihr Antrag auf Anerkennung der Kosten für doppelte Haushaltsführung im Kalenderjahr 2005 positiv entschieden worden ist. Zu unserer Entlastung senden wir Ihnen in der Anlage die von Ihnen eingereichten Unterlagen zurück. Mit freundlichen Grüßen,*

Pulkow.

Er zögerte, dann blätterte er doch den Batzen Papier durch, der dem Brief beigefügt war, sah auf die Zahlenkolonnen, zu denen das letzte Jahr ihres gemeinsamen Lebens geronnen war. Hatte sie im Ernst eintausenddreihundert Franken im Monat für diese hässliche kleine Wohnung ausgegeben? Oder war auch das nur eine Schwindelei?

Er dachte an den violetten Ausländerausweis.

Global player!

Vielfliegerin.

»Warum schnaufst du so, Stefan?«, fragte Iris über die Schulter hinweg.

Eine Restaurantrechnung aus dem *Urban Comfort Food*. Sie hatte ihn abgesetzt! Er konnte sich noch genau an den Abend im Frühsommer erinnern. Wieder einmal hatten sie sich wegen der Socken unter dem Bett, überhaupt wegen des Zustands der Wohnung am Freitagabend gezankt, aber er war ja genau genommen auch nur ihr Geschäftspartner gewesen. *Anlass der Bewirtung: Streit.*

Rund vierzig Flugrechnungen. Taxiquittungen. Sechzig Franken für ein Türschild. Ein Kurs in der *Migros* – ob sie für IHN hatte kochen lernen wollen? Ein Essen in der *Kronenhalle*. Hier: endlich einmal ein Name! Dr. Jürgen Sobotta. Er spürte dem Namen nach, ob er das Aroma eines erfolgreichen Arztes oder internationalen Anwalts hatte, aber eigentlich schmeckte er nur nach Fass und Gurke. Hinter all die Rechnungen geklemmt: ein handgeschriebener Brief. Ein Liebesbrief? Er begann mit den Worten *Eine glückliche Zeit.*

Etwas in Stefan sträubte sich, weiterzulesen, aus Angst vor einer nachträglichen Inflation, die das vergangene Jahr noch weiter entwertete. Was, wenn sie schon wegen IHM in die Schweiz gegangen war? Alles nur ihm zuliebe inszeniert war? *Brasilien:* Das Wort sprang ihn mitten aus dem Text heraus an. *Jürgen, ich habe dich vermisst in Brasilien.* Er befürchtete etwas ähnlich Hölzernes. Ilkas Protokolle waren schon immer besser als ihre Liebesbriefe gewesen, aber es geht ja nicht ums Schriftliche, nicht wahr, Herr Sobotta?

Ich liebe dich, stand plötzlich in den Sand geschrieben.

Eine Welle, dann hatte das Meer die Buchstaben fortgespült, aber ich wusste ja, dass sie eben noch dort gestanden hatten.

Wir saßen nebeneinander am Strand –

49

Ihr Vater hatte auf einem Empfang im Anschluss an den Festvortrag anlässlich ihrer Ernennung zur Oberärztin in der Anästhesie des Triemli-Spitals bestanden. Sie müsse in der Schweiz endlich einmal offiziell einladen! Keine Einweihungsfeier, dieser verdrückte Geburtstagskaffee letztes Jahr in Berlin, nur er und Iris, nicht einmal ihre Freunde hatte sie damals hinzugebeten.

Und in der Tat: Warum nicht feiern? Die Wanderung auf dem Monte Generoso lag über eine Woche zurück. Die Tage seither waren die schönsten seit langem gewesen. Ilka hatte fest damit gerechnet, dass Sobotta sie bereits beim Triemli-Spital angeschwärzt hatte, aber sie erhielt alle Papiere, die man ihr zugesagt hatte: die Anstellungsverfügung, das Formular, das sie für den Antrag auf eine C ausfüllen musste. Sie wurde erneut auf die Meldebehörde gebeten. Geboren in Hagen, Deutschland-West. Bürgerort. Es war, als ob man einen Film zum zweiten Mal sah und diesmal die Details umso mehr würdigen konnte. Sie meldete sich in Berlin ab und war nun beinahe Schweizerin.

Am dritten Tag hatte sie einmal probehalber Sobottas Nummer gewählt. Nicht, dass sie mit ihm sprechen wollte – und sie hatte schon den Finger auf der Taste mit dem roten Telefonzeichen, noch bevor der erste Rufton hinausging, aber er meldete sich nicht. Keine Mailbox. Kein Mail, nicht einmal der Auto-Responder war eingeschaltet. Warum also noch zur Polizei gehen? Sie blinzelte in die Frühlingssonne. Manchmal träumte sie noch von Sobotta, aber selbst das ließ bereits nach.

Sie schlug ihrem Vater ein Essen im Anschluss an den

Vortrag vor. Beispielsweise könnten sie Professor Widmer und Bernd in die *Kronenhalle* einladen.

»Und was ist mit Wredes? Und den Wallhörns? Ich habe ihnen so oft erzählt, wie gut du es in Zürich getroffen hast. Ich weiß, dass du Bertil nicht besonders magst, aber er wird unter all deinen Freunden in der Schweiz einfach untergehen.«

Ilka stellte sich vor, wie sie um die Matratze in ihrem Zimmer herumstanden. Wie Irmgard Wrede den Wasserkocher einschaltete, um ihr mit dem Tee zu helfen, und wie kurz darauf die Sicherung heraussprang, weil Bertil nebenan den Fernseher angemacht hatte, um lächerlich wichtig n-tv zu schauen. Das jämmerliche Bad, in dem alle Rohre über Putz verlegt waren. Die Fensterscheiben, die wie während eines Bombenangriffs zitterten, wenn ein besonders schwerer Laster in der Weststraße vorbeifuhr.

Es ging schon deswegen nicht, weil sie Herrn Widmer schlecht erklären konnte, wie sie plötzlich in dieses Quartier für *Randständige* gekommen war.

Wredes gewaltiger Mercedes neben dem Auto ihres Vaters – und womöglich noch die Wagen der Wallhorns auf dem Bürgersteig vor ihrer Straße gedrängt: Am Ende hatte sie den halben *Montenegro-Grill* vor ihrer Haustür stehen.

Selbst Schwester Doreen wohnte im Seefeld, aber sie hatte sich ja auch von Anfang an für die Schweiz entschieden.

Ilka verbrachte die halbe Nacht damit, ihren früheren Mitpassagieren von Air Berlin auf die Spur zu kommen, und es gelang ihr, sich die E-Mail-Adressen der Ethnologie-Professorin, des Systemtechnikers bei der SBB, des EMI-Vertreters und des Informatikers von der *Credit Suisse* zu beschaffen. Sie lud sie zu einem Empfang ein und bat, doch auch den anderen Stammpendlern Bescheid zu geben, die sie nicht hatte erreichen können. Ihrem Vater stellte sie sie als »Kollegen« vor. In etwa traf das ja den beruflichen Zusammenhang, auf den ihre Bekanntschaft gegründet war.

Sie kappte ihre Festnetzleitung und stellte ihr Handy aus für den Fall, dass Sobotta ausgerechnet jetzt wieder aufzutauchen geruhte.

Eine Person fehlte, während Friedrich Fuchs und die Wredes, die Wallhorns, Widmers und Nürnbergers mit all den Kollegen von Ilka auf der Terrasse standen und die blaue Stunde genossen. In das Zuprosten hinein, das auf Freds Ansprache folgte, war Ludmila verschwunden, hatte sich scheinbar aufgelöst zwischen den Ahs und Ohs über den phantastischen Blick in die Weite – unten der Zürichsee, schon dunkelblau in Vorbereitung auf die Nacht, seidig glatt, und am Saum des Sees wie Perlen an einer mehrfach verschlungenen Kette die Laternen am Ufer, der Autos, der Oper, der Villen am Zürichsee. Die Lichter am *Bellevue* und am *Bauschänzli*, die beide in den See hineinragten. Wie ein Diadem trug der Uetliberg auf der anderen Seite des Sees eine Krone aus den Lichtern der Bergstation.

»Dort hinten in der Senke«, sagte Ilka, um überhaupt etwas erklären zu können, »befinden sich die ärmeren Viertel der Stadt.«

Alle nickten teilnahmsvoll.

Ludmila hatte gestutzt, als sie gemeinsam mit Friedrich Fuchs bei *Dr. Fuchs* geklingelt hatte. Der leichte Kugelschreiberschatten auf ihrer Fingerkuppe, als sie, ihrer zitternden Hände wegen (was würde Ilka sagen, würde sie sie vielleicht aus Stefans Beschreibungen erkennen?), vom Klingelknopf abgerutscht und auf dem Namensschild gelandet war. Hatte es zunächst darauf geschoben, dass ihre Hände vor Aufregung feucht waren. Hatte den leichten blauen Schatten im Aufzug unauffällig in ein Taschentuch gerieben.

Die Weite der Wohnung, die riesigen Glasfassaden, der sanfte Abhang unter dem Haus, bis sich in diskretem Abstand die nächste Villa an die Anhöhe schmiegte. Die verschwenderische Leere des Raums, die geschickt in der Decke verborgenen Lichtstrahler: Wie Friedrich Fuchs hatte auch Ludmila innegehalten und die Atmosphäre dieses Orts eingesogen. Während Friedrich Fuchs der Zauber des Platzes jedoch förmlich zu Kopf stieg – beschwingten Schritts stieß er gleich zu den Wredes vor, die sich schon auf der Terrasse eingerichtet hatten –, atmete sie wieder aus. Sie musste wachsam bleiben. Friedrich Fuchs hatte mehrfach betont, es scheine sich wieder etwas zwischen Ilka und ihrem Ex-Freund zu entwickeln.

Ludmila suchte Ilka mit ihrem Blick, sah sie hinter dem mattierten Glas, das die Trennwand zur Küche bildete, hantierten, Schranktüren auf- und zuklappen. Ihre Stimme aus der Küche: »Einen Moment noch, komme gleich!« Schranktür auf, Schranktür zu: ein Flügelschlagen, nur allzu vertraut. Jeder Neuanfang in einer Wohnung war so.

»Ilka, wo bleibt der Champagner?«, dröhnte Friedrich Fuchs von der Terrasse.

»Moment!« Ihr angestrengtes Lachen. »Der Kühler hat sich versteckt.«

»Kind! Hast du denn keine Hilfe im Haushalt?«

Sie bildeten ein unsichtbares Dreieck: Friedrich Fuchs auf der Terrasse, Ilka in der Küche und Ludmila selbst, noch immer auf der Hut, in der Mitte des Raums.

Irgendwann kam Ilka dann, mit hochrotem Gesicht, einen Kochtopf mit Eiswürfeln in der einen und eine Flasche in der anderen Hand, aus der Küche geeilt. Sie blieb stehen. »Ach, Sie sind die neue …«

»Buchhalterin in der Firma Ihres Vaters, genau«, sagte Ludmila rasch.

»Freut mich sehr. Warten Sie, ich bin gleich zurück.«

Der Boden war glatt, und Ludmila schien es, als ob sie unsicher ging. Ilka kam nicht mehr auf sie zurück, lächelte ihr nur beim Vorbeihasten immer wieder entschuldigend zu: »Gleich – ich bringe nur rasch … Einen Augenblick, dann …«

Später wanderte Ludmila in der Wohnung umher. Alles

war aufgeräumt, bis in den letzten Winkel. Aber so war das Land. Und wie oft hatte Stefan gesagt, dass das Land sie verändert hatte? Ob es der Einfluss dieses anderen Mannes war? Auf der Terrasse öffnete Ilka gerade unter allgemeiner Anteilnahme das mit großem professionellen Aufwand eingepackte Geschenk dieses sportlichen Mannes, der ihr selbst eben die Jacke abgenommen hatte. Sie hörte die bewundernden Rufe jener Dame auf der Terrasse, die Herr Fuchs ihr als seine Schwester vorgestellt hatte: *Ein fantastisches Parfum, Ilka!*

Ludmila strich durch die Zimmer. Vor dem Spiegel im Bad standen zwei, drei Tuben mit Cremes. Ilkas? Sie hätte nicht sagen können, welche Hautcreme Ilka benutzte; da war immer diese Leerstelle im Bad in Berlin, der ungenutzte Platz auf dem Kachelbord über dem Waschbecken. Sie schraubte die Tuben auf, roch an ihnen. Strich sich ein wenig Creme auf ihre eigene Hand und versuchte, sich an den Geruch von Ilkas Kissen zu erinnern, wenn sie sie mittwochs aufgeschüttelt hatte.

Die Bücher auf dem Bord im Flur: erotische Bildbände. Nirgendwo ein Foto, nicht einmal von ihrem Vater. Eine geschmackvoll und dennoch gänzlich unpersönlich eingerichtete Wohnung, wie ein sehr gutes Hotel. Leben als Gast.

Ludmila wanderte weiter, ließ sich ins Schlafzimmer treiben, setzte sich einen Moment auf das große Bett. Den Mantel, den Ilka offenbar eben beim Hereinkommen auf das Bett geworfen hatte – auch das beinahe wie ein Besucher. Der kleine Schreibtisch unter dem Fenster und neben dem Schreibtisch der Schrank.

Ludmila zögerte. Dann öffnete sie doch, lautlos, den Schrank. Extravagante Schuhe, Liebhaberstücke, waren ordentlich auf zwei Stangen aufgereiht. Die Kleider: Stoffe, Schnitte, die Ilka niemals tragen würde. Als Letztes zog sie eine Schublade heraus und griff mit beiden Händen in die Unterwäsche.

Sie setzte sich zurück auf das Bett, lauschte in die Stille, die im Schlafzimmer zurückblieb, während Friedrich Fuchs draußen gewohnt lautstark die Champagnerflasche entkorkte. Sie hörte die Wredes: *Fantastischer Blick. – Ilka, Gratulation zu deinem hervorragenden Geschmack!*

Es dämmerte bereits, als sie gemeinsam mit Wredes die Susenbergstraße in die Stadt hinabbummelten. Irmgard hatte vorgeschlagen, auf die Seilbahn zu verzichten. Der Tag war zu kostbar: Tintenblau hatte sich ein wolkenloser Sommerhimmel über die Stadt ergossen, tintenblau floss es über den Uetliberg bis in die Tiefe des Sees hinein, auf dem kleine Boote kreuzten. Ein warmer Wind blähte die weißen Segel, brachte die rote Fahne mit dem Schweizerkreuz auf dem Ausflugsdampfer zum Flattern.

»Wollen wir nicht doch lieber mit der Bahn fahren?« Ludmila hatte innegehalten, als sie an der Seilbahnstation Rigiblick vorbeikamen, und besorgt auf den Himmel geschaut. »Wir brauchen sicher ein halbe Stunde, wenn wir den Weg nach unten laufen, und wenn es Regen geben sollte …«

»Sehen Sie eine einzige Wolke am Himmel?«

Friedrich Fuchs fasste nach ihrer Hand und zog sie mit sich. Die Wredes waren ihnen mit ihrem geübten Wanderschritt bald weit voraus. Sie hatten nicht einmal gemerkt, dass Ludmila stehengeblieben war.

Sie spürte an seinem Händedruck, wie viel Mühe es ihn kostete, nicht laut zu schnaufen bei dem Versuch, die Wredes einzuholen. Er versuchte abzulenken, indem er sie auf Details der prächtigen Villen rechts und links von ihnen aufmerksam machte, die wie steinerne Schiffe ruhig am Berg vor Anker lagen, unberührt von dem aufkommenden Sturm. Die Straße fiel steil ab; er klammerte sich förmlich an ihre Hand. Als Wredes vor ihnen hinter einer Straßenbiegung verschwanden, begann er plötzlich, gemächlich zu trotten. »Abgehängt«, sagte er vergnügt.

Ludmila machte sich los und tat, als müsse sie sich die Nase putzen, aber kaum, dass sie das zerknüllte Taschentuch weggesteckt hatte, war die Hand schon wieder da.

»Sie hat die Wohnung sehr schön eingerichtet, nicht wahr? Am besten hat mir diese Skulptur gefallen. Hat sie Ihnen auch das Bild über dem Buffet erklärt? Nein? Dann drehen wir um.« Friedrich Fuchs hielt an. »Keine Widerrede, Frau Petrowna, wir gehen zurück, und Sie lassen sich von meiner Tochter noch einmal in Ruhe durch ihre Wohnung führen.«

Die Wärme seiner Hand. Ob der blaue Schatten des Kugelschreibers sich durch die Feuchtigkeit von ihrer Hand lösen, auf seine Haut übertragen würde?

»Sie wird müde sein, Herr Fuchs. Haben Sie nicht gesehen, wie erschöpft sie schon nach dem Vortrag aussah? – Sicher hat sie sich hingelegt. Ich möchte nicht stören.«

Jetzt war es Ludmila, die seine Hand festhielt, während er mit gewaltiger Kraft zurückstrebte. Wie eine Lokomotive zog er sie den Berg hinauf, und sie spürte mit einem Mal körperlich, was es bedeutete, wenn er sagte: Die Firma hängt an mir.

Plötzlich waren ihrer beider Arme straff gespannt, wie ein Seil zwischen ihnen. Ihr Gewicht, das den Berg hinabzog – seins, das den Berg hinaufzog. Sie bemerkte, wie sie ins Rutschen geriet, stemmte sich mit aller Kraft in den Boden. Ihre Hände: kurz vorm Zerreißen. Sie dachte an Ilka, wie sie allein in der riesigen Wohnung stand, die Gläser einpackte, ihren Mantel anzog, davonging.

»Ich frage sie nächstes Mal, wenn wir in Zürich sind, ob sie mir das Bild zeigen kann«, sagte Ludmila schließlich.

Der Druck ließ nach, aber noch immer hielt die Spannung.

»Abgemacht. Wenn ich Ihnen anschließend das Wallis zeigen darf«, sagte Fred.

Sie sah ihn an. Ihre Arme fielen herab, aber jetzt schienen ihre Hände förmlich wie zusammengeschweißt. Sie setzten ihren Weg bergab fort. Über die Gärten hinweg sahen sie die Wredes bereits zwei Kehren weiter unten laufen. Sie gingen schweigend nebeneinanderher, doch je weiter bergab sie kamen, desto schwerer fühlte sich auch ihre Hand an, schwer, taub und unbeweglich. Wie ein Schmetterling, den eine eifrige Spinne immer fester in einen Kokon einwebt. Noch eine Kehre bis zur Station Rigiblick. Plötzlich stand Friedrich Fuchs unmittelbar vor ihr.

»Hören Sie …«

Seine Hand löste sich von ihrer, nur um sich einen Augenblick später umso fester, umso unerbittlicher um ihren Körper zu schlingen.

»Ich bin froh, dass Sie mir endlich ein Zeichen geben!«

»Herr Fuchs!«

»Wir fahren ins Wallis, wir fahren von dort weiter ins Tessin und anschließend in die Toskana. Ich zeige Ihnen Padua, Vicenza und Venedig, die Stadt der Liebe.«

Seine Wange berührte beim Sprechen ihre Wange.

»Herr Fuchs, bitte, *bitte* lassen Sie mich los.«

»Nie wieder.«

»Herr Fuchs, ich könnte Ihre Tochter sein!«

Er legte ihr mit großmütiger Geste den Finger auf die Lippen.

»Eben darum«, sagte er, schloss die Augen und spitzte, ganz leicht, seine Lippen. Einen ersten Kuss, einen letzten Kuss.

»Herr Fuchs, ich – ich habe einen Freund!«

Ihre Wangen brannten, aber er blieb gänzlich ungerührt, lächelte sie sogar an.

»Einen netten Jungen aus Ihrer Heimat. Natürlich. Ich habe es längst vermutet. Und Sie hätten es mir ruhig sagen können! Als ob ich kein Verständnis dafür hätte. Sprechen Sie irgendwann mit ihm, bei passender Gelegenheit. Ich setze Sie nicht unter Druck.«

Die Kraft, schiere körperliche Kraft, mit der er den Arbeitskreis Arbeitsschutz bändigte, aufgebrachte Betriebsräte bezwang, nun schon über dreißig Jahre hinweg immer neue Konkurrenten niedergerungen hatte. Sie war in seinen Klauen gefangen, kein Ausbruch denkbar, außer, sie begann um Hilfe zu schreien. Aber was tat sie ihm an, wenn er sich vor der Polizei verantworten musste wegen …

Seine Lippen auf ihren.

»Ludmila!«

Stefan: Vielleicht hundert Meter von ihnen entfernt, neben einem offenen Wagen.

Friedrich Fuchs verharrte in seiner Position, wie eingefroren.

»Ihr Freund?«

Friedrich Fuchs sagte es halblaut, kaum hörbar, beinahe ohne jede Regung.

Ludmila machte sich los, rannte auf Stefan zu und fiel ihm in die Arme.

Plötzlich ein Schmerz, der ihn beinahe zerriss.

»Herr Fuchs! Herr Fuchs!«

Er fand eine Abkürzung den Berg wieder hinauf. Die Rufe verloren sich hinter ihm, längst hatte er sie abgehängt. Ilka auch vor Stefan erreichen, sein Kind retten vor diesem unerträglichen Menschen: Der heiße Wunsch verlieh ihm eine solche Kraft, dass er rannte, trotz der stechenden Schmerzen, immer hinauf, hinauf, den Berg hinauf. Susenbergstraße Nummer …

In der Hast drückte Friedrich Fuchs alle Klingeln, aber noch bevor das Schellen verhallt war, ging die Tür zu Ilkas Wohnung auf, und die Putzfrau trat heraus.

Er stürmte an ihr vorbei, doch sie trat ihm in den Weg. »Wohin wollen Sie?«

»Fuchs, guten Tag. Meine Tochter hat mir schon viel von Ihnen erzählt.« Er drängte sich an ihr vorbei, aber sie hielt ihn schon wieder auf.

»Ich frage Sie noch einmal: Wohin wollen Sie?«

»Zu meiner Tochter. – Ilka?«

»Welcher Tochter?«

»Frau Dr. Fuchs!«, brüllte er. »Ilka? Ilka! Komm heraus, schnell!«

»Dann sind Sie hier falsch! Eine Frau Dr. Fuchs wohnt hier nicht.«

»Wer denn sonst?«

Hatte er sich in der Etage geirrt? Aber nein, durch die geöffnete Eingangstür sah er doch die Skulptur, und weiter hinten stand die Terrassentür offen, durch die er eben noch geschritten war.

»Suchen Sie vielleicht die Schauspielerin?«, fragte die Frau schließlich.

»Ich suche keine Schauspielerin, ich suche *meine Tochter*!«

Die Frau deutete auf das Klingelschild. »Die Wohnung gehört Mirjam Federli, aber sie ist selten da, und ich weiß, dass sie die Wohnung oft für Filmaufnahmen vermietet.«

Der Schmerz: eine zweite Welle. Diesmal riss es ihn förmlich entzwei.

»Ilka«, flüsterte Friedrich Fuchs, während er ins Taumeln geriet, jede Orientierung verlor, vor die kalte Wand stieß, den Sichtbeton, den er eben noch bewundert hatte für seine kühle Eleganz. Er stürzte, fiel, immer tiefer, ins Dunkle hinab; ins Bodenlose.

50

Als Ilka die Haslerstraße erreichte, war es bereits 20 Uhr. Zum ersten Mal spürte sie Freude, wieder da zu sein: Hier hatte sie ihre eigenen Trampelpfade, hatte alles seine eigene Zeit. Ein orthodoxer Vater mit zwei Söhnen lief vorbei, während sie am Idaplatz parkte, beide Kinder mit langen Schläfenlocken und hohem Hut zu unmodischen Brillen und dem uniformen dunklen Mantel – exakte Kopien, Miniaturausgaben ihres Vaters. Sie versuchte, nicht hinzusehen, und die beiden Jungen bemühten sich, sie nicht anzuschauen, aber dann trafen sich ihre Blicke doch, und unter ihren feierlichen Mienen blitzte Schalk hervor. Ihre Lippen kräuselten sich einen Moment, ringelten sich wie der weiße Faden, der aus ihren Mänteln hervorblitzte. Ein Augenblick der Komplizenschaft, dann hatten sie wieder Oberhand über sich selbst gewonnen und gingen mit unbeweglicher Miene ihres Weges, wie zu einem Maskenball: Sie hatten sich nicht nur wie ihr Vater verkleidet, sondern ahmten auch noch seine ernste Abwesenheit vollendet nach, perfekte Mimikry.

Allein für Nürnbergers roboterhaften Gang, mit dem er sich durch die Wohnung bewegte, jeden Winkel vermaß, für seine gequälten Komplimente zu der schönen Aussicht war es den Spuk wert gewesen. Und dazu Frau Nürnberger, wie sie endlos auf Johannes Müller eingeredet hatte wegen des Klimawandels, an dem sie, die Billigflieger, erheblichen Anteil hätten! Das zunehmende Ozon, von immer mehr Billigfliegern gedünstet, das sich in feinsten Tröpfchen in der Atmosphäre zerstäubte, einen Plastikfilm über dem Horizont erzeugte, wie ein riesiges Sprühpflaster, unter dem sich die Hitze staute. Die Gletscher begannen zu schmelzen.

»Phasen der Erderwärmung hat es schon in der Antike gegeben«, sagte Johannes Müller.

»Und was ist mit den Skiliften?«, fragte Frau Nürnberger. »Denken Sie doch einmal an die Einheimischen, die all ihr Geld in Seilbahn-Aktien angelegt haben!«

Ilka schlenderte über den Idaplatz Richtung Haslerstraße und dachte plötzlich mit Dankbarkeit an ihren Vater. Dass er sie zu diesem Empfang gezwungen hatte.

Sie würde sich zum nächsten Quartal eine schönere Wohnung nehmen, in die sie Gäste einladen konnte. Immerhin hatte sie jetzt schon vier Dutzend Gläser, wo sie zuvor exakt zwei Tassen besessen hatte. Es war eine gute Entscheidung gewesen, den Empfang auf dem Zürichberg auszurichten. Die Haslerstraße: Das war schließlich nicht sie. Die Wohnung spiegelte nicht ihre Persönlichkeit wider, war schon jetzt eine leere Hülle, ein schon so gut wie abgeworfenes Schneckenhaus. Beinahe empfand sie bereits so etwas wie Heimweh nach der Haslerstraße. Zeit des Beginns.

Vielleicht war es der Schubs gewesen, den sie immer gebraucht hatte. Die dauernden Flüge, die Miete für die Wohnung in Berlin – all das entfiel, seitdem sie kein Doppelleben mehr führte. Als Oberärztin konnte sie sich erst recht etwas leisten. Endlich Schluss mit dieser Schwindelei, erst recht ihrem Vater gegenüber! Er sollte mit gutem Grund stolz sein können auf das, was sie sich hier in der Schweiz aufgebaut hatte.

Als sie die Haustür in der Haslerstraße aufschloss, hörte sie in unmittelbarer Nähe ein Geräusch. Sie erstarrte. Ihr Fehler, warum hatte sie sich so umständlich lange mit dem Ausladen aufgehalten, so spät am Abend?

Raub, Mord, Totschlag.

»Frau Fuchs?«

Sie fuhr herum. Ein Mann mit einem schwarzen Anzug stand hinter ihr.

»Kantonspolizei.«

51

Stefan redete so lange auf Herrn Brunner ein, bis er sie schließlich in Ilkas Wohnung ließ. Im Flur standen Kisten mit Champagner, schmutzigen Gläsern, die Reste der Canapés und eine Schale mit halb geschmolzenen Trüffeln. Herr Brunner warf einen missbilligenden Blick in den Flur. »Warum wirft sie nie ihren Abfall in die Tonne vor dem Haus?«, murrte er. »Kein einziger Eintrag im Waschbuch, ein ganzes Jahr lang! Nicht *einmal* habe ich vor ihrer Wohnungstür Finken gesehen.«

»Finken?«, wiederholte Ludmila verdutzt.

Herr Brunner wiegte besorgt seinen Kopf. »Sagen Sie nicht, Sie laufen auch mit Straßenschuhen in Ihrer Wohnung herum?«

Ilkas Mobiltelefon war ausgestellt. Auch Fred war nicht zu erreichen, und nachdem sie ein paar Mal die Straßen am Zürichberg auf und ab gelaufen waren, hatten sie es schließlich aufgegeben, nach ihm zu suchen. »Er kann sehr launisch sein«, sagte Stefan. Woraufhin Ludmila erwiderte: »Ich weiß.«

Während sie schweigend begann, die Gläser zu spülen, lief Stefan unruhig umher. »Irgendwann muss sie doch kommen!« Der Brief des Finanzamtes ging ihm nicht aus dem Kopf, von der Liebeserklärung einmal ganz abgesehen. Wie gedankenlos er ihr Geld ausgegeben hatte! Er wollte, er musste sich entschuldigen. Hatte er nicht immer nur an das Opfer gedacht, das er gebracht hatte. Ihr frühes Aufstehen, ihr spätes Heimkommen, ihr pausenloses Unterwegssein?

Im Universitätsspital hatte er eine pikierte Schwester Doreen angetroffen, die ihn wissen ließ, dass Frau Fuchs nicht mehr hier arbeitete und dies zur Stunde mit einem

Empfang feierte. Auf dem Weg zu der Adresse, die Schwester Doreen ihm genannt hatte, hatte er sich mehrfach verfahren.

»Lass mich das machen«, sagte Stefan, als Ludmila anschließend auch die Platten spülen wollte. Sie nahm ihm jedoch die Platten wieder aus der Hand, wie um zu unterstreichen, dass sie wirklich nicht nur zu ihm gekommen war, um ihn auszuhorchen. Weil man ihn für das schwächste Glied der Fuchs'schen Familienbande hielt.

»Ruslan wollte wegen seiner Provision unbedingt Preis nach oben treiben. Er hat gedroht, ein Fahrt im Kofferraum mit mir zu machen, wenn ich mich nicht als Putzfrau bei euch bewerbe. Ein paar Dinge musste ich ihm sagen, aber kein Sorge, von den wirklich wichtigen Sachen, gerissen Tragseil beispielsweise, habe ich ihm natürlich nie etwas erzählt«, schloss sie eilig und versuchte, seinen Blick aufzufangen.

Stefan starrte jedoch aus dem Fenster. »Wenn du die ganze Zeit in Hagen warst, warum hast du dich dann nie auf meine SMS gemeldet?«

»Bei uns im Dorf gibt es gerade Erdbeeren. Ich bringe dir beim nächsten Mal ein Kiste mit, in Ordnung?«

»Ich habe dich etwas gefragt, Ludmila.«

Sie sprang auf. »Versteh doch, Stefan, ich hatte wirklich viel zu tun. Ich möchte mein Aufgabe gut machen! Diplom liegt neun Jahre zurück, und ich merke jeden Tag, wie viel ich vergessen habe. GAAP, Sarbanes-Oaxley, davon haben wir in Studium nie etwas gehört! Du würdest dich doch auch nicht peinlich machen wollen vor diesen *Controllern*? Bestimmt warten sie nur auf ersten Fehler.«

»Was sollen sie schon sagen, wenn der geschäftsführende Gesellschafter seine Hand über dich hält?« Um sie wissen zu lassen, dass er sich vorstellen konnte, welche Freiheiten diese Hand sich noch so herausnahm, lachte er bitter. Er sah die beiden in Freds Wagen über die Autobahn schaufeln, sie mussten unbedingt pünktlich zu den Bregenzer Festspielen kommen, sie hatten *richtig gute Karten*.

»Du hast meine Frage immer noch nicht beantwortet«, sagte er, als sie an der Tür standen, aber sie hatte es nun sehr eilig, den Nachtzug nach Hagen erreichen.

Nachdem Ludmila fort war, durchsuchte er die Wohnung. Er öffnete alle Schubladen, sah in jeden Schrank, aber die Wohnung war so steril und unpersönlich wie ein frisch gereinigtes Flugzeug – bis auf dieses Buch, das ganz hinten in dem Fach lag, in dem Ilka ihre Schuhe aufbewahrte. Er blätterte es durch und blieb an einer Stelle hängen, die mit Kugelschreiber angestrichen war.

Es geht einer großen Menge von Auswanderern so, die auch nur zu häufig weder wissen, was man von ihnen fordern könnte, noch was sie im Stande wären zu leisten, und die dabei nur allein in dem Namen Brasilien den Inbegriff aller erfüllten Hoffnungen und Träume sehen. Nur erst einmal in Brasilien, sagen diese, und das andere findet sich alles von selber. – In etwas haben sie recht, denn es findet sich in der That; nur freilich manchmal ganz anders, als sie es sich gedacht hatten.

52

»Wir haben eine Vermisstenmeldung erhalten«, sagte der Kommissar. Er selbst hatte sich bereits wie zu einer Beerdigung gekleidet: Schwarz von Kopf bis Fuß, von der Brille angefangen über den Rollkragenpullover, den Anzug bis hin zu den blankpolierten Schuhen. Auch sein Gesicht hinter der Brille war so blass, als habe er einen Verlust zu beklagen, und sein Gesicht war selbst dann schmerzlich verzogen, wenn er schwieg – so wie gerade, die ganze Fahrt zur Wache über. Ebenso schweigend hatte er Ilka zuvor geholfen, die Kisten mit schmutzigen Gläsern und die Körbe mit den Resten des Büffets nach oben in die Wohnung zu tragen. Nun saßen sie in seinem Büro.

»Nach einer Fahrt Richtung Zürich am Sechseläutentag ist Dr. Jürgen Sobotta nicht mehr in die *Pensione Rosa* in Lugano zurückgekehrt, wo er seit längerer Zeit logierte. – Anfangs hat sich dort niemand gewundert. Es kam immer wieder vor, dass Herr Sobotta tagelang verschwand, ohne zuvor seine Rechnung bezahlt zu haben. Manchmal hatte er wohl nicht einmal genug Geld für einen Espresso oder ein Sandwich!« Er lauschte seinen eigenen Worten nach, als ob er sich selbst immer noch wundere über diesen Mann. »Dann wieder stand er mit prall gefülltem Portemonnaie an der Rezeption, zahlte all seine Schulden und gab ein großes Trinkgeld dazu.« Er zögerte. »Ein Mann mit zwei Gesichtern«, sagte er schließlich.

Ilka fühlte seinen Blick auf ihr kleben, fühlte seine Augen überall auf ihr, als ob er sich mit Saugnäpfen an allen neuralgischen Punkten ihres Körpers zugleich festgesetzt hätte, um subkutan möglicherweise verräterische Ströme zu messen, die durch ihr Mienenspiel pulsten. Ob eine nervöse Handbewegung sie verriet.

»Sobotta«, wiederholte er dann, »sagt Ihnen der Name etwas?«

Sie machte sich steif unter ihrem Gesicht, das lichterloh brannte.

»Herr Sobotta ist doch Ihr Bekannter«, fuhr der Kommissar fort. »Die Inhaberin der *Pensione Rosa* gab an, dass Herr Sobotta häufig von Ihnen gesprochen habe. Immer wieder habe er seine ›Partnerin in Zürich‹ erwähnt, die er besuchen wolle, wenn er wegfuhr, und die Beschreibung passt durchaus auf Sie.«

»Ich hatte niemals eine Beziehung zu Herrn Sobotta, wenn Sie das meinen!«

»Auch keine geschäftliche? Irgendwelche – finanziellen Transaktionen?«

Leugnen/gestehen: eine binäre Entscheidung. Ilka versuchte, die Konsequenzen beider Wirklichkeitsvarianten zu kalkulieren, verhedderte sich in der Berechnung von Kreuzreaktionen zwischen der Steuerbehörde Zürich, dem Finanzamt Berlin.

Schließlich schüttelte sie den Kopf und begann hastig, die schönen Seiten ihrer Bekanntschaft mit Sobotta vor ihm aufzublättern, wie ein Poesiealbum: die Begegnung im Zug, der Abend im Hotel *Sonne*, das Picknick am Mürtschenstock. Sie sprach von dem Heimweh als Deutsche in der Schweiz, das Sobotta gelindert habe; tröpfchenweise absinthfarbener Hustensaft, der süß nach Kindheit schmeckte, nach *Grünem Baum*.

»Sie sind an diesem Sechseläutentag gemeinsam gewandert, nicht wahr?«

Zeit gewinnen. »Wissen Sie, Herr Sobotta ist nicht der Mensch, der sich gern bewegt«, entgegnete Ilka vorsichtig. »Ich habe ihn verschiedentlich wegen seiner chronischen Rückenschmerzen behandelt, und für den Fall, dass Sie ein

Foto von ihm gesehen haben: Er war nicht gerade schlank. Ich glaube, ich würde ihm nicht einmal unrecht tun, wenn ich ihn als dick beschreibe.«

»Das hat Jochen Tüngler auch getan.«

»Wer?«

»Der Herr, der Sie wiedererkannt hat in Chiasso.«

»Mich wiedererkannt.« Sie lachte. »Da bin ich aber gespannt, wer mich ausgerechnet in Chiasso wiedererkannt haben soll. So klein ist die Schweiz nun auch wieder nicht.«

»Erinnern Sie sich nicht mehr an Jochen Tüngler?«

»Der Name sagt mir nichts.«

»Er arbeitet auf der Baustelle in Chiasso.«

»Ich weiß nicht, von wem Sie sprechen. Ich kenne keine Bauarbeiter.«

»Nicht einmal vom Sehen? Jochen Tüngler sagte mir, dass er Sie aus dem Flugzeug kennt. Monatelang seien Sie gemeinsam auf der Strecke Berlin – Zürich geflogen. Er war sich ganz sicher, dass Sie montags morgens immer auf Platz 2F gesessen haben. Eine Angabe, die uns Air Berlin im übrigen bestätigen konnte.«

Ilka spürte Sobottas fauligen Atem. Wie er ihr noch aus den Akten, die zwischen ihr und dem Kommissar aufgestapelt auf dem Tisch lagen, dreckig entgegenlachte. Ha, meine Liebe, mal wieder zu kurz gedacht! *Auf Wiedersehen, Ilka.*

»Sie sind zu zweit am Bahnhof in den Bus zum Monte Generoso gestiegen. Zurückgekommen sind Sie später allein. Irgendetwas muss doch zwischen Ihnen vorgefallen sein während dieses Ausflugs.«

»Wir sind zusammen gestartet, und in der Tat haben wir uns oben am Berg nach einem Wäldchen getrennt. Jeder ist dann für sich allein weitergewandert«, sagte sie unwillig.

»Sie haben sich also während der Wanderung getrennt.« Der Kommissar schrieb eifrig mit.

»Ja, wie gesagt.«

»Warum?«

»Wir haben uns gestritten.«

»Worüber?«

»Über verschiedene Dinge. Herr Sobotta ist ein schwieriger Mensch, man gerät sehr schnell in Streit mit ihm. Ich hatte der Auseinandersetzung keine Bedeutung beigemessen.«

»Der Streit war also ...«

»Privat.«

»Sie hatten eine freundschaftliche Beziehung zu Herrn Sobotta?«

»Wir waren seit einer Weile miteinander bekannt.«

»Was verstehen Sie unter ›bekannt‹? Hatten Sie eine Liebesbeziehung?«

»Herrgott, nein! Ich hatte es Ihnen doch schon einmal gesagt.«

»Warum haben Sie sich dann auf dem Berg gestritten?«

Sie schwieg. »Er hat eine Art – Annäherungsversuch gemacht«, sagte sie.

»Den Sie abgelehnt haben.«

»Ja.«

»Sie haben also nicht über Geld miteinander gesprochen?«

»Wie kommen Sie darauf?«

Der Kommissar zögerte. »Wir haben einen anonymen Anruf erhalten. Herr Sobotta hatte am Tag des – Unglücks angeblich 50000 Franken in bar dabei.«

Die Gletscher und die Skilifte: Waren etwa auch Nürnbergers dem Zauber der *small caps* erlegen? Kleines Land, große Gewinne. Sie fühlte ein Lächeln, so fein wie ein Nadelstich, in ihrem Mundwinkel.

»Auf die Vermisstenmeldung hin wurden die Wanderwege am Monte Generoso abgesucht«, fuhr er fort. »Unterhalb des von Ihnen beschriebenen Wäldchens fand man Spuren einer gewalttätigen Auseinandersetzung – abgeknickte Äste, zerdrücktes Gras. Diese Brille.« Er legte Sobottas Brille vor ihr auf den Tisch.

Das Knacken im Wäldchen.

Jemand hat uns die ganze Zeit über belauscht, dachte Ilka zuerst.

Und im nächsten Augenblick: Sobotta wurde überfallen.

Raub, Mord, Totschlag.

Sie fröstelte.

Sobottas Brille starrte sie an.

»Der anonyme Anrufer erwähnte ausdrücklich Sie, Dr. Ilka Fuchs, und, ich zitiere, ›ihre zwei Gesichter‹. Haben Sie eine Vorstellung, was damit gemeint sein könnte?«

Das Knacken im Wäldchen. Sie haderte mit sich, verlor sich in ihr Schweigen.

Der Kommissar zögerte.

»Gemeldet sind Sie in der Haslerstraße 9 in Kreis 3, doch für den Empfang anlässlich Ihres Vortrags haben Sie eine Wohnung auf dem Zürichberg angemietet«, sagte er dann. »Herr Widmer war ganz überrascht, als ich ihn fragte, ob er schon einmal in Ihrer Wohnung in der Haslerstraße gewesen sei. – Ihre Kollegen im Universitätsspital beschreiben Sie als geradezu herrisch. Keiner von ihnen hat vergessen, wie Sie sich damals in der ersten Besprechung vorgestellt haben: *Sehr amerikanisch*, sagte eine der Schwestern, denen Sie im übrigen selbst nach fast einem Jahr immer noch nicht das *Du* angeboten haben, wie es hier üblich ist. Stattdessen diese Schikanen: dass man Sie mit Titel anzusprechen habe, dass nur die Ärzte entscheiden dürften, ob die Patienten ein bestimmtes Medikament erhalten oder nicht! Mehrere Schwestern haben Herrn Widmer um Versetzung auf eine andere Station gebeten, aber er hat ihnen immer wieder gesagt: Ich bin sicher, auch sie wird sich eingewöhnen. – Insofern hat man Sie im Spital als sehr auf Regeln bedacht erlebt. Andererseits haben Sie es privat anscheinend nie für nötig befunden, sich an Vorschriften zu halten.«

Der Kommissar schob ihr die Kopie eines Schriftstücks zu. *Tiefbauamt des Kantons Zürich – Bußgeldbescheid persönlich übergeben:* Sie sah Sobottas herrschaftliche Direktorenunterschrift, die gleiche, mit der er damals ihre »Bareinzahlung« auf sein Konto quittiert hatte.

»Sie haben Ihren Haushaltsmüll in einem öffentlichen Papierkorb an der S-Bahn entsorgt, anstatt sich wie alle Schweizer, und im übrigen auch alle Ausländer, einen Satz *Züri-Säcke* in der *Migros* zu kaufen«, fuhr der Kommissar fort, »und das nicht nur einmal, sondern mehrfach.«

Ilka wurde rot. »Wie kommen Sie auf so einen Unsinn?«, fragte sie.

Er schob ihr die Akte des Tiefbauamts hin, blätterte die erste Seite auf: Die Einzelteile ihrer Kopien mit dem gefälschten Eintrag in *Ilka Fuchs' Logbook*, sorgfältig wieder zusammengesetzt.

»Der Abfallinspekteur vom Tiefbauamt hätte Sie gern um Ihre Kooperation gebeten. Darum ist er sogar persönlich bei Ihnen vorstellig geworden mit der Buße, aber Sie haben ihn ja leider nie zurückgerufen, Frau Fuchs.«

Er sah sie an, und sie versuchte, ihre Sinne zu schärfen, eine Erklärung zu finden, um Verständnis zu werben, aber der Champagner war mit den Tabletten eine ungute Verbindung eingegangen, und sie musste sich immer wieder zwingen, aufmerksam zu bleiben. Sie verlor sich in ihr Schweigen.

Der Verdacht kann auf jeden fallen, der um die Zeit dort oben gesehen wurde.

Alles war still, kein Mensch zu sehen. Er packte ihn und stürzte ihn mit so erbitterter Gewalt dem Bergabhange zu, dass er förmlich davonflog und augenblicklich verschwunden war. Weit unten schon stürzte sein Feind dahin, von immer größerer Gewalt getrieben. Jetzt überschlug er sich, wieder und wieder, dann machte er einen hohen Satz, dann schlug es ihn wieder auf die Erde nieder, und überschlagend rollte er seinem Verderben entgegen. Schon flogen da und dort die Stücke von ihm weg, Füße, Fetzen, alles hoch in die Luft geworfen.

Er empfand eine so unbändige Freude an dem Anblick, dass er mit beiden Füßen zugleich in die Luft springen musste. Er lachte laut, er stampfte vor Wonne, er sprang in Sätzen im Kreise herum, er kam wieder an denselben Platz und guckte den Berg hinab. Ein neues Gelächter erscholl, neue Luftsprünge; er war völlig außer sich vor Vergnügen über den Untergang seines Feindes, denn er sah lauter gute Dinge vor sich, die nun kommen würden.

»Hören Sie auf mit diesen Unterstellungen«, flüsterte Ilka erschöpft.

»Welchen Unterstellungen?«

»Dass ich ihn den Abhang hinuntergestoßen hätte.«

»Aber ich zitiere doch nur aus *Heidi*«, erwiderte er.

Vielleicht hielt *er* Finken unter dem Schrank? Oder in einem Käfig, vollständig ausgekleidet mit schwarzem Samt, in der Düsternis.

»Sind Sie sicher, dass – dass derart schreckliche Dinge in *Heidi* stehen?«

Ihre Stimme war plötzlich heiser.

»Teil zwei der Erzählung, *Heidi kann brauchen, was es gelernt hat*. Seite 230«, fügte er an. »Das Buch, das wir an der Unfallstelle gefunden haben, war ausgerechnet auf dieser Seite aufgeschlagen. Ansonsten war es vom Regen ganz und gar aufgeweicht, und nur mit Hilfe unserer Experten konnten wir noch die Widmung auf der Titelseite rekonstruieren: *Für Ilka, zur Erinnerung an – J. S.*«

53

Alles war weiß um Fred herum: weiß und still. Er war allein, die einzige Empfindung, die er registrierte, war ein Kneifen am Zeh, und er ärgerte sich darüber, dass sie den Zettel mit den Daten seines Lebens – Friedrich Fuchs, geboren 1938, gestorben 2006 – zu fest an seinem Zeh befestigt hatten. Ah! Aufstehen und loslaufen, in die Versammlung platzen, und sei es im wehenden weißen Flügelhemdchen, ein Höllenlachen anstimmen, und alles, was schon verteilt schien zwischen den Wallhorns und Ilka, wieder einsammeln, sich darauf festkrallen mit seinen mächtigen Pranken, alles seins, sein Lebenswerk! Vorsichtig hob er seine Hände: Sie gehorchten ihm noch. Er stützte sich auf dem Bett ab, da war es wieder: dieses Kneifen im Zeh.

»Aua!«, brüllte er.

Ein schwarzer Haarschopf tauchte am Fuß des Bettes auf. *»Sorry.«*

»Karim!«

Faster, Mister Fred, dachte er, und schon fuhren ihm die Lebensgeister wie die Derwische wieder in die Glieder. Er war nicht tot, und auch Karim war damals Gott sei Dank nicht ums Leben gekommen, und hier war sein letzter verbliebener Bewunderer. Vor Glück und Erleichterung stiegen ihm Tränen in die Augen. Im nächsten Moment ärgerte Fred sich über diese Gefühlsduselei. »Was machst du hier, Karim? Bin ich etwa immer noch in Zürich?«

Er erinnerte sich vage an Ilkas Gesicht, das in den vergangenen Tagen immer wieder über seinem Bett aufgetaucht war wie ein blasser Mond. Die ausweichende Art, mit der sie von seinem besorgniserregenden »Erschöpfungszustand«

geredet hatte. Ein seltsamer Monat, voll von Mondfinsternissen. Wie viel Zeit war vergangen?

»Man hat dich nach Hagen verlegt.« Karim sprach noch ein wenig ungelenk, machte aber gleichwohl eine Kunstpause. Er erwartete wohl Applaus für seine neu erworbenen Sprachkenntnisse.

»Wer hat mit dir Deutsch geübt?«

Er zuckte die Achseln. »Iris. Irmgard. Frau Schmidt. Alle, die da waren.«

»Wo?«

»Na, bei dir zu Hause.«

»Was macht Iris bei mir zu Hause? Hat sie dich zu uns eingeladen? Wo ist Ilka?«

»Iris ist mit uns gekommen, um Ilka zu unterstützen. Dauernd ist Ilka am Telefon: wegen dir, wegen der Firma, und meine Eltern rufen auch ständig bei Ilka an. – Sie hat gesagt, ich soll dir einen Kuss von ihr geben, wenn du aufwachst.«

Fred verzog das Gesicht. »Warum ist sie nicht selbst gekommen?«

»Ilka ist für einen Tag mit meinen Eltern nach Elsterwerda gefahren.«

»Was macht Ilka mit deinen Eltern in Elsterwerda?« fragte Fred argwöhnisch. »Überhaupt, deine Eltern wollten doch eigentlich erst wieder im September kommen.«

»Sie sehen sich das Kreiskrankenhaus an, zusammen mit Ilka.«

Friedrich Fuchs presste die Lippen zusammen »Nur damit eines klar ist,« sagte er dann, »*ich* lasse mich *nicht* im Osten behandeln.«

»Die Klinik wird erst in zwei Jahren wiedereröffnet. Wenn es dir bis dahin immer noch nicht besser geht, bist du ohnehin tot,« sagte Karim.

Fred fuhr hoch und gab Karim eine Ohrfeige.

»Du spinnst wohl!«

Er starrte Karim an. Karim hatte einen Satz gemacht und in der vom Bett am weitesten entfernten Ecke des Zimmers Zuflucht gesucht. Friedrich Fuchs richtete sich halb auf und spähte über das Fußende seines Betts hinaus, aber da war kein Rollstuhl. »Seit wann kannst du wieder laufen, Karim?«, flüsterte er, aber nun presste Karim die Lippen aufeinander und wich noch ein Stück in die Ecke zurück. »Karim.«

Schweigen.

»Karim! Was ist los, warum sagst du nichts?«

Mühsam richtete er sich auf, setzte vorsichtig die Beine auf den Boden. Sie fühlten sich an wie Streichhölzer, zerbrechliche dünne Holzstäbchen, auf denen ein schaumiger Klumpen Zuckerwatte zitterte. Jedenfalls fühlte er sich so, als ob er um seine eigenen Füße herumschwankte, während er versuchte aufzustehen. »Karim!« Einen Schritt, noch einen Schritt in den Raum hinein. Er kreiselte über die gerade noch zulässige Umlaufbahn hinaus, trudelte vorwärts. »Bitte, Karim!«

Karim stand steif in der Ecke, die Hände hinter dem Rücken verschränkt, als nehme er eine Militärparade ab. Er starrte Fred mit gerümpfter Nase an wie einen zerbeulten Tank. »Ich spreche erst wieder mit dir, wenn du mich Prinz Karim al-Khalidi ibn Safadi nennst«, sagte er.

Es begann zu schneien: erst einzelne Flocken, dann immer mehr weiße Hagelkörnchen, die ihm den Blick verstellten auf den Prinzen, auf dessen Schultern er plötzlich die Falkenfrau Iris sah, zusammengekauert in einem braunen Federkleid, mit scharfem Blick, ruckartigen Kopfbewegungen. Sie knabberte an Karims Ohr.

»Al-Khalidi ibn Safadi«, wiederholte Fred flüsternd.

»Al-Khalidi ibn Safadi al Rabba'i, aber das kannst du dir ja doch nicht merken, und auch das Krankenhaus wird einfach nur Prinz-Karim-Klinik heißen.«

»Welches Krankenhaus? Du meinst das Universitätsspital in Zürich.«

»In Elsterwerda. Hat Ilka dir nicht erzählt, dass meine Eltern das Krankenhaus gekauft haben? Ohne die Ärzte dort hätte man niemals herausgefunden, dass ich gar kein ALS habe! Weißt du, was das bedeutet? Dass ich nicht sterben muss!«

Fred betrachtete sein glühendes Gesicht, wie Karim mit leuchtenden Augen das Wort *B-o-r-r-e-l-i-o-s-e* buchstabierte.

»Und das Schlimmste bei einer Borreliose ist, wenn man sie mit Cortison behandelt! Darum wurde es mit meinen Beinen immer schlechter. Selbst Ilka kam erst darauf, als sich meine Blutwerte geändert hatten. Im Krankenhaus Elsterwerda habe ich nämlich überhaupt keine Medikamente bekommen. Mein Vater ist so wütend! Denn man hat ja schon zu Hause begonnen, mir Cortison zu spritzen. Er hat meinen Onkel in Verdacht. Meine Eltern sind schon aus dem Haus mit den Teekannen ausgezogen und suchen nun für uns etwas in Muskat, und mein Onkel hat meiner Mutter aus Angst vor dem Sultan endlich ihren Erbteil ausgezahlt. – Ilka wird alles leiten, erst die Renovierung und den Ausbau und später das gesamte Gesundheitszentrum mit dreihundert Betten. Meine Familie hat schon länger nach einem Standort für eine Investition gesucht, der Bedarf ist riesig. Bei uns zu Hause lassen sich immer noch alle am liebsten in Europa behandeln, wenn sie krank sind, und stell dir vor: Das Bruttoinlandsprodukt der Golfstaaten wächst jedes Jahr um acht Prozentpunkte, was bedeutet, dass es immer mehr Menschen gibt, die sich eine Behandlung im Ausland leisten können.«

Während er sprach, trat er vor, wie ein Manager, dem man eingetrichtert hat, frei zu sprechen, zu gestikulieren. sich dynamisch zu bewegen. Sie trafen sich in der Mitte des Raums, und durch den Schnee sah er Karims schöne lange Hände auf und nieder flattern wie junge Vögelchen. »Karim!«

Karim hielt inne. Fred Fuchs barg Karims Hände in seinen, wie in einem Nest. Das Schneetreiben lichtete sich, und Fred schloss die Augen, weil ihn Sonne durch das Wolkengrau plötzlich blendete. Sonne wärmte ihn und die Falkenfrau, die sich von Karims Schulter abgestoßen hatte und friedlich in einem Luftwirbel über einem benachbarten Tal segelte.

»Karim«, flüsterte er, »bitte: *keine Zahlen*.«

54

Compliance stand auf seiner Tür, auf seiner Visitenkarte, stand auf dem Rattenschwanz seiner Mail-Adresse und auf den vorgedruckten Kurznachrichten:

Mit freundlichen Grüßen – With compliments,
Stefan Heinzinger
Fuchs Ladungssicherung Hebetechnik
Compliance

Im ersten Jahr würde er vor allem Konferenzen besuchen, so dass es nicht weiter auffiel, wenn er viel lernte. Er hatte sich zum zweiten Staatsexamen angemeldet. Fred hatte ihm aufgetragen, alle Vorgänge im ersten Jahr mit seinem neuen Assistenten zu besprechen; sobald er das Examen bestanden habe, könne er selbständig handeln. Mit dem Rückverfolgen der Verträge, die Bertil mit Kunden geschlossen hatte, war er auf Monate ausgelastet.

Er war schon kurz davor gewesen, die Flucht vor Carla Bissings Paranoia zu ergreifen. Nicht einmal eine Packung Aspirin konnte er inzwischen kaufen, ohne böse Machenschaften am Werk zu ahnen – und dann kam er bei der Weihnachtsfeier von *Transparency International* zufällig mit jemandem ins Gespräch, der den Baubereich untersuchte. Als Stefan ihm berichten konnte, dass Bertil offenbar schon seit Jahren Schmiergelder an Beamte zahlte, um städtische Aufträge zu erhalten, hatte Fred ihn das erste Mal geküsst.

Nun war es wie bei einem Puzzlespiel: Er musste versuchen, Querverbindungen zwischen Geschäftsabschlüssen und Barabhebungen zu finden, denn natürlich hatte Bertil nicht allein gehandelt. Auch Herrn Kops, den langjährigen Chef-Controller, hatte man entlassen.

With compliments – Stefan Heinzinger: Er unterschrieb schwungvoll auf der Kurznachricht, die er seinen Spesenbelegen für seine Fahrt nach München anheftete.

Rücksprache stand mit Kugelschreiber auf den Vorgang gekritzelt, als er ihn zwei Tage später wieder in seinem Postkorb vorfand. Unter der ebenfalls mit Kuli angegebenen Durchwahl meldete sich Ludmila.

»Hey«, sagte Stefan, »warum hast du mir nicht gesagt, dass du in Deutschland bist? Wir hätten etwas ausmachen können.«

»Es tut mir leid«, sagte sie, »aber ich hatte so viel mit dem Umzug zu tun. Es ging alles sehr schnell, darum habe ich mich noch nicht bei dir gemeldet, und Anna mag sich nicht so recht in den Kindergarten eingewöhnen.«

»Welche Anna? Und in welchem Kindergarten? Wo wohnst du jetzt?«

»In Schwerte, zusammen mit meiner kleinen Tochter.«

»Du hast doch nicht etwa ...«

»Kops' Stelle übernommen, doch. Es wird nächsten Montag bekanntgegeben, aber ich sitze schon jetzt auf dem Chaos, das er hinterlassen hat. Nichts für ungut, Stefan, aber wir zahlen keine Taxifahrten vom Flughafen München in die Stadt. Das Taxi kostet 80 Euro. Erstattet wird nur S-Bahn-Ticket.«

»In Ordnung«, sagte er. »Beim nächsten Mal denke ich dran.«

»Gut.«

»Und ein Mal wirst du ja wohl eine Ausnahme machen. Für mich.«

»Nein.«

Er horchte in den Hörer hinein. »Hey, bist du herzhaft heute«, sagte er schließlich und versuchte zu lachen, aber Ludmila lachte nicht. »Ich melde mich, sobald ich *gesettlet* bin«, sagte sie und legte auf.

55

Reisen

Meinen Sie, Zürich zum Beispiel
sei eine tiefere Stadt,
wo man Wunder und Weihen
immer als Inhalt hat?

Meinen Sie, aus Habana,
weiß und hibiskusrot,
bräche ein ewiges Manna
für Ihre Wüstennot?

Bahnhofstraßen und Ruen,
Boulevards, Lidos, Laan –
selbst auf den Fifth Avenuen
fällt Sie die Leere an –

Ach, vergeblich das Fahren!
Spät erst erfahren Sie sich:
bleiben und stille bewahren
das sich umgrenzende Ich.

Ilka las das Gedicht noch einmal und faltete es dann mit großer Umsicht zusammen, wie ein besonders wertvolles Dokument. »Wann hast du das geschrieben? Als wir noch zusammen waren? Oder in der Zeit nach unserer …?« Sie lehnte sich an ihn und seufzte tief. »Komm, sag schon. Es ist toll, du schreibst immer besser.«

Stefan zögerte einen Moment. »Hab's vergessen«, sagte er dann verlegen.

Jeden Tag schien die Sonne in dem ersten gemeinsamen Urlaub, den sie seit einem Jahr machten. Es war nicht leicht, sich auf ein Ziel festzulegen. Stefan wollte keinesfalls nach Osteuropa – schade, ausgerechnet jetzt, wo er so viel über die Architektur und Geschichte dieser Länder wusste. Ilka wiederum lehnte es entschieden ab, an die Côte d'Azur, überhaupt nach Frankreich zu fahren, nachdem sich herausgestellt hatte, dass der anonyme Anruf bei der Kantonspolizei von einem Anschluss in Cannes geführt worden war. Dieser Mistkerl! Vielleicht würde sie Sobotta diesmal wirklich den Hang hinunterstoßen, wenn sie ihn noch einmal traf. Auch Sri Lanka kam nicht in Frage, nachdem sich während ihres Auszugs herausgestellt hatte, dass ein Tamile aus der Haslerstraße 7 damals den Stein in ihr Zimmer geworfen hatte. Zufrieden beobachtete der Mann, an jeder Hand einen kleinen Sohn, wie der Transporter beladen wurde. »Was sind Sie eigentlich von Beruf?«, fragte er Ilka, als er die Kiste mit den Champagnergläsern entdeckte.

»Ärztin«, entgegnete sie, und als er sie daraufhin verdutzt ansah, fügte sie hinzu: »Was haben Sie denn gedacht?«

Er wurde rot – so rot, wie damals ihre Lampe gewesen war.

»In einer Großstadt sind meine Söhne vielen schlechten Einflüssen ausgesetzt«, verteidigte er sich und nahm seine Kinder fester an die Hand.

Schließlich entschieden sie sich für einen Urlaub in der Schweiz. »Ich habe über ein Jahr hier gearbeitet, aber so gut wie nichts von dem Land gesehen«, sagte Ilka. Es wurde ein Heimspiel. In den Cafés und Restaurants wurden Stefan und sie überall von Deutschen bedient.

Die lange, weiße Linie auf ihrem Fuß: Sie behauptete, es würde ihr nicht mehr wehtun, aber er wusste es besser und trocknete ihre Beine nach dem Schwimmen im Thuner See besonders vorsichtig ab. Der See war von einem lichten

Blau, und eiskalt, weil er sich aus Gebirgsflüssen speiste. Sie lagen im warmen Gras, ließen sich von der Sonne umarmen.

Umarmten sich selbst.

Attila schlief.

Eines wollte Stefan sie schon längst gefragt haben.

Sie hielt den Atem an.

Er zögerte. »Wie hat dir eigentlich dieses Buch gefallen?«, fragte er schließlich. Attila fuhr mit einem gereizten Schnarchen aus seinem Schlaf auf.

Ilka sah ihn enttäuscht an und zuckte die Achseln. »Welches Buch?«

»Es lag bei dir in der Haslerstraße, ganz unten im Schrank«, sagte Stefan hastig. »*Die Colonie.* Diese Geschichte über die deutschen Adligen, die nach der, nun ja, Revolution von 1848 nach Brasilien auswandern, aber in Santa Clara im Grunde doch nur das Leben, das sie in Deutschland geführt haben, fortsetzen wollen. Sie stecken sich die schönen weißen Blumen ins Haar und wissen nicht einmal, dass es Kaffeepflanzen sind und dass der Kaffeeanbau eine unendlich mühsame Arbeit ist. Sie bleiben unter sich, lernen die Sprache nicht, gehen den Brasilianern aus dem Weg und führen noch auf einem anderen Kontinent ihren alten Krieg unter lauter Kleinstaaten weiter. Diese Gräfin, die allen vorgaukelt, sie sei Gott weiß wer, sich aber in Wahrheit mit Wechselbetrug über Wasser hält! Und dann dieser dicke Baron, mit dem sie zunächst gemeinsame Sache macht, bevor sie so schrecklich scheitert … Ich meine, wie *kann* man nur auf die Idee kommen, ohne jegliche Kenntnis der Tabakindustrie eine Zigarrenfabrik eröffnen zu wollen?«

Ilka schloss die Augen. »Ja«, sagte sie. »Du hast recht. Wie kann man nur.«

Sie rollte sich zur Seite. Attila öffnete ein Auge und sah Stefan streng an.

Mach dich nicht peinlich!

Er musste all seinen Mut zusammennehmen. Vielleicht wollte sie gar nicht mehr.

Dann fragte er sie doch.

Alle kamen zu ihrer Hochzeit am 1. August: Iris, die WredesUli und Elke, Ludmila, Alexandra, Bernd, Professor Widmer und Schwester Josiane. Karim und seine Eltern trafen im Privat-Jet ein, Petr und seine Frau in einem sehr anständigen gebrauchten Mercedes: Das Geschäft mit dem Pom-Pom blanc lief hervorragend.

Arnold Osthaus wurde von Fred wieder von der Gästeliste gestrichen, nachdem sich herausgestellt hatte, dass die immer hochwertigeren Netze, die neuerdings in immer größerer Zahl aus Chisinau kamen, von Chinesinnen gefertigt wurden. Diese erhielten zudem statt der veranschlagten 30 Euro einen Monatslohn von 300 Euro. Es wäre wohl niemals so schnell herausgekommen, wenn nicht der Betriebsrat eine Reise zu den neuen »Kollegen« unternommen hätte, um sie in ihrer Arbeitslust zu dämpfen; er kehrte mit einer Frau Li zurück.

»Glauben Sie mir, Herr Fuchs«, jammerte Arnold, als Fred ihn zur Rede stellte, »der Markt ist leer. Alle Moldauer, die Sie gebrauchen können, sind längst im Westen!«

Fred entzog ihm die Leitung des Werks.

Selbst Bertil überwand sich und gratulierte. Nur Frau Wallhorn blieb der Feier fern, schrieb Ilka und Stefan jedoch eine Glückwunschkarte aus Malaga, wo sie sich von dem Verkauf ihrer Anteile an *Fuchs Ladungssicherung Hebetechnik* an eine Beteiligungsgesellschaft aus Moskau eine große Eigentumswohnung in der ersten Reihe am Strand gekauft hatte: Rache für Bertil.

»Sieht so ein guter Exit aus?«, fluchte Friedrich Fuchs. »Jetzt haben wir die Russen drin!«

Ludmila blieb gelassen. »Na und? Wir haben die Russen schon einmal aus Moldawien hinausgeworfen«, entgegnete sie.

Friedrich Fuchs übertrumpfte sich selbst und schenkte Ilka und Stefan eine von ihm selbst geplante Hochzeitsreise nach Südamerika, alle klassischen Stationen inbegriffen, aber auch ein Abstecher beispielsweise nach Brasilia.

»Für jemanden, der sich für moderne Architektur interessiert, soll die Stadt einiges bieten, oder?«, wandte er sich beinahe schüchtern an Stefan.

Freds schönste Überraschung aber waren die jungen, ganz weißen Tauben, die Stefan und Ilka gemeinsam fliegen lassen durften. Ilka fühlte das Herz einer kleinen Taube in ihrer Hand klopfen, bevor sie sie vorsichtig in den Himmel entließ. Einen Moment flatterten zehn Paar weiße Flügel über ihr im blauen Sommerhimmel, einen Augenblick später waren sie verschwunden.

Den Nachmittag des 2. August verbrachten sie bei viel Wasser und Aspirin mit dem Öffnen der Geschenke und dem Lesen der Glückwunschkarten.

Liebe Ilka, lieber Stefan,
alles Gute auf Eurem gemeinsamen Lebensweg. Macht es besser als Udo und ich. Musste Fred eigentlich Frau Wallhorn Nr. 2 einladen?

Wenn Ihr Udo seht, richtet ihm doch Folgendes aus: Auch ich habe mein Glück gefunden! Hier in Malaga habe ich einen sehr kultivierten Herrn kennengelernt, einen Pensionär, weit gereist. Wir planen gerade unseren ersten gemeinsamen Urlaub. Er würde am liebsten an die Nordsee fahren, sparsam, wie er ist, aber ich möchte natürlich unbedingt auf eine Safari nach Südafrika, schließlich hat er dort lange gelebt. Leider ist er skeptisch und meint, man müsse nicht nach Südafrika reisen, um wilde Tiere zu sehen. Stellt Euch vor, in diesem Frühjahr hat er drei Tage und Nächte auf einem Baum in den Schweizer Bergen verbracht, belauert von einem Bären – eingewandert aus dem Osten, wie sich später herausstellte, einem Bären, der über die sogenannte ›grüne Grenze‹ kam. Drei

Tage auf einem Baum, ohne Essen und Trinken! Gerettet hat ihn eigentlich nur der Platzregen am zweiten Tag, sonst wäre er vermutlich verdurstet. Am dritten Tag entdeckte der Bär endlich eine lahme Ziege unten auf der Alm und ließ von ihm ab. Jetzt ist man also nicht einmal mehr in der Schweiz vor Bären aus Molwanien sicher! Ich denke, man kann sagen: Das sind so die Schattenseiten der Globalisierung.

Liebe Grüße,
Roswitha

Unter Verwendung von Zitaten aus Johanna Spyri, *Heidi*; Friedrich Gerstäcker, *Die Colonie*; Gottfried Benn, *Reisen*; Texten von Transparency International sowie der Steuerberatung Jasper.